ALEXANDER KÜHNE

DÜSTERBUSCH CITY LIGHTS

ROMAN

WILHELM HEYNE VERLAG
MÜNCHEN

Unter www.heyne-hardcore.de finden Sie das komplette Hardcore-Programm, den monatlichen Newsletter sowie alles rund um das Hardcore-Universum.

Weitere News unter facebook.com/heyne.hardcore

Verlagsgruppe Random House FSC® N001967

Copyright © 2016 by Alexander Kühne
Copyright © 2016 by Wilhelm Heyne Verlag, München,
In der Verlagsgruppe Random House GmbH
Printed in Germany
Redaktion: Ulla Mothes
Umschlaggestaltung: Johannes Wiebel / punchdesign, München
Umschlagmotiv: © Martin Aleith / Pfadfinderei
Satz: Schaber Datentechnik, Austria
Druck und Bindung: CPI books, Leck

ISBN 978-3-453-27018-3

www.heyne-hardcore.de

*Für meine Eltern
und alle Mitstreiter von damals.*

Prolog

Irgendetwas trug mich durch die Nacht, scheinbar schwerelos. Ich drehte mich um. Fahl die Lichter des Bahnhofs im Hintergrund, oder waren es Positionsleuchten, der letzte Kontakt zur Welt? Vor mir nur Dunkel. Lief ich, oder fuhr ich? Plötzlich ein Knall, helle Blitze in meinem Kopf, in meinen Ohren kreischendes Schrammen, dann Stille. Ich sank immer tiefer. Quietschende Geräusche. Etwas fiel um.

»Mensch, Anton, was machst du denn hier?«, drang eine Stimme in meinen benebelten Schädel.

Ich schlug die Augen auf. Undeutlich sah ich die Räder einer Kutsche. Davor schemenhaft eine Fee unter Apfelbäumen. Sie half mir auf. Das Bild verschwamm und schärfte sich wieder. Die Kutsche war ein Minifahrrad und die Fee ausgerechnet Elke.

»Wo sind wir?«, fragte ich.

»Auf der Straße, kurz vor Düsterbusch.«

Ich dachte an ihre Titten, die ich damals anfassen durfte, mit dreizehn, als noch alles gut war. Ewigkeiten schienen seitdem vergangen. Ich versuchte, Elke zu küssen, doch sie zuckte zurück. »Dein Kopf ist ganz schief.«

»Bin, glaub ich, gefallen …«

»Soll ich dich mitnehmen?«

Ich nickte, was mich zum Schwanken brachte, setzte mich seitwärts auf ihren Gepäckträger, und wir schaukelten los. Meine

Hände suchten Halt, fanden schließlich ihre weichen Hüften. Bei jeder Erschütterung sammelte sich Schmerz in meinem Kopf, bis er unerträglich wurde. Ich versuchte, meine Stirn zu ertasten, verlor das Gleichgewicht und fiel ins Dunkle mit dem Gesicht auf etwas Hartes. Es schmeckte nach Gummi, Gras und Kuhscheiße.

»Was hast du denn?« Elkes Stimme echote dramatisch, als sie sich über mich beugte. »Siehst irgendwie komisch aus.«

Ich quälte mich hoch, nahm die Landstraße wahr, halb verdauter Wermut schoss aus meiner Kehle in den Straßengraben. Dann spürte ich Elkes Hand auf meinem Rücken, ein kurzer Moment der Geborgenheit. Der bohrende Schmerz kam schnell zurück und verschwand wieder. Ich hockte mich erneut auf den Gepäckträger, und weiter ging es. Vor unserem Hoftor lud sie mich ab, ich taumelte gegen den Zaun, was ich ständig tat, aber irgendwas war heute anders.

»Kommste klar?«

»Ja«, presste ich hervor und schwankte auf den Hof, die Tür quietschte vertraut in den Angeln. Zum Glück regte sich nichts im Zimmer meiner Mutter. Sie wartete also nicht, um mich wieder mit Vorwürfen über mein verkorkstes Leben zu quälen. Ich schlich ins Haus. Nur noch schlafen, vielleicht für immer, war mein letzter Gedanke.

Ein heller Lichtstrahl auf meinem Gesicht weckte mich. Ich versuchte, den Kopf zu heben. Tonnenschwere Gewichte zogen mich auf das Kissen zurück. Mein Blick fiel auf den Satelliten. Ein wenig Erleichterung machte sich in mir breit, es war alles an seinem Platz. Doch dieser Moment währte nur kurz. Etwas Schwarzes, Undefinierbares engte mein Blickfeld ein, ich bekam Panik, setzte mich mit letzter Kraft auf. Jemand kam zur Tür herein.

Ich erkannte die humpelnde Silhouette meiner Mutter. Sie zog die Vorhänge zurück. Ich hörte einen kurzen Schrei und ihre verzweifelte Stimme. »Anton, wie siehst du denn aus?«

»Mir gehts scheiße, Mutti.«

»Bin gleich wieder da.« Türenschlagen. Der Satellit tauschte vor meinen Augen mit dem Kachelofen die Position. Ich legte mich wieder hin und zog die Decke über den Kopf. Ein kalter Luftzug und Hâttric-Rasierwasser kündigten meinen Vater an. Seit Jahren hatte er mein Zimmer nicht mehr betreten. Ich schlug die Decke zurück und sah verschwommen sein Gesicht über mir.

»Der ist doch wieder besoffen«, sagte er nur, und seine Stimme klang fern.

»Guck doch mal, wie der aussieht, der muss sofort ins Krankenhaus«, flehte meine Mutter.

»Ich muss zum Fußball.«

Ihre streitenden Stimmen entfernten sich, meine Mutter weinte. Ich quälte mich hoch zu einem kleinen Spiegel, der an der Wand hing. Im Rahmen steckte noch Connys Foto. Sie saß auf ihrem Fahrrad und lächelte mich an. Alles vorbei. Ich erblickte mein Gesicht und erschrak. Die Stirn, deren klassische Form meine Freundin einst rühmte, war aufgebläht wie ein Ballon und blauschwarz verfärbt. Die rechte Seite hing dicklippig über meinem Auge herunter. Mir wurde schwindlig.

Mit dem Kopf lag ich auf dem Schoß meiner Mutter, ich hatte mich ihr schon lange nicht mehr so nahe gefühlt. Sie strich zärtlich über mein Gesicht, ihr silberner Armreif streifte mein Kinn. Es schaukelte, und ich stellte fest, dass ich auf der Rückbank unseres Autos lag.

»Mensch, beeil dich! Der stirbt gleich!«, schrie sie meinen Vater an.

Danach dämmerte ich vor mich hin, verlor das Gefühl für Raum und Zeit. Ich lag in einem Zimmer, schräge Balken über mir. Manchmal hatte ich den Eindruck, Decke und Fußboden würden sich näher kommen und mich in die Zange nehmen. Der Text einer alten Genesis-Platte fiel mir ein, in dem es hieß: »Stalaktiten und Stalagmiten formen und verändern sich.« Ich rief nach meiner Mutter, bekam aber keine Antwort. Eine Männerstimme sagte: »Der hat nichts, der kann Montag wieder raus.« Kurz danach bekam ich Schnupfen. Jemand hielt mir eine Schale unter die Nase und brabbelte was von »Gehirnwasser«. Plötzlich hatte ich klare Bilder im Kopf. Ich sah hinter dem Konsum von Düsterbusch vor glutrotem Himmel Hochhäuser aus dem Boden schießen, ich sah meine Mutter in ihrem Blut, Conny mit dem Kinderwagen und Sprenzel, wie er in Baades Tschaika saß. Die ganze Scheiße zog noch mal an mir vorbei.

Es war September 1989. Ich war vierundzwanzig Jahre alt, und meine Zeit in der Zone, wie ich die DDR nur noch verächtlich nannte, schien abgelaufen. Der Traum vom selbstbestimmten Leben in einer pulsierenden Großstadt hatte sich nicht erfüllt. Krepierte ich jetzt etwa in diesem nach Bohnerwachs stinkenden Zimmer?

01 Küsse an den Rieselfeldern

Im Alter von zehn Tagen geriet ich das erste Mal auf die schiefe Bahn. Schuld war der hemmungslose Konsum von Alkohol. Mein Vater hatte aus Freude über die Ankunft seines Sohnes an einem Oktobertag des Jahres 1964 mit Onkel Werner stark getrunken. Der war kein richtiger Onkel, mehr ein Saufkumpan meines Vaters. Tatort war die Kneipe von Düsterbusch. Ein Korn jagte den anderen.

»Los, Dicker, wir müssen ...«, lallte Onkel Werner irgendwann, doch mein Vater war nicht mehr wachzukriegen.

Ein paar Stunden später schwankte Onkel Werner zur Tür des Krankenhauses Frankenwalde herein. Statt Blumen für die Mutti hatte er einen Dreizehner-Maulschlüssel in den öligen Fingern. Der Keilriemen seines F9 war unterwegs abgesprungen. Ohne Gratulationskitsch verfrachtete er Mutter und Kind in sein Auto. Von Fehlzündungen unterbrochen und mit reichlich Promille auf dem Kessel, raste er aus der Kreisstadt über die Landstraße. Irgendwo im Wald passierte es: Der Keilriemen riss, sein F9 wurde aus der Kurve getragen. Das Auto überschlug sich und landete im Straßengraben. Diese rasanten Richtungswechsel stifteten erste Verwirrung in meinem zarten Gehirn. Äußerlich unverletzt wurden Mutter und Kind aus den Trümmern geborgen. Mit einem Krankentransport kam ich zurück in die Klinik. Ein Halswirbel hatte etwas abbekommen. Meine Mutter stieß Flüche auf meinen Vater gen Himmel, während mir eine Krause angelegt wurde. Dann kam ich endlich in mein Heimatdorf.

Düsterbusch lag in der Mitte zwischen Dresden und Berlin und trotzdem irgendwo am Rand. Nicht Preußen, nicht Sachsen. Nicht Spreewald, nicht Braunkohle. Auf den ersten Blick ein Dorf wie alle im Osten. Der Konsum, das LPG-Büro, der Sportplatz und die meisten der Gehöfte und Wohnhäuser säumten beidseitig die von Schlaglöchern verwundete Hauptstraße. Dazwischen das zugewachsene Kriegerdenkmal, ein riesiger Findling, auf dem der deutsche Adler thronte. Niemand kümmerte sich mehr um ihn. Dumpf sein Blick aus schimmligen Augen über die Dorfaue, die von der Bache durchzogen wurde, einem verkrauteten Seitenarm der Schwarzen Elster.

In der Dorfmitte, wo die Hauptstraße einen Knick machte, lagen die beiden Wahrzeichen des Ortes: eine große gotische Kirche mit zwei majestätischen Türmen, die von Weitem wie überdimensionale Schnapsflaschen aussahen. Gegenüber stand die Kneipe, in der mein Vater eingepennt war.

Die Kneipe war das kulturelle Zentrum von Düsterbusch. Angeblich hatte hier schon im Mittelalter der als Popstar geltende Walther von der Vogelweide seine Hits gespielt. Einst hieß sie Zur Linde, weil ein riesiger Baum den Vorplatz zierte. Später sägten die Kommunisten die Linde ab und tauften den Laden in Konsum-Gaststätte Düsterbusch um. Die Genossen hatten eben keinen Sinn für Romantik. Der Volksmund behielt jedoch den alten Namen bei. In der Linde wurden die Männerfastnacht, Hochzeiten und Erntedankfeste gefeiert. Vor allem sonntags stapelten sich zig Fahrräder am Eingang, wenn die Düsterbuscher beim Frühschoppen soffen, als ob es kein Morgen gäbe.

Meine Mutter war eher durch Zufall nach Düsterbusch geraten und sagte später immer: »Das Schlimmste, was mir passieren konnte, war dieses elende Kaff.«

Eigentlich kam Elisabeth Schmidt aus Berlin. Nach dem Krieg musste sie dort mit anderen ehemaligen BDM-Mädchen Munition wegräumen. Sie machte den Rücken krumm und malte sich mit Kohle das Gesicht schwarz, damit sie möglichst hässlich aussah, denn die Soldaten der Roten Armee wurden zudringlich.

Bald tauchten neue Marschierer auf, sie trugen jetzt blaue Hemden und versprachen, dass in ihrem Reich die Sonne niemals untergehe. Elisabeth ließ sich anstecken vom Programm der Freien Deutschen Jugend, vom Klang der Trommeln und Schalmeien. »Nie wieder Krieg«, das klang so schön – eine Vision, für die es sich zu kämpfen lohnte. Sie trat der FDJ bei und wurde Mitglied der SED, einer neuen Partei, die das bessere Deutschland wollte.

Schon immer gut in Mathe entschied sie sich, Lehrerin zu werden. Die Bildung lag brach im sowjetischen Sektor. Die alten Pädagogen, meist Nazis, hatten Berufsverbot bekommen oder waren in den Westen getürmt. Elisabeth verließ Berlin und zog durch die Lande, im Kopf den Satz des Pythagoras und im Herzen den Sieg des Sozialismus. Die Schulen, an denen sie unterrichtete, waren provisorisch, die Klassenräume überfüllt. Ihre blauen Augen versprühten Wissen und Begeisterung für die neue Sache. Die barfüßigen Dorfkinder verehrten sie, denn meine Mutter konnte motivieren und zog auch die Schwächsten mit.

Einer ihrer Kollegen war Hans, ein braunhaariger Schönling und Sohn gläubiger Protestanten. Es war Liebe auf den ersten Blick. Ein halbes Jahr lang trafen sich die beiden, bis er eines Tages einfach so Schluss machte. Seine Eltern verbaten ihm den Umgang mit einer Kommunistin. Dabei war sie gar keine, zumindest keine richtige, wie sie später immer betonte.

Dass Hans gehorchte, traf meine Mutter hart. Wenn sie sich schon verliebte, dann für ein ganzes Leben. Dieses Leben schien ihr plötzlich nicht mehr viel wert, sie nahm Tabletten. Ihre Schwester fand und rettete sie. Einer von der Partei rügte sie am Krankenbett: »Elisabeth, der Suizid ist etwas zutiefst Bürgerliches und dient nicht der großen Sache.«

Meine Mutter gelobte Besserung und versprach, ihr Dasein nun ganz der Idee Lenins zu verschreiben. Nach ihrer Genesung wurde sie nach Düsterbusch delegiert – eine große Frau, die Hochdeutsch sprach und Kostüme trug. Ihre verwundete Seele verbarg sie hinter einem strahlenden Lächeln. »Die ist aus Berlin«, raunten sich die Bauernburschen zu und rannten ihr hinterher, wenn sie mit ihren langen Beinen die Dorfaue überquerte.

Zu ihren Verfolgern gehörte auch Klaus Kummer. Er ging bei ihr zur Schule. Klaus war ein ständig Witze reißender Junge, der im Matrosenanzug die Dorfstraße unsicher machte. Seine Mutter, meine Oma Else, mästete ihr einziges Kind nach dem Krieg mit Sahne und guter Butter. Sie war eine einfache Frau, eine Seele von Mensch, und hielt die Versorgung von Klaus mit reichlich Fett nach all den mageren Jahren für eine gute Sache. Das Resultat: Sein Hintern und sein Bauch wuchsen bedenklich an und brachten ihm den Spitznamen »Dicker« ein. Als der Matrosenanzug aus allen Nähten platzte, hatten sich die Mitschüler mit ihren Hänseleien auf ihn eingeschossen.

Zum Heulen ging er in seine »Bude«, ein aus Blättern und Zweigen errichtetes Häuschen, und ließ die angestaute Wut an Fröschen aus. Er blies sie auf und brachte sie mit einer Nadel zum Platzen.

Mit zunehmendem Alter verebbten die Hänseleien, denn er wurde trotz seiner Körperfülle ein exzellenter Fußballer und standfester Kampftrinker. Ausgerechnet diesem tief in der Dorftradition verharrenden jungen Mann brachte meine Mutter Mathe bei und einige Monate später auch noch was anderes.

Sie ließ sich mit einem Bauernburschen ein, der ihr Schüler war, sechs Jahre jünger und obendrein einen Kopf kleiner als sie. Vielleicht wollte sie nach der Enttäuschung mit Hans einen jüngeren Mann, der sie vorbehaltlos anhimmelte. Oder die Torschlusspanik setzte ein, sie war ja schon Mitte zwanzig. Es wird mir immer ein Rätsel bleiben, was diese beiden Menschen zusammenbrachte.

Anfangs durfte niemand etwas von ihrer Beziehung erfahren. Die Turteltäubchen trafen sich außerhalb von Düsterbusch, ganz romantisch an den Rieselfeldern, wo die Exkremente der Werktätigen aus der Kreisstadt Frankenwalde gewässert wurden. Meine Mutter lehrte Klaus das Küssen, während sie sich gegenseitig die Nasen zuhielten. Klaus genoss die Aufmerksamkeit der blonden Erscheinung, er konnte mit ihr prahlen, welcher Schüler war 1956 schon mit seiner Lehrerin zusammen? Durch seinen beschwingten Stolz kam ihre Beziehung an die Öffentlichkeit. Das System zeigte sich das erste Mal von seiner unerbittlichen Seite. Meine Mutter musste sich beim Schulrat für ihr Verhalten verantworten. Da sie eine Lösung der Verbindung ablehnte, blieb nur eines: Heirat. Um nicht zu viel Wirbel auszulösen, feierten sie zu zweit Hochzeit im Fichtelgebirge und zogen danach zusammen. Klaus war gerade achtzehn geworden. Ihr neues Domizil gehörte seinen Eltern.

Es war eine aus Kuhscheiße und Lehm gemauerte Kate. Die Decken hingen so tief, dass ich mir später immer den Kopf daran stieß. Die noble Adresse war der Nordweg 6. Das Wohnzimmerfenster gab den direkten Blick auf den Kuhstall der LPG frei. Nur im Sommer wurde dieses Panorama von einem davor liegenden Sonnenblumenfeld getrübt.

Die ersten Jahre lebten sie unbeschwert. Klaus – ausgestattet mit einem derben, treffenden Humor – brachte meine Mutter zum Lachen, er profitierte von ihrem flirrenden Wesen. Er lernte Schlosser und ließ sich von ihr überreden, auch in die SED einzutreten. Sie fütterte ihn mit ideologischer Literatur. Nikolai Ostrowski und Ilja Ehrenburg lagen jetzt unter seinem Kissen. Er las allerdings nie darin. *Spartacus* sollte Jahre später seine einzige Lektüre werden, und das auch nur bis zur Hälfte. Dagegen glänzte er weiterhin beim Fußball. Meine Mutter feuerte ihn an, wenn er als Mittelfeldstratege von Einheit Düsterbusch die Bälle verteilte. Er war der geborene Spielmacher und sorgte entscheidend dafür, dass die Mannschaft von der Kreisklasse in die Kreisliga aufstieg. Dünner wurde Klaus dadurch aber nicht. Bei Hektolitern Bier ließ er sich nach den Spielen in der Linde von Bewunderern huldigen. Das führte zu ersten zarten Spannungen. Denn mit zunehmendem Erfolg widersprach er immer öfter seiner Frau und fand Gefallen an gleichaltrigen Mädchen, die ihm auf dem Sportplatz zujubelten.

Meine Mutter wurde ein geachtetes Dorfmitglied und fungierte nicht nur als Mathelehrerin, sondern gründete auch eine Kabarettgruppe an der Schule. Sie schrieb selber Stücke wie »Die Frauentagswette« und »Guten Tag, Frau Briefumschlag«, die den Sozialismus feierten und ihn mit seinen kleinen Fehlern auf die Schippe nahmen. Doch blind vereinnahmen ließ sie sich nicht. Heimlich gab Elisabeth Kummer Geld für die Sanierung der Kirche und schwärmte für Elvis, dessen Platten sie sich bei Kurztrips nach Westberlin kaufte. So viele Widersprüche in einem Menschen, das schrie nach geistigem Austausch und Reibung. Doch da war sie bei meinem Vater auf Dauer an der falschen Adresse.

»Du musst dich mal als Mensch entwickeln«, maßregelte meine Mutter ihn.

»Nur der Schaum im Bierglas entwickelt sich, wenn das Fass noch frisch ist«, entgegnete er.

Sie träumte von einer neuen Gesellschaft, er von Eisbein mit Sauerkraut.

Immer häufiger kritisierte er sie für ihr Engagement. »Das passt nicht aufs Dorf, Elisabeth«, schimpfte er, wenn sie bei der Männerfastnacht an das Mikro trat und derbe Verse zum Besten gab. Sie solle lieber lernen, wie man Rouladen macht, jede Woche die Gardinen waschen und die Füße still halten. Die Frauen seiner Fußballkumpels machten das so, und er wollte nicht aus der Rolle fallen.

»Du bist 'n Duckmäuser und Einfaltspinsel«, konterte meine Mutter. Immer häufiger kam es zu lauten Streits. Irgendwann wurde das Sonnenblumenfeld vor ihrem Wohnzimmerfenster untergepflügt. Ein Landmaschinenfriedhof entstand. Rostige Pflüge neben ausgedienten Dreschmaschinen.

Dieses morbide Panorama passte zum Niedergang ihrer Beziehung. Weil es zu Hause immer mehr kriselte, widmete meine Mutter ihr ganzes Wesen der Schule. Jeden Tag sechs Stunden am Lehrertisch stehen, dann Kabarett und abends Dorfclub. Ihre Beine litten immer mehr vom langen Stehen und Laufen. Sie bekam Krampfadern. Furchen durchzogen ihr gut geschnittenes Gesicht.

Ein zusätzlicher Schicksalsschlag war der Bau der Mauer. Offiziell begrüßte sie den notwendigen Schritt ihrer Genossen. Aber insgeheim war sie traurig, dass sie ihre Verwandten nicht mehr sehen konnte. Und Elvis-Platten galten jetzt als Teufelswerk. Es musste etwas Neues her, an dem sie sich erfreuen konnte. Irgendwas, was sich bewegte und was sie nach ihren Wünschen verändern konnte. Und nun, als ich vor ihr im Bettchen lag, gerade dem frühen Tod entronnen, begriff sie, dass das Leben doch einen Sinn hatte. Sie schaute hinüber zum Kuhstall und flüsterte liebevoll: »Aus dir wird mal was ganz Besonderes.«

02 Erquickung für Körper und Geist

»Da musst du durch, Kleener, damit du nicht krank wirst«, schnarrte meine Mutter im Lehrerbefehlston und spritzte mich mitten im Dezember mit eiskaltem Wasser aus einem Schlauch ab. Ich schlug in der Badewanne abwehrend die Hände über dem Kopf zusammen, während die feindliche Wasserfront auf meinen spindeldürren Körper klatschte. Ich hatte das Gefühl, Eisbären krallten sich in meine Zehen, und schrie wie am Spieß. Nach dieser Tortur frottierte sie mich mit einem Handtuch ab. »Kaltes Wasser am Morgen vertreibt Kummer und Sorgen«, reimte sie und überhäufte mich mit warmen Küssen. Mein kleiner Emotionshaushalt hüpfte hoch und runter. Diesen Abhärtungsarien folgten Tage, an denen ich sie gar nicht sah.

Den größten Teil meiner Kindergartenzeit verbrachte ich bei Oma Else. Sie wohnte im Nachbarhaus. Bei ihr roch es immer gut, und sie fütterte mich mit Plinsen – Spreewälder Eierkuchen –, die man mit Zucker und Butter bestrich. Deshalb geriet sie oft in Streit mit meiner Mutter, die mir am liebsten nur geriebene Möhrchen und Fallobst verabreichen wollte. »In drei Jahren ist der 'n Pfannkuchen auf Beinen, Mensch«, herrschte sie meine Oma an.

»Aber der muss doch essen, Elisabeth«, jammerte Oma Else ihrer Schwiegertochter vor.

»Damit er so aussieht wie dein Sohn, oder was?«

Zu Hause gab es dann wieder gedämpfte Kartoffeln, klein geschnittenen Rettich und rohe Futterrüben. Manchmal knirschte es beim Kauen.

»Hab dich nicht so, Dreck reinigt den Magen«, war dann Mutters Kommentar, schließlich sollte aus mir ein sportlicher, von den Früchten der Erde gestählter Typ werden.

Oma Else fiel an einem Montag um, als sie den Ofen in der Waschküche mit Reisig befeuerte. Ich sah meinen Vater das erste Mal weinen und Oma Else nie wieder.

Nach ein paar Wochen der Anstandstrauer entwickelte mein Vater eine regelrechte Vergnügungssucht. Vielleicht wollte er den Verlust von Oma Else wegtrinken. Meiner Mutter schien das recht zu sein, denn beim Saufen verstanden sie sich immer noch prächtig. Fast jeden Sonnabend braußten die beiden zu einer anderen Tanzveranstaltung ab. Seit Oma Elses Tod gab es aber niemanden mehr, der abends auf mich aufpasste. Es wurden Tanten und Nachbarn bemüht, bei denen sie mich ohne viel Federlesens abparkten. Ich erinnere mich an abweisende Gesichter und verschnörkelte Kaffeekannen, an die Pendel der Standuhren, die damals noch in vielen Wohnzimmern die bleierne Zeit verkörperten. Und an eine Frau, die sehr alt war, leuchtend rote Farbe auf ihren Fingernägeln trug und mir Backpfeifen gab, wenn ich etwas fallen ließ. Schreiend und mit den Füßen stampfend, machte ich meinen Eltern klar, dass ich zu diesen Leuten nicht mehr wollte.

Schließlich gab meine Mutter nach. »Wie du willst. Dann bleibst du eben allein!«

Beim sonnabendlichen Betriebsvergnügen des VEB Kraftverkehr war es dann so weit. Ich wußte inzwischen, wie man den Fernseher bediente, und ergötzte mich an den laufenden Schwarz-Weiß-Bildern. Doch schon bald sehnte ich mich nach Gesellschaft. Also hielt ich Zwiesprache mit meinem großen

Teddy Puck, aber der schaute nur desillusioniert aus seinen mit Fell verhangenen braunen Knopfaugen über den Mähdrescherfriedhof. Eine Form frühen Ostfrustes übermannte mich. Beklemmende Einsamkeit gepaart mit der Angst davor, dass überhaupt nichts mehr passiert. Ich drehte meinen Brummkreisel auf dem Kinderteppich. Ein wenig Bewegung in einem lähmend stillen Düsterbusch zu Beginn der Siebzigerjahre. Doch je öfter der Kreisel austrudelte, desto einsamer fühlte ich mich.

Als die Konturen der Landmaschinen vor unserem Fenster sich gegen den dunkler werdenden Himmel schärften, nahm eine große Verlorenheit von mir Besitz. Ich rief nach meinen Eltern, rannte durch die kleinen Räume unseres alten Hauses und knipste überall das Licht an. Ich hatte keine Angst vor bösen Menschen, ich wollte nur einfach nicht allein sein. Aus Scham traute ich mich aber nicht, zu den Nachbarn zu gehen. Als schließlich der Fernseher nur noch Streifen zeigte, bekam ich Panik. Mitten in der Nacht zog ich mir eine dicke Jacke über den Schlafanzug und ging nach draußen. Ich stiefelte los über die Pfützen des Nordwegs zur Hauptstraße, blieb stehen und lauschte. Immer wenn sich der Lichtkegel eines Autos am Kuhstalltor brach, hielt ich den Atem an und hoffte, dass meine Eltern nach Hause kamen. Bei jedem Gefährt, das einfach weiterfuhr, wuchs meine Angst.

Von der Linde wehten Musik und Lachen herüber. Ich rannte los, dort waren meine Eltern bestimmt. Erleichtert bummerte mein kleines Herz. Die Gaststube war hell erleuchtet und die Fahrradparade davor beachtlich. Ich stürmte um die Ecke durch das geöffnete Hoftor zu den Saalfenstern, die im Takt der Musik lautstark schepperten. Im Schein des riesigen Kronleuchters sah ich, wie sich lachende Erwachsene im Kreis drehten.

Ich zog mich auf ein Fensterbrett und blieb mit dem Gesicht an der Scheibe kleben. Meine Augen suchten fieberhaft den blonden Dutt meiner Mutter. Doch Fehlanzeige, meine Eltern schienen nicht da zu sein. Auf der Bühne stand eine Kapelle. Die Musiker hatten gerötete Gesichter, bliesen in Trompeten oder spielten Gitarre. Dazu sang eine Frau im Glitzerkleid »Häng den Mond in die Bäume«. Das Lied hatte ich mal im Radio aufgeschnappt.

Die Furcht war wie weggeblasen. Jetzt hatte ich direkten Kontakt zur Welt. Hier waren Bewegung, Austausch, Fröhlichkeit. Irgendwann betraten zwei Männer die Terrasse und liefen merkwürdig torkelnd Richtung Toilette. Ich versteckte mich schnell unter dem Betonvorbau, um, nachdem sie weg waren, gleich wieder meinen Stammplatz einzunehmen. Hochnäsig blickende Kellner in schwarz-weißen Uniformen schoben sich mit Tabletts in den Händen durch die Menge. Darauf standen langstielige Gläser, deren flüssiger Inhalt bei jedem Rempler überschwappte. Als ich meine Knie kaum noch spürte, trat ich den Heimweg an und tänzelte irgendwie befreit am Kuhstall vorbei.

Es folgten noch viele solcher Wochenenden. Ich schlich immer wieder zum Saal und schaute dem Treiben gebannt durch die Fenster zu. Manchmal waren meine Eltern auch dabei. Ich staunte nur, dass meine Mutter von fremden Männern durch die Menge geschoben wurde. Ein paar Meter weiter verhakte mein Vater seinen Arm mit ebenfalls fremden Frauen und trank ruckartig aus kleinen Gläsern. Danach küssten sie sich auf den Mund.

Wenn sie im Morgengrauen nach Hause kamen, lag ich im Bett – vor mir die Vision eines pulsierenden Nachtlebens, dessen Teil ich irgendwann werden wollte. Und dann würde ich nie wieder einsam sein.

03 Eine Nacht mit Alice Cooper

Ich war stolz wie Bolle, als ich 1971 in Raum eins der Polytech-
nischen Oberschule Düsterbusch meine Zuckertüte entgegen-
nahm. Sie war riesengroß, mit goldenen Sternen verziert und
erregte Aufsehen. Während die anderen verklebte VEB-Husten-
bonbons aus ihren jämmerlichen Pappzylindern hervorpul-
ten, regnete es aus meiner bunte Riegel und Kaugummi. Es
waren Geschenke von meiner sagenumwobenen Tante Klara.
Sie lebte in Westberlin, einer Märchenstadt jenseits meiner
Vorstellungswelt.

Durch die bunten Süßigkeiten hatte ich blitzschnell jede
Menge Freunde. Bemerkenswert erschien mir Elke Lippschitz,
eine Grazie mit straßenköterblonden Haaren und himmelblauen Augen, die immer an den falschen Stellen lachte. Unter
ihrem Pulli wölbten sich schon damals zwei beachtliche Hügel,
und sie hatte Connections zu welchen aus der dritten Klasse.
Dann war da noch Matthias Felder, der Sohn des Pfarrers. Er
musterte mich immer tiefgründig aus seinen Knopfaugen. Sie
hatten Ähnlichkeit mit meinen Toffifee, die er in Windeseile
verdrückte. Der dritte hieß Steffen Naumann, ein blonder Me-
cki-Typ. Ohne Danke zu sagen, schnappte er sich meine Kau-
bonbons, und als ich ihn später einmal im Sechzigmeterlauf
schlug, warf er mit Steinen nach mir.

Die Schule machte mir in den ersten Jahren keine Probleme.
Mühelos bewältigte ich Schreiben und Heimatkunde, indem

ich »geschickt aktuelle Ereignisse mit einbezog«, wie mir die Klassenlehrerin ins Zeugnis schrieb. Zusätzlich engagierte ich mich in der AG Fußball und erwarb schon mit acht Jahren die erste Schwimmstufe.

Meine Mutter war extrem stolz, ihr kleiner Prinz entwickelte sich. Sie glaubte, dass ich jetzt ohne Weiteres zu einem vorbildlichen Schüler reifen würde. Schon damals war es mir allerdings peinlich, wenn sie in den Pausen an meiner Kleidung herumnestelte oder mir vor allen die Haare kämmte. Steffens Häme ließ nicht lange auf sich warten. Er rief mich »Muttipfeife«. Das hatte erste Kinderschlägereien zur Folge, bei denen uns die Hofaufsicht in der Zehnerpause nur mit Mühe trennen konnte.

Einer hielt dabei immer zu mir. Es war Frank Sprenzel. Mit ihm teilte ich meine Westschätze am liebsten. Er hatte am ersten Schultag gar keine Zuckertüte gehabt und lief meistens mit gesenktem Kopf herum. Die fettigen hellbraunen Haare ergossen sich wie ein Wasserfall in sein rundes Gesicht. Sprenzel war ständig Mode bei den Lehrern, weil er absolut nichts kapierte. Das machte ihn natürlich angreifbar. Steffen Naumann sagte fast jeden Tag dreimal »Du bist doch hässlich« oder »Du stinkst« zu ihm.

Dann lief Sprenzel heulend nach Hause oder drohte damit, seinen Bruder Dietmar zu holen. Doch der kam ihm nie zur Hilfe, denn er saß im Knast. Um ihn rankten sich Gruselgeschichten, die von Einbruch, Republikflucht und Schneisen der Zerstörung handelten.

»Typische Assi-Familie«, sagte mein Vater mal beim Abendbrot.

»Halt dich fern von dem«, rügte auch meine Mutter.

Das machte mich neugierig, und bald saßen Sprenzel und ich zusammen in der letzten Reihe und beschossen die anderen mit Krampen. Deshalb flogen wir oft aus dem Unterricht und mussten vor der Tür stehen. Dann klauten wir die Fruchtmilch aus den Kästen, die für die Zehnerpause bestimmt waren. An uns beide traute sich Naumann nicht ran. Und wenn doch, rächten wir uns und packten ihm einmal einen verstümmelten Frosch auf seine Stulle.

Mit unseren Kinderfahrrädern legten wir riesige Strecken zurück. Wir fuhren zum zwei Kilometer entfernten Kirchhausener Bahnhof und schauten den Zügen hinterher. Von dort aus konnte man in alle vier Himmelsrichtungen fahren. Zumindest so weit, bis der Sozialismus zu Ende war.

Ich erledigte Sprenzels Hausaufgaben, und er schenkte mir leere Munitionshülsen, die er auf einem Schießplatz der Russen gesammelt hatte. Die goldenen Geschosse trug ich ständig in den Taschen meiner kurzen Lederhosen mit mir herum.

Eines Nachmittags nahm er mich mit zu sich. Ich kannte niemanden, der je bei seiner Familie gewesen war. Im Dorf genossen sie Außenseiterstatus. Sprenzels Eltern waren nie in der Kneipe zu sehen. Auch beim Einkauf im Konsum hielten sie sich von den anderen fern und sprachen wenig.

Aufgeregt trat ich durch ein großes Holztor. Vor mir lag ein riesiger, von Treckerreifen zerfurchter Hof. Charly, Sprenzels Hund, kläffte heiser, um dann gleich wieder in seiner Hütte zu verschwinden. An seinem buschigen Schwanz klebten Sägespäne. Auf der linken Seite des Hofes lagen das Wohnhaus und die Waschküche, auf der rechten ein paar verfallene Ställe mit halb offenen morschen Türen. Überall lagen alte Holzbohlen und Feldsteine kreuz und quer übereinandergeschichtet. Hier gab es hinter jeder Ecke irgendwas zu entdecken. Wir fütterten die Schweine, dann malten wir mit Kreide eine Zielscheibe auf die Stalltür und warfen unsere Taschenmesser drauf. Danach guckten wir in der Waschküche *Sesamstraße*.

Als der Nachmittag zur Neige ging, begann Sprenzel unruhig auf dem abgeschabten Stuhl hin und her zu rutschen. Das

Hoftor knarrte, und Charly bellte. Ein sicheres Zeichen, dass Herr Sprenzel aus dem Betonwerk kam.

»Frank, scher dich auf den Hof«, hörten wir ihn brüllen. Sprenzel sprang auf, und ich folgte ihm nach draußen.

Ein schmallippiger rotblonder Mann mit nikotinverfärbtem Schnauzer stand vor uns, die Hände in die Hüften gestemmt. Auf seinem linken Unterarm prangte eine verblichene Ankertätowierung. Er trug einen kalkverschmutzten Arbeitsanzug und hatte eine Zigarette zwischen den Fingern der rechten Hand. Mit der deutete er auf unsere Schuhe, die nicht in einer Reihe standen.

»Wie bei de Polen sieht's hier aus«, krächzte er mit Raucherstimme.

»Ja, Vati«, hauchte Sprenzel.

Als ob er einen Fußball trat, kickte der Vati Sprenzels Schuhe über den Hof.

»Und jetzt stellste die hin, wie es sich gehört«, polterte er und beäugte Sprenzel lauernd.

Der trottete mit gesenktem Kopf los, um seine Schuhe zu holen. Ich schlotterte vor Angst.

»Schlaf nich ein, Mensch«, bellte Herr Sprenzel. Schnell klaubte Frank seine Treter zusammen.

Ich wollte nur noch weg. Da zog der Alte an seiner Zigarette und wandte sich an mich. »Benimmst du dich bei Frau Lehrerin auch wie so 'n Doofkopp?« Stakkatoartig entwich beim Sprechen der Rauch aus seinem Mund, während seine blassblauen Augen mich taxierten.

Dumpfer Zorn brodelte in mir, und ich wollte etwas sagen, traute mich aber nicht.

Als Sprenzel seine Schuhe vor ihm abgestellt hatte, gab der Vater ihm links und rechts schnelle Ohrfeigen, packte sein Kinn, drückte es nach oben und guckte ihm in die Augen.

»Wie heißt das?«

Sprenzels Blick war eine Mischung aus Trotz, Trauer und Verachtung. »Kommt nicht mehr vor, Vati«, sagte er laut. Herr Sprenzel ließ von ihm ab. Dann griff er in seine Hosentasche und wurde plötzlich leutselig.

»So, und jetzt holt ihr mir zwee Flaschen Bier.«

Zusammen liefen wir über die Hauptstraße hinauf an der Kirche vorbei zum Konsum. Ich hatte weiche Knie, und wir sagten beide kein Wort. Bauer Brahmke quälte sich mit seinem alten Fahrrad und zwei Milchkannen links und rechts am Lenker die Straße hinauf. Wir sagten artig Guten Tag, aber er grunzte nur und trat mit seinen Holzpantinen in die Pedalen.

Zu Hause umarmte ich meinen Vater impulsiv. Er wusch gerade sein Auto. Ich war so froh; gegen Herrn Sprenzel kam er mir wie ein Märchenonkel vor.

Im folgenden Sommer traten Sprenzel und ich die erste große Reise an. Unsere Väter kannten sich von der Arbeit im Betonwerk, deshalb durften Frank und ich zusammen in das Betriebsferienlager nach Rügen, und zwar für ganze drei Wochen. Wir waren riesig aufgeregt, schmiedeten am Dorfgraben Wanderpläne und träumten von den weißen Schiffen auf der Ostsee.

Als der Ferienlagerbus an der Düsterbuscher Haltestelle stoppte, umarmte meine Mutter mich innig, denn drei Wochen hintereinander waren wir bisher nicht getrennt gewesen. Sprenzel schaute bedröppelt, und mir war es peinlich. Ich spürte, dass ihn noch nie jemand umarmt hatte.

»Ich spendier dir 'nen Himbeersirup«, sagte ich, um ihn zu trösten.

Nach sechs Stunden Fahrt kamen wir in einem Dorf auf Rügen an. Die Luft flirrte vor Hitze. Ich sah das erste Mal das Meer, und einen Moment lang war ich wie betäubt von dieser Weite. Bisher hatte ich nur bis zum Kuhstall gucken können.

Als ich abends mit meinem Kulturbeutel in den Waschraum ging, wurde Sprenzel von mehreren Älteren gepeinigt. Sie pietschten ihn in einer Ecke mit nassen Handtüchern, die sie zusammengerollt hatten. Brüllend versuchte er, seine Gliedmaßen zu schützen. Ohne nachzudenken, ging ich dazwischen. Mir gelang es, einem dieser Typen die Pietsche zu entreißen. Mit klatschenden Treffern auf seine Beine trieb ich ihn an die Wand. Er war einen Kopf größer als ich und hatte eine Affenschnute. Sein Name war Hans-Jörg, und er war der Sohn des Lagerleiters. Meine Wut verlieh mir ungeahnte Kräfte, doch ich hatte keine Chance. Als sie mit Sprenzel fertig waren, gaben mir seine Kumpane von hinten den Rest. Mit roten Striemen übersät, lagen wir danach in der Ecke, direkt neben den Fußwaschbecken. Bräunliches Wasser tropfte aus den Hähnen darüber.

Am nächsten Morgen wurde ich unsanft geweckt. Der Lagerleiter zog mich an den Ohren aus dem Bett.

»Wie hast du denn den Hans-Jörg zugerichtet?«, schimpfte er.

»Die haben angefangen.« Ich versuchte, mich aus dem schmerzhaften Griff zu befreien.

»Du hast drei Tage Frühstücksverbot. Und hier wird niemand mehr zusammengeschlagen.« Ich war fassungslos angesichts dieser Ungerechtigkeit. Während die anderen morgens beim Essen saßen, musste ich den Appellplatz harken.

Auf dem Weg zur Schnitzeljagd holte Sprenzel Marmeladenbrote aus den Taschen seiner Lederhosen und gab sie mir.

»Ohne Butter, wie du es magst«, flüsterte er. Ich verdrückte sie voller Heißhunger.

»Mensch, Sprenzel, du bist in Ordnung.«

»Und du erst.« Wir ließen unsere Hände aufeinanderklatschen und schworen uns ewige Freundschaft wie Huck Finn und Tom Sawyer.

Die nächsten drei Wochen verbrachten wir mit nervigen Geländespielen, Frühsport und erwehrten uns allerlei Schikanen der Älteren. Manchmal heulten wir auch vor Heimweh, und am Strand las ich ihm aus *Die Reise nach Sundevit* vor. Dann blinzelten wir, auf unsere Ellenbogen gestützt, über das Meer.

»Kommt man von hier aus bis nach Afrika?«, fragte Sprenzel in die bräsige Stille.

»Nee, die Ostsee ist ein Binnenmeer. Irgendwo dahinten ist Schweden, und dann ist Schluss.« Ich zeigte über das Meer, um meine Schlauheit zu unterstreichen.

»Oh, Anton, was du alles weeßt. Du könntest wie Steffen der Beste sein.«

»Das ist doch langweilig.«

»Ich bin doch ooch langweilig.«

»Nee, du bist Sprenzel.«

Am letzten Tag, bevor es nach Hause ging, war Disco im Essensaal. Alle freuten sich schon drauf. Sprenzel und ich durften Girlanden an die Decke hängen, während Hans-Jörg mit Kreide »D.I.S.K.O.« an die Tafel malte.

»Disco wird mit C geschrieben«, rief ich.

»Halt's Maul, du Einzeller«, ranzte er mich an. Zu allem Überfluss bediente er auch noch das Tonbandgerät.

Die Disco begann lahmarschig mit DDR-Liedern. Erst als die Erzieher weg waren, traute sich Hans-Jörg, Westmusik zu spielen. Los ging es mit »Tiger Feet« von Mud. Die Tanzfläche füllte sich, und ich konnte meinen Blick nicht von Britta losreißen – einer Blondine, deren lockige Mähne, von Sonne und Ostsee stark gebleicht, geradezu engelhaft erschien. Britta war mindestens zwölf und einen Kopf größer als ich. Ich hatte noch nie so ein schönes Mädchen gesehen. Fast schon wollte ich sie aberwitzig zum Tanz auffordern. Doch Hans-Jörg höchstpersönlich räumte mich aus dem Weg und führte sie zu »Goodbye Mama« von Ireen Sheer auf die Tanzfläche, wo sie sich eng aneinanderschmiegten.

Nach dem Ferienlager waren Sprenzel und ich unzertrennlich. Ich durfte sogar bei ihm übernachten, wenn meine Eltern wieder die Sonnabende irgendwo durchfeierten. Das erste Mal war aufregend. Verschämt schob ich mein Kinderfahrrad in den Hof, Charly kam mir bellend entgegen. Herr Sprenzel musterte mich finster, und meine Angst vor diesem unheimlichen Mann blieb. Irgendwann verschwand er mit seinem alten Fahrrad und einer Zigarette im Mundwinkel vom Hof.

»Wir dürfen sogar in Dietmars Zimmer schlafen«, sagte Sprenzel. Er saß kauend am Tisch in der Waschküche und zappelte mit den Füßen, die in Kniestrümpfen und Kindersandalen steckten. Genau wie ich freute er sich darauf, endlich Gesellschaft zu haben.

»Wo ist eigentlich Dietmar?«

»In Luckau im Kittchen, atmet jesiebte Luft, sagt Vadder.«

»Warum denn?«

»Der wollte in den Westen abhauen.«

Ich konnte mich nicht daran erinnern, Dietmar jemals gesehen zu haben. Er war zehn Jahre älter als wir, und es gab immer nur diese Gerüchte, in welchem Gefängnis er jetzt wieder saß.

Vorsichtig öffnete Sprenzel die Tür. Ein unordentliches Bett kam zum Vorschein. Ein alter Holztisch, auf dem ein rot-weißer Wecker in Form des Berliner Fernsehturms stand. In der Ecke eine Couch.

»Da schläfst du«, sagte Sprenzel. Ich ging zu der Couch und stellte den Campingbeutel mit meinem Schlafanzug darauf ab.

Direkt über der Lehne war ein riesiges Poster an die vergilbte Blümchentapete gepinnt. Ein seltsam geschminkter Typ grinste mich an. Er sah gefährlich aus. Vampirzähne ragten aus seinen Mundwinkeln. In der Hand hielt er ein Mikrofon.

»Das ist Alice Cooper«, sagte Sprenzel stolz, während ich das Poster wie vom Donner gerührt betrachtete.

»Sieht der immer so aus?«

Sprenzel zuckte die Schultern und warf mir eine Decke zu.

»Is 'n Sänger.«

»Oh, haste Musik von dem?«

»Dietmar hatte zwee Kassetten. Hat mein Vadder versteckt, bevor die Polizei hier alles durchsucht hat.«

Ich war total aufgeregt, als ich mich direkt unter dem Vampir auf der Couch bettete.

»Wo kommt'n der her?«, fragte ich.

»Na, aus dem Westen.«

Da war er wieder, der verbotene Westen.

»Lieste mir noch was vor?«

Ich holte *Die Reise nach Sundevit* aus dem Rucksack und begann zu lesen. Dabei schwelgten wir in letzten Ostseeträumen. Trotz der langsam verheilenden roten Striemen auf den Beinen fanden wir es doch beide lässig, die große weite Welt gesehen zu haben.

»Hörst du noch zu?«, fragte ich nach zehn Minuten. Als ich keine Antwort bekam, stand ich noch mal auf, betrachtete Alice Cooper und ahmte seine Pose nach. Irgendwie begann ich zu ahnen, dass sich hinter dem Popstar an der Wand möglicherweise eine ganz neue Welt verbarg.

04 Den Sieger erkennt man am Start

Das Schuljahr 1976 begann mit einer Weltsensation. Steffen Naumann wurde von der Klassenlehrerin nach vorn gerufen und bekam einen Blumenstrauß.

»Steffen hat alle Eignungstests für die Kinder- und Jugendsportschule bestanden und wird uns Richtung Berlin verlassen. Steffen, wir sind stolz auf dich.«

Alle klatschten, die Mädels schauten ihn bewundernd an. Nur Sprenzel und ich verweigerten den Beifall.

»Und was willst du danach werden?«, fragte ihn die Lehrerin.

»Fußballer«, antwortete er und lächelte mit Siegerblick über die Klasse.

Wir hatten uns oft über Steffen amüsiert, wenn wir in der Dämmerung vom Rumtreiben nach Hause gingen. Er stand dann immer noch auf dem Sportplatz, übte mit seinem Vater Seilspringen und Klimmzüge am Fußballtor. Bei Einheit Düsterbusch schoss er die meisten Tore in der Saison.

»Das hab ich eigentlich von dir erwartet«, sagte meine Mutter, als sie mit grimmiger Miene in der Küche an der Brotmaschine stand und Stullen absäbelte.

»An Steffen kannste dir 'n Beispiel nehmen, der hat Mumm«, ergänzte mein Vater. In letzter Zeit liebte er es, mich zu demütigen. Aus der AG Fußball war ich kurz zuvor wegen Disziplinlosigkeit rausgeflogen. Während eines Punktspiels unserer Schülermannschaft ging ich auf einen Zuschauer los, der mich von der Seitenlinie beleidigte. Das wurmte ihn als Hobbytrainer. Und ich wollte auch auf keine Kinder- und Jugendsportschule, um mich den ganzen Tag rumkommandieren zu lassen. Ich wollte was anderes, nur was, wusste ich noch nicht. Es sollte auf jeden Fall mit Musik zu tun haben. Inzwischen hatte ich einige Lieder von Alice Cooper im Radio gehört. »School's Out« war mein Lieblingssong.

Ich hatte auch meine Begeisterung für die Bay City Rollers und Slade entdeckt, indem ich, von meiner Mutter geduldet, im Westfernsehen *Musikladen* guckte. Eine wilde Katze, die uns zugelaufen war, taufte ich Noddy Holder. Meine Betteleien um einen Kassettenrekorder blieben jedoch ungehört.

»Kümmer dich lieber um die Schule«, wehrte meine Mutter ab.

Um mich nach dieser Enttäuschung abzureagieren, köpfte ich das Gros meiner einst ruhmreichen Cowboy- und Indianerarmeen. Nur zwei meiner Lieblingskrieger überlebten das Massaker. Die Torsos warf ich in den Ofen und beobachtete, wie der Gummi langsam zerschmolz. Ich hatte mein Spielzeug und die Schule satt, genau wie die Einsamkeit, die mich zwar nicht mehr auf die Straße rennen ließ, aber dafür sorgte, dass ich jeden Abend in anderer Position schlief: manchmal im Sessel, dann unter dem Tisch, oder auf dem Fensterbrett, um ein wenig Abwechslung in mein Dasein zu bringen. Auch schnappte ich mir öfter das Kursbuch meiner Mutter und lernte die Abfahrtszeiten der D-Züge vom Bahnhof Kirchhausen auswendig.

Sprenzel war jetzt der Schlechteste der Klasse, knapp davor kam ich. Wir ließen uns treiben und verbrachten die meiste Zeit hinter der Dorfkneipe, wo der zusammengekehrte Abfall der Gäste einfach ins Gras geschüttet wurde. Wir förderten halb aufgerauchte Kippen zutage, die wir dann zu Ende pafften. Dabei laberte ich ihm eine Bulette ans Ohr, zitierte Dialoge aus *Kojak* oder versuchte, ihm Musikfragen zu stellen. Ich wedelte mit einer *Bravo* vor ihm herum, die ich einem aus der achten Klasse aus der Schulmappe geklaut hatte.

»Wer sind *Die zwei im Schatten der T. Rex*?«

»Ach, weeß ich doch nich, Anton.«

»Na, Bill Legend und Steve Currie.«

»Ach Anton, das ist mir zu hoch.«

Ich wollte, dass Sprenzel auch mal rumflippt, doch der schüttelte nur den Kopf und sagte immer das Gleiche.

»Du bist 'n Kunde, Anton, ey.« Dann lachte er verschämt, weil ich mich so abmühte, ihn zu begeistern.

Der erste Schritt in Richtung Freiheit war das Kino in Kirchhausen. Mühsam hatte ich meiner Mutter die Erlaubnis abgerungen, sonntags mit Sprenzel die Union Lichtspiele zu besuchen. Sie willigte nur ein, weil ich versprach, meine gestreiften Steppke-Schlaghosen zu tragen. Ich hasste diese Dinger, sie sahen echt bescheuert aus.

»Musst doch was Vernünftiges anziehen, wenn du in die Stadt fährst.«

Es war das erste Mal, dass wir mit dem Fahrrad nach Kirchhausen reinradelten. An der Kreuzung auf dem Markt stiegen wir vorsichtshalber ab und liefen drüber weg.

Das alte Kino lag mitten in der Stadt. Die Beleuchtung des Schriftzuges über dem Eingang war kaputt. Nur das U leuchtete noch, und die beiden nachfolgenden Buchstaben flackerten. Deshalb wurde es auch Uni-Kino genannt. Schon als kleiner Junge hatte mich die Leuchtreklame in den Bann gezogen, wenn ich im Auto sitzend mit meinen Eltern vom Einkaufen daran vorbeikam.

Die Kirchhausener lärmten schon vor dem Eingang, und wir hielten Abstand. Alle trugen die Haare über die Ohren und gaben sich selbstbewusst in ihren Levi's- und Wrangler-Anzügen.

»Gibt's die Hosen auch in Gestreift?«, fragte mich einer aus der Gruppe, als wir zum Eingang huschten.

Dann hörte ich nur noch was von »Konsumjeans«.

»Scheiß-Kirchhausener. Denken, die sind was Besseres«, zischte Sprenzel hinter mir.

Unser erster Film war ein amerikanischer. Er hieß *Grenzpunkt Null* und handelte von einem Mann, der im Auto durch halb Amerika raste und am Ende auf der Flucht vor der Polizei Selbstmord beging. Zwischendurch lernte er einen schwarzen DJ kennen, der sich Super Soul nannte und von weißen Rassisten zusammengeschlagen wurde. Ich saß noch völlig apathisch in der Sitzreihe, als schon alle draußen waren, und reagierte auch nicht auf Sprenzels Bettelei, endlich aufzustehen.

Irgendwann schälte ich mich doch aus dem weichen Sessel. »Starker Film, oder?«

Sprenzel nickte. »Auf jeden Fall starke Autos.«

»Wollen wir 'ne Disco aufmachen, die Super Soul heißt?«

»Beeil dich lieber, ich muss nach Hause, füttern.«

05 Büchsenbier und Arbeitslose

»Anton hält es nicht für nötig, im Physikunterricht mitzuarbeiten, stattdessen raucht und frühstückt er.«

Nach diesem Eintrag in mein Hausaufgabenheft fixierte mich meine Mutter mit enttäuschtem, ratlosem Blick und tat mir ein bisschen leid. Sie litt nicht nur an meiner Fehlentwicklung und dem ständigen Druck der anderen Lehrer, auch ihre Beine wurden schlimmer. Das lange Stehen in der Schule tat ihr nicht gut. Mein Vater hielt sich immer mehr raus aus der Erziehung. Manchmal drohte er mir Schläge an, doch das war eher lächerlich. Ihn nervte es zusehends, sich überhaupt mit mir beschäftigen zu müssen. Das störte bloß seinen Trott aus Arbeit, Kneipe und Fußball. Er hatte sich inzwischen zum Trainer der ersten Männermannschaft von Einheit Düsterbusch emporgearbeitet.

Eines Morgens kam meine Mutter ins Zimmer und legte ein kariertes Hemd und eine Krawatte auf das Bett. Es war die Uniform der Kabarettgruppe. Schon lange warb sie darum, dass ich eintreten sollte, bisher hatte ich es immer wieder verhindern können.

»Morgen ist Probe, und du kommst, sonst passiert ein Unglück.«

Sie gab mir Texte, die bereits farbig markiert waren. Hinter einigen Dialogzeilen stand ganz groß ANTON. Ich las mir das Zeug durch. Rote Verse, versetzt mit kleinen Witzchen, zugeschnitten auf die Werktätigen des Kreises Frankenwalde. Eine

Woche später fand ich mich auf der Bühne vor etwa zwanzig versammelten Busfahrern und ihren Ehefrauen im Speisesaal des VEB Kraftverkehr wieder. Anlass war das dreißigjährige Bestehen ihres Betriebes. Die Busfahrer waren eine besondere Spezies und genossen großes Ansehen auf dem Land. Sie brachten die Werktätigen morgens pünktlich zu ihrem Arbeitsplatz. Außerdem lenkten sie eine Flotte von Omnibussen der ungarischen Marke Ikarus. Es war eine Ehre, vor Busfahrern aufzutreten.

Unsere Kabarettgruppe bestand aus drei Mädchen und drei Jungen aus verschiedenen Klassen der Schule. Meine Klasse war mit Elke und mir beteiligt.

»Wir haben keine Levi's-Hosen, Büchsenbier und Arbeitslosen, aber Arbeit, die haben wir …«, trällerten wir im Chor, und ich schämte mich in Grund und Boden. Alice Cooper würde mich mit seinen Vampirzähnen zerfleischen. Halbherzig trug ich meinen Vers vor.

»Im Kabarett wird stets gebracht,
was uns noch alles … Sorgen macht.
Drum merkt gut auf, schärft euren …
Blick und übt ein bisschen ähh … Selbstkritik?«

Fragend und mit rotem Kopf drehte ich mich zu meiner Mutter um, die zischelnd soufflierte. Ich spürte ihre Blicke wie Pfeile in meinem Rücken. Meine Textunsicherheit provozierte Lacher im Publikum.

Als Nächstes war Elke dran. Sie trug inzwischen riesige Titten vor sich her. Ihre enge Kabarettbluse machten sie noch größer.

»Wir hoffen sehr,
ihr habt gelacht
und auch ein wenig mitgedacht.

Wir danken euch recht schön,   .
und nun – Auf Wiederseh'n!«

Spielend sagte Elke ihren Text auf, und wir verbeugten uns alle. Nach dem Beifall mussten wir auf einer Stuhlreihe hinter dem Rednerpult warten. Es regnete Orden für verdiente Busfahrer, und ich schlief fast ein. Als die letzten Aktivisten unter Beifall das mit Kunstblumen verzierte Podium verließen, gesellte sich meine Mutter zum Parteisekretär, und sie unterhielten sich angeregt. Ich hatte das Gefühl, dass sie sich an irgendwas abmühte, an das sie selbst nicht glaubte. Sie war schlauer als diese Phrasen dreschenden Männer mit Parteiabzeichen, die keinen Spaß verstanden und mir unheimlich vorkamen.

Kurz darauf lobte sie alle, nur mich nicht.

Ich ging auf die Toilette. Unterwegs kam mir Elke entgegen, was mich in eine gewisse Aufgeregtheit versetzte.

»Schämst du dich nicht? Deine Mutti tut doch alles für dich, und du lässt sie so im Regen stehen!« Sie baute sich vor mir auf, indem sie ihre Hände in die Hüften stemmte und ihren Oberkörper nach vorn schob.

Ihre blauen Augen fixierten mich. Ich schluckte nervös und konnte meinen Blick nicht von den Titten abwenden. Ein plötzlicher Impuls, meine Hand schnellte nach oben, und ich berührte ihre feste rechte Brust über der Bluse.

Elke ließ es sich gefallen und blickte mir direkt in die Augen. Sie lachte aufreizend, nahm meine Hand von ihrer Brust und ging. Mit weichen Knien blieb ich zurück.

Als wir wieder zu Hause waren, kam meine Mutter in mein Zimmer. Sie hinkte stark, und ihr anklagender Blick traf mich.

»Musst du mich so blamieren?«

»Ich hab doch gesagt, ich will nicht in deine Kabarettgruppe.«

»Was soll bloß aus dir werden?«, motzte sie. Ich hasste diese Frage, sie kam immer häufiger in letzter Zeit.

»Keene Ahnung, Terrorist!« Ich wollte sie provozieren. Die RAF war gerade in aller Munde, in der Schule hatte sogar jemand »Andreas Baader« in die Bank des Matheraums geritzt. Die fieberhafte Suche des Lehrerkollegiums nach dem Übeltäter blieb erfolglos. Sie knallte mir eine, aber es tat nicht weh, und ich hielt ihrem Blick stand.

»Das wirst du mir nicht auch noch antun.« Sie ging hinaus und warf die Tür hinter sich zu. So war meine Kabarettkarriere schneller vorbei, als sie angefangen hatte. Wir sprachen nie wieder davon.

06 Guck nicht so doof!

Beim Abendbrot ließ meine Mutter die Bombe platzen: »Tante Klara kommt.«

Ich kam aus dem Staunen nicht mehr raus. »Tante Klara aus Westberlin?«

Massig Geschichten rankten sich um diese achtzig Jahre alte Frau. Sie hatte bis zur Rente beim Westberliner Senat gearbeitet, und wir waren ihre einzigen Angehörigen. Sie war nie verheiratet gewesen, und als junge Frau hatte sie Beziehungen mit verschiedenen Männern. Damals war sie Haushälterin bei einem sozialdemokratischen Politiker. Nachdem der von den Nazis abgeholt wurde, arbeitete sie als S-Bahn-Schaffnerin und später, im Krieg, als Krankenschwester an der Ostfront. Sie schickte regelmäßig ein Päckchen mit Feinstrumpfhosen für meine Mutter, Rasierwasser für meinen Vater und Süßigkeiten für mich. Das erregte immer wieder Aufsehen in der Schule, und ich wurde ständig von Neidern in der Klasse angeranzt: »Deine Mutter quatscht nur rotes Zeug, und du Hirni hast alles aus dem Westen.«

Und jetzt sollten wir Tante Klara aus Berlin abholen. Schon vor unserer Abfahrt herrschte nervöse Aufgeregtheit zu Hause. Meine Mutter bezog die Couch in der Wohnstube mit einem Laken, zog es dann aber sofort wieder ab, um nochmals ein neues aufzuziehen. Mein Vater machte sich über sie lustig.

»Am liebsten würdest du ihr 'n goldenes Bett hinstellen, was?«, frotzelte er. »Du bist 'ne feine Genossin.«

»Na und? Tante Klara ist 'ne geschichtliche Figur«, ätzte sie und knallte die Tür zur Wohnstube zu.

Dann putzte sie Schränke, und unser Plumpsklo glänzte nach ihrer Scheueraktion wie neu. Ich musste eine fliederfarbene Jacke mit gelben Knöpfen anziehen und wieder die gestreiften Steppke-Schlaghosen. Ich kam mir vor wie ein Papagei, doch meine Mutter bestand auf dieser Jugendmode-Uniform. »Was soll denn sonst Tante Klara denken?« Das fragte ich mich auch, als mein Vater den Wartburg aus der Garage steuerte und wir losfuhren.

Ich war doppelt aufgeregt. Nicht nur wegen Tante Klara. Es war mein erster Berlinbesuch. Mein Vater traute sich nicht mit dem Auto in die Innenstadt, und wir nahmen von Altglienicke aus die S-Bahn. Am Bahnhof Plänterwald mussten wir umsteigen und ewig auf den nächsten Zug warten. Vor uns erhob sich ein schneeweißes Hochhausgebilde, das von der Sonne angestrahlt noch heller wirkte. Davor zog sich die Mauer wie eine graue Schlange durch wucherndes Buschwerk.

»Das ist Westberlin, oder?«, fragte ich und blickte fasziniert auf diese weiße Unberührtheit. Sie bildete den totalen Kontrast zu dem bröckligen S-Bahnsteig, auf dem wir standen.

»Ja, da kommt Tante Klara her«, sagte meine Mutter bedeutungsvoll.

»Und nur weil Dietmar Sprenzel da hinwollte, sitzt er jetzt im Knast?«

»Schrei noch lauter!«, zischte meine Mutter vorwurfsvoll und zerrte an mir herum, während mein Vater sich unsicher umschaute.

»Na siehste«, ranzte er, »das ist deine Erziehung.«

Jede weitere Frage wurde unterbunden, und ich klebte an den Fenstern der Bahn, als es endlich weiterging.

Gigantische Brücken, die sich über die Spree spannten, und große Kräne, die ihre Lasten scheinbar mühelos durch die Luft transportierten, schlugen mich in ihren Bann. Ich wich ängstlich zurück, als plötzlich grau verputzte Mauern mein Blickfeld einengten, und war dann komplett überfordert, als ich mich an die Scheibe drückte, nach oben schaute und kein Stückchen Himmel entdecken konnte. Kirchhausen war ja schon eine Stadt. Aber das hier war Wahnsinn. Eine merkwürdige Aufgeregtheit erfasste mich, eine Mischung aus Fremdeln und Faszination. Konnte es in Berlin auch Dreizehnjährige geben? Ich stellte sie mir alle als musikbegeisterte Jeansjackenträger vor, die alle einen Kassettenrekorder unter dem Arm trugen.

Wir stiegen in der Friedrichstraße aus. Mein Vater zischte an einer Fressluke erst mal ein Bier. Meine Mutter war dagegen schon komplett nervös und guckte immer wieder auf ihre Uhr, als wir vor dem Grenzübergang standen.

Mit einem Rutsch quollen aus dem Ausgang eines großen verglasten Hauses sehr viele Omas mit großen Taschen in den Händen. Eine stach besonders hervor. Sie hatte schlohweißes langes Haar, das zu einem altmodischen Dutt aufgetürmt war, und trug ein dunkelblaues Kleid mit einer goldenen Brosche über der rechten Brust. Sie steuerte direkt auf uns zu.

»Na, Lieschen?«, begrüßte sie meine Mutter freudestrahlend mit Umarmung. Noch nie hatte jemand »Lieschen« zu ihr gesagt. Meinem Vater gab Tante Klara halbherzig die Hand. Dann stand sie vor mir, betrachtete mich mit schief gehaltenem Kopf, sodass ich unsicher zu meiner Mutter rüberschaute.

Auf einmal küsste sie mich mit offenem Mund auf die Lippen, was ich ein bisschen eklig fand. Ich nahm es wortlos hin und wischte heimlich ihren Speichel weg, während sie mich minutenlang umarmte.

»Schön, dass ich dich auch endlich sehe, bevor ich abkratze«, schluchzte sie unter Tränen.

»Lasst uns mal in Ruhe«, herrschte sie meine Eltern schließlich an und zog mich hinter sich her.

»Na, Kleener, macht die Schule Spaß?«

»Wohnst du wirklich in Westberlin?«

»Na, zum Glück wohn ich nicht hier.«

Klaras Griff war fest, und sie besaß eine Zielstrebigkeit, die ich bisher nicht kennengelernt hatte. Ich bekam Angst, als sie mich in eine dunkle Ecke hinter dem Bahnhof zerrte, wo ein paar verbeulte blecherne Mülltonnen standen. Aus einer Plastetüte mit dem Aufdruck »Bilka« zog sie eine Levi's hervor.

»Für mich?«, fragte ich ungläubig.

»Na, siehste hier noch jemanden, du Plins?«, fragte sie in ihrem Berliner Dialekt und befahl mir, meine Steppke-Hose auszuziehen.

Ich gehorchte und stieg in die sagenumwobenen Beinkleider, musste aber feststellen, dass sie viel zu groß waren. Tante Klara zog den Gürtel aus der Steppke-Hose und stopfte sie in eine der Mülltonnen. Sie würgte mir den Gürtel um die Hüfte. Jetzt hielt die Jeans einigermaßen.

»Ich weiß nicht, ob Mutti sich so darüber freut. Letzte Woche musste ich beim Kabarett noch gegen Levi's-Hosen singen«, petzte ich im Überschwang meiner Gefühle.

Tante Klara lachte auf.

»Deine Mutter ist ja auch 'ne zerrissene Persönlichkeit.«

»Was heißt zerrissen?«

»Na, Lieschen weiß nicht, was sie will. Damals hat sie ihrer besten Freundin noch zur Flucht in den Westen verholfen. Die ist jetzt Professorin in München. Und deine Mutter sitzt da in Dusterwald bei deinem Vater. Aber Pssst.« Sie legte ihren fal-

tigen Finger auf meinen Mund. Dann verließen wir die bröcklige Ecke.

Meine Mutter verkniff sich jede Reaktion auf meine neuen
Beinkleider und lächelte süßsauer.

Auf dem Nachhauseweg inspizierte ich jede Einzelheit der
neuen Jeans. Mitten auf der Autobahn stopfte Tante Klara mei-
nem Vater von hinten eine Banane ins Gesicht, sodass er ins
Schleudern kam. Wir bauten fast einen Unfall. Den Rest der
Strecke hielt sie mit ihren blauädrigen Händen, die wie eine
Landkarte wirkten, meine Finger. Sie stritt sich mit meiner
Mutter über Politik, sagte, dass diese Grenze nicht mehr zeit-
gemäß sei.

»Genau wie diese Verbrecher mit den Maschinenpistolen
am Grenzübergang. Nimm dich bloß in Acht vor denen, Kleener«, wandte sie sich an mich. Ich nickte und war völlig durcheinander. Denn in der Schule wurden »diese Verbrecher« als
Helden gefeiert. Kurz vor Tante Klaras Besuch hatten wir einen
NVA-Offizier zu Besuch, der uns Jungens Mut machte, später
bei den Grenztruppen unseren Ehrendienst abzuleisten.

Meine Mutter erwiderte: »Aber wir mussten doch die Ab-
wanderung unserer besten Leute nach Westen stoppen.«

»Ist doch keen Wunder, dass die alle weggelaufen sind, ihr
habt ja nüscht zu bieten.«

»Na, hör mal«, sagte meine Mutter, »immerhin muss bei uns
niemand hungern.«

»Bei uns auch nicht, wenn er sich anstrengt.« Tante Klara
strich mir lachend über den Kopf.

Dann steckte sie meiner Mutter einen Packen Geldscheine
zu und tätschelte ihre Schulter. »Lieschen, du bist 'ne Seele
von Mensch, aber von Politik haste keene Ahnung.«

Mein Vater und ich fuhren Tante Klara am nächsten Morgen zum Volkspolizeikreisamt Frankenwalde, denn Westbesuch

musste angemeldet werden. Wir hielten an einem düsteren, mit Kratzputz versehenen Flachbau. Am Eingang saß ein Uniformierter, der mit gewichtiger Miene Klaras Pass kontrollierte. »Guck nicht so doof«, herrschte sie ihn an.

Er machte große Augen und wirkte völlig überrascht von diesem Spruch. Mit schnellen Bewegungen gab er ihr den Pass zurück.

Im kahlen Warteraum lächelte Sigmund Jähn, der erste Fliegerkosmonaut, im Raumfahreranzug von einem einsamen Plakat. Wir warteten ewig. Tante Klara erhob sich und lief unruhig hin und her. Die Tür eines Nachbarraumes stand offen, und der Zugang war nur durch ein hochklappbares Brett versperrt.

»Eine Schande ist das. Muss ich hier mitten in Deutschland um so einen Wisch betteln!«, schimpfte sie. Sie klappte das Brett hoch und ging in das Dienstzimmer. Dort begann sie, Schubladen aufzuziehen und in den Akten herumzuwühlen. Ich zappelte vor Aufregung hin und her. Endlich passierte was.

Mein Vater sprang auf und machte vor der Türschwelle halt. Er flüsterte ängstlich: »Klara, das geht zu weit.«

Plötzlich kam ein stattlicher Uniformierter in den Raum und herrschte sie an.

»Verlassen Sie sofort die Abteilung Erlaubniswesen.« Der Polizist rückte ihr bedrohlich auf die Pelle.

»Fass mich bloß nicht an«, fauchte Tante Klara zurück, »sonst beschwere ich mich bei Honecker.« Krachend verschloss sie die Schublade.

Eine halbe Stunde später hatte sie ihre Aufenthaltsgenehmigung.

Beim Kaffee zu Hause erzählte sie von Rudolf Breitscheid, dem Sozialdemokraten, für den sie gearbeitet hatte. Bei dem gastierte wohl auch des Öfteren Albert Einstein, und Tante Klara verbrachte mit ihm lustige Tee-Nachmittage.

Später, zu Beginn des Krieges, warf sie den »Schwarzen« aus der S-Bahn, weil er keinen Fahrschein hatte. Der »Schwarze« war Heinrich Himmler, der Führer der SS.

Mein Vater verdrehte die Augen, er glaubte Tante Klara ihre Storys nicht. Ich glaubte alles und lernte von ihr, mit wahren oder ausgedachten Geschichten Begeisterung zu erzeugen.

Tante Klara war eine Leuchtrakete, die das dunkle Düsterbusch erhellte.

»Lass dir nüscht gefallen, Kleener«, sagte sie zum Abschied, als wir sie zwei Tage später wieder nach Berlin brachten. Dann gab sie mir einen nassen Kuss und verschwand in dem großen Glaskasten am Grenzübergang.

Ich sollte sie nie wiedersehen, jedoch noch lange von ihrer Ausstrahlung und vor allem von ihrem Geld zehren.

07 Nur Tic-Tac-Ständer sind umsonst

Eines Nachmittags im Frühjahr 1979 kam meine Mutter mit der Nachricht nach Hause, dass am nächsten Tag alle Intershops geschlossen werden sollten. Ich bekam einen Schreck. Dann konnte ich ja in der Schule gar nicht mehr mit Westfeuerzeugen, Kinderschokolade oder neuen Jeans angeben. Bei ihrem Besuch hatte Tante Klara richtig viele D-Mark dagelassen. Sollten die jetzt etwa nutzlos sein?

»Was machen wir denn mit dem ganzen Geld?«, fragte meine Mutter aufgeregt meinen Vater.

Der zuckte die Schultern, wie immer wenn irgendwas nicht direkt mit ihm zu tun hatte. »Ist doch deine Tante, musst du doch wissen.«

Meine Mutter überlegte und überredete ihn schließlich dazu, dass wir alle drei in die Kreisstadt fuhren. Auf dem Marktplatz vor dem Rathaus gab es eine ungewöhnlich große Trabi-Parade für einen Montag. Vor dem Intershop, der sich in der obersten Etage eines alten Hotels befand, standen die Leute in Dreierreihen Schlange, und meine Mutter fluchte.

»Muss ich bald wieder Steppke-Hosen anziehen?«, fragte ich traurig und bekam keine Antwort.

»Los, wir geben das Geld jetzt aus«, stieß sie hervor und wollte aus unserem Wartburg steigen.

»Ich stell mich doch da nicht an«, sagte mein Vater. »Und du auch nicht. Dann sind se in der Schule wieder neidisch.«

»Dann gehst du, Anton!«, sagte meine Mutter und schaute mich bestimmend aus ihren blauen Augen an. Ich maulte, hatte keine Lust, so lange in der Kälte rumzustehen. Sie streichelte meine Wange. »Sobald du drin bist, lösen wir dich ab. Springt auch was raus für dich.«

Das war die Initialzündung. Wie ferngesteuert hopste ich aus dem Auto. Was würde wohl rausspringen? Vielleicht eine Platte von Status Quo? Gespannt gesellte ich mich zu den mit grimmigen Gesichtern Wartenden.

»Was werden uns die Scheißkommunisten noch zumuten?«, fragte ein älterer Mann mit Schiebermütze halblaut seine Frau, die ihn ermahnend mit dem Ellenbogen in die Seite stieß.

»Die brauchen ganz schnell unser Westgeld«, erwiderte ein anderer im öligen Arbeitsanzug.

»Weil se am Ende sind«, ergänzte eine dicke Frau mit blonder Föhnfrisur und erntete zustimmendes Gemurmel.

Ich erschrak. Noch nie hatte ich erwachsene Leute öffentlich in diesem Ton über die DDR reden hören. Zwei Mädchen standen links und rechts vor der Eingangstür und bettelten die Leute an: »Ham se mal zehn Pfennje West?« Doch niemand reagierte. Mir war es peinlich, und ich zeigte meine leeren Taschen. Ihnen war es offenbar auch peinlich, und sie straften mich mit Verachtung. Bettler gab es doch angeblich auch nur im Westen und in armen Ländern, schoss es mir durch den Kopf. War das ein Zeichen, dass die »Kommunisten« wirklich am Ende waren?

Die Schlange schob sich in das Hotel. Kurz darauf kam meine Mutter und lächelte mir zu. Hinter ihr wurde von einer Verkäuferin unter lautstarkem Protest der Nachfolgenden die Tür geschlossen. Ich schaute mir die Frau eingehend an. Sie war vielleicht dreißig Jahre alt, ihr abweisendes hübsches Gesicht war extrem geschminkt. Sie trug eine karierte Bluse und einen Lederrock, dazu schwarze Strumpfhosen und Stiefel mit hohen Hacken.

Intershop-Verkäuferinnen waren natürlich keine normalen Menschen. Wer jeden Tag mit Westware hantieren durfte, musste etwas Besonderes sein. Und diese Frau kam mir vor wie ein Wesen von einem anderen Stern. Ihre ganze Erscheinung machte mir sofort einen Steifen, und ich schämte mich dafür.

Bis in die Haarspitzen erregt, hielt ich mich am Treppengeländer fest, taufte sie »scharfe Puppe« und nahm mir vor, später, wenn ich zu Hause in meinem Zimmer lag, noch mal an sie zu denken. Meine Mutter schaute unsicher in die Runde, ob sie jemand erkannte, während sich die scharfe Puppe einen Weg durch die anstehende Menge nach oben bahnte. Dabei wurde sie mit Fragen bombardiert.

»Ist unser Geld noch was wert?«

»Was ist ab morgen?«

Sie wimmelte alle unwirsch ab, sie wisse auch nichts.

»Dann frag doch mal Honecker!«, rief ihr ein zorniger Mann hinterher, der eine Schmidtmütze trug. Ich musste an Tante Klara denken und freute mich, dass es hier eine Art Chaos gab und ich nicht wusste, was gleich passieren würde.

»Was krieg ich denn jetzt?«, fragte ich laut und aufgekratzt. Meine Mutter machte »Pscht« und legte den Zeigefinger auf ihre Lippen. »Das klären wir später.« Ihr war es sichtlich unangenehm, hier anzustehen.

Als wir die Treppe erklommen hatten und am Eingang des Intershops anlangten, stellte ich verblüfft fest, dass sich die Schlange teilte. Die kleinere bildete sich vor dem duftenden Eingang des Shops, aus dem gleißende Helligkeit in das Treppenhaus strömte. Die größere Schlange bog sich in einen muffigen, schlecht beleuchteten Raum, den zum Teil ein Vorhang verdeckte.

»Was gibt's denn da, Mutti?« Sie zog peinlich berührt ihre Stirn in Falten.

Ein Mann in der anderen Schlange drehte sich um und schrie: »Da gibts Tic-Tac-Ständer umsonst, für alle die, die keen Westjeld ham, nich wahr, Frau Lehrerin?« Die Köpfe der Wartenden wendeten sich meiner Mutter zu, die zu Boden sah.

»Das musste ja kommen«, flüsterte sie vor sich hin.

»Wer ist das?«, fragte ich sie leise.

»Der Vater von 'ner Schülerin.« Meine Mutter legte ihren Arm um meinen Hals, und wir wandten uns ab. Hinter mir spürte ich die neidischen Blicke. Was konnten wir denn dafür, dass die keine Tante Klara hatten? Trotzdem riskierte ich noch mal einen Blick zurück. Der Vorhang öffnete sich, und die scharfe Puppe erschien. Im Arm trug sie leere kleine Plastikständer, auf denen das Tic-Tac-Zeichen prangte. Die Leute rissen ihr die Dinger aus den Händen und stürmten mit ihrer Beute die Treppe hinunter. Aus dem »echten« Shop kamen Kunden mit prall gefüllten Tüten und warteten, bis sich die Tic-Tac-Fraktion verzogen hatte.

»Die machen da Streichholzschachteln rein und stellen sich die Dinger auf den Fernseher«, sagte eine Frau hinter mir mit spöttischem Lächeln. Dann blies sie ihren Kaugummi auf und ließ die Blase mit lautem Plopp zerplatzen.

Als wir den heiligen Ort betraten, hatte sich das Angebot merklich gelichtet. Ein mächtiger Tresen, der sich durch den gesamten Raum zog, verhinderte, dass man die heiße Westware anfingern konnte. Dahinter stand die scharfe Puppe. Meine Mutter gab jetzt die Bunten aus, als wären sie Spielgeld. Sie kaufte einen Grill, eine Kaffeemaschine, eine Vierliterflasche Dujardin, Schokolade, Seife und Zigaretten.

»Haben Sie noch was für meinen Sohn?«

»Irgendwas mit Musik vielleicht?«, flüsterte ich verschüchtert in die Runde. Die scharfe Puppe bemerkte mich das erste Mal und verschwand hinter einer Tür. Sie kam mit einem unglaublich großen Karton zurück und packte einen Rekorder mit zwei Kassettenfächern aus. So was hatte ich noch nie gesehen. Ich hätte schreien können vor Begeisterung. Ich nickte meiner Mutter zu.

»Ist auch der Letzte«, sagte die scharfe Puppe, lächelte mich an, und ich lächelte zurück.

»Gut, nehmen wir.« Dann hatte meine Mutter noch zwanzig Mark. »Ich geb einen aus«, sagte sie wie aus heiterem Himmel.

Die scharfe Puppe schloss hinter uns ab. Meine Mutter orderte zwei Flaschen Wein mit dem lustigen Namen Kröver Nacktarsch und eine Flasche Baileys. Ich bekam eine Sinalco aus der Dose und freute mich wie Bolle.

»Was ist mit Papa?«, fragte ich leise.

»Der wollte doch nicht mitkommen«, sagte meine Mutter und grinste diabolisch. »Muss er eben ein bisschen warten.«

Die scharfe Puppe verteilte Stühle, und wir setzten uns mitten in den Laden. Neil Diamond lächelte uns von seiner Greatest-Hits-Platte an, die als Muster von der Decke hing. Es war die Letzte. Die scharfe Puppe ließ sich genau mir gegenüber auf einem Stuhl nieder und schlug die Beine übereinander. Ich tat genau das Gleiche, damit niemand merkte, dass ich schon wieder eine Latte bekam. Dann begannen die Frauen zwanglos über amerikanische Serien wie *Detektiv Rockford* und *Drei Engel für Charly* zu reden.

»Die Amerikanerinnen haben immer so schöne Haare«, sagte meine Mutter, und ich kam mir vor, als wäre ich gar nicht in der DDR, sondern mit den zwei Engeln durch die Galaxie unterwegs. Der Intershop war unser Raumschiff, und wir steuerten über den Marktplatz von Frankenwalde ins Universum empor.

08 Moderatorenträume

Das Erste, was mich faszinierte, war der Geruch. Als ich die Styroporkappen von der Verpackung des Kassettenrekorders entfernte und die Folie abriss, schlug mir eine wohlkomponierte Mixtur aus Plastik und Mechanik entgegen – Westgeruch, neu und aufregend. Ich kroch mit der Nase förmlich in das neue Spielzeug und sog den Duft der großen weiten Welt in mich hinein. Wie sahen wohl die Menschen aus, die dieses Gerät zusammengeschraubt hatten? Die meiste Zeit verbrachte ich jetzt vor meinem neuen Prunkstück und stampfte mit Siebenmeilenstiefeln von der Mittel- bis zur Ultrakurzwelle durch den Äther auf der Suche nach Popmusik und einem neuen Lebensinhalt.

Dabei geriet ich immer mehr in Versuchung, auf meinem Radio statt Stimme der DDR den RIAS und den SFB einzustellen – »Feindsender«, die ich in meinem Zimmer etwa hundert Kilometer von Westberlin entfernt störungsfrei empfangen konnte.

Mir zitterten die Finger, als ich das erste Mal die Record- und Play-Tasten gleichzeitig bediente. Ein rotes Lämpchen leuchtete auf, und mir wurde heiß und kalt. Das erste selbst aufgenommene Stück war natürlich »School's Out« von Alice Cooper. Leider konnte ich es nur halb mitschneiden, der Moderator fing schon an zu reden, als das Lied noch lief. Ich war jetzt jeden Tag Fan einer anderen Band. In meinem Leben drehte sich alles nur um Musik. Sie schien der Schlüssel zu sämtlichen Problemen zu sein. Tante Klara sei Dank. Sofort mixte ich Sprenzel eine Kassette und brachte sie ihm vorbei.

Am gleichen Abend saßen wir in der Bushaltestelle. Ich träumte davon, ein Rockstar zu sein, während er mein Fahrrad reparierte.

»Pörpel find ich wirklich gut. Ich hab richtig nach ›Fools‹ abjerockt, Anton.«

Kurz bevor der Konsum schloss, kauften wir Batterien, und dann liefen wir mit meinem Rekorder durch den Wald, »Fools« auf den Lippen. Alles war Musik. Die Krüppelkiefern tanzten genauso wie die Vogelscheuchen zwischen den Kirschbäumen.

Im Unterricht schrieb ich nie mit. Doch bei Musik wurde ich zum Streber. Ich nummerierte meine Kassetten durch und bastelte mir Schnellhefter, in die ich mit Mutters Schreibmaschine neu aufgenommene Titel fein säuberlich hineinklapperte. Ich tauschte Sprenzels Patronenhülsen gegen von Postern abfotografierte Schwarz-Weiß-Aufnahmen englischer Rockbands. Die klebte ich dann mit Fotoecken fein säuberlich dazu. Englisch war inzwischen das einzige Fach, das mich halbwegs interessierte.

»Be quiet«, schimpfte Herr Schramm, unser Englischlehrer, fast in jeder Stunde, wenn ich eifrig versuchte, mein Musikwissen im Unterrichtsstoff anzubringen. Das war schwierig, denn der Lehrplan beschäftigte sich mit den streikenden Arbeitern in den Londoner Docklands. Die waren auch noch alle Mitglieder der Kommunistischen Partei Großbritanniens und sangen natürlich ausschließlich Kampflieder wie »If I Had a Hammer«.

»Aber was ist mit ›Children of the Revolution‹, was mit ›Street Fighting Man‹?«, fragte ich Herrn Schramm. Der schüttelte nur ratlos den Kopf.

»Wir halten uns an den Lehrplan, Anton. Das ist hier keine Disco.«

Doch ich diskutierte weiter und nervte so lange, bis Herr Schramm mich schließlich zornesrot am Schlafittchen packte und unter großem Gejohle der anderen vor die Tür schleifte. Damit mich meine Mutter nicht sah, versteckte ich mich auf dem Klo und zählte die Tage, bis dieser Blödsinn endlich vorbei war. Die Schule in Düsterbusch ging nur bis zur Achten, danach wurden wir auf die umliegenden Städte verteilt. Ich sollte meine Restschulzeit in der Ernst-Thälmann-Oberschule Kirchhausen absolvieren.

Die 9a, in die man mich integrieren wollte, galt als Streberklasse, größtenteils frequentiert von Offizierskindern. In Kirchhausen gab es ein großes Regiment der NVA. Es war das Wunschdenken meiner Mutter, dass ich durch dieses »positive Umfeld« auf den Pfad der Tugend zurückfinden würde.

Die Einzigen, die mir aus meiner alten Klasse folgen sollten, waren Sprenzel, Matthias Felder und Elke. Elke hatte jetzt einen Freund. Er hieß Socke, war schon in der Zehnten und kam aus Kirchhausen. Er hatte Stielaugen, halblange schwarze Haare und bereits einen Ansatzschnauzer. Elke war mächtig stolz, dass sie mit einem Städter zusammen war. Sie schmiegte sich immer eng an ihn, wenn sie auf dem Sozius seines Mopeds saß. Socke trug einen großen Schlüsselring in der Mittelschlaufe seiner Jeans. Das hieß: Ich hab schon mal. Sollte er etwa mit Elke ...? Die Vorstellung nahm mir den Atem.

Die alte Connections-Tante hatte auch schon Leute aus unserer neuen Klasse kennengelernt. »Hübsche Mädchen, Anton, da kannste dich freuen.«

Ein paar Wochen später hatte ich Jugendweihe. Nach der roten Zeremonie begann eine feuchtfröhliche Party bei uns zu Hause.

Irgendwann konnte ich es kaum noch erwarten, aus dem Anzug zu steigen und mich mit den anderen zu treffen. Heimlich entwendete ich eine Flasche Whisky der Marke Racke Rauchzart und machte mich mit dem Fahrrad auf den Weg. Unterwegs trank ich eine Menge davon, denn Matthias Felder hatte mal erzählt: »Westschnaps macht keinen Kater.«

Im Zickzackkurs fuhr ich über die von Apfelbäumen gesäumte Landstraße. Ich hatte mein Hemd bis zum Bauchnabel aufgeknöpft und in der rechten Hand die Whiskyflasche. Die blonde Mähne reichte mir schon bis über die Ohren. Ich fühlte mich wie Robert Plant, der Sänger von Led Zeppelin.

Als ich am vereinbarten Treffpunkt ankam, waren auch die anderen schon angetrunken. Elke hatte Bier mitgebracht und Sprenzel Rumtopf, in Schnaps eingelegte Kirschen aus dem Keller seiner Eltern. Ein paar andere Larven lagen schon besoffen im Gras und pennten. Wir pflanzten uns in den Straßengraben, und von Weitem sahen wir die Güterzüge durch den Bahnhof donnern. Ein erhabenes Gefühl überkam mich, dass die große weite Welt nun ein Stück näher rücken würde. Als Letzter stieß Matthias Felder zu uns. Er machte einen ziemlichen Larry. Schließlich hatte er als Einziger der Klasse die Jugendweihe verweigert und war konfirmiert worden.

»Na, habt ihr euch alle das rote Gesülze angehört?« Er nahm einen großen Schluck aus meiner Whiskyflasche, die er mir einfach aus der Hand riss. Irritiert schaute er auf das Etikett. »Kummer, wieder alles aus dem Westen.«

Ich wollte nicht, dass er uns die Stimmung verdarb, und wechselte das Thema.

»Ist doch schön, ab jetzt muss uns jeder Lehrer siezen«, sagte ich in die bedächtige Stille.

»Noch zwei Jahre Schule, dann fängt das Berufsleben an«, erwiderte Elke nachdenklich.

Sie wollte irgendwann technische Zeichnerin werden, und Sprenzel KFZ-Schlosser.

»Und du, Kummer, Klomann wa?«, fragte Felder.

»Sänger oder vielleicht DJ wie Super Soul«, sagte ich.

»Ausgerechnet du. Schaffst doch nicht mal die achte.« Felder erntete zustimmendes Gemurmel.

»Halt du mal dein Maul, Pastorensöhnchen«, sagte Sprenzel.

»Mich würd auch mal interessieren, was du wirklich machen willst, Anton«, mischte sich Elke ein.

»Wichsen.«

»Willst du nicht auch mal beweisen, dass du was kannst?«, fragte sie.

Ich verdrehte die Augen. »Was kannst du denn?«

»Na, guck dir mal meine Zensuren an.«

»Und ... wie heißt der Sänger von The Sweet?«

»Denkste etwa, wenn du solche Scheiße weißt, kriegst du 'nen Beruf?«, hängte sich jetzt Felder wieder rein.

»Quatschst ja ganz vorbildlich, dafür, dass du Konfirmation gemacht hast«, konterte ich.

Eisiges Schweigen.

Sprenzel stupste mich mit dem Fuß an.

»Los, wir hauen ab«, sagte er. Wir standen auf, klopften uns das Gras ab. Dann gingen wir zu unseren Fahrrädern, die an einem Apfelbaum standen.

»In Kirchhausen hilft Mutti nicht mehr, Anton«, rief Elke hinterher.

»Lass dich erst mal richtig knutschen«, schrie ich zurück und schwang mich auf mein Fahrrad.

»Von dir bestimmt nicht!«

Von Rachegedanken aufgewühlt, fand ich mich schließlich in der Bushaltestelle wieder.

»Die sind doch nur neidisch, Anton. Mich haste uff jeden Fall 'ne Freude jemacht mit deine Kassetten.« Überrascht betrachtete ich Sprenzel, den ich überhaupt nicht mehr wahrgenommen hatte. Er war mir wie ein Schatten gefolgt. Schweigend saßen wir da und spuckten auf die kaputten Fliesen unter unseren Füßen. Ein Traktor mit Güllefass im Schlepptau rumpelte an uns vorbei. Der Verschluss war nicht dicht, und ein dünner Strahl Jauche pieselte auf die Straße und zerlief Blasen bildend zwischen den Pflastersteinen.

»Ich will nich nach Scheiß-Kirchhausen«, sagte Sprenzel nachdenklich, du doch ooch nich, Anton, oder?«

Ich schüttelte den Kopf. Dabei wünschte ich mir nichts sehnlicher, als endlich aus Düsterbusch wegzukommen.

Zwei Wochen später besuchte eine attraktive Dame mit braunem Bubikopf und kurzem Rock unsere Klasse. Sie kam vom Berufsberatungszentrum der Abteilung Volksbildung und nahm neben der Klassenlehrerin Platz. Sie erzählte irgendwas von Planstellen in den Betrieben und dass wir jetzt, zwei Jahre vor Eintritt in das Berufsleben, langsam wissen sollten, was wir später mal werden wollten. Jetzt ging das schon wieder los.

Michaela Maurer, die Klassenbeste, hatte eine rosa Mappe, auf der kunstvoll verschnörkelt »Mein Berufswunsch« stand. Ich wusste nicht mal, was am nächsten Tag passierte, und die hatten schon ihre Agro-Techniker-, Mechanisator- und Chemielaborantin-Karrieren fest im Blick.

Nach der Berufsberaterin trat die Klassenlehrerin vor uns.

»So, jetzt steht jeder mal auf, sagt seinen Namen und dann, was er werden will. Frau Starigk möchte sich mal einen Überblick verschaffen.«

»Michaela Maurer, Facharbeiterin für Dauerback- und Teigwaren.«

Ich war dran und ließ es einfach mal drauf ankommen.

»Anton Kummer, Moderator beim RIAS.«

Totenstille. Dann begannen ein paar zu kichern. Sprenzel neben mir guckte schnell nach unten und feixte. Die Klassenlehrerin zerrte mich unter dem Gemurmel der anderen hinaus, und ich musste vor dem Lehrerzimmer stehen bleiben, während sie hineinging.

Kurz darauf kam meine Mutter heraus und scheuerte mir sofort eine, obwohl der Pausenraum voller Schüler war.

»Wir reden zu Hause.«

Als ich nach dem Unterricht in mein Zimmer kam, war der Kassettenrekorder weg und der Musikordner ebenfalls. Meine Mutter saß am Küchentisch und hatte ihren Kopf auf die vor sich verschränkten Arme gelegt. Mir wurde mulmig.

Als sie mich bemerkte, nahm sie sofort Haltung an.

»Setz dich, bevor der kommt.«

»Der« war mein Vater.

Ich ließ mich auf der anderen Seite der Wachstuchdecke nieder, die mit Plastikklammern am Küchentisch befestigt war. Besorgt wollte ich sie berühren, doch meine Mutter stieß mich weg. Das blaue Band, mit dem sie ihre Haare zurückhielt, war verrutscht. »Dieses Mal bist du zu weit gegangen.«

»Sollte doch nur ein Witz sein, Mutti.«

»Ein Witz ...? Ich hab Angst um dich, Anton.«

Sie schüttelte mutlos den Kopf.

»›Dein Sohn macht Westpropaganda‹, hat die durch das ganze Lehrerzimmer geschrien. Das war so peinlich.«

»Aber ich will nicht so 'n Scheißberuf lernen, Maurer oder Schlosser oder Offizier werden. Ich will was anderes.«

»Was denn?«

Ich zuckte ratlos die Schultern.

»Wenn du in diesem Land Moderator werden willst«, hob sie die Stimme, »dann musst du 'n Einserschüler sein und wirst, wenn du ganz großes Glück hast, auf die EOS delegiert. Wenn du dann weiter Einserschüler bist und noch mal Riesenglück und Beziehungen hast, kommst du vielleicht ... vielleicht auf die Journalistenschule. Vorher musst du aber noch drei Jahre zur Armee und in die Partei und ...«

»Na, deswegen ja beim RIAS«, unterbrach ich sie und versuchte gleichzeitig einen Witz anzubringen.

»Pass auf, ich knall dir gleich noch eine.«

Ein Lächeln huschte über ihr Gesicht. Wir standen beide auf, und sie umarmte mich.

»Ach, Kleener.«

Noch am gleichen Abend stand mein Rekorder wieder an seinem Platz.

09 Gott in Dreiecksbadehosen

Als die Sommerferien begannen, hatte ich die anderen schnell vergessen. Denn für mich hieß der magische Ort dieses Sommers Bad Berta, eine ehemalige Kiesgrube, aus der im Laufe der Jahrzehnte ein Strandbad entstanden war. Als Kind war ich ab und zu mit meiner Mutter hier und übte für die Schwimmprüfung.

Rund um den See säumten zahlreiche Datschen das Ufer. Am Hauptstrand gab es ein hölzernes Bademeisterhäuschen mit angegliederten Umkleidekabinen. Davor im seichten Wasser einen verrosteten Sprungturm, an dem Trauben von Jungs hingen, die in kurzen Abständen vom Dreier ins Wasser klatschten. Ich blieb in sicherer Entfernung und steuerte erst mal auf die Kneipe zu, die auf einer kleinen Anhöhe mit Blick auf den See lag.

Als ich den schlauchförmigen Raum betrat, der von einem langen Tresen dominiert wurde, dröhnte mir David Dundas mit »Jeans On« entgegen. Der Schankraum sah keimig aus, angetrockneter Dreck klebte auf den Tischen. Ein riesiges Glas Soleier stand direkt auf der Destille. Die Eier und der Sud, in dem sie schwammen, färbten sich bereits schwarz. Der allgegenwärtige Siff beeindruckte mich. In einer Ecke befanden sich zwei einarmige Banditen und ein ramponierter Flipper. Zwei Langhaarige mit freien Oberkörpern okkupierten den Flipper, dessen Sound durch den Raum hallte. Der eine hatte eine Schachtel f6 in der Badehose klemmen. Absolut lässig, dachte ich.

Ein blonder Typ mit Locken und einer total verdreckten Schürze kam aus der Küche in die Kneipe. Ich schätzte ihn auf Anfang zwanzig. »Was willst'n?«, blaffte er.

»Äh ... eine Packung Cottbuser Kekse«, sagte ich und legte eine Mark auf den Tisch. Ich hätte lieber ein Bier bestellt, traute mich aber nicht.

»Ham wa nich«, sagte er, steckte die Mark ein und baute sich mit vor der Brust verschränkten Armen vor mir auf. Hinter ihm im Regal standen mindesten zehn Packungen Cottbuser Kekse.

»Aber da sind doch ...«

»Ham wa nich«, unterbrach er mich, und sein Blick sagte: »Verpiss dich.«

Ich zuckte eingeschüchtert die Schultern und schob beleidigt ab. Plötzlich spürte ich einen scharfen Schmerz am Hinterkopf und drehte mich um. Der Kellner hatte mir die Kekse einfach an den Kopf geworfen. Ich bückte mich und steckte sie ein, während er wiehernd lachte und wieder in der Küche verschwand. Sehr witzig. Langsam ging ich zum See. Die neue Welt schien rau zu sein. Plötzlich hatte ich Sehnsucht nach Düsterbusch und den Tomatenstullen meiner Mutter.

Auf dem verrosteten Sprungturm standen die Jungen immer noch Schlange. Als ich zum Strand kam, winkte mir Elke von Weitem zu. Sie saß auf einer Decke mit einigen Mädchen, die ich nicht kannte. Pochenden Herzens ging ich zu ihnen rüber.

»Ey, Anton, das sind unsere neuen Mitschüler.«

Elke hatte sich offenbar schon gut integriert und verteilte Bonbons. Ich lächelte aufgeregt in die Runde. Ein paar Mädchen blinzelten müde nach oben und gaben mir lasch ihre

Hände ... Astrid, Ute, Sonja ... Conny. Ihre städtische Gelassenheit jagte mir Angst ein. Gleichzeitig war ich aufgewühlt von der ganzen Weiblichkeit aus Schenkeln, Brüsten und Mündern. Der Sonnenölgeruch nahm mir den Atem. Ich wurde rot und wollte gegensteuern.

»Seid ihr etwa alle Offizierskinder?«, fragte ich in die Runde.

»Was geht denn dich das an?«, fragte Conny schnippisch zurück.

Sie hatte blonde schulterlange Haare, braune Haut und unglaublich schöne Füße. Ich machte mir sonst nicht so viel aus Blondinen, schon wegen meiner Mutter. Aber sie war ein echter Knall im All. Gerade wollte ich etwas erwidern, da sagte Conny: »Guckt mal, jetzt springt Henryk.«

Alle Mädchen aus meiner zukünftigen Klasse wendeten den Blick zum Sprungturm. Ich war ein bisschen eifersüchtig auf den dunkelhaarigen Typen, der gerade Anlauf nahm und mit einem verunglückten Salto ins Wasser klatschte. Ich lachte schadenfroh und erntete böse Blicke. Übel gelaunt sprang ich ins Wasser und kraulte durch den halben Teich, in der Hoffnung, dass mir alle hinterherguckten. Doch als ich zurückkam, spielten die Mädels auf der Decke Mau-Mau, ohne Notiz von mir zu nehmen. Ich trocknete mich ab, zog mich an und ging zu meinem Fahrrad.

Als ich meine Badesachen auf den Gepäckträger klemmte, stand der sagenumwobene Henryk nicht weit von mir entfernt triefend nass an einer Birke. Vor ihm Silke Schaller, eine blonde Schönheit, die früher auch mal in Mutters Kabarettgruppe war, zwei Jahre älter als ich und unerreichbar. Henryk hatte seinen Ellenbogen oberhalb ihres Kopfes an den Baum gelehnt. Um den Hals trug er ein Kettchen mit einer Münze daran. Silke schien sich noch zu zieren. Er sah aus wie ein griechischer Gott und präsentierte einen gut durchtrainierten

Oberkörper. Seine zu große Dreiecksbadehose schmälerte allerdings den Heldenmythos etwas.

Henryk strahlte ein unfassbares Selbstbewusstsein aus. Sein stechender Blick aus grünen Augen schien Silkes letzten Widerstand zu zerlasern. Dann flüsterte er ihr eindringlich irgendetwas ins Ohr, und sie nickte schließlich ergeben.

Ich versuchte aufgeregt, seinen Blick aufzufangen, doch er schaute großzügig über mich hinweg.

Seufzend setzte ich mich auf mein Fahrrad. Nur schnell weg von diesem befremdlichen Ort.

»Ey Dörfler«, hörte ich eine Stimme hinter mir und drehte mich um. Ich blickte direkt in das grinsende hübsche Gesicht von Henryk. »Du hast was verloren.« Er wies auf die Cottbuser Kekse, die mir aus dem Rucksack gefallen waren. Seine Arroganz im Nacken spürend, hob ich die Kekse wieder auf und stopfte sie fahrig in meinen Rucksack zurück. Silkes gackerndes Gelächter hallte zum See hinunter. Ich traute mich aber nicht aufzuschauen und fuhr über knackende Zweige Richtung Ausgang.

»Ey Dörfler ... So ein Wichser«, schimpfte ich durch den Wald, als ich Bad Berta hinter mir ließ.

10 Maybe Or Maybe Not

»Alles auf zum Jugendtanz in das Kulturhaus der Bergarbeiter mit Vesuv-Disco«, sprang es mir aus der *Frankenwalder Post* entgegen, als ich die Veranstaltungsanzeigen studierte. Ich witterte die Chance auf meinen ersten Discobesuch. Ein alles verzehrender Drang nach Vergnügen ließ mich Kopfstand machen und in meiner Bude zu »My Sharona« von The Knack hin und her flippen.

Im Kulturhaus hoffte ich ein paar Leute aus meiner neuen Klasse zu treffen. Ich könnte Kontakte machen, bevor die Schule begann, mich positionieren, mit Musikwissen glänzen und was noch schöner war: vielleicht ein Mädchen kennenlernen. Endlich raus aus meinem Zimmer, raus aus der Enge des Dorfs. Meiner Mutter log ich vor, dass ich mich Elke anschließen würde. Ich musste ihr versprechen, um zehn zurück zu sein, und sie willigte schließlich ein. »Kauf dir 'ne Bockwurst und trink nichts«, mahnte sie und drückte mir 'nen Zehner in die Hand.

»Ich doch nich, Mutti.«

Draußen in der Garage lagen bereits zwei Flaschen Berliner Pilsener versteckt, die ich meinem Vater aus der Kiste geklaut hatte. Er war in letzter Zeit öfter im Kleister und hatte die Kontrolle über seine Vorräte längst verloren.

Vor dem Spiegel stellte ich enttäuscht fest, dass meine Haare nicht mehr länger wurden. Die Partien beidseitig des Mittelscheitels bedeckten die Ohren. Aber weiter kamen sie nicht. Erst als ich meine Levi's anzog, fühlte ich mich wieder rebellisch.

Auf der Hauptstraße dachte ich an Sprenzel. Musste ich ihn nicht fragen, ob er mitkommt? Er war alles andere als vorne mit seinem Anorak und den peinlichen Sprüchen. Ich brachte es aber nicht übers Herz, einfach an seinem Haus vorbeizufahren.

Ich bummerte gegen das Tor, und Charly bellte heiser. Nach drei weiteren Versuchen gab ich auf und war auch irgendwie erleichtert, dass niemand öffnete.

Auf der Landstraße in Richtung Kirchhausen sang ich vor mich hin. »School's Out – Forever«. Es war kühl, und die spärlich durch die Apfelbäume scheinende Sonne machte alle fünf Minuten kleinen Regenschauern Platz, die mir von vorn ins Gesicht pladderten. Ich kam fast zum Stehen und beschimpfte den Wind mit übelsten Ausdrücken. Am Bahndamm setzte ich mich ins nasse Gras, um die Vorfreude zu steigern.

Eine Flasche Bier versteckte ich in einem alten kaputten Plasteeimer, für später. Die andere trank ich angewidert. Das Zeug schmeckte bitter und komisch. Aber Explosionen im Kopf bekam man nun mal nicht von Cola. Und dann stand ich auf dem Vorplatz und blickte freudig auf die Disco. Das Kulturhaus wurde von allen nur »Zentrale« genannt. Auf den Absperrketten saßen Mädchen, zwischen ihren Beinen standen ihre Freunde und küssten sie. Einer der Typen trug eine BRD-Fahne auf seinem Parka.

Der Gaststättenleiter, Wolfgang Zach, stand breitbeinig vor der riesigen Flügeltür. In der Brusttasche seines weißen Dederonkittels steckten allerlei Kugelschreiber. Er qualmte eine »Milde Sorte«. Gönnerhaft schaute er über mich hinweg, als ich das erste Mal die Zentrale betrat.

Der würdige Geruch von kaltem Rauch, Pisse und Ratten-
gift empfing mich im von Neonlicht erleuchteten Vorraum.
Ich bezahlte an der Garderobe bei einer Frau in Kittelschürze
2,10 Mark Eintritt und enterte den Saal. Die Gänsehaut war
unbeschreiblich. Karoschwaden stiegen zu dem riesigen verstaubten Kronleuchter empor, dahinter lag die Bühne. Der DJ
hatte auf ein paar Tischen seine Anlage aufgebaut. Sie wurde
von zwei Scheinwerfern flankiert, die grüne und gelbe Punkte
an die von Stahlträgern durchzogene Decke projizierten. Auf
der Tanzfläche unmittelbar davor drehten sich zwei Mädchen
in engen karierten Blusen nach Cliff Richards »We Don't Talk
Anymore«. Ihre Clogs erzeugten kratzende Geräusche auf dem
Parkett.

Links der lange Tresen, ein Stück weiter saßen die Frankenwalder Assis. Geradeaus an den Tischen vor der Bühne die anständigen Kirchhausener Töchter und Handwerkersöhne. Manche trugen stolz die Fanhemden ihrer Westfußballvereine. Ich
sah den Schriftzug »Magirus Deutz« auf einem Bayern-Mün-
chen-Trikot. Rechts an den großen Pfeilern lehnten die Lässigen, ein Typ mit raspelkurzen Haaren fiel mir auf, er trug eine
Anzugjacke und guckte ernst. Neben ihm ein großes Mädchen
mit Korkenzieherlocken, um den Hals ein Palästinensertuch.
Sie tanzte vor sich hin und trug einen Integralhelm in der Hand.

Der Saal mit dem verrotteten Parkett und den dunklen Wänden war eine andere Welt. Als ob der real existierende Sozialismus hier Hausverbot hatte.

Überall tranken die Leute trübes Dessauer Hell und Apfelkorn. Ich stellte mich einfach in die Schlange und bestellte ein
Bier. Eine dicke Tresenfrau, die Heidrun gerufen wurde, gab
mir ohne zu zögern den Alkohol.

Ich setzte mich auf einen Tisch in die Nähe der Lässigen.
John Paul Youngs »Love Is in the Air« ließ jede Menge Mädels

auf die Tanzfläche strömen. Ziellos lächelte ich zu ihnen rüber. Angeregt vom Bier, fühlte ich mich wie Kolumbus, der Amerika entdeckte.

Da lächelte jemand zurück. War das zu fassen? Und es war auch nicht irgendjemand, sondern ein großes braunhaariges Mädchen und sagenhaft hübsch dazu. Sie trug einen zu großen Parka, hatte spindeldürre Beine in engen Jeans und dazu Turnschuhe an. Unter dem Parka leuchtete ein Pullover, der mit silbernen Glitzerfäden durchwirkt war. Als ich noch mal in ihre Richtung schaute, war sie verschwunden.

War doch nur ein Traum, dachte ich resigniert, bis mich jemand an den Arm stieß. Eine warme Welle stieg in mir auf, als sie plötzlich neben mir stand und ihre Hand ausstreckte.

»Tach, ich bin Maybe, und du?«

Maybe? War das ihr Künstlername? Wo kam dieses Wesen her?

»Anton«, erwiderte ich schwach.

»Bist du von der Schlossparkclique?«

Offenbar verwechselte sie mich mit jemandem.

»Äh ... nee, aber wollen wir tanzen?«, sagte ich in einem alkoholisierten Anflug von Souveränität.

Sie durchbohrte mich mit ihrem Blick, und ich schämte mich schon für meinen mutigen Vorstoß. Neil Diamond hatte mit »Forever in Blue Jeans« John Paul Young abgelöst. Zu meiner Erleichterung nickte sie, und wir gingen auf die Tanzfläche. Dort umarmte sie mich sofort, und ich legte meine Hände behutsam auf ihre Schultern. Ungeschickt drehten wir uns im Kreis.

Noch nie war ich einem weiblichen Wesen so nah gekommen. Ich betrachtete die kleinen Härchen in ihrem Nacken. Es war ein magischer Moment. Noch Jahre später, wenn mir irgendwo auf einer Straße oder in der Bahn der schwere Geruch von Rosen in die Nase stieg, wurde ich sofort zu diesem Abend zurückversetzt und sah Maybes lachendes Gesicht vor mir.

Ich spürte Erlösung, Halt und Vorfreude auf das wahre Leben. Diese drei Minuten Neil Diamond waren etwas ganz Großes. Ich umarmte sie fester.

»Was ist denn mit dir los? Willste mich erdrücken?« Maybe stieß mich ein Stück von sich. Dann lachte sie und entblößte erneut ihre strahlend weißen Zähne.

»Oh, 'tschuldigung.«

»Du bist süß, so anständig!«

Der Song war zu Ende, und ich musste dringend pinkeln, traute mich aber nicht zu gehen, weil ich Angst hatte, Maybe könnte weg sein, wenn ich wiederkomme. Wir standen ein bisschen unentschlossen herum, dann nahm sie meine Hand und führte mich zu einem Tisch. Mich rührte der Schlag. Auf dem Schoß eines Typen saß ein Mädchen, das Maybe wie aus dem Gesicht geschnitten war, nur dass sie blonde Haare hatte, und der Typ war ... Henryk.

Ich hielt den Atem an, als Maybe uns ganz selbstverständlich vorstellte.

»Susi ... Anton ... Henryk.«

Wir gaben uns über Kreuz die Hände.

»Kennen wir uns irgendwoher?«, fragte Henryk mit macker-mäßig gekräuselter Stirn.

»Ich kenn dich, also wirst du mich bestimmt auch kennen«, sagte ich und ärgerte mich sofort über diesen wenig witzigen Annäherungsversuch. Er nickte nur und gab Susi einen langen Kuss. Offenbar wechselte er ein paar Mal am Tag seine Mie-zen. Es stellte sich heraus, dass Maybe und Susi Schwestern waren und beide nur zu Besuch in Kirchhausen. Sie kamen aus einer Kleinstadt bei Cottbus und wohnten für eine Woche bei ihrem Onkel. Die sogenannte Schlossparkclique, mit der sie sich treffen wollten, war wohl nicht aufgetaucht.

»Die haben aber Pech gehabt«, stellte Henryk fest.

»Oder ihr Glück«, antwortete Susi.

Dann wollten die beiden Mädchen was zu trinken holen, und ich stand neben Henryk und war richtig stolz.

»Wie Schneeweißchen und Rosenrot, bloß geiler.« Er schickte ihnen einen Kennerblick hinterher.

Ich betrachtete ihn von der Seite, er war wirklich eine Erscheinung, sah ein bisschen aus wie Rod Stewart in dunkel. Die Spitzen seiner halblangen Matte hatte er mit Haarspray aufgestellt. Er trug ein UCLA-Sweatshirt aus Ungarn, Jeans und Römerlatschen ohne Socken.

»Scheiß Musik, oder?«, fragte ich vorsichtig, während im Hintergrund Vadder Abraham und die Schlümpfe liefen. Zwei besoffene Reservisten machten sich auf der Tanzfläche zum Löffel und imitierten eine Art Ententanz.

»Genesis und Police sind die Macht, hat der Heini aber nicht«, sagte Henryk und blickte mit finsterer Miene zum DJ rüber.

»Aber ich hab Kiss dabei«, fügte ich schlau hinzu und holte eine Kassette aus meiner Tasche. Ich hatte immer eine dabei, man konnte ja nie wissen.

»Pink Floyd bringen bald 'ne neue Platte raus. Soll die beste aller Zeiten sein«, sagte Henryk. »*The Wall* soll sie heißen, hab ich gestern im RIAS gehört.«

Wir schwiegen in blindem Einverständnis. Endlich war da jemand, mit dem ich meine Leidenschaft teilen konnte. Die Mädels kamen mit einem Tablett Apfelkorn wieder, und wir exten die Kurzen. Ich war mir nicht sicher, ob ich das überhaupt durfte, einfach so Schnaps trinken, aber hier war alles so selbstverständlich.

Hinter dem Haus an der Pisswand, von allen Nierenbar genannt, brachte Maybe mir das Küssen bei, während aus den Büschen Susis Gelächter herüberwehte. Ich zuckte ein wenig zurück, als ich das erste Mal die Zunge eines anderen Menschen im Mund hatte.

»Man darf die Zähne nicht spüren«, dozierte sie lachend.

Eigentlich lachte sie immer, selbst beim Küssen. Wir probierten es wieder und wieder, bis ich den Dreh raushatte. Dann konnte ich nicht genug kriegen. Maybe war schon sechzehn und hatte wohl reichlich trainiert. Jetzt wurde ich mutig und versuchte, mich zu ihren kleinen Titten vorzutasten, natürlich nur über dem Glitzerpullover. Das wurde aber schnell von ihrer Hand unterbunden. Egal, dachte ich. Es war auch so ein unfassbar schöner Traum.

Plötzlich bellte eine Männerstimme durch die Nacht. »Susanne ... Manuela!«

Maybe schrak zusammen und löste sich sofort von mir. »Scheiße, Onkel Bernd«, raunte sie und lachte das erste Mal nicht. Dann lief sie eilig Susi entgegen, die aus den Büschen kam.

»Wann ... sehen wir uns wieder?«, rief ich stotternd.

»Nächsten Freitag«, flüsterte Maybe noch im Weggehen und verschwand mit ihren dünnen Beinen in der Nacht. Nachdem ich die Enttäuschung überwunden hatte, stürzte ich mit Henryk zurück in den Saal, und wir tranken noch ein paar Apfelkorn.

Ich schaffte es tatsächlich, dem DJ meine Kassette unterzujubeln. »I Was Made For Lovin' You« scherbelte aus den Boxen, und wir rockten beide total breit auf der Tanzfläche ab. Ich fühlte mich schwerelos. Jetzt, genau jetzt sollte die Zeit stehen bleiben.

Wir wankten über die Bahnhofstraße nach Hause. Ich lauschte interessiert, als Henryk mir erklärte, dass man einem Mädchen immer direkt in die Augen gucken müsse. Dann würde es garantiert klappen. Er hatte sehr viele Tipps, was Frauen betraf.

»Hast du schon mal?« Er zeigte mir die rechte Hand, sein Daumen guckte zwischen Zeige- und Mittelfinger hindurch.

»Nee, nur obenrum ... ehrlich gesagt, grad eben bei Maybe«, gab ich kleinlaut zu.

»Ich hab auch erst mit fünfzehn.« Er berichtete von seinem ersten Mal am Heiligabend im Schnee mit einer Braut aus dem Internat. Ich schluckte aufgeregt, hing an seinen Lippen. Als er zu Ende erzählt hatte, blieb ich aufgewühlt stehen.

»Meinste ... meinste, wir könnten äh Kumpels sein?«

Er schaute mich undurchdringlich an, und mein Herz pochte wild.

»Warum nicht?«

»Na ... ich dachte, du hast schon jede Menge.«

»Nö. Ich bin Pole, Mann.«

Ich hustete. Henryk war ein Pole? Ich wusste nicht so recht, wie ich mich verhalten sollte. Polen galten im Volksmund als wenig vertrauensvolle Hinterwäldler, ein Bild, das auch die DDR-Brudervolkspropaganda nicht zerstören konnte. Hinzu kam ihre viel beschworene Faulheit, weil sie in Polen ja gerade streikten. Und neben mir lief dieser schillernde Typ. Mir wurde auf einmal bewusst, dass er das R ein wenig rollte. Meine Antwort ließ wohl etwas zu lange auf sich warten. Henryk musterte mich aus seinen stechenden grünen Augen.

»Willste gehen?«

»Nein ... so 'n Quatsch.« Ich fühlte mich sofort ertappt. »Aber wie biste denn hierhergekommen?«

»Meine Eltern, wegen Arbeit, da war ich noch klein. Jetzt wohn ich mit meiner Mutter allein über der Molkerei.«

Ich nickte, und wir schwiegen wieder, während ein Güterzug vorbeidonnerte.

»Und was machste, wenn du nicht mit Mädchen rumhängst?«

»Ich geh auf die EOS, will später studieren.«

»Meine Mutter sagt, da muss man drei Jahre zur Armee.«

»Polen müssen nicht zur Armee.«

»Oh, ich will auch Pole sein.«

»Überleg's dir lieber noch mal.« Er lächelte schief.

»Ich werde wohl nicht mal die Neunte schaffen«, murmelte ich resigniert.

»Na und? Dafür kennst du dich mit Musik aus.«

Irgendwann packte uns wilde Unternehmungslust, und wir bekamen die Man-müsste-mal-Phase.

»Man müsste mal 'ne Broilerbar eröffnen.«

»Man müsste mal den Unterricht in die Zentrale verlegen.«

»Man müsste sich mal sinnlos mit Nudeln behängen.«

Ich konnte mit ihm Blödsinn labern und trotzdem auch ein bisschen dran glauben.

Vor der Molkerei verabschiedeten wir uns. Auf dem Heimweg holte ich noch die deponierte Flasche Bier aus dem Plasteeimer. Ich sah uns schon eine Band gründen und in der Zentrale auftreten, Maybe und Susi jubelten uns zu.

Zu Hause bekam ich vierzehn Tage Discoverbot.

Zum Glück hatte ich wochentags eine Ferienarbeit, um mir ein bisschen Geld zu verdienen. Bei Bier-Schröder musste ich mit einem total hirnrissigen Typen namens Kroko riesige Zuckersäcke aufschlitzen. Den Inhalt schütteten wir in eine Rührmaschine, in der ein Sud waberte. Das Ganze wurde dann zu der berüchtigten Roten Brause verrührt.

In der Pause saßen wir in der Lagerhalle und warfen aus Langeweile frisch abgefüllte Seltersflaschen gegen die Wände, an denen sie mit lautem Knall zerbarsten. Ich zählte die Stunden bis zum Freitag.

Nach ein paar Tagen merkte ich an den unaufgefordert hingestellten Tomatenstullen, dass meine Mutter das Discoverbot längst vergessen hatte. Ich verdiente das erste Mal eigenes Geld. Das fand sie toll.

Freitag machte ich wie alle früher Feierabend und mixte eine Kassette für Maybe. Donna Summer, Electric Light Orchestra und »Cola-Wodka« von Holger Biege – der einzige Song aus der DDR-Hitparade, der noch was mit unserer Realität zu tun hatte.

Eine Stunde bevor Henryk mich abholen sollte, hielt ich es nicht mehr zu Hause aus. Ich rannte einfach los, ihm entgegen, quer über den Landmaschinenfriedhof, am Kuhstall entlang zur Hauptstraße. Forschen Schrittes lief ich am Kriegerdenkmal vorbei, schaute auf die Kassette für Maybe, die in der Bilka-Tüte an meinem Handgelenk baumelte. Glücklich sprang ich über die Kuhfladen auf dem Kopfsteinpflaster.

In der Kurve vor dem Ortsausgang kam mir Henryk auf seiner Schwalbe entgegen. Er ließ die Kupplung schleifen und machte mit einem missglückten Dreher vor mir halt.

»Hab noch Proviant geholt.«

Mit einem schelmischen Grinsen klappte er die Sitzbank hoch. Zwischen dem Werkzeug klemmte eine Flasche Kirsch-Whisky. Ich nickte anerkennend, klappte das Ding wieder zu, und wir eierten los.

Unterwegs kam uns Sprenzel mit dem Fahrrad entgegen. Schon von Weitem sah ich seinen langen Spiegel am Lenker wackeln. Erst wollte ich mich hinter Henryks Rücken verstecken, doch dann bat ich ihn anzuhalten. Er lenkte direkt auf Sprenzel zu und bremste keine zwei Meter vor seinem Vorderrad. Der sprang verdutzt ab. Henryk ließ den Motor laufen, während ich vom Sozius stieg.

»Na, Sprenzel, altes Käppi?« Ich versuchte, meine Verlegenheit wegzulächeln.

»Ey Anton, ey, war schon ein paar Mal bei dir. Wollte 'n bisschen Pörpel hören.«

»Hat Mutter schon erzählt. Das ist Henryk.«

Die beiden gaben sich lasch die Hand. Dann standen wir schweigend voreinander herum, während die Schwalbe tuckerte.

»Hab Hundefutter für Charly jeholt«, sagte Sprenzel und deutete auf die Einkaufstasche an seinem Lenker. Henryk prustete los. Sprenzel kam mir plötzlich wie von gestern vor, als Teil einer Welt, die ich längst verlassen hatte.

»Ich komm mal bei euch vorbei«, sagte ich, ohne es wirklich zu meinen, und schwang mich wieder auf den Sozius. Henryk fuhr weiter, und ich drehte mich nicht um.

»Was war das denn für 'n Bauer?«, fragte Henryk.

»Ach, das war Sprenzel«, sagte ich. »Der ist in Ordnung.«

»Sieht aus, als hätten se ihn mit der Zange rausgezogen.« Henryk feixte, und ich stimmte ein.

Mackermäßig enterten wir die Zentrale. Ich hatte nur noch einen Gedanken: Maybe. Ich befühlte noch mal das Tape in meiner Tüte, das ich ihr sofort überreichen wollte. Und da sah ich sie hinter dem Pfeiler, an dem die Lässigen standen. Sie saß an einem der braunen Sprelacart-Tische, die über den ganzen Saal verteilt waren, gleich neben dem Ofen. Und zwar mit baumelnden Füßen auf dem Schoß eines Typen, den ich nur von hinten sah. Sie hatte den Arm um seinen Hals gelegt und durchfuhr mit den Fingerspitzen seinen Nackenspoiler.

Ich kam mir vor, als hätte ich einen Medizinball an den Kopf bekommen. »L. A. Goodbye« von Secret Service wurde schlagartig von einem dumpfen Brummton überlagert, und ich musste mich an einem Stuhl festhalten. Wie ferngesteuert lief ich zu dem Tisch.

»Bleib hier, Anton«, rief Henryk noch.

Und dann stand ich vor ihr.

»Hallo, Maybe, kommste mal mit raus?«, sagte ich zittrig.

Sie drehte den Kopf zu mir.

»Nee, ich kann jetzt nicht.«

»Wieso denn nicht?«

Sie rollte die Augen und schaute weg, Richtung Tanzfläche. Der Typ saß weiter mit dem Rücken zu mir und schien mich nicht zu bemerken.

»Ey, Maybe?«

Keine Reaktion.

»Maybe …?«

Keine Reaktion.

»Ist Schluss oder was?«, startete ich einen letzten Versuch. Sie drehte sich noch mal halb um.

»Womit?«

»Mit uns?«

Ihre Augenbrauen unter der haselnussbraunen Außenwelle kräuselten sich.

»Mit ›uns‹ war noch nie was, und jetzt verschwinde.«

Das war das Wort zum Sonntag. Meine Beine waren zu schwer, ich konnte mich nicht bewegen. Von hinten kam Susi mit einem Tablett Apfelkorn. Sie grinste mich an, als wäre nichts geschehen, und stellte das Tablett auf dem Tisch ab. Langsam und tief getroffen ging ich zu Henryk zurück.

»Wahrscheinlich einer von der Schlossparkclique, was?«, empfing er mich mit analytischem Blick zum Tisch hinüber. Susi winkte ihm zu, er solle rüberkommen. Henryk reagierte nicht.

»Na los, geh«, sagte ich.

Er schüttelte den Kopf.

»Du lässt die wegen mir sausen oder was?«

»Will ich mit dir oder mit denen 'ne Broilerbar aufmachen?«

Er stieß mich vor die Brust. Ich entkrampfte etwas und lächelte schwach. Dann legte er den Arm um meine Schulter und steuerte mich Richtung Tresen.

»Und denk dran, Maybe heißt eigentlich nur Manuela.«

11 Wählt die Grünen!

Der Hof der Ernst-Thälmann-Oberschule Kirchhausen war voll von Kleinstädtern, und wir Dörfler fällig zum Spießrutenlauf.

»Jetzt kommen die Bauern«, ätzte Gerber, ein abgebrochener Blonder mit Sommersprossen, die sich bis auf seine Ohren verteilten. Er ging in meine neue Parallelklasse. Mit eingezogenen Köpfen bewegten wir uns schlurfend fort: Frank Sprenzel, Elke Lippschitz, Matthias Felder und ich. Sprenzel hielt sich jetzt wieder mehr an Elke, seitdem ich ihn auf der Landstraße stehen gelassen hatte. Mein Selbstbewusstsein befand sich wegen Maybes Abgang noch immer auf Erbsengröße.

Der Fahnenappell war eine erste Vorahnung, dass hier die Rotlichtbestrahlung weitaus intensiver war als in Düsterbusch. Im Blockformat standen die einzelnen Klassen um den Fahnenmast, von dem die DDR-Flagge wedelte. Daneben die Direktorin, strenges Gesicht und schwarzes Haarteil. Ihre Bluse saß exakt wie eine Uniform. Sie donnerte im Namen Lenins über den Schulhof: »Der Sozialismus ist ein zuverlässiger Kompass für die Gestaltung des eigenen Lebens.«

»Ey, Kummer, haste deinen Kompass mit?«, flüsterte Felder, und wir feixten um die Wette.

Minuten später war ich schon Mode, denn meine neue Klassenlehrerin, Mitte vierzig, spöttischer Zug um die Mundwinkel, störte sich an meiner Bilka-Tüte. »Sofort umstülpen!«

In Düsterbusch hatte sich kein Lehrer dafür interessiert. Ich gehorchte, wendete das gute Stück, ignorierte die Lacher, als es tintenbekleckste Hefte regnete.

»Dass du als Lehrersohn dich nicht schämst.«

»Die will dich ficken«, ätzte Gerber, als wir das Schulgebäude betraten.

»Da lern ich wenigstens noch was.«

»Arschloch.«

»Selber.«

In Staatsbürgerkunde wurde ich sofort von Lehrer Zickert angeschissen, einem Endfünfziger mit buschigen Augenbrauen, die Hände groß wie Klodeckel. Das Parteiabzeichen schien im Jackett eingewachsen zu sein. Ich wusste, dass er meine Mutter aufgrund unserer Westkontakte hasste. »Kummer«, schnauzte er und hängte dabei Mantel und Filzhut an die Innenseite der Tür, »was ist Kommunismus?«

Sein Klodeckelfinger zeigte auf mich. Zögernd erhob ich mich und schwieg. Ich hatte die Definition dieser sagenumwobenen Gesellschaftsordnung, die da irgendwann kommen sollte, nicht drauf. Endlose Sekunden vergingen, in denen mich Zickert genüsslich musterte.

»Gibt es noch nicht«, murmelte ich ratlos.

Vereinzelt wurde gekichert. Ich spürte die hämischen Blicke in meinem Nacken.

»Als Mensch zu doof, als Schwein zu kurze Ohren.« Mit diesem Spruch des Stabü-Lehrers brach ein Orkan des Gelächters über mich herein. Ich drehte mich um. Da saßen die ganzen Mädchen, die ich schon in Bad Berta auf der Decke gesehen hatte, und lachten schadenfroh. Dreckspack, dachte ich. Nur Conny fehlte, die mir nicht mehr aus dem Kopf gehen wollte. Sprenzel blieb ernst, ebenso wie Elke, die sich meldete.

»Ja, Elke«, sagte Zickert, jetzt wohlwollend, und der Lärm legte sich. Elke stand auf und legte los wie eine waschechte Agitatorin.

»Kommunismus, das ist die klassenlose Gesellschaftsordnung, in der die Produktionsmittel und die Macht in der Hand der Werktätigen liegen.«

»Eine Gesellschaft allseitig gebildeter Menschen, was auf Jugendfreund Kummer offenbar nicht zutrifft!«, vollendete Zickert.

Ich durfte mich setzen und nickte dabei Elke dankbar zu.

In der Pause flüchtete ich in die letzte Ecke des Schulhofes, während sich die anderen zum Rauchen verdrückten. Ich ließ mich auf einer Bank nieder und beobachtete, wie Elke und Conny ein paar Meter entfernt an mir vorbeiliefen, quatschten und in ihre Frühstücksbrote bissen. Fasziniert schaute ich zu, wie sich Conny das Engelshaar aus dem Nacken strich, und ärgerte mich darüber, dass sie offenbar in meine Parallelklasse ging.

Auf einer Nachbarbank saß ein spindeldürrer Typ mit Nickelbrille, strähniges Haar umrahmte das schmale Gesicht. Ein echter John-Lennon-Imitator. »Schwerter zu Pflugscharen«, schrie der Aufnäher am Oberarm des zerschlissenen Parkas.

Mutig, dachte ich und sprach ihn an.

»Na? Ich bin Anton.«

»Mir doch egal.«

»Ich gehöre nicht zu denen.«

»Trotzdem.«

»Dann eben nicht.« Ich aß meine Leberwurststulle. Nur Spasten überall, dachte ich.

»Du bist 'ne Pfeife«, sagte der Typ neben mir plötzlich.

»Was?«

»Du lässt dich von der Alten zwingen, die Tüte umzudrehen. Die wollten mir den Aufnäher schon abreißen. Ich hab ihn immer noch dran.«

Stolz präsentierte er mir das Wahrzeichen der kirchlichen DDR-Opposition. Dann stand er auf und ging.

»Eins zu null für dich, Häuptling fettiges Haar«, murmelte ich und folgte ihm in sicherem Abstand.

»Das ist der Leichte aus der b«, sagte Matthias Felder auf dem Weg in die Klassenräume, »der hat genauso 'nen Knall wie du.«

Nachmittags radelte ich mit Elke und Sprenzel nach Hause. Mit brachialem Fahrstil versuchte ich, die braunen Äpfel breit zu fahren, die den Straßenrand säumten.

»Sag mal, Elke, was ist denn Conny eigentlich für eine?«

»Dass du die gut findest, dachte ich mir. Aber da haste keine Chance.«

»Warum?«

»Viel zu anständig.«

»Ich bin doch auch anständig.«

»Mach dir keine Hoffnung, Anton. Die findet dich zum Kotzen, hat sie mir extra gesagt.«

»Ich hab's auch gehört«, sagte Sprenzel.

Erstaunt schaute ich mich zu ihm um.

»Ach, leckt mich doch!«

Ich trat in die Pedalen und ließ die beiden hinter mir.

In den nächsten Tagen sehnte ich die Pausen herbei. Ich konnte den Blick nicht mehr von Conny abwenden. Sie saß fast immer inmitten einer großen Gruppe von Mädchen auf dem Fahrradständer vor der Schule. Von Weitem studierte ich ihre Erscheinung, die gelben Socken mit den kleinen Elefanten drauf, darunter ihre gespannte Achillesferse, der Apfelhintern in den Levi's-Jeans. Sie hatte offenbar auch Westverwandte.

Beim Klang ihrer näselnden Stimme ging ich die Wände hoch. Sie war das totalste Mädchen. Ein Blick im Vorübergehen aus ihren blauen Augen, und Mauern wären gefallen, Berge explodiert, doch Fehlanzeige. Direkt in die Augen schauen. Henryks Tipp funktionierte wohl nur bei ihm selbst. Eines Tages kurz vor Ende der Pause schlich ich mich in den Klassenraum der 9b und deponierte die Kassette, die für Maybe gedacht war, in ihrer Mappe.

Elke spielte jetzt die beste Freundin und passte mich auf dem Schulhof ab.

»Dein Geglotze geht Conny ganz schön auf den Zeiger. Lass das mal«, sagte sie und gab mir die Kassette zurück.

Nach dieser harten Zurückweisung saß ich allein auf der Pausenbank, der Leichte ein paar Meter weiter.

Nach der Schule folgte ich Conny heimlich mit dem Fahrrad. Die Mappe in der Hand, lief sie durch die sogenannte Armeesiedlung. Parzellierte Plattenbauten im Fünfzigerjahre-Stil. In der Mitte ein Sportplatz. Armeeangehörige in Uniformhosen und weißen Unterhemden wuschen Trabis. Schaurig. Kein Platz für Träume. In dieser Welt verschwand sie hinter einer Tür.

Mittwochfrüh regnete es Scheiße, und wir radelten zum Sportunterricht. Komischerweise war die Halle abgesperrt. Überall standen freiwillige Helfer der Volkspolizei herum: Männer in Zivil mit rot-weißen Binden um den Arm und Schaum vor dem Mund. Sie stoppten uns.

»Was ist denn hier los?«, fragte ich einen.

»Das geht dich gor nüscht an!«, schnarrte er.

»Is ja gut, Mann«, versuchte ich, wenigstens ein bisschen Widerstand zu leisten.

Wir eierten um die Turnhalle herum. An der Rückwand Bullen, die wichtig hin und her liefen. Da sah ich an der grauen Turnhallenwand mit großer weißer Schrift »ählt die Grünen!«.

Das W war schon überstrichen worden. Die Grünen, war das nicht die Partei im Westen? Neu, rebellisch und alternativ? Wer traute sich so was? Auch Elke machte große Augen.

»Wenn se den erwischen!«

Auf dem Schulhof standen Pulks von Schülern der oberen Klassen. Gerüchte machten die Runde, wurden dementiert, Klatsch verbreitet. Jemand erzählte, der Leichte sei nicht aufgetaucht und angeblich verhaftet.

Nach der Schule schwang ich mich auf mein Fahrrad und fuhr zu Henryk. Vor der Molkerei warf ich einen Stein an die Scheibe seines Zimmers. Das Fenster öffnete sich, und er schaute mit gewichtiger Miene zu mir hinab.

Ich ging auf die Knie und rief theatralisch aus: »Ave Caesar, morituri te salutant.« Mit großer Geste gab er mir die Erlaubnis, mich zu erheben.

»Komm runter, du Eimer«, rief ich.

Ein paar Minuten später stand er vor mir. Er wusste natürlich auch schon Bescheid.

»Wir können ja mal in die Junge Gemeinde fahren«, sagte er. »Vielleicht wissen die mehr.«

Die Junge Gemeinde in Kirchhausen galt als »Hort der Konterrevolution« und wurde von einem Westpfarrer geleitet. Rotes Gelaber wäre dort nicht zu hören, munkelten die Lässigen. Obwohl Henryk Katholik war und in seinem Zimmer sogar ein paar Heiligenbilder herumstanden, ging er öfter zu den Protestanten. In der Jungen Gemeinde trafen sich Handwerkersöhne und Arzttöchter, Spatensoldaten und Schulabbrecher mit Ausreiseantrag. Alle die, zu denen ich noch keinen Kontakt hatte.

»Das hat mir meine Mutter verboten.«

Henryk lachte. »Als ob das irgendwas bedeutet.«

Ich griente zurück und tauschte mein Fahrrad gegen den Sozius seiner Schwalbe.

Der Gemeinderaum der Kirche war ein kleines Mansardenzimmer. Durch das Fenster sah ich die bröckligen Mauern einer alten Schlosserei.

Pfarrer Rogge, ein drahtiger Typ mit randloser Brille, saß auf einem Sofa. Auf den Matratzen lümmelten sich etwa fünfzehn Leute, die ihn wie einen Guru anhimmelten. Alle kannte ich aus der Zentrale. Socke, Elkes Freund, hatte seine frotteebesockten Füße auf den Knien der Braut mit dem Palästinensertuch. Ihre schlauen, neugierigen Augen hinter einer Hornbrille musterten mich mit undurchdringlichem Blick. Sie wurde Wuschel genannt. Im Hintergrund hockte ein älterer Typ im Ledermantel. Er übte auf der Akustikgitarre. Eine Melodie war nicht zu erkennen. Im Schneidersitz Ekel-Kai, fett und schwitzig im Boxer-Anzug, die schmantige schulterlange Mähne in der Mitte geteilt. Kurte, der Typ mit den raspelkurzen Haaren und der Anzugjacke, drehte sich gerade eine Zigarette.

Henryk wurde mit großem Hallo begrüßt, schüttelte Hände, machte Witzchen. Misstrauische Blicke blieben an mir hängen.

»Ich bin Anton.«

Ledermantel musterte mich skeptisch. »Das ist doch 'n Russenname.«

Ekel-Kai kicherte. Ich wurde rot.

»Und wieso biste ausgerechnet heute hier?«, fragte Kurte. Ich zuckte mit den Schultern und schaute mich Hilfe suchend nach Henryk um.

»Der will spionieren«, sagte Ekel-Kai.

Henryk musterte ihn kühl. »Ausgerechnet bei dir?«

»Halt's Maul, Polanski.«

Henryk holte halb im Ernst, halb im Spaß zum Faustschlag aus. Ekel-Kai zuckte zusammen. Wildes Durcheinandergerede wegen meiner Anwesenheit. Pfarrer Rogge mischte sich ein.

»Beruhigt euch mal. Anton, wie weiter ...?«

»Kummer.«

»Anton Kummer, wir haben hier keine Geheimnisse«, erhob er die Stimme, »und es ist schön, dass du zu uns gefunden hast. Jeder hier kann sagen, was er möchte. Willkommen!«

Rogge ließ einen strengen Blick in die Runde gleiten. Schweigen.

»Frei reden ist der nicht gewöhnt«, witzelte Socke.

»Wenn du wüsstest«, gab ich zurück.

»Jetzt lasst den doch mal in Ruhe«, verteidigte mich Kurte. Alle lachten, die Stimmung lockerte sich.

Dann sprach Rogge: »Ihr wisst alle, dass ein Mitglied von uns heute verhaftet worden ist ...«

Er erzählte von Tino Leichtmann, so hieß der Leichte mit richtigem Namen. Tino wollte Akzente setzen, nicht immer nur reden gegen Unfreiheit und Umweltverschmutzung. Rogge hatte ihn gewarnt, er solle nichts Unüberlegtes tun, und jetzt das. Er machte sich Selbstvorwürfe, beschwor alle, die freie Meinungsäußerung vor Ort nicht mit blinden Aktionen zu verwechseln. Und er gestand seine Mitschuld ein. Ich bekam Gänsehaut. Rogges Offenheit war stimulierend, Freiheitsgefühle raubten mir den Atem.

Ledermantel zischelte hasserfüllt: »Man müsste gleich die Russensterne am Ehrenmal abbrechen.«

Zustimmendes Gemurmel. Mir schauderte bei dem Spruch. Für mich war der Sowjetsoldat, wenn auch kein Held mehr, doch immer noch der Befreier vom Faschismus. Langsam dämmerte mir: Hier hatten alle noch nie was von der DDR gehalten, waren völlig anders erzogen als ich. Pfarrer Rogge riss mich aus den Gedanken.

»Anton, was sagst du dazu?«

Alle schauten zu mir.

»Äh ... ich finde das schon mutig ... äh, aber auch nicht normal ... äh, sich so in Gefahr zu bringen«, redete ich mich raus.

»Ja, ja, Schiss hat er.« Ekel-Kai schoss sich auf mich ein.

Rogges Augen ruhten auf mir, sanft und strafend zugleich.

»Gut«, sagte er, »nur das Wort ›normal‹ gefällt mir nicht, Anton. Wer bestimmt denn, was normal ist, deine Lehrer? Die SED-Kreisleitung?« Er lächelte.

Was für eine Bombenfrage in mein rebellisches Herz. Ich war wie benommen, checkte Henryk vor Begeisterung in die Seite. Der nickte einverständlich.

Nachdenkliches Schweigen trat ein. Alle fassten sich an den Händen und beteten für den Leichten. Ich fand das ein bisschen albern, senkte den Kopf und vergrub meine Hände unter den Oberschenkeln.

Nach der Gedenkpause wurde die Umweltverschmutzung in Kirchhausen angeprangert. Ortsansässige Fabriken leiteten pure Chemie in die Schwarze Elster, und das seit Jahren. Darüber hatte ich noch nie nachgedacht.

»Ich hab am Sonntag ein Taschentuch in die Elster geworfen, Dienstag war es komplett zerfressen«, sagte Wuschel empört. Ich verkniff mir das Lachen und dachte an die Worte meines Vaters, der immer sagte: »Mein Auto fährt auch ohne Wald.«

Als ich nach Hause kam, kramte ich einen Filzstift hervor. Mit zitternder Hand schrieb ich »Wer bestimmt denn, was normal ist?« hinter mein Bettgestell an die Tapete.

12 Das Elend der Bilderstürmer

Der 1. Mai 1981 war ein kalter Tag. Schwer fiel der Regen auf uns. In Parkas und Anoraks lungerten wir und die Parallelklasse vor der Schule herum. Alle Schüler aus Kirchhausen mussten anlässlich des Kampf- und Feiertags der Werktätigen zur großen Festwiese marschieren.

Beim Verteilen der Transparente blieb wie immer das Honecker-Plakat übrig. Es war ein riesiges Teil, zwei Holzstangen waren an den Seiten daran festgemacht. Eingerollt lehnte es am verrosteten Drahtzaun, und Regentropfen perlten über das hervorschauende Kinn des Staatsratsvorsitzenden.

Die Klassenlehrerinnen ließ ihren strafenden Blick über uns schweifen. »So, wenn sich keiner meldet, machen wir das anders. Den Genossen Honecker tragen der beste Schüler der 10 b und der schlechteste Schüler der 10 a. Das sind im Augenblick Cornelia Lehmann und Anton Kummer.«

Riesiges Gelächter brach unter den Kapuzen los. Ich wurde knallrot, Conny auch, sie äußerte schwachen Protest, der jedoch im Lärm unterging. Unsere Blicke trafen sich. Nie im Leben hätte ich das Honecker-Bild getragen, und wenn mir eine Hand abgefault wäre. Aber das jetzt war etwas ganz anderes.

Zwanzig Minuten später liefen wir an der Spitze des Demonstrationszuges unserer Schule durch Kirchhausen. Conny steckte in einem gelben Friesennerz, und nur ihre süße Nase guckte ein Stück aus der Kapuze hervor.

Die Lange Straße wurde flankiert von einigen Pflichtschaulustigen, die traurige Wink-Elemente schwenkten. Darauf zu sehen war die weiße Friedenstaube auf blauem Grund.

Conny und ich taten was Gemeinsames, und sie konnte sich nicht mal dagegen wehren.

Ich versuchte, nicht allzu auffällig rüberzuschielen. Völlig weggetreten marschierte ich durch die Stadt, vergaß Raum und Zeit.

»Guck mal da, dein Kumpel.« Ekel-Kais Stimme riss mich aus meinem Traum, und ich sah in das peinlich berührte Gesicht von Kurte.

Ohne dass ich es bemerkte, waren wir auf der Höhe der Zentrale angekommen. Henryk saß auf seiner Schwalbe und daneben die ganze Fraktion aus der Jungen Gemeinde. Fassungslos wanderten ihre Blicke von mir zu dem Plakat, das ich auf Höhe meines knallrot werdenden Kopfes trug.

»Ich wusste doch, dass das ein Rotarsch ist«, schrie Ekel-Kai hinter mir her.

»Aua«, sagte Conny in Anspielung auf Ekel-Kais Spruch und holte mich aus der Schockstarre. Sie grinste aus der Kapuze rüber und präsentierte ihren schief stehenden Schneidezahn, der mich wahnsinnig antörnte. »Aua« war das erste Wort, das sie direkt an mich richtete.

Schon während des Umzugs scherten einige Mitschüler aus. Für uns war es am schwierigsten, da wir ja ganz vorn das Hauptmotiv trugen. Ich gab Conny mit den Augenbrauen ein Zeichen.

Ängstlich schaute sie sich um und flüsterte: »Erst wenn die Alte weg ist!« Ich musste lächeln. Jetzt hatte sie sogar schon zwei Mal was zu mir gesagt.

Ein paar Minuten später war auch die Direktorin aus dem traurigen Zug geflüchtet. Wir rollten das Plakat ein, traten zur

Seite und ließen uns zurückfallen, wobei wir einige misstrauische Blicke ernteten. Der Zug näherte sich jetzt der Festwiese. Wir kürzten durch hohes Gras ab und liefen einen Hügel hinauf. Von dort hatten wir einen guten Blick auf die Menge. Wir rollten Honni wieder aus und setzten uns auf sein Gesicht. Schweigend schauten wir durch vor Regen triefende Laubbäume auf den sich zerstreuenden Demonstrationszug. Die Teilnehmer stürmten erleichtert Bier- und Bockwurstbuden. Ich strahlte vor mich hin, fühlte mich mit Conny wie auf einer kleinen Insel.

»Jetzt freuste dich, wa?«, sagte sie nur und schaute mich mit einem sehr merkwürdigen Blick an. Das erste Mal trafen mich ihre blauen Augen bewusst länger. Ihr verfrorenes Gesicht wirkte noch hübscher als sonst. Sie beugte sich zu mir und küsste mich flüchtig auf den Mund.

Sie duftete nach Intershop, und ich wollte mehr, doch sie wies mich zurück.

»Hör auf, Anton, das wird nichts mit uns.«

»Warum denn nicht?«

»Wenn du was für mich übrig hast, versprich mir … dass du dir jemand anders suchst.«

»Ich will aber niemand anders.«

Sie wurde rot und guckte mich wieder an.

»Bitte Anton, versprich's mir.«

»Auf keinen Fall!«

»Es geht aber nicht. Akzeptier das bitte«, sagte sie entschlossen, ging in die Hocke und putzte sich mit den Händen den Hosenboden sauber.

Meine Pumpe tat mir weh. Mir fiel ein, wie sie Henryk am Sprungturm angeschmachtet hatte.

»Ist … es wegen Henryk?«, kam es mir schwer über die Lippen.

Sie schüttelte den Kopf.

»Ach Quatsch. Den finden doch alle gut.«

Ich erhob mich mit ihr, und wir schnappten das Honecker-Bild. Doch Conny wollte woanders lang als ich, und der olle Erich riss in der Mitte durch. Ich hatte den Eindruck, sein rechtes Auge strafte mich mit tyrannischem Blick. Erschrocken hielt sich Conny die Hand vor den Mund. Sie gab mir ihr Ende und rannte ohne ein Wort zu sagen runter zur Festwiese.

»Alles nur wegen dir«, schnauzte ich Erich an und warf ihn hinter der Zentrale in die Büsche.

13   Der Spirit von Bad Berta

Auf Ihre Bewerbung hin müßen wir Ihnen
mitteilen, daß wir Sie aufgrund der Vielzahl
der Bewerber bei der Deutschen Reichsbahn
für eine Ausbildung als Betriebs-Mess-Steuer-
und Regeltechniker nicht berücksichtigen
können.

> Mit sozialistischem Gruß
> *(Unleserlich)*
> Kaderleiter

Es war bereits die zehnte Absage, die ich bekam. Meine Mutter hatte mich gezwungen, Bewerbungen zu schreiben. Doch weder beim Postscheckamt als Bankkaufmann noch beim Kreisbetrieb für Landmaschinen als Anlagenmonteur wollte man mich haben. Mein Zeugnis der neunten Klasse war einfach zu schlecht.

Einzig das Nieten- und Bolzenwerk in Frankenwalde zeigte Bereitschaft, mich als Automateneinrichter auszubilden. Allerdings nur nach erfolgreichem Abschluss der zehnten Klasse. Und der stand in den Sternen. Die schriftliche Matheprüfung hatte ich bereits versaut. Über mir schwebte das Damoklesschwert von »Achte raus«. Mit »Achte raus« waren Karrieren als Halbkreisingenieur (Straßenfeger) oder Schotterknecht (Gleisbauarbeiter) programmiert.

Meine Mutter begann mit nazimäßigem Nachhilfeunterricht. Durch Kopfnüsse versuchte sie mir ebene Schnitte durch gerade Kreiszylinder einzupauken. Ich verstand nichts davon, wohl aber ihre Reaktion. Nicht nur ihr Ruf als Mathelehrerin stand auf dem Spiel, auch der Frust über das Scheitern ihres einstigen Goldjungen saß tief. Wenn die Streits eskalierten, flüchtete ich nach draußen. Meist stand ich dann ratlos an mein Fahrrad gelehnt auf der Dorfaue und fühlte mich herausgefallen aus dieser Welt.

Eine Woche vor dem großen Scheitern stellte meine Mutter ihre Strategie um.

»Wenn du die Prüfung schaffst, kriegst du ein Moped.«

Das war natürlich ein Angebot. Fast alle aus der Klasse besaßen schon eins. Jeden Morgen düsten Felder und Elke schadenfroh grinsend an uns vorbei über die Landstraße, während Sprenzel und ich noch mit unseren Fahrrädern zur Schule eierten. Dabei redeten wir kaum noch miteinander.

Meine letzte Hoffnung war Henryk. Ich wusste, dass er an der Penne in Mathe ein Ass war. Nach unserer üblichen römischen Begrüßungszeremonie winkte er mich nach oben. Ich hatte 'ne Pulle im Gepäck, um ihn gefügig zu machen.

»Ey, Henryk, ich weiß nicht, wie ich diese Scheiß-Matheprüfung schaffen soll.«

»Was kannste denn so einigermaßen?«

Ratlos blickte ich ihn an. »Vielleicht 'n bisschen Dreiecksberechnung?«

Ich wusste nicht warum, jedenfalls wieherte er auf einmal los. Ich stand da wie bekloppt. Gekränkt nahm ich den Apfelkorn wieder vom Tisch und wandte mich zum Gehen.

»Bleib hier, Mann, ich helf dir ja.« Er wischte sich die Tränen aus den Augen. »'n bisschen Dreiecksberechnung ... der war gut!«

Ich warf mein versifftes Mathebuch auf den Tisch und versuchte, mich zu konzentrieren. Zu meinem Erstaunen hielt Henryk das Cover von Pink Floyds *The Dark Side of the Moon* mit dem dreieckigen Prisma darauf in die Höhe. Anhand dieses Covers erklärte er mir, wie man den Flächeninhalt beliebiger Dreiecke ermittelt. Die Bettakrobatik einer seiner Bräute machte mir den Unterschied zwischen spitzwinkligen und stumpfwinkligen Dreiecken klar. Er mischte Ficksprüche und sein Musikwissen mit mathematischen Gleichungen, und langsam dämmerte etwas bei mir.

»Eselsbrücken, du Esel«, bemerkte er gönnerhaft, als ich zwei Aufgaben, die er mir gestellt hatte, richtig löste.

»Ey, ich bin ja Friedrich Gauß, ey«, prustete ich ihm stolz entgegen.

»Auf jeden Fall biste King of Dreiecksberechnung.« Henryk rubbelte sich vergnügt durch die Rod-Stewart-Frisur.

Eine Woche später hieß mein Prüfungsthema »Aufgaben zur Berechnung rechtwinkliger Dreiecke«. Ich fasste es nicht. Zweimal brach mir vor Aufregung an der Tafel die Kreide ab. Einmal hätte ich im Zusammenhang mit dem Erhebungswinkel allerdings fast über Mädchenschenkel referiert. Dann war es geschafft. Nach langer Beratung gaben sie mir schließlich eine Drei.

Mit Vorzensur Vier und Prüfung Fünf ergab das noch eine Vier. Ich hatte die zehnte Klasse bestanden. Beim Rausgehen kam mir Sprenzel entgegen, er war als Nächster dran. Aufmunternd nickte ich ihm zu und trat hinaus in den dunklen Flur. Mich traf fast der Schlag.

Auf der Bank zwischen den Klassenräumen saß Conny und lächelte.

»Geschafft?«

Lässig bleiben, dachte ich aufgeregt, nickte und setzte mich neben sie. Mein Blick fiel auf die zerkratzte Lehne der Bank.

Da stand ganz groß »FICKEN«, und ich fragte mich, ob das ein Wink mit dem Zaunpfahl war. Ihre Hand fand meine. Ein irres Glück brach sich Bahn, vom Nacken an bis in die Fußspitzen, ließ mich aufstehen und völlig selbstvergessen zucken.

»Bist du etwa hier, um mich abzuholen?«,

»Nee, ich warte auf den Hausmeester.« Sie grinste trocken.

Ich rannte ein Stück auf den dunklen Dielen entlang und wieder zurück. Conny lächelte erneut.

»Was ist denn mit dir los?«

»Keine Ahnung, is so schön.«

Immer noch ein wenig zweifelnd, ob das wirklich gerade passierte, ließ ich mich auf die Bank fallen. Eine Weile saßen wir schweigend nebeneinander und warfen uns verliebte Blicke zu. Ich traute mich nicht zu fragen, warum sie jetzt anscheinend doch was von mir wollte, aus Angst, dass es einen Haken an der Sache gab.

»Was machen wir jetzt?«

»Bisschen rumfahren?«, fragte sie, und ich nickte. Wir liefen Hand in Hand durch das Schulgebäude. Ich spürte, wie vor Stolz meine Ohren glühten. Die Stufen knarrten ehrfurchtsvoll, als das neue Traumpärchen über sie hinwegstiefelte. Auf dem Schulhof lösten wir unsere Hände wieder, als ob wir beide der Sache noch nicht so richtig trauten.

Mit unseren Fahrrädern fuhren wir nebeneinander Richtung Bad Berta und grienten uns die ganze Zeit an. Unerwartet hielt sie sich an meiner Schulter fest. Ich trat wie verrückt in die Pedalen und fuhr, so schnell ich konnte. Sie ließ los und rollte schwerelos über die Landstraße. Sie wirkte irgendwie abgekoppelt von der Welt. War das jetzt mein Mädchen? Ich stand in Flammen, knisterte am ganzen Körper.

Bad Berta erschien mir perfekt als romantischer Zufluchtsort. Wir liefen zum Strand hinunter. Der Sand war klumpig und nass. Wir standen unschlüssig herum, guckten auf die Datschen, die den See umrahmten. Der alte Sprungturm schien den tief hängenden Wolken mit dem Dreimeterbrett in die Seiten zu stechen. Dann pladderte der kalte Mairegen auch schon herab. Schnell rannten wir zu den hölzernen Kabinen. Die Tür der Mädchenumkleide stand offen, und ich deutete hinein. An der Wand stand mit gelber Farbe der Schriftzug: »Achtung Diebe«. Wir setzten uns auf die knarrende Bank und schauten unschlüssig durch die Ritzen zwischen den Brettern. Ich sog die Luft ein und glaubte, den Sommer und nasse Badesachen zu riechen.

An dem Goldkettchen, das sie um den Hals trug, sah ich, wie ihre Brust bebte. Sie drehte sich zu mir und küsste mich wild. Es war süß, sie wollte damit ihre Unerfahrenheit wettmachen. Ihre Zähne hämmerten sich in meine Lippen. Ich ließ von ihr ab.

»Is doof?«, fragte sie errötend.

»Ach Quatsch, ist überhaupt nich doof.«

Ich gab weiter, was ich mir von Maybes Training gemerkt hatte. Conny lernte ähnlich schnell wie ich damals. Ich ließ von ihr ab, umarmte sie und vergrub meine Nase in ihren Haaren. Jetzt spürte ich stärker denn je, dass ich mit ihr zusammen sein wollte. Es fühlte sich richtig an.

»Wie kann das sein, dass wir hier sitzen? Hat dir jemand 'ne Gehirnwäsche verpasst?« Mühsam versuchte ich meine Aufregung zu verbergen.

Conny schaute nach Worten suchend in eine Ecke, in der ein alter Turnschuh lag. Ruckartig wandte sie auf einmal den Kopf und schaute mich lange mit rätselhaftem Blick an.

»Na, nach dem Ersten Mai hab ich gemerkt ... dass es blöd war, was ich da gesagt habe.«

»Was?«

»Na, dass du dir 'ne andere suchen sollst. Ich konnte nicht mehr schlafen und bin manchmal sogar zur Zentrale gefahren und hab geguckt, ob du mit jemand anders abschiebst.« Sie zog verlegen die Stirn in Falten, sah mich an und zuckte ratlos die Schultern. Ich hatte das Gefühl, vor Glück von der alten Bank abzuheben und durch die Decke zu gehen. »Außerdem fand ich dich schon immer gut ... Du hast so 'ne schöne Stirn.« Sie strich mit dem Finger über meine Augenbrauen.

»Zickert sagt, ich hab 'nen Quadratschädel.« Wir lachten beide, dann schaute ich auf den Sprungturm und genoss, dass sie mich ansah. »Ich hab nie gemerkt, dass du geguckt hast, Conny«, sagte ich aufgekratzt.

»Ich mach das ein bisschen geschickter als du.« Sie lächelte und nahm wieder meine Hand. »Versprich mir ... dass wir immer zusammenbleiben.«

Ich nickte mit vollem Herzen. In diesem Moment hätte ich ihr alles versprochen.

Sie legte ihren Kopf an meine Schulter, und wir hörten dem pladdernden Regen zu.

Als wir wieder zur Schule radelten, wirkte sie auf einmal gehetzt, schaute sich ängstlich nach allen Seiten um und war wie ausgewechselt.

»Wann sehen wir uns denn?«, fragte ich, als wir wieder auf dem Vorplatz standen. Am liebsten hätte ich sie gar nicht gehen lassen.

»Weiß ich noch nicht.«

Dann fuhr sie einfach los und ließ mich stehen.

So sind Mädchen eben, dachte ich mir und schwang mich auf mein Fahrrad, noch euphorisch darüber nachgrübelnd, wem ich es als Erstes erzählen sollte.

»Ich bin mit Conny zusammen.«

Die ganze Woche über hörte ich gar nichts von ihr. Ich fuhr zur Armeesiedlung und wartete stundenlang im Sicherheitsabstand vor ihrer Haustür. Nichts regte sich. Keine Spur von Conny. Auch Elke hatte sie nicht gesehen. Ein paar Mal am Tag wichsen hieß die Alternative. »Versprich mir, dass wir für immer zusammenbleiben.« Wollte die mich verarschen?

Bei Henryk konnte ich mich nicht auskotzen, er weilte für ein paar Wochen in Polen. In der Zentrale war schon seit Wochen Inventur. Ich zog mich in die Bahnhofskneipe zurück, kippte ein paar Bier und schaute mir die Durchreisenden an. Bei jedem Zug stellte ich mir vor, dass Conny ausstieg, wir uns entgegeneilten und in die Arme fielen.

Es begann eine merkwürdige Zwischenzeit, die Schule war vorbei, aber die Zeugnisse nicht verteilt. Und irgendwo dahinter lag bereits der Sommer, der wie ein guter Freund auf mich wartete.

Eines Nachmittags entstieg Kurte dem D-Zug aus Prag. Er schulterte einen Rucksack, und in der Hand trug er eine hellblaue Plastetüte. Das sah verdammt nach Schallplatten aus. »Wo kommst du denn her?«, rief ich ihm entgegen.

»Ach, ich war nen paar Tage in Budapest und danach noch in Prag, Schwarzbier saufen.«

Am Revers seiner Anzugjacke trug er einen Sticker mit dem zackigen Schriftzug »Gary Numan«. Er musterte mich undurchdringlich. Bei Kurte wusste ich nie so richtig, woran ich war. Hielt er mich für einen Vollhorst, oder mochte er mich? Ich nickte anerkennend, trug mich auch schon lange mit dem Gedanken, mal nach Budapest zu fahren. Das ist der Ersatzwesten erzählten alle, die schon mal dort waren. Aber mir fehlte immer das Kleingeld, und es war ganz schön weit weg.

»Und was haste da drin?«, fragte ich neugierig und deutete auf seine Tüte.

Doch Kurte schaute auf seine Uhr. »Hab keene Zeit, muss auf zweete Schicht.«

»Komm doch morgen mal vorbei. Können wir Platten tauschen«, drängelte ich, während er schon die Treppe zum Ausgang hinunterlief. Er rief irgendwas und war im Bahnhofsgebäude verschwunden.

Am nächsten Tag bekamen wir hundert Zentner Kohlen, die ich zusammen mit meinem Vater und einer Schubkarre zu unseren Schuppen beförderte. Dabei schrien wir uns gegenseitig an, weil wir beide keine Lust auf diesen Job hatten. Unsere Entfremdung machte Fortschritte.

Als ich gerade das Hoftor schloss, stand plötzlich Kurte vor mir. Ich wusch mich schnell und empfing ihn in meinem Zimmer, gespannt wie ein Flitzebogen, welchen Schatz seine Tüte wohl hergab. Er machte es spannend und prüfte noch mal kurz den Zustand meiner Finger.

Mit dem Blick eines Zauberers, der gleich eine zersägte Frau präsentiert, brachte er eine Platte zum Vorschein. In der Mitte prangte das Schwarz-Weiß-Foto eines Typen, darüber ein blutroter Schriftzug: »STATIONTOSTATIONDAVIDBOWIE«. Die Buchstaben waren ohne Zwischenraum aneinandergereiht.

Der Typ stand auf dem Foto zwischen irgendwelchen Röhren. Er hatte blonde, nach hinten gekämmte Haare und sah unglaublich aus.

»Ist aus so 'nem kleinen Shop nicht weit von der Rákózsi Utca, die haben alles«, sagte Kurte, als ob er Budapest wie seine Westentasche kennen würde.

Ich wollte dagegenhalten und bot ihm gönnerhaft eine meiner Scheiben zum Tausch an für 'ne Weile. Doch er kramte lustlos in meinem Plattenfach zwischen Alice Cooper, Led Zeppelin und Foreigner herum.

»Das ist doch alles alter Plunder. Im Westen hört das keiner mehr!«

»Woher weißte das denn?«, sagte ich erstaunt.

»Ich hab nen paar Hamburger getroffen im Ráday-Club, die fahren voll auf New Wave ab.«

»Was?«, entfuhr es mir ungläubig. Ich war total stolz auf meine neue Supertramp-LP, die ich Socke für zwanzig Westmark abgekauft hatte. Tante Klara sei Dank.

»Supertramp«, er rümpfte die Nase. »Der Name sagt doch schon alles.«

»Aber die ist doch auch schon von sechsundsiebzig«, triumphierte ich mit einem Blick auf das Cover der Bowie-Platte.

»Ja, aber Bowie ist das Vorbild für alle Kurzhaarigen.«

Er erzählte von sagenhaften Figuren wie John Foxx mit zwei x und Gary Numan. Das sei vorne und neu. Ich kam ins Grübeln. Dann deutete er auch noch auf meine unentschiedene Über-die Ohren-Frisur.

»Und hol dir auch mal langsam die Flusen runter, is echt von gestern, Kummer.«

Ein beleidigter Kloß saß in meinem Hals, als wir uns verabschiedeten. Die Bowie-Platte ließ er mir für ein paar Tage da.

»Der sieht aber anständig aus«, sagte meine Mutter, als Kurte gegangen war.

Ich schloss mich in meinem Zimmer ein und stellte Bowie beleidigt in den Schrank. Nachts hörte ich Supertramps *Even in the Quietest Moments ...* und träumte von einer Blumenwiese, auf der ich mit Conny lag.

14 Moderne Zeiten

Ich fischte ein Schreiben aus der abgeschnittenen Dachrinne an unserem Zaun, die als Briefkasten fungierte. Es war die Bestätigung, dass ich nach bestandener Prüfung meine Ausbildung als Automateneinrichter antreten durfte. Damit verbunden wurde gleich die Mahnung geäußert, meine Lehre effektiv zu gestalten, um den Forderungen der Partei der Arbeiterklasse nach Höchstleistungen in der Produktion gerecht zu werden. Schlagartig wurde mir bewusst, dass dieser Horror jetzt wirklich auf mich zukam.

Bis dahin hatte ich mir vorgemacht, dass ich die Lehre nie antreten müsste, denn etwas Schönes und Grandioses würde mir widerfahren. Ein kalter Schauer lief mir über den Rücken, als ich den Brief las. Ich sah mich wie einst Charlie Chaplin in *Moderne Zeiten* hilflos durch die Zahnräder des VEB Nieten- und Bolzenwerkes gleiten. Der einzige Trost war, dass Conny ebenfalls in Frankenwalde Chemielaborantin lernen würde. Eine Möglichkeit, sie öfter zu sehen.

Ein Pfiff riss mich aus den Gedanken, und ich drehte mich um. Auf dem Hof stand Sprenzel in typisch geduckter Haltung, die Augen halb auf mich, halb auf den Boden gerichtet. Er kam vom Nachprüfungstermin in Mathe.

»Und, geschafft?«

»Nee, ich wusste nich, was die von mir wollten, Anton.«

Ich ließ ihn rein, und wir gingen in mein Zimmer. Jetzt war Sprenzel der mit »Achte raus«.

Er tat mir leid, andererseits war ich erleichtert, dass ich nicht an seiner Stelle war.

»Und jetzt?«

Er zuckte die Schultern, saß wie das Leiden Christi auf meiner Bettkante.

»Ich muss drei Jahre Eisenbieger in Frankfurt Oder lernen.«

Mir fiel nichts ein, um ihn wieder aufzubauen, also nickte ich nur stumm und drückte seine Schulter. Ausgerechnet Sprenzel, der mit Düsterbusch verwachsen war, sollte in die Fremde ziehen.

»Kann ich hier pennen? Der Alte spielt Wilde Sau.«

»Logo.«

Meine Mutter brachte Bettzeug.

»Ich hab dir doch so oft gesagt, Frank, ich geb dir Nachhilfe.«

»Ich hab mich nicht getraut, Frau Kummer.«

Ich legte mich auf das Bett, und er sich auf das Sofa gegenüber.

»Lieste mir was vor, Anton?«

»Klar.«

Meine Mutter hatte Connections in die Buchhandlung von Frankenwalde und unter dem Ladentisch *Lammkeule* von Roald Dahl ergattert. Ich las ihm »Des Pfarrers Freude« vor; die Geschichte über einen gierigen Kunsthändler, der am Ende von seinem eigenen Geiz bestraft wird.

»Du kannst so schön lesen. Manchmal denke ich, du passt jar nich nach Düsterbusch, Anton, wa?«, murmelte Sprenzel danach.

»Quatsch, ich pass genauso nach Düsterbusch wie du.«

Wir schwiegen eine Weile.

»Gegen den Polen hab ich keene Chance, wa Anton?«, sagte er plötzlich in die Stille.

Ich richtete mich auf, bekam ein schlechtes Gewissen. »Wie kommste denn darauf?«, redete ich mich heraus.

»Der scheißt auf dich, wenn's drauf ankommt.«

»Der hat mir in Mathe geholfen, sonst hätte ich es auch nicht geschafft.«

»Trotzdem.«

Wir schwiegen. Ich wollte nicht, dass er noch frustiger wurde. Irgendwann sprang ich aus dem Bett und legte *Station to Station* auf. Donnernde Zuggeräusche eröffneten die Platte. Es hörte sich an wie die BR 52 beim Verlassen des Bahnhofs Kirchhausen. Und dann diese Stimme, traurig, stammelnd, einsam. Irgendwas daran ließ mich wach werden.

»Klingt gruselig, Anton«, sagte Sprenzel schläfrig.

Der Rest der Platte wirkte, als würde sie mich raustragen aus Düsterbusch, direkt hinein in eine donnernde Großstadtdisco, kalt und anonym, aber wahnsinnig spannend. Mit dem Rücken an der Wand hörte ich sie noch ein paar Mal, als Sprenzel längst pennte. Ich betrachtete das Cover. Wo wollte dieser Mann hin? Er sah so aus, als hätte er gerade die Zukunft gesehen.

Völlig aufgedreht räumte ich Supertramp und die erste City, die einzige DDR-Scheibe, die ich noch besaß, unter mein Bett. Kurte hatte recht, weg mit dem Hippiekram. Jetzt stand nur noch Bowie in meinem Plattenschrank. Ein weißes Cover mit einem blutroten Schriftzug. Ich musste sie Kurte unbedingt abkaufen.

Die Bühne der Union-Lichtspiele, wo ich *Grenzpunkt Null* gesehen hatte, war mit allerlei roten Parolen behangen. Ein Blumengesteck umrahmte das Porträt von Ernst Thälmann, das seitlich der Bühne auf einer Art Holzbock thronte.

Es wurde wie ein Heiligenbild von einem Scheinwerfer angestrahlt. Hinter einem von der DDR-Fahne verhüllten Rednerpult in der Mitte stand ein Vertreter der Abteilung Volksbildung und laberte was von Ehre, Eintritt in das Berufsleben und Reifung zu einem aktiven Mitglied der Gesellschaft. Durch die dicken, gepolsterten Kinowände klang seine Stimme gedämpft. Schweißperlen bildeten sich auf der Stirn über seiner Hornbrille. Es war verdammt heiß in dem alten Kino.

Ich saß im Jugendweiheanzug neben meinen Eltern; das Zeugnis, versehen mit einer schwarz-rot-goldenen Kordel, bereits in meinen feuchten Händen. »Bestanden« hieß mein Prädikat, und wir waren gerade noch rechtzeitig im Saal aufgetaucht, bevor mein Name aufgerufen wurde. Mutters Beine waren der Grund für die Verspätung. Wir mussten ziemlich weit weg parken, und mit Erschrecken stellte ich fest, wie langsam sie vorankam. Es ging so schlecht, dass ich sie tragen musste. Die letzten Meter vor dem Kino ließ ich sie herunter, sodass keiner was bemerkte.

Mein Vater war schon vorangegangen, um Plätze frei zu halten. Immer wieder schaute ich mich nach hinten um. Mein Blick suchte Conny zwischen all den Pfeifengesichtern. Ich entdeckte sie schräg hinter uns, eingeklemmt zwischen ihren Eltern, und eine warme Freude durchströmte mich. Conny trug eine Art seidenen Hosenanzug und dazu hochhackige Sandalen und hatte rot lackierte Fußnägel. Ihr Outfit ließ mich noch mehr Schweiß austreiben.

Ihr Vater zeigte in Uniform Flagge und hatte die Schirmmütze vorbildlich auf seinen Knien abgelegt. Das abweisende kantige Gesicht passte zu seiner Gesamterscheinung. Auf eine gruselige Art und Weise machte er Eindruck auf mich und schien als Einziger aufmerksam zuzuhören. Ich versuchte mittels Zeichensprache Kontakt mit Conny herzustellen, doch sie reagierte nicht. Langsam reifte die Überzeugung in mir, dass sie mich einfach nur verarscht hatte.

Spärlicher Applaus trieb den Funktionär vom Rednerpult der Direktorin in die Arme. Sie überreichte ihm einen Blumenstrauß. Ich nutzte die Pause, um auf die Toilette zu gehen, und startete einen letzten Versuch. Ich erhaschte einen kurzen Blick von Conny und deutete mit dem Kopf Richtung Toilette. Endlich hatte sie mich bemerkt.

Als ich nach dem Pinkeln das Klo verließ, trat zu meinem Erschrecken nicht Conny, sondern ihr Vater auf mich zu. Er war etwas größer als ich, fast eins fünfundneunzig, und musterte mich verächtlich.

»Halt dich von meiner Tochter fern«, zischte er drohend.

»Was?«

»Wasch dir die Ohren, Mensch, du sollst Conny in Ruhe lassen.«

»Und wenn nicht?«, fragte ich, als ich mich wieder gefangen hatte.

»Dann wirste es bereuen«, sagte er knapp und verschwand auf der Toilette.

In meinen Ohren dröhnte es. Wie gelähmt starrte ich in den Schaukasten an der Wand neben mir. Fotos machten Werbung für *Weißer Bim Schwarzohr*, einen sowjetischen Tierfilm über einen kleinen Hund. Jetzt ahnte ich den wahren Grund für Connys seltsames Benehmen.

Es war Ende August, als ich Sprenzel mit meinem neuen Moped zum Bahnhof brachte. Meine Mutter hatte Wort gehalten. Ein paar Tage nach erfolgreicher Prüfung parkte der saharabraune S50 vor der Tür.

Schweigend standen wir auf dem Bahnhof, als der Personenzug aus Leipzig zur Weiterfahrt nach Cottbus einfuhr. Sprenzel hielt mir die Hand hin, ich schlug ein und reichte ihm seinen Campingbeutel.

»Denk dran, in Cottbus umsteigen auf Bahnsteig B«, gab ich ihm mit auf den Weg. »Fünfzehn Uhr dreiundzwanzig nach Frankfurt Oder. Sprenzel stellte sich auf die Türstufen, als der Schaffner pfiff.

»Kommste mich mal besuchen in Frankfurt?«, fragte er, als der Piefke anfuhr.

»Klar«, rief ich hinterher, ohne drüber nachzudenken, ob ich das wirklich tun würde. Ich sah ihn für eine lange Zeit das letzte Mal.

Vom Bahnhof fuhr ich zu einem kleinen Wäldchen hinter der Schule. Elke hatte mir einen Zettel mit einer Nachricht von Conny vorbeigebracht. Darauf war die genaue Position einer Bank angegeben, auf der sie sitzen würde. Ich kam mir vor wie beim Scheiß-Geländespiel, als ich den Waldweg entlangknatterte. Von Weitem sah ich schon ihre weißen Pumps und bremste direkt vor ihr. Nach einigen unsicheren Bewunderungsfloskeln über mein Moped wussten wir beide nicht mehr, was wir sagen sollten. Ich setzte mich neben sie.

»Dein Vater also«, unterbrach ich das Schweigen.

Conny schaute nach unten, und an ihrem peinlich berührten Blick sah ich, dass sie alles andere als entspannt war.

»Hat der 'ne Pistole?«

Conny nickte schwach.

»Aber damit geht er nicht auf mich los, oder?«

Sie machte große Augen. »Anton. Mein Vater ist kein Unmensch.«

»Das sah im Kino anders aus.« Wir schauten uns an, und ihr Kinn begann zu beben, das sichere Zeichen für gleich ausbrechende Tränen. Ich umarmte und küsste sie.

»Kannst ja nüscht dafür.«

Aus dem emotionalen Klammern wurde eine wilde Knutscherei. Ich deutete in den Wald. Wir stiegen über feuchte Zweige und überall herumliegenden Müll. Ich stellte mich mit dem Rücken an eine Krüppelkiefer und zog sie an mich heran. Irgendwann glitt meine Hand am Gummizug ihres Rockes und dem schon ziemlich dichten Urwald vorbei in ihre Muschi. Grob fingerte ich darin herum. Sie stöhnte in mein Ohr und öffnete den Reißverschluss meiner Levi's. Ebenso ungeschickt zerrte sie meinen Halbstarken heraus. Ich öffnete den Gürtel, und die zu großen Jeans rutschten mir in die Kniekehlen. Sie guckte sich um, ging in die Knie und nahm ihn in den Mund. Besser gesagt, sie biss drauf. Der Schmerz war heftig, ich schrie auf, und ein paar Krähen antworteten unwirsch.

Conny zog mich vor Schreck hinunter ins Gestrüpp. Ich lag zwischen Kienäppeln und Dornen, während sie knallrot neben mir kniete.

»Was machen wir eigentlich hier?«, fragte ich grinsend. Sie begann auch zu lachen.

»Manno, ich weiß doch auch nicht, wie das geht.« Die Geilheit war weg, aber irgendwie hatten wir trotzdem Spaß. Sie amüsierte sich über meine ausgeleierten Slips, während ich mit dem Finger ihre Nase verformte. Wir wollten es beide, das erste Mal. Doch nicht im Wald, sondern bei mir. An unserem letzten Ferientag sollte es passieren.

15 On the Road Again –
Auf der Straße gehen

Henryk und ich saßen auf den rostigen Begrenzungsketten, die den Vorplatz der Zentrale von der Straße trennten. Das Kulturhaus war noch geschlossen, und wir warteten, dass irgendwas passierte.

Es war Sonntag, und die letzten Stunden der Freiheit fühlten sich träge an, nur ganz entfernt spürte ich schon eine nervöse Unruhe. Am nächsten Tag würde ich meine Lehre beginnen. Über die Bahnhofstraße blinzelte ich in die tief stehende Sonne. Doch keine Spur von Connys zierlichem Körper, der mit dem zu großen Damenfahrrad kämpfte. Sie war schon eine halbe Stunde überfällig.

In meiner Bilka-Tüte hatte ich eine Flasche Sliven, einen extrem süßen bulgarischen Rotwein, von allen nur »Bumswein« genannt. Er sollte als Stimulanzmittel für den ersten Fick meines Lebens dienen.

Henryk starrte verloren auf die riesige braune Pfütze zu unseren Füßen, in deren Mitte ein Zigarettenstummel schwamm. Ekel-Kai und sein Kumpel Schwabbel latschten in langen zerschlissenen US-Parkas durch die Pfützen an uns vorbei auf das Haus zu. Im Schlepptau hatten sie zwei Bluesmädchen in Batikkleidern. Die eine war blond und erinnerte mich an Joni Mitchell. Die andere, eine Brünette, hatte schon drei Komma acht auf dem Kessel, aber unter ihrer verfilzten Mähne eine extrem erotische Hakennase.

»Na, Kummer«, schrie mir Schwabbel entgegen, »was macht das Leben?«

»Geht weiter, und deins?«

»Ich mach Schluss, schmeiß mich heute hinter den Zug.« Dann rülpste Ekel-Kai so laut, dass die Spatzen aus den Bäumen aufflogen. »Das ist Körperbeherrschung. Andere hätten gekotzt«, krähte er im Weitergehen.

Henryk schaute ihm angewidert hinterher.

»Was'n los? Haste 'nen Moralischen?

Er zuckte mit den Schultern.

»Ich darf nicht studieren.«

»Wieso?« Ich war erstaunt, er war der Klassenbeste.

»Weil ich Pole bin.«

»Ich denke, ihr seid unser Brudervolk?« Den ironischen Unterton konnte ich mir nicht verkneifen.

»Dachte ich auch. Aber die haben mir gesagt, so international ist die DDR noch nicht.«

»Da haben sie recht. Guck dich hier mal um.« Ich zeigte auf den mit kraterförmigen Schlaglöchern übersäten Vorplatz der Zentrale.

Er lachte nicht und starrte zum Eingang rüber. Wolfgang Zach öffnete gerade die große Flügeltür. Nach zwei Jahren Dauerbesuch hatte sich der Laden abgenutzt. Am Sonntag war die Musik am schlimmsten, genau wie das Publikum. Eine üble Mischung aus Reservisten, Ex-Knastis und besoffenen Fußballfans. Das Gelaber war auch immer das Gleiche, Bundesligaergebnisse wechselten mit Ficksprüchen zum Sound von Stars on 45. Der ganze Bodensatz des Kreises Frankenwalde, ich mittendrin, wehrte sich in sinnlosem Besäufnis gegen die heraufziehende Woche.

»Und was willste jetzt machen?«

»Ich könnte 'ne Maurerlehre anfangen.«

»Na, dann sind wir eben beide Knuffer«, sagte ich fröhlich, denn insgeheim freute ich mich, dass er nicht zum Studium wegging.

»Dafür hab ich doch nicht vier Jahre Penne überstanden!«, regte er sich auf.

»Na und, dann können wir endlich unsere Broilerbar-Idee umsetzen oder hier was aufziehen.« Ich zeigte freudig zum Eingang.

Er schaute mich an wie ein Insekt.

»Bild dir nicht ein, dass du in diesem Land irgendwas machen kannst, was nicht mit FDJ oder so 'nem Scheiß zu tun hat.«

»Kommt auf 'nen Versuch an.«

»Ach ja«, wehrte er ab, »hier ist alles ein Versuch.«

Er guckte zur Seite und suchte nach Worten.

»Ich muss dir was sagen, Anton, ich fahre Montag nach Westberlin.«

Ich glaubte ihm kein Wort.

»Verarschen kann ich mich alleene.«

»Doch, Polen dürfen in den Westen fahren. Das hängt mit dem Vier-Mächte-Status zusammen. Ich hab schon 'n Visum.«

Ich schwieg und guckte enttäuscht in die Pfütze. Diese Neuigkeit musste ich erst mal verarbeiten.

»Willste drübenbleiben?«

Er zuckte mit den Schultern. »Was soll ich denn noch hier?«

Zwei besoffene Reservisten torkelten, sich gegenseitig stützend, auf die Flügeltür zu.

»Ob du drübenbleiben willst?«, hakte ich nach.

Henryk sah mich an.

»Du hast doch Conny.«

»Ich, Conny ...?«, fragte ich fassungslos und deutete die leere Straße runter. »Willste mich verarschen?

Er nickte in Richtung Eingang. »Komm, wir gehen rein und machen uns dicht.«

Seine Stimme klang entschuldigend, als ob für ihn die Sache schon besiegelt war. Ich dachte an Sprenzels Worte: Der Pole lässt dich hängen.

»Nee, ich warte hier.«

Henryk setzte sich in Bewegung.

Ich guckte noch mal die Straße runter und holte den Rotwein aus der Tüte. Keine Conny, und der Pole wollte sich aus dem Staub machen. Na Prost. Ich drückte mit dem Daumen den Korken in die Flasche und trank große Schlucke. Durch den Rotwein bekam Kirchhausen etwas wattiert Unwirkliches.

»Englisch, irgendwie englisch«, brabbelte ich vor mich hin, während die spätsommerliche Kleinstadt, dominiert von verfallenen Backsteinhäusern, totenstill dalag.

Die Flasche war halb leer. Meine Augen taten weh vom Auf-die-Straße-Starren. Es war sinnlos, sie würde nicht mehr kommen. Ich stand auf und lief zum Eingang.

Das funzlige Licht der Vorplatzlampe zog allerlei Getier an. Motten und Fliegen schwirrten um den Lichtkegel herum und stritten sich um die besten Plätze. Bruchstückhaft wehte jetzt die Stimme des DJ aus der offenen Flügeltür herüber.

»Und jetzt für alle Fans: Canned Heat mit ›On the Road Again‹ – Auf der Straße gehen!«

Ekel-Kai und Schwabbel traten wieder auf den Vorplatz. Hinter ihnen die beiden Batikkleidermädels. Joni Mitchell war schon völlig über den Berg. Die Flasche Klarer Juwel in ihrer Hand kippte ständig nach rechts weg, und der Schnaps pladderte in den Dreck. Die Brünette mit der Hakennase kam mir nüchterner vor als am Nachmittag. Sie amüsierten sich gerade über etwas.

»Na, Honecker, wieder keene abjekriegt?«, ätzte Ekel-Kai.

»Da sind wir ja schon zweie«, gab ich zurück.

Die Dunkle musterte mich aus den Augenwinkeln.

»Is das 'n Kumpel von dir?«, fragte sie Ekel-Kai.

»So weit würde ich nicht gehen«, sagte ich schnell.

Sie kam zu mir rüber und legte ihre Arme um meinen Hals. Irgendwas an ihr roch nach Soljanka.

»Bist wohl schüchtern?«

»Nee, ich denke nach.«

Ich war völlig verdattert, als sie ihren Unterkörper gegen meinen Schwanz drückte, und schaute verdutzt zu Ekel-Kai.

»Das is Hexe aus Spremberg«, bemerkte er mit eifersüchtigem Blick.

Ich taxierte Hexe aus Spremberg. Sie war eine klassische Blueserbraut mit überlanger Mähne und Knöchelholzkettchen. Ihre Füße steckten in Römerlatschen, waren nicht schlecht geformt, aber total dreckig, was mich einesteils abstieß, andererseits meinen Schwanz in Bewegung brachte. Äußerlich der absolute Gegenentwurf zu Conny.

Sie zog mich in die Ecke hinter dem Eingang.

»Kommste mit nach Radeln?«, flüsterte sie mir ins Ohr.

Die Frage brachte mich etwas aus dem Konzept. Radeln lag mitten im Spreewald und war die Hochburg der Blueskunden und Hippies. Immer sonntags spielten dort die Bands der Szene. Ich war außer bei Klassenfahrten nie weiter als bis Kirchhausen gekommen. In etwas mehr als zehn Stunden begann meine Lehre.

»Zwanzig Uhr achtzehn nach Cottbus und dann weiter mit dem Bus?«, fragte ich.

»Woher weißt'n das so genau, biste bei der Reichsbahn?«

»Nee, aber ich kenn den Fahrplan.«

»Das is ja 'n ganz Schlauer, unser ...?«

»Anton.«

Sie küsste mich kurz auf den Mund, riss mir die Weinflasche aus der Hand und trank gierig.

»Pech gehabt, Conny«, dachte ich schadenfroh.

Auf dem Bahnsteig lungerten schon jede Menge Blueskunden in langen Kutten und Thälmann-Jacken herum. Einige hatten Schlafsäcke um die Schultern. Bei den Nächsten klapperte gammliges Kochgeschirr am Gürtel. Ich war aufgeregt. Meine erste Reise zu einem Konzert.

Hexe ließ plötzlich meine Hand los und sprang auf einen viel älteren Typen mit Vollbart zu. Er trug ein mit Borte verziertes Stirnband über der wallenden Mähne. Der Typ grapschte ihr unter den Arsch, während sie ihre Beine um seine Hüften schlang und sie sich beide vor Wiedersehensfreude um die eigene Achse drehten.

Da quietschten schon die Bremsen des mit zweiminütiger Verspätung aus Falkenberg kommenden Piefke, und wie ferngesteuert stieg ich hinter Hexe und ihrem Typen ein. Wir liefen durch die Abteile. Klogeruch waberte durch den Zug. Ein paar Blueser lagen in den oberen Gepäcknetzen. Im letzten Waggon quetschte ich mich neben Joni und Schwabbel. Mir gegenüber Ekel-Kai, Hexe und der Vollbärtige. Jetzt sah ich, dass er ein Muddy-Waters-T-Shirt trug. Mit jeder Pore spürte ich, dass ich zu diesem fahrenden Volk nicht dazugehörte. Ekel-Kai beobachtete mich aus seinen Glupschaugen. Ich spielte nervös mit dem Aschenbecher an der Sitzlehne.

»Das ist Hacki aus Annaburg«, sagte Ekel-Kai und deutete auf den Bärtigen. »Hexes Freund.«

Ich lächelte süßsauer. Hacki und ich waren uns sofort unsympathisch.

»Und wer bist du?« Er musterte mich misstrauisch. Ich taxierte Hexe, die jetzt echt fertig aussah und ins Wachkoma überzugehen schien.

»Ich bin Anton aus Düsterbusch.«

»Düsterbusch? Da wird der Mond noch mit der Stange weggeschoben, oder?«

»Du bist doch von gestern«, sagte ich gereizt, »das sieht man doch schon an deinem T-Shirt.«

Hacki richtete sich auf.

»Das ist Majestätsbeleidigung. Muddy Waters ist der Größte. Was hörst du denn?«

»Bowie und John Foxx mit zwei x«, glänzte ich mit Kurtes Wissen.

»Popperscheiße.« Hacki rümpfte die Nase.

»Bowie ist doch schwul, urst peinlicher Typ«, mischte sich Joni ein.

»Darf ich vorstellen, Bowie aus Düsterbusch.« Hacki erhob sich und machte vor mir einen theatralischen Diener. Die anderen lachten mich aus.

Da wurde die Aufmerksamkeit auf Hexe gelenkt. Sie stand jetzt vornübergebeugt und kotzte ganze Fontänen in die Ecke des Abteils.

»Rotwein«, sagte Joni.

»Bisschen stückig«, ergänzte Ekel-Kai mit Forschermiene.

Hacki sprang zu Hilfe und hielt ihr den Kopf nach unten. Hexes Holzketten baumelten vor ihrem keuchenden Gesicht. Die Perlen hatten ein paar Möhrchenstücke abbekommen. Mein Schwanz zog sich in die Immigration zurück, und ich verfluchte die Entscheidung, mitgefahren zu sein. In Radeln angekommen, stürmten alle in den Goldenen Hirsch, so hieß der Blueserladen.

Als die Band Blues-Fraktion zu spielen begann, drängte sich die Menge in den Saal und gab sich dem Veitstanz hin. Es erklang »Good Morning Radeln City«, die Kundenhymne schlechthin. Ich saß auf einem Tisch, trank die Flasche Sliven aus und beobachtete die grölenden und saufenden Blueser. Vor Kurzem hatte ich sie noch als einzige Alternative zur normalen DDR-Jugend bewundert. Doch jetzt saß die Beleidigung von Hacki & Co. tief. Alles was nicht in ihren begrenzten Hippie-Kosmos passte, war oberflächlich und Popperscheiße. Nachdem ich Bowie gehört hatte, glaubte ich das nicht mehr.

Ich musste mich abgrenzen von diesen Leuten. Kurte hatte recht. Lange Haare waren von gestern. Ich nahm mir fest vor, irgendwas Eigenes auf die Beine zu stellen. Irgendwas anderes, wo solche Typen keinen Zutritt hätten. Irgendwas Neues. Vielleicht konnte ich Wolfgang Zach überreden, mich mal Disco machen zu lassen.

»Hey wandelnder Fahrplan, da biste ja.«

Wie aus dem Nichts stand Hexe vor mir.

»Wo is denn Hacki?«, fragte ich.

»Der kriegt grad keinen hoch«, antwortete sie verorgelt, und mein Schwanz nahm Fernsehturmausmaße an.

Auf wundersame Weise gewann sie ihre Attraktivität zurück. Sie schaute sich lüstern um und nickte nach draußen. Man muss warten können, hatte Henryk mal gesagt. Doch ich konnte nicht mehr warten und griff ihr vor der Tür sofort an die Titten und küsste sie.

Hexe stieß mich zurück.

»Ey, was soll das? Ich bin verlobt.« Dann nahm sie mich an der Hand und stellte mich gegen eine Wand hinter dem Gasthof. Blitzschnell zog sie ihren Slip herunter und presste meine Finger gegen ihre Möse. Die war filzig und glitschig. Ich war komplett überfordert.

Aber ich hatte gar keine Zeit, keinen hochzukriegen. Denn auf einmal spürte ich Hexes Waden auf den Schultern, und mein Schwanz flutschte automatisch in sie hinein. War Hexe vielleicht 'ne Zirkusbraut?

Als ich schließlich kam, brüllte ich laut, und Hexe hielt mir den Mund zu. Dann war die Sache auch schon zu Ende.

»Bisschen zeitig, du kleener Rammler«, nuschelte sie, als hätten wir gerade einen Kaffee zusammen getrunken.

Wir zupften uns zurecht und gingen zurück in die Kneipe. Schnell war Hexe wieder im Getümmel verschwunden. Blues-Fraktion spielten ihre letzte Zugabe, und ich war keine Jungfrau mehr.

Beim Aufwachen merkte ich, dass ich mich in einem kalten, unbeleuchteten Waggon befand. Niemand war zu sehen. Ich sprang auf und rannte durch den verlassenen Zug. Mit großer Kraftanstrengung ließ sich die Tür öffnen, und ich sprang in das Schotterbett. Ich fand mich in der Dämmerung zwischen hochwandigen Güterwagen mitten auf einem Abstellgleis wieder und kroch unter den Waggons hindurch ins Freie. Erleichtert erkannte ich in zweihundert Meter Entfernung das Backsteingebäude des Kirchhausener Bahnhofs. Anscheinend hatte niemand mehr den Zug kontrolliert, bevor er wegrangiert wurde.

Begann heute nicht meine Lehre? Wie spät war es? Zwischen den Gleisen standen ein paar vertrocknete Kornblumen. Der Septemberreif kam zu spät, um ihnen noch mal Leben einzuhauchen. Aber daran erkannte ich, dass es früh am Morgen sein musste.

Ich lief über die Gleise zum Bahnhofsgebäude. Die große Uhr zeigte zehn vor fünf. In einer Stunde fuhr mein Bus in die Hölle.

Mit einem Mal hatte ich rasende Sehnsucht nach Conny und ein schlechtes Gewissen. Auf der Landstraße juckte es mir in der Unterhose. Ich kratzte und kratzte, aber es wurde immer schlimmer. Ich kam an der geschlossenen Linde vorbei und riskierte einen Blick durch die blinden Scheiben nach innen. Auf einer Bockwurstpappe stand mit krakeliger Schrift. »Gaststättenleiter gesucht! – Rat der Gemeinde«. Schon seit Jahren war die Linde geschlossen. Ich dachte daran, wie ich hier als Kind durch die Scheiben des Saales geguckt und die Kapelle beobachtet hatte.

Auf dem Nordweg lief ich schon breitbeing wie ein Cowboy, weil das Jucken zwischen meinen Beinen stärker wurde. Plötzlich bog ein Wartburg mit Berliner Kennzeichen um die Ecke. Auf der Rückbank saß Steffen Naumann. Sein nüchterner klarer Blick traf auf meinen verorgelten. Wie in Zeitlupe glitt das Auto an mir vorbei und mit ihm das überlegene Lächeln meines einstigen Klassenkameraden. Ich schaute noch einige Zeit hinterher, bis das Zwitschern der Vögel wieder in mein Vorderhirn drang. Als ich die Veranda betrat, lag auf dem Tisch ein Zettel.

Lieber Anton, ich war leider erst um acht in der Zentrale und dann hier. Schade! Ich bin Montag gegen halb vier am Busbahnhof. Deine Conny!

16 Einfach eine Niete sein

In letzter Minute erreichte ich den Schichtbus.

Der Ikarus war voll. Knuffer dösten vor sich hin. Über ihnen auf den Gepäcknetzen lagen die Schmidtmützen in Reih und Glied, als wären sie zum Appell angetreten. Es roch nach Wattejacke und Schweiß. Eine Schnapsflasche machte die frühe Runde. Hinter mir tauschten bereits zwei hellwache Knuffer Fußballergebnisse und diskutierten über die Taktik von Ernst Happel, dem neuen Trainer des HSV. Zwischen meinen Beinen war der Sitz aufgerissen, und ich pulte ein großes Stück Schaumstoff hervor, das ich langsam zerbröselte. Ich dachte an Conny. Welche Dimensionen lagen zwischen der Anmut und der Grazie eines Mädchens wie ihr und dieser Scheiße hier?

Das Jucken zwischen meinen Beinen brachte das schlechte Gewissen zurück. Inzwischen war ich sicher, dass ich mir von Hexe was weggeholt hatte. Der Bus fuhr an den Rieselfeldern vorbei, die sich schon mit amtlichem Gestank ankündigten. Hier hatten sich meine Eltern das erste Mal geküsst. Am Bahnhof gab es ein großes Ikarus-Stelldichein. Mit lautem Zischen öffneten sich die Ziehharmonikatüren der Busse. Sie spuckten Hunderte schlecht gelaunte Werktätige aus, die alle aus den umliegenden Dörfern zur Arbeit in die Kreisstadt gekarrt wurden. Voller negativer Energie drängten sie in Richtung der rauchenden Schornsteine diverser Betriebe, deren rote Positionsleuchten dem morgendlichen Frankenwalde etwas Großstädtisches verpassten.

Ich ließ mich schubsen und zurückdrängen und fragte mich, wieso die es so eilig hatten, zu ihrem Scheiß-Job zu kommen. Außerdem konnte ich sowieso nicht richtig laufen, bei jeder Bewegung schmerzte mein Unterleib.

»Feiert doch mal 'ne Party!«, rief ich der Herde mit Katermut hinterher und war plötzlich ganz allein. Ich beobachtete eine aufgerissene Papiertüte, die mit den ersten gelben Blättern in Richtung der Bahngleise davonflog. Da sah ich ein riesiges Auto. Es schälte sich majestätisch und geräuschlos aus dem nebligen Dunst und hielt vor dem Bahnhofseingang. Dem alten schwarzen Tschaika entstieg ein Typ, der so eindrucksvoll aussah, dass mir der Mund offen stehen blieb. Er hatte ein totenbleiches Gesicht und eine Glatze. Er trug eine kurze Lederjacke und weite schwarze Hosen. Mit abgehackten Bewegungen ging er um den Tschaika herum und öffnete die Beifahrertür. Eine hübsche Frau in einem alten Pelzmantel und mit auftoupierten Haaren stieg aus. Der Bleiche legte seinen Arm um ihre Hüfte, und beide schritten bedächtig die drei Stufen hinauf und verschwanden in der Bahnhofshalle. Hinter ihnen baute sich wieder eine Nebelwand auf. Auf dem Weg zur Niete grübelte ich darüber nach, ob ich einer rotweinbeeinflussten Fata Morgana erlegen war.

Vor dem Werktor bildete sich eine lange Schlange von Fresseziehern. Dumpf dröhnte das Hämmern der Bolzenpressen aus den unverputzten Werkhallen bis auf die Straße. Mir war schlecht, und ich machte mir Sorgen. Würde ich mich mit meinen Mitlehrlingen verstehen?

Am Tor wurde der Betriebsausweis verlangt, es gab keine Stechuhr. Dafür standen zwei streng blickende Knuffer vom Werkschutz am Tor. Und plötzlich war ich gefangen im Nieten- und Bolzenwerk mit fast zweitausend Beschäftigten. Ich lief durch die Gänge neben den Werkhallen. An den Decken hingen riesige verdreckte Neonröhren, die wie Stroboskope zuckend aufleuchteten und wieder erloschen. Ein kurzes Disco-Feeling. Zwischen all dem Keim stapelten sich, wie aus dem Nichts kommend, nagelneue Paletten, darauf Kisten, die mit funkelnden Nieten gefüllt waren. An einer davon verkündete ein Schild »Export BRD«. Deshalb war das auch alles so sauber. Könnte ich jetzt nicht einfach eine Niete sein?

Durch riesige Gummitore, die in der Mitte mit einem Loch versehen waren, fuhren Stapler und E-Karren. Auf einem Zwischenhof vor den Umkleiden der Lehrwerkstatt empfing mich Vogelgezwitscher.

Hier war es still, nur von Weitem hörte man das Bummern der Maschinen. Ich stapfte durch kniehohes graues Gestrüpp, das aus den zerbröselten Betonplatten emporwuchs. Als Letzter kam ich in die Umkleide. Meine sieben Mitlehrlinge waren schon umgezogen. Fast alles mittelmäßige Langweiler mit Messerformschnitt. Sie setzten große Erwartungen in ihre Lehre und redeten ganz aufgeregt durcheinander. Ich hatte den Eindruck, dass sie sich darauf freuten, den Rest ihres Lebens in der Niete zu verbringen. Zwei Typen stachen etwas raus.

Da war Streusel, ein dunkelhaariger, dicker Typ mit erstem Flaum auf der Oberlippe und aggressiv wuchernder Akne. Streusel wusste alles besser, drohte sofort mit Schlägen und sagte intelligente Sachen wie »Leck-mich-in-die-Fresse-jeschissen«.

Der zweite war Karsten Gräulich, ein Strebertyp mit Heintje-Frisur und Speedway-Motorrad auf dem T-Shirt. Er hielt sich abseits und registrierte unsere fäkalsprachlichen Ergüsse bei der Begrüßung nur mit einem überlegenen Lächeln.

Ich suchte meinen Spind und öffnete ihn. Mit schmerzverzerrtem Gesicht stieg ich aus der Jeans.

»Was ist denn mit dir los?«, fragte Streusel.

»Ach, keene Ahnung«, sagte ich, »das juckt.«

»Tripper oder Sackratten?«

»Ihh! Was ist das denn?«

Ich ging auf die Toilette, setzte mich aufs Klo, zog den Slip herunter und prüfte meine Schamhaare. Die Haut darunter war zerkratzt, und tatsächlich: In meinem Genitalgeäst bewegte sich was. Sackratten?! Hätte ich doch bloß nichts mit Hexe angefangen! Vorsichtig zog ich mich wieder an.

Als ich die Lehrwerkstatt betrat, standen alle Auszubildenden um Lehrmeister Wegert herum. Wegert, ein Männchen um die vierzig, verschwand fast in seinem blauen Kittel.

»Wo kommst du denn jetzt her?«, brüllte er.

»Der hat Sackratten«, tönte Gräulich in die Stille, und die anderen bogen sich vor Lachen. Ich wusste nicht, was ich sagen sollte, und grinste blöd in der Gegend herum. Eine Hasswelle auf diesen Streber überkam mich.

»Kummer, du machst weiter mit der Zeitungsschau.«

»Was für 'ne Zeitungsschau?«

»Komm, komm näher«, lockte der Lehrmeister mit seinem breit geschlagenen Zeigefinger. Die anderen bildeten einen Kreis, und ich hinkte hinein.

»Jedes Wochenende habt ihr euch darüber zu informieren, was so los war in der Republik. Und, Kummer, wie hieß das große Thema in der *Jungen Welt* am Sonnabend?«

Was interessierte mich die *Junge Welt*? Ich nahm dieses Käseblatt seit mindestens zwei Jahren nur noch zum Feuermachen. Die Artikel über Planerfüllung und eine angepasste sozialistische Jugend waren an Langeweile kaum zu überbieten. Diese Zeitung hatte nichts mit der jungen Welt zu tun, in der ich lebte. Meine Mutter traute sich nicht, das Abo zu kündigen, aus Angst, dass es jemand meldete. Es hätte Rückschlüsse auf ihren Klassenstandpunkt nach sich ziehen können.

»Na, Bob Marley ist gestorben.«

Wieder großes Gelächter.

Da meldete sich Karsten Gräulich und streifte mich mit einem verächtlichen Seitenblick. Völlig humorlos referierte er über die vierte Wehrspartakiade in Erfurt.

»Siebzehn Berufsschulen aus der ganzen Republik trafen sich zum Leistungsvergleich. Die Disziplinen waren Hangeln, Handgranatenweitwurf, Klimmziehen, Marschrichtungszahlbestimmen und Schießen mit der Ausbildungswaffe der GST.« Während er laberte, wurde der Juckreiz so stark, dass ich mir am liebsten mit der Drahtbürste in die Unterhosen gefahren wäre.

»Genau das wollte ich sagen«, ergänzte ich, als Gräulich seinen Vortrag beendete.

Wieder großes Gelächter, während ich tödliche Blicke mit ihm tauschte.

Wegert zeigte uns die Lehrwerkstatt und wies jedem einen Platz an der Feilbank zu. Langatmig erklärte er Fräse, Bohr- und Hobelmaschine. Schließlich bekamen wir alle ein unförmiges Stück Metall, aus dem am Ende des ersten Lehrjahres ein Flaschenöffner entstehen sollte.

»So, und jetzt erst mal feilen, bis der Tierarzt kommt«, schnauzte der Lehrmeister und verschwand in seinem verglasten Büro. Durch ein Panoramafenster konnte er die ganze Werkstatt überblicken.

Streusel stand mir gegenüber, und wir begannen, das Stück Metall mit unseren Feilen zu bearbeiten.

»Was hilft gegen Sackratten?«, flüsterte ich zu ihm hinüber.

Er feixte. »Na, Delitex.«

»Woher weißte denn das?«

»Meine Schwester is 'ne Bluestante, die nimmt das ständig.«

»Aha. Heißt die zufällig Hexe?«

»Nee, Gaby.«

In der Mittagspause verließen wir heimlich die Niete über Posten Tausend, einen separaten Seitenausgang. Streusel bestach den Pförtner mit einer Flasche Bier.

»Ich kenne hier alle«, sagte er auf meinen erstaunten Blick hin. »Hab in den Ferien schon hier gearbeitet.«

Mit seinem Moped fuhren wir zur Apotheke, und ich kaufte eine Tube Delitex. Im Klo der Lehrwerkstatt schmierte ich mir die gelartige, weiße Flüssigkeit auf die Genitalien. Ich hätte fast aufgejault, so doll brannte es. Doch schon nach kurzer Zeit verspürte ich Linderung. Streusel stand Schmiere.

Als wir vom Klo kamen, wartete Wegert schon davor. »Wenn ihr noch mal illegal das Betriebsgelände verlasst, gibt's 'nen Verweis und danach 'ne Fehlschicht«, schnauzte er.

Ich schaute zu Gräulich rüber, der sich schnell hinter der Bohrmaschine versteckte.

»Noch einmal anscheißen, Gräulich, dann trifft dich meine Rache«, brüllte Streusel, als Wegert weg war.

»Da hab ich aber Angst«, gab Gräulich zurück.

»Solltest du auch!«, rief ich und musterte ihn drohend.

»Den lassen wir bluten, Kummer, oder?« Streusels Akne blühte vor Begeisterung.

»Da kannste dir sicher sein.«

Am Nachmittag zeigte uns Wegert, wo wir später als Automateneinrichter arbeiten würden. Es war die Abteilung Kaltnieten. Eine große Halle voll riesiger Pressen empfing uns mit öldunstiger Luft und infernalischem Krach. Sekündlich spuckten die Maschinen Nieten in bereitstehende Kisten. Ölverschmierte

Knuffer beugten sich schwitzend über die geöffneten Ungetüme. Sie trugen Ohrenschützer. Wenn ich ausgelernt hätte,
würde ich hier im Vierschichtsystem ackern, bis ich fuffzich
wurde. Eine lähmende Müdigkeit überkam mich, als der Lehrmeister mit uns an eine Maschine herantrat und laut schreiend erklärte, wie sie funktionierte. »Es gibt mehrere Produk-
tionsstufen ...« Ich dämmerte weg.

17 Filzläuse und Visionen

Nach Feierabend sollte ich Conny am Busbahnhof treffen. Kurz vor Halteplatz acht schlug mir das Herz bis zum Hals. Und da stand sie tatsächlich, wie aus dem Nichts, nur ein paar Meter vor mir. Sie hatte eine riesige Propellerschleife in ihren blonden Haaren. Sie trug den gelben Friesennerz, darunter eine weiße Bluse und dreiviertellange Hosen und Pumps. Sie wirkte wie eine Westbraut zwischen den ganzen Graufressen. Ihr undurchsichtiger Blick traf meinen ängstlichen, während sie ein abfahrender Bus mit einer schwarzen Dieselfontäne einnebelte. Conny liebte das Theatralische und genoss es, wenn ich auf sie zulief. Als ich vor ihr stand, gab sie mir eine Ohrfeige, und ich spürte, wie ich rot wurde.

»Sag mal, spinnst du, mir hier vor allen eine zu knallen?«, sagte ich mit schwacher Empörung. Sie wusste also Bescheid.

»Wo warst du gestern?« Sie wusste also doch nicht Bescheid.

»In der Zentrale. Ich hab auf dich gewartet.«

»Da warst du nicht. Der Einzige, den ich getroffen habe, war der total besoffene Henryk. Der hat gelallt, du seist zu Hause. Da warst du aber auch nicht.«

Es hatte keinen Sinn zu schwindeln, zumindest nicht über meinen Aufenthaltsort.

»Ich war in Radeln«, presste ich hervor.

Sie betrachtete mich abschätzig und schüttelte den Kopf.

»Und das vor deinem ersten Arbeitstag?« Ihre empörte Miene ließ mich die Augen verdrehen.

»Erklär du mir lieber, warum du mich versetzt hast.«

Sie fixierte mich ernst. »Er hat mich eingesperrt.«

»Soll ich mal mit ihm reden?«

Ihre Augen weiteten sich vor Schreck. »Bist du wahnsinnig?«

Ich wollte sie umarmen.

Conny trat einen Schritt zurück, und ihr ängstlicher Blick glitt über den Platz. »Nicht hier. Es kann sein, dass er uns beobachtet«, raunte sie.

»Sind wir hier bei *Kundschafter des Todes*, oder was?«

Sie schaute gehetzt auf die Uhr.

»Wollen wir zu dir? Ich nehm den nächsten Bus von Düsterbusch«, sagte sie leise mit lüsternem Unterton.

»Klar«, erwiderte ich etwas unsicher und wusste gleichzeitig, dass sich unser erstes Mal erneut verschieben würde. Es sei denn, ich nähme das Risiko in Kauf, Conny mit Sackratten anzustecken. Im Bus trafen wir Marion. Sie war ein Jahr älter als ich, lernte Friseuse. Ihr schwarzer Pagenkopf war kantig geschnitten, und der Pony fiel ihr wie ein Vorhang auf die Augenbrauen. Ähnlich wie Conny hob sie sich ab vom Rest. Die beiden tauschten abschätzige »Schöne-Frauen-unter sich«-Blicke.

»Na, kommt ihr von Arbeit?« Interessiert musterte Marion Connys Klamotten.

»Klar, du auch?«

Sie nickte. »Berufsschule. Übelst.«

Ich fuhr mir durch die Haare.

»Ich muss mal kommen.«

»Klar, jederzeit, Anton.«

Dann setzte sie sich nach hinten.

In Düsterbusch stiegen wir aus und verabschiedeten uns an der großen Pfütze vor dem Bushäuschen von Marion. Conny und ich gingen Hand in Hand zu uns. Während das Knattern des Ikarus verebbte, küsste sie mich verlangend. Bauer Brahmke kam ächzend mit zwei Milchkannen am Fahrradlenker an uns vorbei. Mein fröhliches »Tach schön« erwiderte er mit einem Grunzen.

Eine halbe Stunde später lagen wir in meinem Bett.

»Dreiundzwanzig«, zählte Conny und hatte in der linken Hand ein Löschblatt. Mit der rechten pulte sie tote Filzläuse aus meiner Schambehaarung und ließ sie auf das Blatt fallen. Ihr anatomisches Interesse war geweckt. Im Hintergrund röhrte Bowie die Textzeile »it's too late« aus meiner Anlage.

Ich erzählte ihr, dass ich mir die Sackratten auf dem keimigen Bahnhofsklo in Cottbus geholt hatte. Sie schaute mich mitleidig an, und ich packte alles wieder in die Unterhose.

»Ich geh nie mehr im Bahnhof auf die Toilette«, sagte sie, und ich nickte verschämt.

»Scheiß Reichsbahn.«

Sie legte den Kopf auf meine Knie und schaute an die schiefe Decke meines Zimmers.

»Du hast mich doch lieb Anton, oder?«

»Natürlich.«

»Ich will hier abhauen mit dir, wenn wir ausgelernt haben.«

»Warum?«, fragte ich.

»Ich will irgendwohin, wo es schön ist.« Sie schaute an mir auf und wuschelte mir durch die Haare.

»Wollen wir nicht lieber hier was aufziehen, Conny?«

»Ich will hier weg, ich muss raus zu Hause.«

»Wo willste denn hin, ins Fichtelgebirge?«

»Was ist mit Berlin?«, entgegnete sie. Ich befreite mich von ihr und stand auf.

»Ich hab schon überlegt, Zach zu fragen, ob wir in der Zentrale was machen können. Ist doch egal, wo man ist, wenn man … irgendwas hat.«

»Und was?«, fragte sie wenig begeistert.

»Na, irgendwas mit Musik, was noch nie da war.«

»Willste nicht erst mal deine Lehre zu Ende machen?«

»Denkste etwa, Bowie hat ’ne Lehre gemacht?«, rief ich und zeigte zu meinen Boxen, aus denen jetzt der Song »Stay« rumpelte.

Sie fing an, mich auszulachen.

»Du willst dich doch nicht mit David Bowie vergleichen?«

»Nee, aber …«

»Du hast Angst, Anton.«

Ich schaute geradeaus.

»Quatsch!«

»Deine Mutter schiebt dir alles hinten und vorne rein, und wenn du die Kirchturmspitze von Düsterbusch nicht mehr siehst, kriegste weiche Knie.«

»Und du kuschst vor deinem Vater, das ist auch nicht besser.«

Conny sprang auf, Verachtung funkelte in ihren Augen. Schnell wandte sie sich ab und begann, sich anzuziehen.

»Du müsstest meinen Vater mal erleben«, zischte sie, während sie die Strumpfhose über ihre leicht gebräunten Beine zog.

»Du erzählst ja nie was.«

»Das erspare ich dir lieber. Und jetzt fahr mich nach Hause.«

»Hast … du denn nicht irgendwas, wovon du träumst?«

»Ja, dass ich so schnell wie möglich hier wegkomme.«

Schweigend verließen wir das Haus, und ich fuhr sie mit dem Moped nach Kirchhausen. Sie umarmte mich nicht, sondern hielt sich am Gepäckhalter fest. Im Sicherheitsabstand zur Armeesiedlung hielt ich.

»Wann sehen wir uns wieder?«

Conny zuckte die Schultern. »Den Rest der Woche muss ich arbeiten.«

»Und abends?«

Sie atmete tief durch.

»Anton, der hat mir Umgangsverbot mit dir erteilt. Aber in einem Jahr bin ich achtzehn, dann ist das alles vorbei.«

»In einem Jahr ... willst du mich verarschen? Das ist 'ne Ewigkeit. Das halt ich nicht durch.«

»Du blöder Idiot. Was kann ich denn dafür, wenn du Filzläuse hast.«

Dann lief sie schnell in Richtung Armeesiedlung davon.

Aufgewühlt raste ich durch Kirchhausen. Ich hielt vor der Molkerei, um mich mit Henryk zu beraten. Doch meine Steinwürfe gegen das Fenster blieben ungehört. Hatte dieser Arsch mich wirklich sitzen lassen? Ich konnte es nicht glauben und kurvte durch die Gegend auf der Suche nach seiner Rod-Stewart-Mähne. Aber Fehlanzeige. Trotzig dachte ich daran, dass Conny und Henryk erstaunlich viele Parallelen aufwiesen. Beide waren Musterschüler und wollten weg. Dabei war es doch viel interessanter, etwas zu verändern, wo man zu Hause war. Aber sollten sie doch alle abhauen. Ich würde mit Wolfgang Zach was Großes auf die Beine stellen. Entschlossen fuhr ich zur Zentrale.

Auf dem Vorplatz standen Elke und Socke an ihre Mopeds gelehnt, als ich vor ihnen ausrollte und eine Bremsspur im Sand hinterließ. Ein paar Meter weiter saß Kurte auf den Ketten und qualmte.

»Habt ihr Henryk gesehen?«, fragte ich in die Runde.

»Wann krieg ich meine Platte wieder, du Eimer?«, reagierte Kurte mit einer Gegenfrage. Ich lächelte souverän. *Station to Station* sollte meine Bude nicht mehr verlassen.

»Ich kauf sie dir ab. Kriegst zwanzig West.

Kurte nickte zufrieden. Ich war bekannt dafür, dass ich für alles zu viel bezahlte und ein mieser Geschäftsmann war.

»Wo ist denn Conny?«, fragte Elke lauernd.

»Zu Hause.«

»Wie lange seid ihr jetzt zusammen?«

»'n halbes Jahr, warum?«

»Habt ihr euch seitdem schon zweimal gesehen?«, fragte Kurte. Alle lachten.

»Kümmer dich mal um deinen Kram«, antwortete ich wütend.

Gerade wollte ich wieder den Kickstarter treten, da sah ich Wolfgang Zach aus dem Haus kommen.

»Wolfgang, warte mal!«, rief ich über den Platz, als würde ich ihn schon zehn Jahre kennen. Beim Absteigen wäre ich fast hingefallen. Hastig lief ich auf ihn zu.

Er blieb mit gerunzelter Stirn stehen und deutete durch eine unwirsche Geste an, dass seine Zeit knapp bemessen war. Ich spürte die Blicke der anderen in meinem Nacken.

»Na ... Na, Wolfgang ...?«, stotterte ich, als ich vor ihm stand.

Er sagte nichts, musterte mich nur abwartend durch seine große Brille.

»Äh ... ich wollte mal fragen, ob ich bei dir auch mal was machen kann, discomäßig äh ... oder so?«

»Wer bist du denn?«, fragte er desinteressiert.

»Äh, ich ...? Na, Anton Kummer.«

»Anton Kummer? Du hast doch gar keen Immitsch Mensch. Außerdem brauchste da 'nen Discoschein.«

»Ach, Discoschein. Und 'n Image baue ich mir ganz schnell auf.«

Wolfgang Zach lachte und blies mir den Qualm seiner Milden Sorte ins Gesicht.

»Ich fang jetzt mit Bluesbands an.«

»Das ist doch von gestern«, entfuhr es mir.

»Von gestern?« Entgeistert schob er seine Brille auf die Nasenwurzel. »Tausend Flaschen Wein hat der Kneiper in Radeln an einem Sonntag verkauft. Nächste Woche spielen Blues-Fraktion hier. Da ist die Bude voll.«

Er drückte mir zwei Plakate in die Hand. »Kannste aufhängen am Bahnhof.« Er drehte sich um und verschwand wieder in der Zentrale. Geschlagen latschte ich zu meinem Moped zurück.

»Was wollteste denn von dem?«, fragte Kurte, als hätte ich Gott persönlich angesprochen.

»Ach, ich dachte, ich hab meine Jacke vergessen«, log ich, warf die Plakate in den Dreck und brauste davon. Mein erster Vorstoß, mich gegen Langeweile und ein vorbestimmtes Leben zu wehren, war kläglich gescheitert.

18 Abschied vom Vierschichtsystem

»Karsten Gräulich ist nicht nur Speedway-Fahrer und bester Lehrling, sondern auch noch Kandidat der SED.«

Wegerts Stimme donnerte durch die Lehrwerkstatt. Wir anderen standen wie die Orgelpfeifen um den Streber herum, der stolz in die Gegend grinste.

Streusel musterte Gräulich mit finsterem Blick, denn Wegert berichtete weiter, dass er es mit Foto in die Betriebszeitung geschafft hätte. »Und Anscheißer vom Dienst ist er auch noch«, ergänzte Streusel lautstark, und einige lachten.

Nach drei Monaten Lehrwerkstatt wurden wir alle in verschiedene Abteilungen des Betriebes aufgeteilt. Ich kam in die Tischlerei. Ich hoffte, dort nicht allzu qualifizierte Arbeit machen zu müssen. Mein Flaschenöffner war im Gegensatz zu den Exemplaren der anderen noch in der Findungsphase. Ein unförmiges Stück Metall, das unter meinen ungeschickten Händen kein Format entwickelte.

Die Tischler erwiderten mein kräftiges »Guten Morgen« mit einem unverständlichen Brabbeln. Zwei dicke Typen in Friendship-Arbeitsanzügen guckten mich nicht mal richtig an. Sie saßen zwischen Maschinen wie Hobeln und Drechselbänken an einem kleinen Tisch und lösten Kreuzworträtsel. Es waren waschechte Tischler, denen einzelne Finger an den Händen fehlten.

Das Zentrum der Werkstatt bildete eine riesige Kreissäge. Drumherum lagen große Berge Späne. Es roch nach Brühwürfeln, Leberwurststullen und frisch geschnittenem Holz. An der Wand über dem Tisch hing ein vergilbtes Plakat. Karl Marx hob den Daumen. Daneben stand: »Weiter so! Eure Bilanz ist gut, Genossen.« Die Tischler hatten offenbar Humor.

Meine Aufgabe war es, die Sägespäne in Säcke zu füllen. Bloß gut, keine qualifizierte Arbeit, bei der ich mich zum Löffel machen würde. Ich arbeitete schwitzend mit Schaufel und Besen, schaute alle fünf Minuten auf die Uhr und stellte die vollen Säcke auf dem Hof in eine Ecke. Zum Frühstück ging ich zum Betriebskonsum und freute mich auf eine ältere sexy Verkäuferin. Beim Wichsen auf dem Klo der Lehrwerkstatt dachte ich manchmal an sie.

Eine lange Schlange bildete sich vor dem Laden. Arbeiter standen nach Butterbrötchen und Roter Brause an. Jemand tippte mir auf die Schulter, und ich drehte mich um. Es war Streusel.

»Heute ist es so weit, Kummer.«

»Was?« Ich war müde, hatte keinen Bock auf überdrehte Knuffersprüche.

»Wir greifen uns den Gräulich.«

Ich horchte auf.

»Der will die Mittagspause in der Lehrwerkstatt durcharbeiten. Da stellen wir ihn.«

Ich zuckte die Schultern. »Und dann?«

Er schlug mir seine Pranke auf den Rücken. »Da fällt uns schon was ein, oder?«

Mir wurde mulmig. »Der ist Kandidat der SED, wenn der petzt, gibt's Ärger.«

»Haste Schiss, oder was?«, fragte Streusel.

Ich überlegte und dachte daran, wie Gräulich die Sackratten hinausposaunt hatte. »Quatsch, der ist fällig.«

Streusel boxte mir fröhlich vor die Brust. »Um zwölfe beginnt die Abrechnung«, tönte er feierlich.

Ich verabschiedete mich von den Tischlern schon etwas früher in die Mittagspause, erzählte ihnen, dass ich noch FDJ-Marken holen müsste. Dabei hatte ich schon seit der achten Klasse keine mehr geklebt. Es war ihnen scheißegal, und ich traf mich mit Streusel an Posten Tausend. Wir liefen über die Gleise entlang zur Mitropa und tranken im Stehen ein Bier und einen Kurzen. Dabei malten wir uns aus, was wir mit Gräulich anstellen würden.

»Dem reißen wir richtig den Arsch auf, Kummer.«

Ich nickte, vom Alkohol beflügelt, doch in meinem Innern hatte ich nach wie vor Zweifel. Im Grunde hatte ich mit Gräulich gar nichts am Hut. Er war mir egal.

»Jetzt oder nie.« Streusel bestellte noch zwei Apfelkorn. Der Alkohol tat seiner Akne allerdings nicht gut. Sie blühte wieder in feurigem Rot.

Zurück im Betrieb, guckten wir durch die Fenster der Lehrwerkstatt. Gräulich stand allein an der Feilbank, arbeitete und maß konzentriert jede Minute sein Werkstück. Einen Moment lang flammten Neid und Sehnsucht in mir auf. Warum war ich nicht auch so? Vielleicht wären meine Eltern dann stolz auf mich. Und gegen Gräulich hätte Connys Vater sicher nichts einzuwenden gehabt. Mit diesen Gedanken versuchte ich, meinen Groll zu motivieren.

»Los«, schnauzte Streusel, holte mich aus meinen Überlegungen, und wir betraten die Lehrwerkstatt. Der erste Schritt unserer kleinen Abreibung war schon ausgemacht.

»Na, Gräulich, macht's Spaß?«, rief ich von Weitem. Wir rannten zu den Feilbänken und bauten uns vor ihm auf. Er ließ sich nicht aus der Ruhe bringen und prüfte mit dem Messschieber weiter seinen schon fast fertigen Flaschenöffner. Seine Arroganz machte mich tatsächlich wütend. Streusel schlug ihm das Ding aus der Hand, und es flog krachend gegen die Bohrmaschine.

»Was wollt ihr von mir?« Zum ersten Mal flackerte ein wenig Angst in seinen Augen auf.

»Wir wollen, dass du mal deinen Klassenstandpunkt überdenkst«, sagte ich spitz, während Streusel ihm gleich links und rechts eine knallte.

»Du Scheiß-Verräter.«

Streusel ging äußerst brutal vor, und ich erschrak. Erst jetzt merkte ich, dass hier anscheinend ein Privatkrieg stattfand, bei dem ich nur als Gehilfe fungierte. Offenbar konnte es Streusel gar nicht leiden, dass Gräulich ihm in der Niete den Rang ablief. Er wollte der bekannteste Stift sein. Doch es war zu spät, um einen Rückzieher zu machen. Streusel schnappte sich bereits Gräulichs linke Hand. Ich nahm die rechte, so hatten wir es besprochen. Er wehrte sich heftig, doch wir schafften es, seine Hände auf Höhe der Gelenke in die Schraubstöcke links und rechts von ihm zu spannen. Ich drehte meine Seite so zu, dass er noch ein bisschen Bewegungsfreiheit hatte. Streusel zog richtig an. Gräulich jaulte auf. Er wirkte wie ans Kreuz genagelt. Ein VEB-Jesus mit Heintje-Frisur.

»Ey, nicht so fest«, versuchte ich, Streusel zu beschwichtigen.

»Ach, der kann was ab. Nicht wahr, Gräulich?«

»Lasst mich in Ruhe, ihr feigen Arschlöcher!« Gräulichs Gebrüll hallte durch die Werkstatt.

»Los, knebeln«, befahl Streusel und drückte Gräulichs Kiefer zusammen, um den Mund zu öffnen.

»Streusel … komm, lass gut sein. Wir wollten ihn doch bloß ein bisschen ärgern«, wandte ich ein.

»Knebeln hab ich gesagt.« In seinen Augen lag ein gefährliches Funkeln.

Ich holte ein paar Ballen Putzwolle, wirrte sie auseinander und stopfte sie Gräulich in den von Streusel aufgerissenen Mund.

Mein berotztes Stofftaschentuch band ich oben drüber und knotete es an seinem Hinterkopf zusammen. Jetzt fing er vor Angst an zu zucken. Tränen liefen aus seinen Augen. Plötzlich kam mir das alles so bescheuert vor, und dieser Kandidat der SED tat mir unheimlich leid.

»Dem blasen wir mit Pressluft die Eier hoch.« Streusel ging zum Kompressor, schaltete ihn an und wickelte den zusammengerollten Schlauch ab.

Ein hohes Sirren erfüllte die Luft. Aus dem Schlauch strömte druckvoll kalte Luft. Streusel hielt prüfend den Finger drüber. Es zischte gefährlich. Der Schlauch diente sonst zum Säubern von Maschinen. Gräulich wand sich in Panik und gab irre Töne von sich.

»Zieh ihm die Hosen runter, Kummer.«

»Das, das geht zu weit, Streusel«, stammelte ich.

»Dem passiert schon nüscht. Los, runter damit.«

Ich kam nicht dazu, meine nächste Handlung zu überdenken.

»Was ist denn hier los?«, brüllte jemand von hinten.

Erschrocken drehten wir uns um. In der Tür stand Wegert, neben ihm ein anderer Kittelträger. Oberlehrmeister Naugold. Streusel fiel vor Schreck der Luftdruckschlauch aus der Hand. Der machte sich zischend selbstständig, wuselte wie eine Schlange über die Werkbank und saugte sich an meiner Bilka-Tüte fest.

Naugold kam sofort auf uns zu und schubste mich zur Seite. »Ist das zu fassen«, brüllte er. »Das sind ja Nazimethoden, Mensch.« Er löste Gräulichs Knebel und nahm ihm die Putzwolle aus dem Mund, während Wegert den Kompressor ausschaltete.

Gräulich spuckte sofort nach mir. Er traf mich an der Backe. Ich ging zum Waschbecken und wischte mir die Rotze ab.

»Eins versprech ich euch«, brüllte Naugold, »das hat ein Nachspiel, bei dem euch Hören und Sehen vergeht.«

Drei Tage später musste ich zur Kaderabteilung. Zwei Männer in Anzügen mit blitzenden Parteiabzeichen, die sonst nur arrogant und mit großem Gefolge durch den Betrieb marschierten, saßen aufrecht hinter einem Tisch. Der BGL-Vorsitzende und der Kaderleiter. Oberlehrmeister Naugold lief derweil am Fenster hin und her. Sie analysierten mein bisheriges Leben von oben herab. Jetzt kam alles aufs Tableau: mein schlechter Abschluss, meine nicht vorhandene Vorbildwirkung, obwohl meine Eltern doch beide Genossen waren.

Dann war ich an der Reihe, mein Verhalten einzuschätzen. Ich hatte mächtig Bammel, wollte mich aber vor diesen selbstherrlichen Funktionären nicht rechtfertigen, und sagte nur: »Mir tut es leid für Karsten Gräulich, aber Verräter müssen bestraft werden.« Sie schauten mich nur kopfschüttelnd an. Naugold fand als Erster die Fassung wieder.

»Mehr hast du nicht zu sagen?«

»Nein.«

»Du kannst gehen.«

Als ich am nächsten Morgen in die Umkleide kam, sprach niemand ein Wort.

»Tut mir leid, Karsten, war blöd von uns«, sagte ich zu Gräulich, der sich gerade die Arbeitsschuhe zuband. Ich hielt ihm die Hand hin, doch er beachtete sie nicht und ging wortlos aus der Umkleide.

Streusel wollte auf der Toilette verschwinden, aber ich heftete mich an seine Fersen. »Ich dachte, wir quatschen mal, wieso verpisst du dich denn?«

Er schaute mich mit einer Mischung aus Angst und Trotz an. »Ich musste gestern zu Naugold. Du auch?«

»Ja, den hab ich wegtreten lassen.«

»Schön blöd, Kummer. Ich hab erzählt, was die hören wollten, Vadder hat noch mal 'n gutes Wort für mich eingelegt. Aber über dich hab ich nüscht gesagt.«

»Das will ich auch hoffen.«

»Ich geh schon mal vor. Ist gloob grade nich so gut, wenn die uns jetzt zusammen sehen«, sagte er und verschwand aus der Toilette.

Als Letzter trottete ich in die Lehrwerkstatt. Die Zeitungsschau war bereits in vollem Gange. Während Mitlehrling Raspe über den Besuch von Todor Schiwkow bei der DDR-Staatsführung referierte, drängten sich düstere Gedanken in meinen Kopf. Welche Konsequenzen würde das alles für mich haben? Nachdem Raspe uns zu Ende gelangweilt hatte, war Wegert dran. »Jetzt noch was in eigener Sache.« Dann hob er die Stimme. »Andreas Voigt, vortreten.« Streusel stellte sich mit zwei Schritt in die Mitte, und Wegert, der fast zwei Köpfe kleiner war, lief um ihn herum. Dabei verschränkte er die Arme hinter dem Rücken.

»Wie ihr ja sicher schon gehört habt, gab es hier am Donnerstag einen Vorfall, für den sich Andreas Voigt sehr schämt, wie er der Kaderleitung glaubhaft versichert hat.« Streusel guckte nach unten. »Deshalb belässt es die Betriebsleitung bei einem schweren Verweis. Andreas, wir werden dich an deinen Taten messen. Zurück ins Glied!«

Streusel trat wieder zwischen uns, und Wegert löste die Runde auf.

Mir fiel ein Stein vom Herzen. Vielleicht hatte Gräulich ja doch ein gutes Wort für mich eingelegt. Gerade wollte ich die Lehrwerkstatt verlassen, da hörte ich hinter mir: »Kummer, in mein Büro!«

Wegert saß vor einem vollen Aschenbecher und hatte blaue Karteikarten vor sich. Ich stellte mich klopfenden Herzens an den Tisch.

Der Lehrmeister wirkte nervös. »Du kannst jetzt noch deinen Arbeitsplatz aufräumen. Ab morgen brauchst du nicht mehr zu kommen«, sagte er.

»Wie, nicht mehr zu kommen?«

»Hast richtig gehört. Deine Lehre ist beendet.«

»Aber das war Streusels Idee. Ich wollte gar nicht so brutal …«

»Andreas Voigt hat im Gegensatz zu dir alles zugegeben und sich bei Karsten Gräulich entschuldigt«, schnitt Wegert mir das Wort ab.

»Ich hab mich auch entschuldigt.«

»Ja, aber bei der Aussprache haste dich wie ein Idiot benommen.« Wegert schüttelte den Kopf. »Verräter müssen bestraft werden. Du guckst wohl zu viele Indianerfilme, was, Kummer? Sei froh, dass du nicht noch 'ne Anzeige kriegst, Mensch. Ein Schreiben geht deinen Eltern gesondert zu. Überleg mal, was du denen damit antust. Und jetzt raus.«

Wegert wandte sich wieder seiner Arbeit zu. Ich rannte hinaus in die Lehrwerkstatt und schnappte mir meinen halb fertigen Flaschenöffner. Dann ging ich zur Bohrmaschine und zerbohrte ihn.

»Macht's gut, ihr Scheiß-Wichser«, rief ich in die Werkstatt.

Am nächsten Tag tat ich so, als würde ich zur Arbeit fahren, und cruiste vormittags mit dem Moped durch den Kreis Frankenwalde, gammelte in Bushaltestellen und am Bahnhof rum. Gegen Mittag fuhr ich zurück nach Düsterbusch und beobachtete von Weitem unser Haus. Als die Postfrau weg war, schaute ich gehetzt in unsere abgeschnittene Dachrinne nach einem Brief. Da war tatsächlich ein Schreiben vom VEB Nieten- und Bolzenwerk. Hastig riss ich es auf, und mir wurde schwindlig beim Lesen.

Werte Genossen Kummer,
nach der grausamen Demütigung eines
Mitlehrlings durch ihren Sohn, Anton Kummer,
und der anschließenden Befragung, bei der
Anton sein Fehlverhalten in keiner Weise
einsah, sind wir nach intensiver Diskussion
mit der Gewerkschaftsleitung, der Betriebs-
parteiorganisation und der Jugendbrigade
»Dr. Theodor Neubauer« zu dem Schluß
gekommen, den Lehrvertrag mit ihrem Sohn
Anton mit sofortiger Wirkung zu lösen.

Ihr Sohn Anton hat sich mit seiner Tat
außerhalb des Lehrkollektivs und der
ethischen Grundsätze der Deutschen Demo-
kratischen Republik gestellt. Aufgrund
seines Verhaltens ist für ihn kein Platz
mehr im VEB Nieten- und Bolzenwerk.

Mit sozialistischem Gruß
Naugold, Oberlehrmeister

19   Herausgefallen

Um halb sechs Uhr morgens stand ich halb nackt vor den Rieselfeldern im Straßengraben und zog mich um. Ich tauschte den Knuffer- gegen meinen Jugendweiheanzug. Beim Frühstück zuvor hatte meine Mutter mich gefragt, wie es mit der Lehre lief. Ich dachte mir irgendwelche Fantasiegeschichten aus. Lange würde das nicht gut gehen. Mit dem Anzug wollte ich Wegert beeindrucken und ihn bitten, mich doch wieder zu nehmen. In der Nacht hatte ich schwere Gewissensbisse bekommen. Ich ärgerte mich, dass ich den Lässigen gemimt hatte und jetzt ohne Arbeit war. Hätte ich doch bloß was erzählt von wegen »Ich bereue meine Tat zutiefst ...«. Zu spät hatte ich erkannt, dass eine abgebrochene Lehre mich zu einem Total-Assi machte.

Ein paar Meter vor dem Eingangstor versteckte ich mich auf dem Parkplatz und wartete, bis das Gros der Knuffer im Betrieb verschwunden war. Dann schloss ich mich zwei, drei Bürodamen an und blieb vor der Pförtnerbude stehen. Die Frauen zückten ihre Betriebsausweise und wurden durchgelassen. Ich wartete bis zum Schluss und wandte mich an den Pförtner.

»Ich will zu Lehrmeister Wegert.«

»Warum?«

Ich nahm meinen Mut zusammen. »Das würde ich gerne selber mit ihm besprechen.«

»Noch maulen, was?«, blaffte der Pförtner. »Name?«

»Kummer, Anton.«

Er warf mir einen bösen Blick zu und griff zum Telefon. Umständlich bediente er die Wählscheibe. Stunden schienen zu vergehen. Nervös betrachtete ich sein eingefallenes Rauchergesicht, während er, den Hörer am Ohr, seinen trüben Blick Richtung Parkplatz richtete. Als er anfing, mit jemandem zu sprechen, ging ich vor Aufregung raus. Ich wollte nicht hören, was er sagte. Erst als er aufgelegt hatte, traute ich mich zurück.

»Und?«, fragte ich.

»Ich soll dir bestellen, da gibt's nichts mehr zu besprechen.« Dann wandte er sich einem Mann in Feuerwehruniform zu. Tief enttäuscht verließ ich die Pförtnerbude. Wegert war schon in Ordnung, er mochte mich, aber ich hatte es vermasselt.

Als ich unschlüssig am Tor stand, sah ich durch das Gitter, wie Streusel gerade Richtung Lehrwerkstatt stiefelte. »Streusel!«, rief ich. Doch er ging einfach weiter und verschwand hinter einem der großen Gummitore.

Mit einem Kloß im Hals latschte ich zum Parkplatz und setzte mich auf mein Moped. Ziellos kurvte ich durch die Kreisstadt. Am Ortsausgangsschild von Frankenwalde ließ ich den Motor absaufen und war völlig leer im Kopf. Apathisch beobachtete ich eine Russenkolonne, die mit ihren schweren Lastern an mir vorbeifuhr. Ich musste jetzt schnell eine Arbeit finden, denn irgendwoher würden meine Eltern bestimmt bald erfahren, was passiert war. Wenn ich ihnen dann eine neue Stelle präsentieren konnte, würde es vielleicht halb so schlimm.

Im Postamt der Kreisstadt blätterte ich mich durch das ranzige Telefonbuch, schrieb mir Adressen von Betrieben raus und wartete endlos, bis eine der drei braunen Holzzellen frei wurde. Ich rief bei mehreren Betrieben an – einem Baustoffkombinat, beim VEB Schweißtechnik, bei der Reichsbahn. Nirgends war jemand von der Kaderabteilung zu sprechen. Als Letztes probierte ich es bei VEB Obst & Gemüse Kirchhausen, auch »Matsch und Gammel« genannt. Dort war ewig besetzt. Spontan entschied ich, direkt dorthin zu fahren.

Als ich in die Einfahrt bog, schlug mir ein widerlicher Gestank entgegen. Ein Berg breit gefahrener Zwiebeln säumte das Eingangstor. Überall lagen Kisten kreuz und quer übereinandergestapelt. Fetzen von Kohlblättern hingen sogar in den traurigen Birken, die vor dem Eingang des Verwaltungsgebäudes vor sich hin kümmerten. Ein Schild wies den Weg zur Kaderleitung. Ich folgte ihm und betrat einen schmucklosen Vorraum. In einer Ecke saß ausgerechnet Gerber aus meiner ehemaligen Parallelklasse. Er musterte mich aus den Augenwinkeln.

»Gehst wohl ooch nich knuffen, was?«

»Was geht dich das an?«

Er winkte ab. »Den Laden kannste vergessen. Hier arbeiten nur Contis.«

»Und warum sitzte dann hier rum?«

»Mal gucken, was die zu bieten haben.«

Die Tür öffnete sich, und ein Dicker im Schichtleiterkittel sah uns gelangweilt an.

»Mitkommen«, befahl er, ohne dass ich mich vorgestellt hätte. Wir folgten ihm in eine große schmuddelige Halle und lachten heimlich über seinen monströsen Arsch, über dem sich ein blauer Dederon-Kittel spannte. An einem alten Förderband, das quietschend Kohlköpfe transportierte, standen drei Frauen mit Kopftüchern. Sie sortierten den Kohl, der am schlimmsten aussah, in bereitstehende Kisten, die sie dann mühevoll auf einen Anhängerwagen wuchteten.

»Das ist hier die Qualitätskontrolle«, quakte der Dicke. »Montag könnt ihr anfangen.«

Wir warfen uns skeptische Blicke zu. »Ich dachte, wir jonglieren hier mit Mangos und anderen Südfrüchten«, sagte Gerber.

Der Schichtleiter schaute finster. »Wenn ihr mich verarschen wollt, könnt ihr gleich verschwinden.«

»Lass dich zuscheißen mit deinem Gammel«, sagte Gerber und machte Anstalten zu gehen. Ich bewunderte ihn für seinen klaren Standpunkt und war froh, hier wieder wegzukommen, denn der Gestank war bestialisch.

»Kommste mit zu mir, ich hab die neue Rod Stewart da«, sagte Gerber, als wir draußen waren.

Ich zuckte die Schultern, hatte sowieso nichts zu tun und nahm ihn auf meinem Moped mit. Gerber wohnte mit seiner Oma in einer niedrigen Hütte unweit der Zentrale in der Langen Straße. Seine Bude roch muffig, in einer Ecke stand noch der gelb vernadelte Weihnachtsbaum vom letzten Jahr, davor ein Pisseimer.

»Haste keen Klo?«, fragte ich.

»Doch übern Hof, aber da guckt der Kackeberg schon aus der Öffnung.«

»Musste 'nen Autoreifen drüberlegen, dann kommste höher.« Er überlegte. »Gute Idee.«

Dann präsentierte er mir *Body Wishes*, Rods neue Platte.

Ich betrachtete das Cover. Rod trug einen rot-glitzrigen Anzug. Wegen der Frisur musste ich sofort wehmütig an Henryk denken. Der war wahrscheinlich längst in Westberlin und sah sich PVC oder eine andere geile Band an. Gerber hielt mir einen Vortrag über Rods Karriere und dass er früher bei den Faces gesungen hatte. Aber das wusste ich alles schon, und ich ergänzte sein Fachwissen mit meinem eigenen, bis er schließlich die Klappe hielt.

Er legte *Body Wishes* vorsichtig auf den Plattenteller seiner neuen Anlage vom VEB Tonmöbel Plauen. Der Hi-Fi-Turm war neben der Platte das einzig Neue in seiner Wohnung. Wir rockten zu »Dancin' Alone« in seiner Hütte ab. Gerber ging in die Knie und spielte viersaitige Windharfe. Richtiges Gänsehaut-Feeling kam nicht auf. Die Mugge törnte mich nicht richtig an. Außerdem war es noch zu früh, keine Mädels da und auch kein Schnaps im Spiel. Während ich halbherzig vor mich hin tanzte, dachte ich an die Lehrwerkstatt und wie sie da jetzt alle standen und feilten.

»Wollen wir es noch irgendwo anders probieren wegen Arbeit?«, fragte ich, als Rod ausgeröhrt hatte.

»Nee, ich geh erst mal pennen«, gähnte Gerber. »Beim Kohlehandel kannste es noch probieren. Die stellen ooch jeden ein.«

Am Bahnhof von Kirchhausen musste ich auf Reserve schalten. Der Sprit würde die acht Kilometer bis zum Kohleplatz nicht reichen. Ich stellte meine Karre auf dem Vorplatz ab und nahm den Piefke Richtung Cottbus. Der Zug war fast leer. Im Vorbeifahren sah ich durch die braun verdreckten Scheiben den Kohleumschlagplatz. Ein riesiger Kran stand auf einer Betonfläche und davor trichterförmige Kohlebunker. Unter einem der Bunker stand ein Lkw, auf dessen Ladefläche gerade Briketts prasselten. Die Staubfontäne wehte in Richtung des Zuges, dessen Bremsen zu kreischen begannen. Ich hoffte, auf dem Kohleplatz ein paar Aussteiger zu treffen, und sah mich schon mit einem Ausreisekandidaten über das Gelände wandeln. Wir würden geistig anregende Gespräche über Inhalt und Form führen und auf den Feierabend warten.

Von der Bahnstation latschte ich durch ein großes schmiedeeisernes Tor. Daran hing ein Schild: »VEB Kohlekombinat Dessau – Betriebsteil Frankenwalde.« Ich lief über eine bröselige Betonfläche auf ein großes Gebäude zu, von dessen Giebel eine abgerissene Dachrinne neben dem Eingang hing, als wolle sie mir die Hand geben. Zwei Knuffer mit rabenschwarzen Gesichtern und ebensolchen Arbeitsanzügen kamen aus dem Haus und diskutierten über anziehende Fleischpreise. So richtig intellektuell sahen sie nicht aus.

»Äh ... ich wollte mal zum Chef.«

»Da drinne, wenn er nicht schon bei seinem Mäuschen is«, sagte einer. Dann gingen sie lachend weiter.

Drinnen klopfte ich an einer Bürotür, an der ein Zettel klebte: »KUP-Leiter Hartmann«.

»Wer stört?«, grunzte jemand, und ich trat ein.

Ein hagerer Mann Mitte vierzig mit rötlichem Vollbart saß in einem schuhkartongroßen Büro hinter einem Schreibtisch und schrieb mit schmutzigen Fingern Lieferscheine. Hängende Mundwinkel in einem Kettenrauchergesicht.

»Tach schön, ich ...«

»Wieso willste hier arbeiten?«, unterbrach mich Hartmann. Während ich überlegte, fixierte ich einen vergilbten Wimpel an der Wand. Er trug die Aufschrift »Vorbildlicher Kraftfahrer«.

»Äh ... Ich hab mich schon immer für Kohle interessiert.«

»Haste irgend'ne Qualifizierung? Kranschein, Lkw-Führerschein oder so was?« Er schaute mich nicht an und heftete die Scheine in einen Ordner.

Ich schüttelte den Kopf. »Nur Moped.«

»Da bleibt ja nur Nachräumer.«

»Was?«

»Na, Waggonkosmetiker. Waggons ausfegen, das kannste doch, oder?«, schnarrte er und blies den Rauch seiner F6 in die Höhe.

»Und wer arbeitet da noch so?«

»Alles nachgemachte Menschen, so wie du.«

Ich wertete das als gutes Zeichen. Aussteiger und sich verweigernde Intellektuelle würden meine Kollegen sein. Das war klar. Ich nickte, es blieb mir auch nicht viel mehr übrig.

»Du kriegst vierhundertzweiundachtzig Mark im Monat plus Bereitschaftszuschlag.«

Das war zwar ein Hungerlohn, aber im Vergleich zu siebzig Mark Lehrlingsgeld ein Segen.

»Morgen kannste anfangen.«

Ich war total verdattert. Das wollte ich auf keinen Fall. Ich brauchte mindestens eine Woche, um mich seelisch und moralisch darauf vorzubereiten.

»Nächste Woche?«

»Von mir aus.«

Als ich mein Moped die Düsterbuscher Hauptstraße entlangschob, leuchtete ein früher Mond zwischen beiden Kirchtürmen hindurch. Ich kam an der Linde vorbei und merkte, dass in der sonst verlassenen Gaststube Licht brannte. Merkwürdig. Ich stellte meine Karre auf dem von Unkraut überwucherten Vorplatz auf den Ständer. Die Torflügel, die neben der Kneipe auf den Hof führten, standen offen. Ich erklomm die drei Stufen zum Eingang und betrat den kleinen Flur vor der Kneipentür.

Von drinnen konnte ich gedämpfte Musik hören. Langsam drückte ich die Klinke. »Oh No No« von Bernie Paul röhrte aus einem kleinen Minett-Rekorder, der auf einem Tisch an der Tür stand. In der Mitte der Gaststube stand ein dicker Typ im lindgrünen Oberhemd auf einer Leiter und entstaubte die Lampe. Ich drückte die Stopptaste des Rekorders, und die Musik verstummte. Der Typ drehte sich erschrocken um. Als er mich sah, grinste er.

»Hallo. Ich bin Harry, der neue Kneiper.«

Ich schaute mich in der Gaststube um. Sie sah immer noch so aus wie damals, als ich meinen Vater sonntags zum Frühschoppen begleiten durfte. Rechts neben der Saaltür der Tresen, von dem aus man bei Tageslicht über die etwa zehn Tische durch zwei große Fenster auf das Kriegerdenkmal gucken konnte.

Das beste Skatblatt, das je in Düsterbusch gespielt wurde, hing schief unter einem staubigen Glasrahmen an der Wand.

»Und wer bist du?«

»Anton Kummer.«

»Ach, der Sohn von der Lehrerin.«

Ich nickte.

»Bei deiner Mutter hatte ich Mathe. Hilf mir mal.«

Zusammen wuchteten wir ein Bierfass, auch Aluschwein genannt, durch die Kneipe zu einer Kellerluke, die direkt vor dem Tresen offen stand. Wir gaben dem Fass einen Tritt. Es rollte über die schmale, bröcklige Kellertreppe, schrammte an den unverputzten Wänden vorbei und verschwand im Dunkeln. Harry ließ die Tür zukrachen. Dann sah er mich keuchend an. Er war ungefähr fünfunddreißig, dick und hatte ein rotes aufgedunsenes Gesicht.

»Die Bude hier kannste eigentlich nur abreißen.«

»Und wieso machste se dann wieder auf?«

»Ich war zehn Jahre in Eberswalde, hab in 'ner Reifenfabrik geknufft. Jetzt bin ich fertig uff de Bandscheiben und will ma richtig Geld machen.«

Ich musste lachen. »Ausgerechnet hier?«

»Ach, bisschen Mittagstisch, bisschen Blasmusik, das wird schon.«

»Blasmusik ist doch Scheiße.«

Harry guckte erstaunt aus seinen wässrigen Augen.

»Los, verpiss dich jetzt. Ich muss pennen. Sonntag ist das erste Mal Frühschoppen.«

Bevor ich noch irgendwas sagen konnte, drängte er mich aus der Tür zum Vorplatz. Draußen empfing mich Totenstille. Nur Charly, Sprenzels Hund, jaulte heiser durch die Nacht.

20   Das Ende einer Ära

Frisch geduscht düste ich nach Kirchhausen. Als ich an der Zentrale ankam, traute ich meinen Augen nicht. Der Vorplatz war bereits komplett überfüllt, ein grünes Parka-Meer. Noch nie hatte ich so viele Menschen vor dem Kulturhaus gesehen. Viele der Hippies waren bereits stinkbesoffen. Rotweinpullen wurden herumgereicht. Mitten auf dem Platz saßen zwei Kuttenträger. Vor sich hatten sie einen Spirituskocher, auf dem sie sich eine Dose Schweinekopfsülze warm machten. Die penetrant stinkenden Schwaden verteilten sich über den ganzen Platz und erzeugten eine makabre Endzeitstimmung.

Ich drängte mich zum Eingang durch. Zwei Knechte von Wolfgang Zach standen Wache und versuchten schwitzend, die Leute zurückzuhalten. Andere Ordnungskräfte waren nicht zu sehen. Wolfgang war wohl vom Ansturm der Blueser überrascht worden. »Macht das Brett auf«, brüllte jemand aus der wartenden Menge und erntete grölende Zustimmung. Bierflaschen zerschellten an der Eingangstür. Immer mehr Blueser und Bluesmädchen kamen von überallher, eine Wand aus Vollbärten und Stirnbändern walzte gegen das altehrwürdige Kulturhaus der Bergarbeiter.

Endlich flog die Flügeltür auf, und mitten in einem riesigen Menschenstrom wurde ich in die Disco gedrückt. Ähnlich muss es auf der Titanic zugegangen sein, als die Dritte Klasse auf die oberen Decks drängte.

»Die Bullen kriegen aufs Maul, wenn se kommen«, schrie einer neben mir. »Die trauen sich heute nicht her«, ein anderer.

Wolfgang drängte, sich seine Brille auf die Nasenwurzel schiebend, durch die Menge und zog nervös an seiner Milden Sorte. Bekannte Gesichter sah ich kaum. Der Kirchhausener Discogänger hatte sich entweder an die Bar zurückgezogen oder glänzte durch Abwesenheit. Viele Sachsen und Berliner Blueser tauschten Termine und soffen, soffen, soffen.

»Haste 'ne Penne?«, fragte jeder alle fünf Minuten jemand anders. Diese Jimi–Hendrix-mäßige Energie ging mir ziemlich auf den Keks. Die wollten nicht viel mehr als sich besaufen und danach irgendwo pennen. Ich spürte, dass ich zu dieser Opposition nicht gehörte. Ich wollte mich auch nicht mit Bullen anlegen. Ich träumte von etwas Abgehobenem, Dekadentem, von einer bizarren Welt des Lasters mit schicken Frauen und Männern in Anzügen, wie ich sie im Roman *Berliner Reigen* vorgefunden hatte. Und dazu New Wave und David Bowie.

In der Spiegelscherbe auf dem überfüllten Klo stellte ich allerdings fest, dass ich auch nicht viel anders aussah als der Rest da draußen. Am liebsten hätte ich mir meine halblangen Haare mit dem durchgezogenen Mittelscheitel und den verpissten Ansatzschnauzer sofort abrasiert. Ich musste unbedingt zu Marion.

Als ich von der Toilette kam, gab es einen Knall, und alle Leute drängten neugierig in den Saal. Ich hinterher. Die Scheiben zur Straße hin waren zu Bruch gegangen. Durch jede Öffnung der Zentrale krochen jetzt Langhaarige, die von ihren Kumpels hineingezogen wurden. Im Nu gab es keinen Platz mehr. Drinnen drängten sich bestimmt fünfhundert Leute und mehr. An den Seiten brachen unter der Last der Menge Tische zusammen.

Blues-Fraktion waren immer noch nicht auf der Bühne. Ich sah Wolfgang Zach am Eingang der Garderobe aufgeregt mit dem Sänger diskutieren, der trotz der Hitze eine kurze Felljacke trug. Hinter dem Tresen verrichtete Heidrun mit rotem Kopf Schwerstarbeit. Im Akkord betätigte sie den Flaschenöffner, der am Tresen befestigt war, und entkorkte Rotweinpullen der Marke Bärenblut. Tausend Flaschen würde Wolfgang wohl verkaufen, die Frage war nur, ob danach seine Hütte noch stand.

Plötzlich eine Rückkopplung, und dann ging es los. Der Sänger begrüßte die Meute: »Na, wollen wir den Bullen ein Ständchen bringen?«

Tausendfaches Gegröle war die Antwort, während immer mehr Leute in den Saal drängten. Die Band begann ihren wilden elektronischen Blues zu spielen. Brotbeutel, Schlafsäcke und Schuhe flogen auf die Bühne. Einige tobten im Galopp durch den Saal. Andere fassten sich an den Händen und tanzten im Kreis. Es sah aus wie ein Stammestanz der Sioux-Indianer. Wieder andere hatten ihre Hände in den großen Taschen ihrer Shell-Parkas und wackelten samsonartig hin und her, den Blick verzückt nach oben Richtung Jesus.

Auch Ekel-Kai, Hexe und ihr Freund Hacki waren im Blueser-Kosmos unterwegs. Ein Stück neben mir trank ein Langhaariger Rotwein auf Ex aus der Pulle und fiel nach hinten um. Seine Kumpels fingen ihn auf.

Bloß weg hier, dachte ich und drängte mich durch die unablässig Anstürmenden hinaus. Durchgeschwitzt erreichte ich den Vorplatz. Dort lagen überall Leute, pennten oder spielten auf Mundharmonikas die Songs ihrer Stars nach. Ich erkannte »Room to Move« von John Mayall. Erschöpft ließ ich mich auf die Ketten fallen und schaute auf die Zentrale. Es krachte und schepperte überall. Unmengen grölender Hippies schienen die Bude jetzt abzureißen. Die Gestrigen traten mit einem großen Knall ab.

Plötzlich bekam ich Angst, dass der Laden vielleicht geschlossen wurde. Ich konnte mir ein Leben ohne die Zentrale gar nicht vorstellen. Das Haus bot Schutz vor dem sozialistischen Alltag, vor dämlichen Parolen, Gängelei und Schmidtmützenträgern. Hier konnte ich frei reden über Politik und Musik. Hier wurden zerkratzte Police-Platten gegen getragene Frotteesocken getauscht. Auf derbe Fußballersprüche folgten bahnbrechende Ideen von neuen Gesellschaftsmodellen, die zu gefährlich waren, um nach außen zu dringen.

Ein Toni-Wagen mit Blaulicht riss mich aus meinen Gedanken. Er hielt vor dem Eingang und fuhr gleich weiter.

»Scheiß-Bepo«, brüllte ein Typ dem Auto hinterher. Infernalisches Gejaule drang aus dem Saal. Ich guckte noch, ob ich jemand Bekanntes sah. Doch Fehlanzeige. Schweren Herzens stand ich auf, weil ich nicht sehen wollte, wie meine geliebte Disco noch mehr verwundet wurde. Ich lief über die Straße und schwang mich auf mein Moped, das ich in sicherem Abstand geparkt hatte. Entlang der Bahnhofstraße standen inzwischen mehrere Einsatzwagen längsseits der Fahrbahn. Angespannte Bullengesichter blickten finster von den Ladeflächen in die Nacht.

Als ich zu Hause ankam, leuchtete die Veranda hell. Das war normalerweise um diese Zeit nie so. Es musste was passiert sein. Meine Mutter stand in der offenen Haustür und wartete auf mich.

»Wo warst du?«

»Na, in der Zentrale.«

»Geh in dein Zimmer«, sagte sie drohend.

Ich eilte an ihr vorbei und riss voller böser Vorahnungen die Tür auf. Auf meiner Couch saß Conny und weinte. Neben sich eine große Reisetasche.

Als sie mich sah, stand sie auf und fiel mir sofort um den Hals. Endlich stieg der Duft ihrer Locken wieder in meine Nase. Fast hätte ich selbst geheult, so überwältigt war ich. »Kann ich hierbleiben?«, schluchzte sie.

»Klar«, sagte ich.

Sofort wich die Rührung einer fiebrigen Geilheit. Ich zog sie auf das Bett, auf dem wir nasse Küsse tauschten. Keuchend zogen wir uns die Klamotten aus.

Aufgeregt mühte ich mich danach ab, in sie einzudringen. Schließlich klappte es. Ich war drin, wie man so schön sagt, und es war himmlisch. Mein Schwanz wuchs zu voller Größe, und ich spritzte unkontrolliert in sie hinein. Kein Gedanke an irgendwas anderes. Ich schwebte mit den Kometen um die Wette, und sie schien sich auch vergessen zu haben. Freudig darüber, dass wir es getan hatten, lächelten wir vor uns hin und schauten an die schiefe Decke meines Zimmers.

Fünf Minuten später saß sie auf der Bettkante und rechnete ihren Eisprung aus ... dann hatte sie ihre Tage gehabt und dann ... und dann ... Sie nahm ihre Finger zur Hilfe.

»Wird schon schiefgehen«, sagte ich und küsste ihren Hinterkopf. Sie legte sich mit dem Kinn auf meine Brust und schaute mich verträumt an.

»Versprich mir, dass du das nur mit mir machst.«

»Natürlich«, log ich und streichelte ihre Beine.

21 Küss mich, bevor du gehst

Morgens wachte ich zeitig auf, es war eng in meinem Bett. Neben mir lag Conny und schlief. Die erste Nacht, die ich gemeinsam mit einem Mädchen verbracht hatte. Sie lag da wie hingegossen. Leise stand ich auf und bediente meinen Kassettenrekorder. »Heut' Nacht« von Spliff erklang: »Küss mich, bevor du gehst ...«

Ich setzte mich wieder zu ihr und genoss, dass ich sie ohne schlechtes Gewissen von Kopf bis Fuß betrachten durfte. In der Schule musste ich ja immer schnell wegschauen, damit es nicht auffiel. Und danach war jede Begegnung gehetzt, beherrscht von ihrem Verfolgungswahn und meinen Verlustängsten. Ich sah mich satt an ihren Beinen, den kleinen Igelschnauzen, ihren langen Wimpern und der markanten Nase. Ich küsste sie auf die Nasenspitze, und sie lächelte im Schlaf. In diesem Moment war sie einfach meine Freundin. Niemand konnte sie mir wegnehmen. Einzig eine schwache Sorgenfalte, die zwischen ihren Augen senkrecht nach oben ging, trübte das perfekte Bild. Ihr Vater musste ein echtes Monster sein. Ich forschte in ihrem Gesicht nach Ähnlichkeit mit diesem Mann, konnte aber keine entdecken.

Dann ging ich hinaus, meine Eltern saßen schon am Frühstückstisch.

»Sie ist so wahnsinnig hübsch«, rief ich in der Tür stehend. Doch die Verzückung meiner Eltern hielt sich in Grenzen. Stattdessen bombardierten sie mich mit Fragen und Vorwürfen.

»Und wie stellt ihr euch das jetzt vor?«, fragte meine Mutter.

»Das ist doch eng bei uns. Ewigkeiten kann die hier nicht bleiben«, ergänzte mein Vater, wie immer ein Meister des Feingefühls.

»Soll ich ›die‹ etwa wieder rausschmeißen?«, entgegnete ich spitz.

Meine Mutter hob abwehrend die Hände. »Nein ... Sie kann natürlich so lange bleiben, wie ...«

»Der Alte is 'n hohes Tier im Regiment«, unterbrach sie mein Vater, »der kommt hier nachher noch mit 'nem Überfallkommando an.«

»So 'n Quatsch!«, würgte ihn meine Mutter ab. »Frag mal, ob sie was frühstücken will.«

»Lasst sie doch erst mal schlafen.« Ich ging zurück in mein Zimmer.

Conny war inzwischen aufgewacht. Ich setzte mich zu ihr und strahlte sie an. Sie schaute sorgenvoll zurück.

»Streitet ihr euch wegen mir?«

»Ach Quatsch.« Ich küsste sie auf die Stirn. »Hat er dich geschlagen?«

Sie schüttelte den Kopf. »Der schlägt nicht mit der Hand«, sagte sie.

»Wie dann, mit dem Hammer oder was?«

Conny lächelte schwach. »Ach, Anton, ich will das jetzt nicht erzählen.«

Am Frühstückstisch schwiegen wir erst mal, und ich hielt stolz ihre Hand.

Sie schaute abwechselnd meine Eltern an.

»Danke, dass ich hierbleiben kann. Ist nur für ein paar Tage.«

»Und wo willste dann hin?«, fragte meine Vater sofort, ohne ihren Dank zu würdigen. Conny schaute unsicher zu mir.

»Sie bleibt jetzt erst mal hier. Alles andere ist egal.«

Wir schwiegen wieder. Dann wandte meine Mutter sich an Conny: »Was denkt sich denn dein Vater …?« Mit einem Blick wollte ich sie zum Schweigen bringen. Conny hatte schon genug gelitten. Aber ich merkte, dass meine Mutter die mir geltende Zurückweisung durch Connys Vater auch auf sich bezog. Ihr ganzer Status als Lehrerin, Kabarettgruppenleiterin und Genossin der ersten Stunde wurde von diesem Offizier missachtet.

»Na ja, ich finde es echt ein starkes Stück, dass dein Vater dir Umgangsverbot mit Anton erteilt. Er ist doch kein Aussätziger.«

Aus Connys Augen floss es wie aus der abgerissenen Dachrinne auf dem Kohleplatz bei Wolkenbruch. Ich nahm sie wieder in den Arm. Mein Vater schaute zum Fenster raus. Conny beruhigte sich wieder. Schweigend kauten wir auf unseren getoasteten Stullen herum.

»Wollen wir nicht 'nen Ausflug zusammen machen?«, fragte meine Mutter, um wieder ein bisschen Sonne in die Küche zu lassen. Mir war es egal, Hauptsache, ich konnte Zeit mit Conny verbringen.

»Aber nur, wenn ihr keine blöden Fragen stellt«, sagte ich.

Es klingelte, und Conny zuckte zusammen.

»Sag bitte nichts, wenn er es ist«, flehte sie.

Ich beruhigte sie und ging mit pochendem Herzen zur Tür. Durch die Milchglasscheibe sah ich die schemenhaften Umrisse eines großen Mannes. Ich öffnete. Vor mir stand Henryk. Er sah völlig verwandelt aus. Seine Rod-Stewart-Frisur war einem strengen Seitenscheitel gewichen. Der Körper steckte in einem schwarzen, zu weiten Anzug. Unter den Hochwasserhosen trug er weiße Tennissocken und schwarze Schuhe. In der Hand hatte er eine nagelneue weiße Plastetüte ohne Werbung.

»Henryk!«, entfuhr es mir begeistert. »Ich dachte …«

»Hier, hab ich dir mitgebracht«, sagte er. Ich förderte einen Westberliner U-Bahnplan und ein zerfleddertes *Stern*-Heft aus der Tüte. »Lag auf dem Bahnhof Zoo.«

»Bahnhof Zoo«, schrie ich. »Da warst du?«

»Is räudig, Anton, beruhige dich mal.«

Fasziniert blätterte ich durch den *Stern*. Gedrucktes aus dem Westen gab es selten. Und er war erst einen Monat alt. »Was willste dafür haben?«

»Nüscht.«

»Wo warste noch?«

»Big Eden.«

»Alle Getränke vier Mark«, riefen wir beide wie aus einem Mund. Die Fernsehwerbung mit einer dickbusigen Blondine hatte ihre Spuren hinterlassen.

»Komm rein!«, rief ich begeistert.

»Eure Kneipe ist wieder offen. Frühschoppen stand dran. Wollen wir nicht gucken?«

Einen Moment stand ich unschlüssig da, dann bat ich ihn zu warten und stürzte in die Küche. Während mein Vater am Kofferradio herumkurbelte, unterhielten sich meine Mutter und Conny über Erich Maria Remarque, dessen Bücher sie beide verschlangen.

»Muss mal schnell weg, bin in 'ner halben Stunde wieder da.«

Conny schaute verdutzt. Ohne ihren Protest abzuwarten, stürzte ich aus dem Haus, warf mich auf den Sozius von Henryks gammliger Schwalbe, und wir knatterten Richtung Hauptstraße.

»Ey Anton, die sind hier so was von hinterm Mond«, rief Henryk gegen den Fahrtwind. »Ich hab im Eden die Bowie-Boys kennengelernt. Drei Typen mit geschminkten Gesichtern.«

»Oh, ich habe 'ne Platte von Bowie. *Station to Station.* Hab ich Kurte abgekauft.«

»Für wie viel?«

»Zwanzig De Em.«

»Mann, bist du blöd, die hätte ich dir für sieben fuffzig mitbringen können«, rief er und steuerte im Zickzackkurs die Kneipe an.

»Was haste drüben eigentlich gemacht?«

»Gearbeitet bei meinem Onkel auf 'm Bau.«

»Und wieso biste zurückgekommen?«

»Da bin ich auch nur 'n Pole. Außerdem kann ich dich doch nicht alleinelassen.« Er grinste nach hinten.

»Haste jetzt wohl ordentlich Westschmott?«

»Na, nicht so viel wie du.«

Henryk ließ das Hinterrad auf dem Vorplatz der Linde durchdrehen, während ich absprang. Er stellte sein Moped direkt neben einen verbeulten Trabant 500. Das Auto schien nur aus verschiedenfarbigen Teilen zu bestehen und war total verdreckt.

»Das ist ja wohl die erbärmlichste Mistkarre, die ich je gesehen habe«, stellte Henryk fest.

Der Eingang war von zwei kleinen Tannen flankiert. Von einer zur anderen war an den Spitzen ein Papierband gespannt. Darauf stand in krakeliger Schrift: »Frühschoppen.« Wir schürzten anerkennend die Lippen. Da hatte sich jemand was einfallen lassen.

Statt wuseliger Frühschoppen-Atmosphäre empfing uns gähnende Leere. Nur Bauer Brahmke stand mit Filzlatschen an den Füßen über den Tresen gelehnt. Dahinter Harry. Er wischte sich müde durchs Gesicht und schaute nachdenklich durch die nikotingelben Gardinen auf das Kriegerdenkmal. Aus seiner staubigen Anlage säuselte böhmische Blasmusik. Wir klopften mit den Knöcheln unserer Fäuste auf den Tresen.

»Zwei Schaumgebremste«, rief ich Harry entgegen.

Wir setzten uns an einen Wandtisch unweit des gerahmten Skatblattes. Henryk blätterte sich durch den *Stern* und zeigte mir einen Artikel über den Blitz Club. Darüber stand in großen Lettern: »Steve Strange breitet seine manikürten Finger über der Londoner New-Romantic-Szene aus.« Ein extrem geschminktes Wesen hielt seine lackierten Griffel über eine erleuchtete Glaskugel. Der Artikel war illustriert mit schrägsten Gestalten. Piraten trafen auf weiß geschminkte Mädchen mit Rokokofrisuren. In einem plüschigen Raum spielte ein als Nazi verkleideter Typ Billard mit einem gestreift tragenden Häftling. Ich bekam Gänsehaut.

»Die jungen Leute im Blitz Club geben sich einer aufreizenden Dekadenz hin«, las ich laut vor. »Im Gegensatz zur Punk-Szene rebellieren sie nicht gegen das System. Sie nehmen es einfach nicht zur Kenntnis.« Mich durchfuhr ein ähnlich starkes Zucken wie bei Pfarrer Rogges Frage nach Normalität. »Das ist doch unser Motto, oder?«, rief ich und wollte Henryk mit meiner Begeisterung anstecken.

Er lächelte cool. »Deins vielleicht.«

Harry kam an unseren Tisch und knallte das Bier auf die Deckel.

»Ist ja nicht viel los bei dir«, sagte ich.

»Die kommen alle noch«, knurrte er.

»So, wer denn?«

»Na, alle.«

Henryk zog die Stirn in Falten. »Vielleicht sollteste mal deine Werbestrategie überdenken.«

»Was bist du denn für eener? Außerdem hab ich überhaupt keene Werbung jemacht«, regte sich Harry auf.

»Der war in Westberlin. Bahnhof Zoo und so weiter«, sagte ich. »Der kennt sich aus.«

»Geht doch gar nicht«, nuschelte Harry erstaunt.

»Ich bin Pole«, sagte Henryk stolz.

»Ach du Scheiße«, rief Harry aus. Ich hielt ihm den *Stern* vor die Nase.

»Hier, so was musste machen, dann wird's voll.«

»Na, mach mal«, sagte er, ging schnaufend mit dem leeren Tablett wieder um den Tresen rum und stellte sich hinter den Zapfhahn.

Henryk und ich schauten uns an und hatten sofort den gleichen Impuls. Wir sprangen auf, stellten uns neben Brahmke, der aus glasigen Augen Löcher in die Luft starrte, und redeten auf Harry ein.

»Du solltest wirklich mal drüber nachdenken, die Zentrale ist dicht«, stocherte Henryk.

»Wirklich?«, fragte ich ungläubig dazwischen.

»Ja.« Henryk nickte. »Zach sitzt angeblich in U-Haft.«

»Das passiert mir ooch, wenn ich mich auf euch einlasse«, antwortete Harry humorlos.

»Nee, das ist deine Chance«, hakte ich ein.

»Und wer soll da kommen? Deine Oma, oder was? Ach nee, die liegt ja schon da drüben.« Er feixte diabolisch und deutete mit dem Kopf Richtung Friedhof.

»Ne, mal ehrlich jetze ...«, sagte ich ungeduldig.

Aus der Küche, die gleich hinter dem Tresen abging, kam eine Frau mit rosafarbener Rüschenschürze und einem mürrischen, aufgequollenen Gesicht. Die Schulterrüschen reichten fast bis an ihre Ohrläppchen. »Komm essen«, sagte sie zu Harry, ohne uns zu begrüßen.

»Ja, gleich.« Seine Trinkerzüge wandelten sich langsam von Ablehnung in Nachdenklichkeit.

»Willste nich auch 'n neues Auto fahren?«, bedrängte ihn Henryk.

Er lachte kurz spöttisch, wurde wieder nachdenklich.

»Wir würden uns um alles kümmern, Werbung, Einlass und so weiter.« Ich witterte die Chance, doch Harry war noch immer nicht überzeugt.

»Dann kommen ooch die ganzen Langhaarigen und zerkloppen alles.«

»Langhaarige kommen hier nicht rein«, rief Henryk.

»Einlass nur im feinsten Zwirn. Guck dir den an«, ergänzte ich, und Henryk drehte sich vor Harry wie ein Fotomodel.

Der schaute überlegend an die Decke. »Kann man euch trauen?«

Ich spürte, da war die große Gelegenheit. »Auf keinen Fall. Aber du kannst ja auch wieder in 'ner Reifenbude anfangen und dich von irgend'nem Scheiß-Brigadier rundmachen lassen.«

»Weil, mit dem Konzept hier ...«, Henryk ließ einen skeptischen Blick durch die Gaststube schweifen »... da gehste unter.«

Ich forschte in Harrys Gesicht, glaubte, helle Funken der Erkenntnis in seinen Schweinsäuglein zu entdecken.

»Ihr haltet euch für besonders schlau, was? Christel, komm mal her.«

Die Aufgequollene kam kauend aus der Küche und wischte sich ihre Finger an der Schürze ab. Sie musterte uns abweisend. Mit ihr könnte es schwierig werden, das sah ich sofort.

»Das heißt aber, wir kriegen den Umsatz und ihr den Eintritt«, krähte sie uns an. Scheinbar hatte sie mitgehört.

»Auf keinen Fall«, sagte Henryk. »Das wird alles geteilt.«

»Dann eben nicht«, patzte Christel.

Harry hob bedauernd die Schultern. Er stand offenbar unterm Pantoffel.

»Das kriegen wir schon hin«, wiegelte ich ab. »Erst mal machen wir es so, Henryk.«

Er musterte mich böse, und ich lächelte das Problem weg. Ich hätte diesem merkwürdigen Kneiperehepaar alles versprochen. Wichtig war, dass ich mich an etwas festhalten konnte.

Unter mir schwankte das klebrige Linoleum. »Heißt das jetzt, wir sind 'n Team oder was?«

»Wir probieren's. Aber nur einmal, wenn's dann nicht läuft ...«

»Das läuft«, unterbrach ich Harry.

»Da ist noch was.« Er winkte uns, ihm zu folgen, und wir liefen um den Tresen herum.

Langsam öffnete er die knarrende Saaltür. Ich boxte Henryk übermütig in die Seite, was er unwirsch abwehrte. Dann standen wir vor dem Kleinod.

An den Fenstern, durch die ich als Kind die Tanzabende beobachtet hatte, hingen dicke abgestufte Spinnwebengebilde. Das altehrwürdige Parkett quoll in kleinen Burgen wie in einem Lavastrom nach oben. Es sah aus, als würden jeden Moment Dreckfontänen daraus hervorschießen. Tische und Stühle standen ineinander verkeilt kreuz und quer herum. Die Fünfzigerjahre-Tulpenlampen an der Wand hingen, von einer Kruste überzogen, mit den Köpfen traurig nach unten. Aber das war nicht das Schlimmste. Den Blick zur Bühne verdeckte ein riesiger Berg Kartoffeln, der fast bis an den staubigen Kronleuchter heranreichte. Seine Ausläufer, bestehend aus bereits schwarz verfaulten Knullen, waren so riesig, dass sie fast die ganze Tanzfläche bedeckten.

»Hat die Scheiß-LPG hier eingelagert, als zu war.«

»Na, musst du rausräumen«, sagte Henryk und rollte dabei wieder köstlich das R.

»Ich nich«, brummte Harry. »Das macht ihr.«

»Klar«, sagte ich. »Wir trommeln alle zusammen. Ist doch kein Problem.«

Wir einigten uns darauf, am Nachmittag die Kartoffeln raus-
zukarren, um so bald wie möglich zu starten.

Draußen hatte ich auf einmal mächtig viel Energie. »Ey, Henryk, machen wir den neuen Blitz Club?«

Er lächelte. »Wenn du es sagst.«

»Jetzt brauchste nicht mehr nach Westberlin. Die kommen
jetzt alle hierher.«

»Dann lass mich aber in Zukunft die Sachen mit Geld und
so was regeln. Wir bestimmen, wo es langgeht. Klar?«

»Ich hatte nur Angst, dass es gleich wieder scheitert.«

Ich hielt inne. »Au Scheiße, Conny.« Ich hatte sie völlig vergessen.

»Die ist noch aktuell?«, fragte Henryk mit undurchdringlicher
Miene.

Ich nickte. »Geht nicht so schnell wie bei dir.«

»Ich sag Kurte und Elke und den anderen Bescheid.«

»Sag der ganzen Welt Bescheid. Wir sehen uns um halb fünf
hier.«

«Ave Caesar, und bring die Bowieplatte mit«, sagte er und
knatterte los.

Schnell lief ich durch einsetzenden Regen nach Hause zurück. Jetzt brannte ich wie eine Hundert-Watt-Birne, freute
mich darauf, Conny alles zu erzählen. Ich sah sie schon in unserem neuen Blitz Club mit Rokokofrisur die Kasse machen.
Bei ihrer Schönheit würde jeder bezahlen.

Mit riesigen Schritten durchmaß ich unseren Hof und sah
den Lada gar nicht, der ein paar Meter weiter vor dem Haus
der Nachbarn stand. Als ich die Tür zur Veranda aufriss, blieb
ich geschockt stehen. Meine Mutter saß einem Mann gegenüber und diskutierte mit ihm. Es war Connys Vater. Er trug
Anzughosen und eine Lederjacke. Aber der Offizier schaute
ihm trotzdem aus jedem Knopfloch. Jetzt sah ich, dass Conny

doch Ähnlichkeit mit ihm hatte. Herr Lehmann erwiderte meinen Blick nicht, guckte an meiner Mutter vorbei in unseren Kamin.

»Anton, geh in dein Zimmer«, befahl meine Mutter.

Ich fügte mich. Conny saß auf meinem Sofa. »Wo kommste denn jetzt her?«, fragte sie aufgeregt.

»Aus dem neuen Blitz Club.«

»Was?«

Breit lächelnd winkte ich ab. Sie sprang auf und umarmte mich.

»Ich geh nicht mit.«

»Brauchste nicht, Mutti deichselt das«, beruhigte ich sie. Ich gab ihr ein Zeichen, sich zu setzen, schlich aus meinem Zimmer zur Verandatür und hielt mein Ohr an die Presspappe. Ich konnte das Gespräch genau hören.

»Conny ist minderjährig und wohnt bei uns. Wenn sie achtzehn ist, kann sie machen, was sie will.«

»Aber die mögen sich, die beiden, das ist doch schön«, sagte meine Mutter. Es trat eine Pause ein, ich hörte Rascheln.

»Ihr Sohn hat Conny diese Kassette mit Westmusik bespielt.«

»Westmusik wird auch im DDR-Rundfunk gespielt«, erwiderte meine Mutter souverän.

»In dem Falle ist das nicht korrekt. Der Moderator des RIAS spricht nach einem dieser Lieder noch.«

»Conny trägt ja auch nur Westklamotten. Wo hat sie die denn her?«

Eine Pause entstand.

»Das kommt aus Verwandtschaftsbeziehungen einer entfernten Tante. Damit hab ich nichts zu tun.«

»Worüber reden wir dann hier noch?«

Ich hatte genug gehört und schlich wieder in mein Zimmer.

»Kannst bestimmt bleiben.« Ich lächelte zuversichtlich.

Da flog die Tür auf, und meine Mutter stand mit versteinertem Gesicht vor uns.

»Conny, du gehst sofort zu deinem Vater und fährst mit ihm nach Hause.«

»Was is'n mit dir los?«, fragte ich überrascht. Meine Mutter antwortete nicht. Nur der Bannstrahl ihrer blauen Augen traf mich.

»Gehst du bitte!«

Conny ging schnell aus dem Zimmer, und es blieb uns nur ein flüchtiger Blick. Meine Mutter baute sich vor mir auf.

»Stimmt es, dass du aus der Lehre geflogen bist, weil ihr jemanden gequält habt?«

Ich stand da, zur Salzsäule erstarrt, und konnte keinen klaren Gedanken fassen. Woher wusste Connys Vater davon? Hatte er sich heimlich nach mir erkundigt?

Jetzt blieb nur Schadensbegrenzung. »Ich ... ich bin rausgeflogen, aber ich hab niemanden gequält.«

»Sag die Wahrheit!«

»Nein Mutti. So was mach ich nicht, das weißt du doch.«

Mein Vater kam dazu.

»Schämst du dich nicht, du elender Nichtsnutz!«, schrie er. »Dich stellt doch niemand ein. Du hast doch nichts vorzuweisen.«

»Ich hab schon 'ne neue Knuffe«, sagte ich schnell.

»Was denn?«, fragte meine Mutter.

»Aufm Kohleplatz. Nachräumer. Ich fege Waggons aus.«

»Dafür hätteste gar nicht in die Schule gehen müssen«, schrie mein Vater, und meiner Mutter schossen Tränen in die Augen.

»Kannst du dich da weiterbilden?«, fragte sie schluchzend.

»Nö. Außerdem ist das unwichtig. Wir installieren jetzt in der Linde 'nen neuen Club. Londonmäßig. Das ist die Zukunft.« Mein Vater starrte meine Mutter mit Schuld zuweisender Miene an.

»Der muss in die Klapsmühle.«

Jetzt hatte ich genug. Ich ging zu meiner Anlage, schnappte mir die Bowieplatte und rannte aus dem Haus.

»Lass dich hier ja nicht mehr blicken!«, schrie mir mein Vater hinterher.

Durch frisch gefüllte Gewitterpfützen lief ich ziellos durch das Dorf. Ich wollte meinen Groll loswerden. Außerdem hatte ich Angst davor, dass der Offizier Conny jetzt in einem Kellerloch verschwinden lassen würde.

Der letzte Arbeiter-Ikarus hielt pünktlich am Sportplatz. Marion stieg aus. Ich rief ihren Namen, und sie blieb vor der großen Pfütze stehen. Schließlich stand ich keuchend vor ihr, holte die Platte aus der Tüte und zeigte sie ihr. Marion war sofort hin und weg. Sie schaute sich um, als hätte ich was Verbotenes in der Hand.

»Ooooh, wo hast 'n die her?«

»Besorgt. Kannste mir die Haare so schneiden?«

Sie schaute sich entgeistert Bowies Frisur an.

»Wann denn?«

»Jetzt!«, sagte ich mit einer Bestimmtheit, die keinen Widerspruch duldete. Marion guckte nachdenklich zum Bürgermeister rüber, der auf seinem Fahrrad vorbeifuhr und uns skeptisch musterte.

Zehn Minuten später saß ich bei ihr in der Waschküche. Ich trug einen wächsernen Umhang mit Blümchenornamenten und hatte die Platte an eine Bierflasche vor mir gelehnt. Marion verpasste mir – immer wieder Bowies Kopf studierend – mit Haarschneider und Schere eine neue Frisur. An der Waschküchentür standen zwei Hühner und glotzten neugierig herein.

»So 'n Schnitt kriegen sonst nur alte Männer, aber bei dir fetzt das«, sagte Marion begeistert. Im Spiegel sah ich Tante Edith, Marions Mutter, hinter mir stehen. Tante Edith machte meiner Mutter immer die Haare schön. Sie und ihre Tochter bildeten die Düsterbuscher Friseurdynastie.

»Da bin ich ja gespannt, ob das deinem Vater gefällt«, sagte Tante Edith.

»Ich find's urst stark«, meinte Marion und strich mir mit der flachen Hand die Haare zurück. »Mutti, hol mal Opas Pomade.«

Während Tante Edith unterwegs war, erzählte ich Marion von unseren Plänen.

»Ich würd mich freuen, wenn du mitmachst. Hast 'nen guten Stil.« Ich lächelte sie durch den Spiegel an.

»Hier in der Linde oder was?«

»Ja, da passiert jetzt was ganz Neues.«

Sie lächelte durch den Spiegel zurück. »Bin dabei, Anton.«

»Geil.«

Stolz und etwas unsicher latschte ich mit meiner Plastetüte unter dem Arm zur Linde und fühlte mich neu und lebendig.

22 Rosarote Seifenblasen

Wir saßen am Rand des Saales um einen Tisch herum und schauten auf das beeindruckende Kartoffelbergpanorama. Unter uns das aufgequollene Parkett, vor uns naturtrübes Dessauer Hell vom Fass. Henryk hatte eine Mannschaft zusammengetrommelt, die neben uns aus Elke, Kurte, Wuschel und Gerber bestand. Gerber hatte sich nach Vorbild von Rods Plattencover einen glitzernden Overall geschneidert, der ein wenig zu groß an ihm herunterhing. Marion kam ein wenig später dazu. Die Reaktionen auf meine neue Frisur reichten von »urst scharf« und »Bewid Dofie« bis zu »schwuler Nazi«.

»Ist ja gut jetzt«, unterbrach ich die Witze auf meine Kosten. »Also, wir haben hier die einmalige Chance, die Zentrale zu beerben und was ganz Neues zu machen.«

»Ja 'ne Kartoffelkäferparty«, lärmte Gerber, der von Kurte mit einem Schlag auf den Hinterkopf zum Schweigen gebracht wurde. Es begann ein fieberhaftes Grübeln, wie wir dem Abend einen besonderen Kick verpassen konnten.

Ich hielt meinen *Stern*-Artikel über den Blitz Club in die Höhe, und uns fiel auf, dass dort die Farben Schwarz und Weiß vorherrschten.

»Das ist doch 'n gutes Motto«, sagte Kurte.

»Stimmt – damit schleudern wir dem blau-grünen Jeans-Parka-Einerlei der Blueser unsere Antwort ins Gesicht«, rief ich begeistert.

»Und der roten Arbeiterfahne«, ergänzte Henryk.

Elke und Marion zogen gleich die Köpfe ein und sahen sich vorsichtig um, ob jemand zugehört hatte. Doch nur Christel stand auf einem Tisch und versuchte, mit einem Lappen die Tulpenlampen zu reinigen.

»Das heißt, Einlass nur in Schwarz-Weiß?« Henryk schaute sich fragend um. Alle nickten, und er präsentierte noch mal seinen neuen Anzug mit den weißen Socken dazu.

»Und damit wollt ihr jemanden hierherlocken?«, fragte Elke skeptisch.

»Vielleicht sollten wir mit 'ner Konfettikanone von der Bühne schießen wie Jagger bei den Stones«, meinte Gerber.

»Stones laufen hier bestimmt nicht«, sagte ich, während Henryk zu wiehern begann.

»Gerber hat zwar 'nen Glitzer-Overall an, aber ist trotzdem noch von gestern.« Henryk hielt sich wegen seines Westberlinbesuchs inzwischen für den New-Wave-Papst. Pink Floyd hatte es nie gegeben.

»Du hältst das Maul, ohne die Stones würden Depeche Mode gar nicht existieren«, schnauzte Gerber.

»Ich höre Echo & the Bunnymen, du Blindgänger.«

»Polanski reißt das Maul auf, ey.«

»Mit 'ner Disco lockt ihr niemanden nach Düsterbusch, auch wenn Herr Kummer da oben steht«, mischte sich Elke ein.

»Ich hab's verstanden, Elke!«

Socke war seit einem halben Jahr im Westen und hatte ihr verschwiegen, dass er schon lange einen Ausreiseantrag gestellt hatte. Als er ging, war das Drama riesig. Seitdem machte sie durch hohen Männerverschleiß und leichten Zynismus von sich reden.

»Was ist denn, wenn Marion in Strapsen aus 'ner riesigen Torte hopst, so ähnlich wie in *Manche mögen's heiß*«, steuerte Kurte bei.

»Das ist 'ne Superidee!«, rief ich und nahm mir vor, alle privaten Bäcker der Region abzuklappern und eine drei Meter hohe Torte in Auftrag zu geben.

»Aber nur wenn Limahl spielt«, sagte Marion geschmeichelt.

»Du kannst auch MIR einen blasen«, grinste Gerber, und Marion schlug nach ihm.

»Deine Stecknadel doch nicht, ey.«

Alles lachte.

»Hört doch mal auf jetzt mit dem dummen Gequatsche.« Sofort war Stille. Ich genoss meine Rolle als Moderator und Initiator. Das erste Mal wurde mir Respekt entgegengebracht, jedenfalls von einigen.

»Wir brauchen 'ne Band«, stellte Henryk nüchtern fest.

»Aber woher?«, fragte Marion, während Christel eine neue Trommel Bier brachte.

»Vielleicht müsste man mal nach Berlin ausschwärmen. Da gibt's bestimmt genug Untergrundbands«, schlug Henryk vor.

»Als ob ihr jemanden in Berlin kennt«, nölte Wuschel.

»Ich war schon in Westberlin«, sagte Henryk.

»Is ja ooch 'ne Schande, dass die Pollacken fahren dürfen.«

»Halt jetzt die Schnauze, Gerber«, rief ich.

»Ich kenn nur einen Punk im Kreis Frankenwalde«, sagte Marion. »Der fährt immer mit 'nem Tschaika rum und lässt sich von mir im Salon 'ne Glatze rasieren.«

»Das ist Baade«, mischte sich Kurte ein. »Das ist kein Punk, sondern ein Existenzialist.«

Gerber warf ihm einen schalen Blick zu. »Kurte wieder, ey. Ihr seid mir alle zu schlau. Tschüss.« Er trank sein Bier aus und stand auf. Ohne ihn anzugucken, zerrte ich den kleinen Kerl wieder auf seinen Stuhl zurück.

»Den hab ich auch schon gesehen«, rief ich begeistert. Ich erinnerte mich noch gut an den bleichen Typen und die

Frau im Pelzmantel vor dem Bahnhof in Frankenwalde. Der musste unbedingt ins Boot geholt werden. Wir hatten viel zu wenig neue Typen. Nach New Wave sah nur Henryk aus, und Marion ein bisschen. Gerber wirkte eher wie ein Zirkusclown. Und ich musste auch endlich mal die Levi's loswerden.

»Ich weiß, wo der wohnt«, sagte Marion.

Wir einigten uns für die Party auf einen Sonnabend drei Wochen später.

Plötzlich kam Harry in den Saal und trat an unseren Tisch. »Bevor ihr hier irgendwas plant, müsst ihr erst mal zu de Bullen.«

»Wieso?«, fragte ich.

»Weil du 'ne polizeiliche Genehmigung brauchst, wenn du 'ne öffentliche Veranstaltung machen willst.«

»Ach, das geht auch so«, winkte ich ab. Ich wollte mir nicht eingestehen, dass meine Idee, das System einfach nicht zur Kenntnis zu nehmen, vielleicht doch nicht aufgehen würde.

Zum ersten Mal reagierte Harry richtig unangenehm. »Ich warne dich, Kummer! Wenn ihr mir den Wisch nicht vorlegt, passiert hier gor nüscht.«

»Kannst du das nicht machen?«, fragte ich ihn lässig.

»Ich setz mich doch wegen euch nicht in die Nesseln. Hört sich ja nicht grad nach Pioniernachmittag an, was ihr hier plant.«

Dann stapfte er wieder in die Kneipe.

»Wäre schön, wenn es das nächste Mal warm wär«, rief Henryk hinterher. Die Tür knallte zu.

»Mit dem Idioten kriegen wir noch richtig Stress.« Henryk zog die Stirn in Falten.

Meine Zuversicht begann zu schwinden. Ich schaute fragend in die Runde, doch sie wichen meinem Blick aus.

»Wenn mir ein Bulle zu nah kommt, kriegt er sofort 'ne Kohle«, sagte Kurte großspurig. Auch Elke, Wuschel und Marion schüttelten energisch die Köpfe.

»Glotz nicht so doof, Kummer. Du bist doch der Zampano«, sagte Gerber.

Ich war drauf und dran, ihm eine reinzuziehen. Die Stimmung war im Keller. Ich setzte einen Termin an, um die Kartoffeln aus dem Saal zu schaffen. Alles maulte, und mir kamen erste Zweifel. Konnte ich mit dieser Truppe einen zweiten Blitz Club etablieren?

»Also dann: Schwarz-Weiß-Party in drei Wochen.« Die Runde löste sich auf, und das Gros stürmte nach nebenan in die Kneipe.

Grübelnd ging ich mit Henryk aus dem Saal auf die Terrasse. Wir schauten in den klaren kalten Nachthimmel und lachten uns erst mal kräftig kaputt über den ganzen Ekel, über Harry und seine Frau.

Ich knuffte ihn gegen die Schulter. »Machen wa aus Düsterbusch 'ne Großstadt?«

»Alles noch so 'n bisschen kindermäßig, Anton. Und der Gerber …«

»Ach, hör nicht auf den, der ist doof wie zehn Meter Feldweg.«

Plötzlich klapperte etwas. Es war Gerber, der im dunklen Hof sein Fahrrad aufschloss.

»Na schönen Dank ooch, Kummer, du Wichser«, grölte er und fuhr davon.

»Au Scheiße«, flüsterte ich und spürte, wie ich vor Scham rot wurde.

Henryk feixte. »Mit 'ner ordentlichen Außenbeleuchtung wäre das nicht passiert.«

»War das jetzt fies?«

»Ach, Anton, der kann's vertragen.«

»Sag mal, kannst du zu den Bullen gehen?«

Sofort verschlechterte sich seine Laune. Er scharrte mit dem Fuß auf dem Beton und schaute mich entschlossen an.

»Nee, Anton, damit will ich nix zu tun haben. Ich bin Pole. Stell dir vor, hier geht was schief, dann lassen die mich nicht mehr nach Westberlin oder schicken mich zurück. Den ganzen offiziellen Quatsch mach ich nicht mit, sonst bin ich gleich raus. Klar?«

Ich schlich in unser Haus. Nichts rührte sich. Ich hoffte, meinem Vater nicht zu begegnen. Da fiel mein Blick auf Mutters Schreibmaschine, die auf einer kleinen Anrichte in der Veranda stand. Ich trug sie in mein Zimmer, spannte Karteikarten hinein und schrieb zig Mal immer den gleichen Text drauf: »19. November – Zur Linde Düsterbusch – Black-and-White-Party – Kommt alle!« Dann schnitt ich die Karten mit der Schere zu und veredelte sie noch mit ein paar obskuren Kartoffeldruckstempeln.

Ich schlich mich aus dem Haus und fuhr nach Kirchhausen, wo ich sie auf die Bänke im Bahnhofsgebäude und in die demolierten Telefonzellen legte. Danach fuhr ich zur geschlossenen Zentrale.

Die große Flügeltür hing schief in den Angeln, und die Fenster waren mit Brettern vernagelt. Nirgendwo konnte man hineingucken. Der ganze Laden wirkte traurig, man hatte ihm den Stolz genommen. Auf einem der Bretter war mit Reißzwecken ein Zettel angepinnt. »Das Kulturhaus der Bergarbeiter bleibt vorübergehend geschlossen – Volkspolizeikreisamt. Der Leiter«, stand dort. Ich zog die Reißzwecken heraus, zerriss den Wisch und pinnte meine Flyer an die Bretter. Die anderen warf ich auf die Treppe in der Hoffnung, dass meine erste große Werbeaktion fruchten würde.

Als ich wieder zu Hause war, stellte ich mich in meinem Zimmer vor den Spiegel. Ich löschte das Licht und platzierte unter mir auf dem Boden eine Taschenlampe, die mein Gesicht kultig beleuchtete. Dann spreizte ich meine Finger wie ein Magier über der Lampe, schaute in den Spiegel und verkündete visionär: »Anton Kummer breitet seine Kohlefinger über der Düsterbuscher New-Romantic-Szene aus.«

23 Alte Liebe rostet nicht

Es war Sonntagmorgen. Ich hatte Bereitschaft auf dem Kohle-umschlagplatz Frankenwalde und stand frierend auf der Betonfläche. Unter meinem Arm klemmten Schaufel, Besen und Schneeschieber, die drei Grundpfeiler des Nachräumers. Müde beobachtete ich Koks-Emil, einen meiner Kollegen. Er saß auf dem Kran und steuerte den Greifer über einen der offenen Waggons. Dann ließ er ihn herunter, und die Backen fraßen sich in die Braunkohle.

Bereits am Montag hatte ich mich mittags vom Kohleplatz geschlichen, um zum Volkspolizeikreisamt zu gehen. Aber dort war nur am Dienstag bis sechzehn Uhr Sprechzeit. Eigentlich hätte ich am nächsten Tag noch einmal zu einem der Kohlefahrer ins Auto springen müssen. Doch ich kam nicht weg. Hartmann hatte mich vom ersten Tag an auf dem Kieker und beobachtete mich auf Schritt und Tritt. Diesen Typen nach so kurzer Zeit um einem Tag Urlaub zu bitten war natürlich auch utopisch. Zumal er inzwischen von meinem Rauswurf in der Niete wusste.

Langsam bekam ich Panik. Der große Abend rückte immer näher. Ich musste mir etwas anderes einfallen lassen.

Koks-Emil steuerte den Arm des Krans hinaus und ließ die Kohle in einen der trichterförmigen Bunker prasseln. Er arbeitete schnell, genauso wie er sprach. Seine Lieblingstitulierungen für mich waren »Fotze«, »Homo vom Dienst« und »Turnschuh-

generation«. Letzteres hatte er offenbar im Westfernsehen aufgeschnappt.

»Guck se dir an, die Turnschuhgeneration, die verdienen
unsere Rente nicht mehr«, nölte er oft, wenn ich in den Pausenraum schlurfte. Aber ich trug gar keine Turnschuhe. Ich
hatte Gefallen an den Storkowern gefunden – schwere Arbeitsschuhe mit Stahlkappe. Bei einem der New Romantics auf den
Blitz-Club-Fotos hatte ich ähnliche Botten gesehen, und ich
trug sie jetzt auch in meiner Freizeit.

Koks-Emil sprang von seinem Sitz und öffnete die Waggontür, die quietschend aufsprang. Kohlebrocken rieselten in das
Gleis. Er pfiff nach mir und deutete in den Waggon.

»Los, rein da, Ecken ausfegen, dalli, dalli«, blaffte er. Koks-
Emil hielt sich als Kranfahrer für was Besseres gegenüber einem
Waggonkosmetiker wie mir.

Schwerfällig kroch ich in den Waggon. Ich war hundemüde.
Am Vortag hatten wir den Kartoffelberg aus dem Saal gekarrt.
Aber außer Henryk und Kurte war nur Marion gekommen.
Nach der Aktion unterhielt sie sich mit Henryk vor der Linde
über neue Frisuren, und er schwärmte ihr von Westberlin vor.
Dabei würde es mit Sicherheit nicht bleiben.

Zusätzlich musste ich mit Harry riesige tote Ratten aus dem
Bierkeller räumen und sie in den Mülltonnen entsorgen. Aber
was tat man nicht alles für die Etablierung einer vitalen Szene
nach Vorbild des Blitz Club. Einige interessierte Anrufer hatten sich auch schon bei Harry gemeldet. Die Schwarz-Weiß-
Party sprach sich langsam herum.

Koks-Emil warf mir meine Utensilien hinterher. Ich kratzte
mit der Schaufel die Kohlestücke zusammen. Aus den Ecken
fegte ich mit dem Besen die feineren Klumpen, und mit dem
Schneeschieber schob ich alles zu einem Haufen. Bei der fie-
berhaften Arbeit quetschten heiße Wellen den Schweiß aus

meinem Körper. Dabei pendelte der Greifer über mir. Ich dirigierte das eiserne Monstrum mit meinen Händen direkt auf den restlichen Berg. Die beiden riesigen Backen des Greifers schlossen sich langsam und knallten mit einem dumpfen Ton aufeinander. Dann schwebte der Greifer hinaus. Kurz darauf hörte ich ihn auf die Betonfläche knallen und Koks-Emils krächzende Stimme »Frühstück!« rufen.

Das typische Brühwürfelaroma, das ich schon aus der Niete kannte, waberte durch das Sozialgebäude, eine abgewetzte Bude mit schwarz verdrecktem Linoleumboden. Meine neuen Kollegen saßen am Tisch, auf dem eine mit Brandlöchern übersäte Wachstuchdecke lag. Ich hatte mich getäuscht. Sie waren weder Intellektuelle noch irgendwelche Aussteiger. In der Mehrheit bestand die Belegschaft aus noch schlichteren Gemütern als in der Niete. Zum Glück hatten sie lange nicht deren großbetriebliche Arroganz.

Nach der Pause luden wir noch zwei Waggons aus, dann hieß es endlich: Feierabend. Leider waren die Duschen schon seit einer Woche kaputt, und ich musste mir Gesicht und Hände in einer Pfütze waschen.

Ich freute mich auf die Rouladen meiner Mutter. Durch die Schufterei regte sich ein alles verzehrender Hunger. Als ich klingelte, öffnete sie. An ihrem prüfenden Blick auf meine verdreckte Erscheinung sah ich die ganze Enttäuschung über die Fehlentwicklung ihres Sohnes.

Nach dem Duschen ging ich in die Veranda. Leise säuselte Elvis »Love Me Tender« aus meinem Kassettenrekorder. Ich setzte mich meiner Mutter gegenüber an die Stirnseite des Tisches. Sie hatte ihr rechtes verbundenes Bein auf einen Hocker gelegt.

Zwischen uns stand ein sonntägliches Festmahl. Die Kartoffeln dampften in der leicht geschwungenen Schüssel mit der Goldkante, die mir schon seit frühester Kindheit vertraut war.

In der Kasserolle daneben lagen die Rouladen in einer dick-
lich braunen Soße – ein Anblick, bei dem mir das Wasser im
Mund zusammenlief. Ein Stück weiter wartete eine Schüssel mit Mischgemüse, bestehend aus Erbsen und Möhrchen,
die sie immer mit Mehlschwitze andickte. Durch den ganzen
Dampf sah ich ihre traurigen blauen Augen, die mich Hilfe
suchend anblickten. Sie war gealtert in den letzten Jahren, ihre
naturblonden Haare hatten die Strahlkraft verloren.

Sie befand sich gerade in einer auffälligen rosa Phase. Sie hatte
rosa Kuscheltiere gekauft, rosa Vorhänge aufgehängt und eine
rosa Decke über das Sofa gelegt. Vielleicht wollte sie ein bisschen Farbe in ihren grauen Alltag bringen. Langsam schob sie
mir einen grauen Zettel an den Teller. Sofort bekam ich ein
schlechtes Gewissen, weil ich dachte, dass ich wieder irgendwo negativ aufgefallen war. Aber es bedeutete etwas anderes.
Ein Telegramm aus Westberlin enthielt, neben der knappen
Information, dass Tante Klara gestorben war, auch den Termin der Beerdigung auf dem Luisenfriedhof. Ich nahm die Hand
meiner Mutter und drückte sie. Klaras Geschichten über Himmler und ihr Mut bei der Polizei waren mir in Erinnerung geblieben. Ich hatte sie oft zum Besten gegeben und Tante Klara zur
lässigsten Oma der Welt verklärt.

Abgesehen von der Westkohle, die sie schickte, war sie auch
Mutters letzter Kontakt in ihre Heimatstadt. Sie schrieb ihr
lange Briefe, die sie einer anderen alten Frau mitgab, damit sie
an der Grenze nicht geöffnet wurden.

»Fahr doch hin zur Beerdigung«, sagte ich in einem ersten
Impuls.

»Ach Anton, die lassen mich doch nicht rüber.«

»Wieso nicht? Was du alles für die Zone gemacht hast, Kabarett, Partei, Dorfclub. Bei dir ist doch ganz klar, dass du wie-
derkommst.«

»Zone? Mäßige dich mal. Ist ja nun nicht alles schlecht«, sagte sie schroff.

Ich senkte den Kopf, es war nicht der richtige Zeitpunkt für eine Diskussion über die DDR.

Mein Vater kam vom Frühschoppen. Durch das Blumenfenster sah ich schon daran, wie er seine Jacke aufhängte, dass er einen im Kahn hatte. Bereits als er sich an den Tisch setzte, spulte er Kneipengeschichten ab und begann zu essen. Ich musste grinsen. Obwohl er die Stimmung zwischen uns komplett zerstörte, hatte er ein Riesentalent, Leute zu beschreiben und deren Geschichten amüsant wiederzugeben.

Meine Mutter grinste nicht. Sie schaute traurig über den Landmaschinenfriedhof.

»Harry hat mir erzählt, was ihr da vorhabt«, sagte mein Vater schließlich kauend und musterte mich undeutbar aus glasigen Augen.

»Ja, das wird ganz groß«, erwiderte ich.

»Das wird 'n Schuss in Ofen, wie alles bei dir.« Unkoordiniert langte er Richtung Kartoffelschüssel, meine Mutter kam ihm zuvor und reichte sie ihm.

Bleigrau lag der Himmel über unserer Kirche, und es war unheimlich still. Nur die Ketten der sich in ihren Boxen bewegenden Kühe klimperten durch das Stalltor träge vor sich hin. Ich lief über die Hauptstraße. Unter mir knackte erstes Eis, das sich über den zahlreichen Wasserpfützen gebildet hatte. Unter einer dünnen Decke Neuschnee wirkte mein Heimatdorf wie eine Lebkuchenwelt aus dem Bilderbuch. Die bröckligen Fassaden der Häuser leuchteten in der tief stehenden Sonne. Die Realität stand im krassen Gegensatz zu dem, was ich mir für Düsterbusch vorstellte. Zumindest wirkten die eingeschneiten Kirchtürme wie zwei Flaschen Batida de Coco. Vor dem Gemeindebüro blieb ich stehen.

Ein paar Meter weiter an der Bushaltestelle stand ein Fahr-rad auf dem Seitenständer, das mir bekannt vorkam. Es war geputzt und hatte einen langen Rückspiegel. Ich linste hinein. Da saß er auf der Bank wie damals in der Sechsten: Sprenzel.

»Ey Sprenzel, altes Kommunesenkäppi«, rief ich.

»Anton, du Eiermaler.« Er kam aus der Haltestelle, und wir gaben uns die Hand. Sprenzel war ein richtiger Mann gewor-den. Ein buschiger Schnauzer zierte seine Oberlippe. Er trug Ostparka, Oberhemd, Boxer-Jeans und DDR-Turnschuhe. Er betrachtete mich wie einen Außerirdischen mit meiner neuen Frisur.

»Mann, Anton ey, siehst ja aus wie eener aus de Stadt, wa ey.« Dabei guckte er immer noch verschämt zur Seite wie da-mals in der Schule.

»Düsterbusch wird auch bald 'ne Stadt, Sprenzel.«

»Ich hab oft an dich jedacht, Anton, in der Scheiß-Lehre.« Jetzt war es mir peinlich, dass ich ihn nicht ein Mal besucht hatte.

»Wohnste wieder hier?«

»Ja. Dietmar ist drüben. Und seit Mudder tot is, steht Vad-der alleene da mit dem ganzen Viehzeuch.«

»Versteht ihr euch jetzt?«

»Was heißt verstehen, Anton ...« Er zeigte mir seine Faust. »Der fasst mich jedenfalls nich mehr an.«

Wir schwiegen einen Moment. Dann erzählte ich ihm von unseren Plänen.

»Bin ich dabei, Anton, klar wie Kloßbrühe.«

Ich war froh, Sprenzel würde mit Sicherheit einen guten Ein-lasser abgeben.

»Neue Welle, wa? Gab's in Frankfurt ooch 'n paar mit so Pop-permugge. Aber ich höre immer noch gerne Pörpel.«

Wir setzten uns auf die Bank und quatschten, bis es dunkel wurde.

24 Der verpasste Dreier

Henryk und ich schlitterten über die eisige Landstraße nach Frankenwalde. Etwas außerhalb sahen wir ein einsames Gehöft, das von einem von alten Balken durchzogenen Fachwerkhaus dominiert wurde.

»Da ist es«, rief Henryk, während er von vorn eine Schneewehe in die Fresse bekam. So sah also Baades legendäre Ranch aus. Wir öffneten vorsichtig die Gartentür eines kaputten Zaunes. Auf dem Hof stand der Tschaika. Überall lag Gerümpel, ein alter Leiterwagen, voll beladen mit Matratzen, daneben eingeschneite, zerbrochene Flaschen. Ich freute mich angesichts des Chaos. Henryk guckte noch etwas verhalten. Vorsichtig klopfte ich an die Tür des Haupthauses. Nichts rührte sich.

»Baade!«, rief ich.

»Musste den gleich beim Namen nennen? Du kennst den doch gar nicht«, kritisierte mich Henryk.

Wir bekamen keine Antwort, aber die Tür war nur angelehnt, und wir betraten einen atelierähnlichen Raum. Die Mitte bildete ein riesiger roh gezimmerter Tisch. An den Seiten standen Metallregale, vollgestopft mit Büchern. Mein alles aufsaugender Blick huschte über Fotobände von Man Ray und blieb an einer mit goldener Farbe gestrichenen Schaufensterpuppe hängen. An der Wand prangte als Poster die »Surrealist Map of the World«, auf der die Kontinente merkwürdig aufgeteilt waren. Gegenüber Fotos, die meisten schwarz-weiß. Mir gingen die Augen über, als ich die Motive sah: verlassene Industrieanlagen, Müllkippen, leere Bahnsteige, Tierkadaver vor einer Abdeckerei. Dazwischen waren Zettel angepinnt oder Sprichwörter und Satzfetzen an die Wände gekritzelt. »Endloser Schutt des Industriezeitalters«, las ich. Ich fühlte mich in einer bis an die Haarspitzen inspirierenden Welt.

»Ey, guck mal hier«, rief ich Henryk zu und zeigte auf den nächsten Spruch an der Wand. »›Bevor mich der tiefe Schlaf befällt, will ich das Licht sehen‹.«

»Gehste mal 'n Stück zur Seite?« Erschrocken drehte ich mich um. Vor mir glaubte ich die Frau zu erkennen, die ich damals am Bahnhof gesehen hatte. Sie war nackt und fischte aus einem großen Tonkrug einen Becher Quark heraus. »Ich bin Rita.«

Wir stellten uns vor und starrten gebannt auf ihren wohlgeformten Hintern, bevor sie in einem Raum, der nur mit einem Vorhang abgetrennt war, verschwand.

»Baade is in der Dunkelkammer«, hauchte sie durch den Vorhang.

»Los, wir hauen ab«, drängte Henryk.

»Nun warte doch mal«, sagte ich. Ich klopfte an eine kleine Tür, die kurz darauf aufgerissen wurde.

Baade steckte den Kopf heraus, er trug einen Arbeitsoverall.

»Was wollt ihr?«, fragte er knapp. Im Hintergrund röhrten die Stranglers »No More Heroes«.

»Äh ... Du bist doch Baade, oder?«

Baade lachte auf. Etwas Dümmeres hätte ich auch nicht sagen können. Er deutete mit dem Kopf fragend auf Henryk.

»Das ist Henryk, Kumpel von mir.«

»So 'n Schönling, der denkt, dass er jede kriegen kann, oder?«

»Was?«, erwiderte Henryk beleidigt, und ich wusste nicht, wie ich mich jetzt positionieren sollte. Ich reichte Baade meine mitgebrachten Platten, und er guckte sie durch.

»Guter Geschmack für so 'n Bauern wie dich. *Station to Station*, das große Album von Sechsundsiebzig. Kann ich die überspielen?«

»Klar«, sagte ich.

»Bedient euch«, Baade schaute gönnerhaft auf und deutete auf einen Tisch mit Brot, einer Zwiebel und einem Stück Sülze auf einem Teller. »Ist alles nur gepumpt.«

»Aha.«

»Beim Arbeiter- und Bauernsalat.«

Er verschwand wieder in der Dunkelkammer, während Henryk in Richtung Decke die Augen verdrehte. »Was schleimste dich bei dem denn mit deinen Platten ein?«

»Ich muss ihm ja irgendwas bieten, oder?«, flüsterte ich.

Baade kam zurück mit den nassen Abzügen und hängte sie an einer Wäscheleine auf. Es war der Bahnhof von Kirchhausen im fahlen Winterlicht.

»Guck doch mal, Henryk, guck doch mal«, rief ich begeistert. »Das wirkt irgendwie städtisch.«

»Ja«, sagte Baade spöttisch, »euer Pisskaff kommt noch mal ganz groß raus. Is für den *Spiegel*.«

»Du machst Fotos für den *Spiegel*?«, rief ich überrascht.

»Manchmal.«

Henryk zog zweifelnd die Stirn in Falten.

»Mensch Baade, ich würd alles dafür geben, ooch so frei zu sein wie du.«

»Hindert dich doch niemand«, sagte er.

»Die sagen jetzt schon alle, ich bin nicht normal, wa Henryk?« Der zog peinlich berührt die Augenbrauen zusammen.

»Das kenn ich, nimm's als Kompliment«, sagte Baade.

»Wir wollten dich fragen, ob du 'ne Band kennst. Wir wollen nämlich, äh, in Düsterbusch 'ne New … Romantic Party oder so machen. Schwarz-Weiß ist das Motto.« Ich schaute zu Henryk rüber. Doch der guckte weg.

»Ich hab 'ne Band.«

»Echt?«

Baade ging zu einem alten Bierfass, aus dem eine Kupferleitung ragte. Er füllte drei Gläser mit Flüssigkeit. »Pflaumenschnaps. Selbst gemacht.« Ich nahm das Glas, doch Henryk lehnte ab.

»Ich muss noch fahren.«

»Is dein Vater 'n Bulle?«, fragte ihn Baade im Lästerton.

»Nee, aber von dem Zeug wird man doch blind. Bei uns in Polen macht man das anders.«

Baade lachte laut. »Bei euch in Polen ... Der Penner will meine Brennerkünste infrage stellen.« Er nickte zu Rita rüber. Sie hatte die Liebeshöhle verlassen und sich ein langes T-Shirt übergezogen. Sie saß jetzt breitbeinig auf einem Sessel und lächelte vor sich hin.

»Das ist alles biologisch«, meinte sie.

Henryk drehte sich wortlos um und lief hinaus. Ich folgte ihm. Er setzte sich auf seine Schwalbe und startete den Motor.

»Was ist denn los mit dir?«

»Erst machste mir alles nach, und jetzt haste jemand anders gefunden, dem du in den Arsch kriechen kannst.«

Dann düste er los.

»Du bist doch nur neidisch, dass du nicht immer der Mittelpunkt bist«, schrie ich ihm hinterher. Was hatte dieser Idiot gegen Baade? Solche Leute wie ihn wollten wir doch nach Düsterbusch locken. Ich ging wieder ins Atelier. Die beiden waren verschwunden.

»Bedien dich«, rief Baade aus dem oberen Stockwerk herunter. Ich füllte mein Glas erneut und trank einen großen Schluck. Der starke Fusel löste ein warmes Glücksgefühl in mir aus. Dieses Haus, die ganze Art zu leben. Ich fühlte mich so wach wie lange nicht mehr. Plötzlich hörte ich Ritas Gelächter aus dem oberen Stockwerk und ging hoch.

Baade stand in einem weiß getünchten kahlen Raum. Er guckte durch einen Fotoapparat, der auf einem Stativ stand, und knipste. Ein paar Meter weiter lehnte Rita, in Pumps und nur mit einem Pelzmantel bekleidet, an der Wand. Sie hatte Arme und Beine gespreizt wie bei einer Durchsuchung.

»Jetzt runter damit«, rief Baade.

Rita ließ den Pelzmantel hinuntergleiten. Aufgeregt betrachtete ich ihren nackten Körper. Ich hatte inzwischen völlig vergessen, warum ich eigentlich hier war. Baade fotografierte sie wie wild.

»Und, haste schon 'nen Harten?«, fragte er. Rita prustete los, und Baade wies sie zurecht. »Nicht lachen.« Sie wurde wieder ernst, und er knipste weiter. »Los Kummer, mach se mal an.«

»Wie denn?«

»Na, irgendwie.« Aufgeregt ging ich zu ihr rüber und stellte mich ungeschickt neben sie. Rita roch nach Knoblauchquark, Flitter und frischem Schweiß. Ich stemmte ungelenk meine Hüfte in ihre. Rita nahm meinen Kopf und drückte ihn an ihre Wange. Langsam fand ich Spaß an der Aktion und setzte einen gespielt harten Blick auf.

»Ja«, sagte Baade, »jetzt mach mal den Bowie.«

Ich imitierte ein paar Posen, die ich auf Plattencovern gesehen hatte. Dann waren wir fertig, und ich war vollkommen überwältigt.

»Wo ist denn dein Kumpel?«, fragte Baade.

»Abjchaucn.«

»Willste hier pennen?« Rita schaute mich etwas merkwürdig an.

»Nee, ich ... krieg noch Besuch«, log ich. »Aber du musst unbedingt bei unserer nächsten Party mitmachen, Baade.«

»Klar, lass uns treffen, die Band heißt Brechreiz. Wir haben keene Spielerlaubnis.«

»Ist doch egal«, sagte ich visionär und war glücklich, dass ich jetzt so interessante Freunde hatte.

»Schreib doch mal 'nen Text«, schlug Rita vor.

»Ich?«

»Siehste hier noch jemanden?«, blaffte Baade. »Wir haben da so 'n Fehlfarben-mäßiges Stück, da fehlt noch 'n guter Text. Irgendwas Lebendiges.«

»Äh ... ich kann ja mal gucken.« Das Blut stieg mir zu Kopf. Die beiden johlten überdreht.

Dann ging ich und schleppte den schaurig-wohligen Gedanken mit durch den Schnee, dass die beiden mich wohl hatten vernaschen wollen. Ich lief die acht Kilometer bis nach Düsterbusch, ohne müde zu werden.

Als wäre es das Normalste der Welt, saß Conny in der Veranda zwischen den rosafarbenen Kuscheltieren meiner Mutter, trank Tee und blätterte in meinem *Stern*. Sie trug einen langen dunklen Wollmantel. Wir umarmten und küssten uns.

»Ich lebe noch.« Sie lächelte schief. »Guck mal hier, Anton, da will ich mit dir hin.« Conny zeigte auf eine Werbeanzeige für eine Versicherung. Ein Pärchen rekelte sich wohlig auf einem Hausboot. Davor ein spielendes Kind am Seeufer.

Noch beeindruckt von Baades Leben, redete ich auf sie ein, schwärmte von ihm und davon, dass jetzt alles ganz groß werden würde.

»Ich soll 'nen Text schreiben, Conny, kannste dir das vorstellen?«

Doch ich hatte den Eindruck, dass sie mir nicht so richtig zuhörte.

»Ich muss mit dir reden.« Sie legte das Heft weg und sah mich merkwürdig sanft an. Dann strich sie mir mit ihren langen Fingern die Haare aus der Stirn.

»Sieht toll aus, deine Frisur.«

Ich legte meine Wange an ihre. Sie war schön kalt, und ich fühlte mich wohl. Doch dann holte ihre Stimme mich aus meinen Träumen.

»Ich bin schwanger.«

»Wie, schwanger?«

»Na, schwanger! Ich krieg 'n Kind von dir.«

»Das kann nicht sein.«

»Doch, das ist so.«

Ich stand auf. »Aber du kannst doch kein Kind kriegen.«

»Ich krieg's aber. Hätteste besser aufpassen müssen.« Sie schaute mich von unten trotzig an.

»Ja, und du auch, oder?«

»Du hast einfach reingespritzt.« Sie hob die Stimme.

»Aber du hast ja auch gar nicht gesagt, dass es grad kritisch ist und ich aufpassen soll.«

»Ich bin in der zehnten Woche.«

Ihr Blick hatte etwas Triumphierendes.

»Das lässte dir doch wegmachen, oder?«

»Nein, das lass ich mir nicht wegmachen.« Sie betonte jedes einzelne Wort.

»Ja natürlich, was soll ich denn mit 'nem Kind, Mann«, kotzte ich heraus.

»Du bist so ein Schwein. Schlimmer als mein Vater.«

Sie sprang auf und rannte hinaus. Ich blieb einen Moment wie angewurzelt stehen. Das kam mir alles so unwirklich vor. Babys und Kleinkinder wurden in unserem Sprachgebrauch nur Monster genannt. Sie standen im Weg rum oder schrien an den unpassendsten Stellen. Ich hatte keinerlei emotionale Bindung zu irgendeinem Kind, und jetzt sollte ich Vater werden.

Ich lief auf den Hof. Der Mond schien flach über den Mähdrescherfriedhof und tauchte ihn in fahles Licht. Die alten Dreschmaschinen wirkten wie ein Teil einer Theaterkulisse.

Conny fuhr mit ihrem Rad schon an Naumanns Kirschbaum vorbei. Ein schwarzer Punkt, der sich entfernte. Ich rannte los. Nach hundert Metern hatte ich sie eingeholt, denn durch die eisverkrusteten Treckerspuren kam sie nur mühsam voran. Ich griff nach ihrem Mantel. Sie riss sich los, sprang vom Fahrrad und rannte auf das mit harschem Schnee bedeckte Feld. Nach ein paar Metern fiel sie hin und blieb liegen. Ich lief zu ihr und legte mich auf sie drauf. Sie weinte bitterlich.

»Is ja gut, is ja gut«, sagte ich und küsste ihren Hinterkopf. Dann schaute ich auf. Schneeluft kam aus dem Osten. Es war klar, und man konnte bis zum Bahnhof gucken. Ich dachte daran, was es für eine geile Party wäre, wenn bald Brechreiz in der Linde spielen würden.

»Conny, beruhig dich doch erst mal«, sagte ich.

Sie antwortete nicht. Sie sprach überhaupt kein Wort mehr. Ich fuhr mit meinem Moped nach Kirchhausen. Sie hielt sich, neben mir auf dem Fahrrad sitzend, an meiner Schulter fest. Während sie damals in Bad Berta so abgekoppelt von der Welt wirkte, sah sie jetzt irgendwie gewöhnlich aus.

Kurz vor der Armeesiedlung ließ sie meine Schulter los und rollte ohne Abschied einfach weiter. Ich blieb stehen und wartete, bis sie hinter ihrer Haustür verschwand.

25 Von Paris nach Düsterbusch

Still lag Düsterbusch morgens um sechs vor mir. Der Schichtbus Richtung Frankenwalde war schon weg. Nur ein müder Zweitakter hoppelte Richtung Ortsausgangsschild. Als sich dessen Geräusche entfernten, blubberte nur noch mein Moped im Standgas vor sich hin. Ich befand mich an der Kreuzung Nordweg-Hauptstraße, später mal Fifth Avenue Ecke Kurfürstendamm, und haderte mit mir, wo ich hinfahren sollte.

Am Vorabend hatten wir ein letztes Meeting wegen der Schwarz-Weiß-Party. Alle waren erschienen, nur Henryk fehlte, worüber ich mir ein wenig Sorgen machte.

Baade war mit seiner ganzen Gang angereist. Neben Zenker, dem Gitarristen, und Fenske, dem Schlagzeuger von Brechreiz, hatte er noch Rita im Schlepptau. Sie saß die ganze Zeit über auf einem Stuhl und kippelte. Ihre langen Beine hatte sie auf einen Tisch gelegt. Aus ihrem rot geschminkten Mund entwichen wahre Jodel-Arien.

Elke konnte ihre Abneigung gegen sie kaum zurückhalten, genauso wie Harry, der drei Meter neben uns ein Blech auf das Parkett nagelte. Der Kartoffelberg hatte ein riesiges Loch hineingefressen.

»Kannste mal uffhören mit dem Gejaule?«, maßregelte Harry Baades Freundin. Sie verstummte und warf ihm pikierte Blicke zu.

Der Letzte im Bunde war Walther, Mitte dreißig, mit Zopf und Nickelbrille. Er besaß ein Fotostudio und war Baades Arbeitgeber. Während wir Ideen sprudelten, fixierte er minutenlang ungeniert Elkes Titten.

Baade geißelte unsere chaotische Vorgehensweise. »Chaos ist gut, aber ihr müsst es organisieren wie Paul Éluard.« Damit meinte er einen surrealistischen Dichter, dessen Büchlein mit dem Titel *Hauptstadt der Schmerzen* er ständig mit sich führte und draus vorlas. Elke warf ihm verzauberte Blicke zu.

Baades Verweise auf Literatur und Fotografie inspirierten mich ungemein. Ich träumte von Lesungen und Ausstellungen, wenn wir erst mal etabliert wären.

Der Höhepunkt des Abends sollte im Auftritt von Brechreiz bestehen. Wir hatten zwar noch keinen Takt gehört, vertrauten aber auf Baades Genialität. Sie hatten angeblich drei Songs und wollten es bis dahin schaffen, noch einen vierten zu komponieren.

»Was macht der Text, Anton?«, fragte Rita süffisant und kippelte lasziv mit dem Stuhl.

»Hab ich noch nicht.«

»Und die Genehmigung?«, stichelte Elke.

»Mach ich nächste Woche.«

»Du schwächelst, Kummer«, ätzte Gerber, der nur auf die Gelegenheit wartete, mir eins reinzuwürgen.

Ich hatte es immer noch nicht geschafft, zur Polizei zu gehen, es gab nach wie vor keine Möglichkeit bei der Arbeit, mich zu verpissen.

Am nächsten Morgen entschloss ich mich, mein Moped nicht Richtung Kohleplatz sondern nach Kirchhausen zu lenken. Das Ziel hieß: Medizinalrat Doktor Gallus. Er war ein Anker im roten Meer, der viele für kurze Zeit vor öder Berufsschule, keimigen Arbeitsplätzen und arschigen Kollegen beschützte.

Gallus führte eine private Praxis in der Nähe des Marktes, eine Art Fluchtstelle für arbeitsscheue Elemente. Der Doktor schrieb die Leute einfach so krank – allerdings nur, wenn man es schaffte, zu seinen Patienten aufzusteigen. Bis jetzt war ich noch keiner. Die Leute munkelten, kleine Geschenke könnten ihn milde stimmen. Ein Glas hausgemachte Leberwurst bringe eine Woche, ein Paket Jacobs Kaffee sogar zwei Wochen Krankschreibung ein. Man konnte angeblich auch einen Witz erzählen. Wenn er lachte, waren sogar drei Wochen drin. Drei Wochen Pause von der Kohle. Das klang wie ein Märchen. Ich musste es probieren.

Je näher ich der Praxis kam, desto höher schlug mein Herz. Nach endloser Wartezeit betrat ich zitternd das Behandlungszimmer und hoffte auf Gallus' Wohlwollen.

Er saß, den Nacken korrekt ausrasiert, mit dem Rücken zu mir und blätterte in Papieren. Sein blütenweißer Kittel gab das fahle Sonnenlicht von draußen weiter und erhellte den Raum unwirklich.

»Wen haben wir denn da?«, fragte er, ohne den Blick von den Papieren zu wenden.

»A-Anton Kummer«, stammelte ich.

»Name ist Programm, was?« Er drehte sich zu mir um und schaute prüfend durch seine randlose Brille. Die Glatze wirkte poliert und genauso gepflegt wie sein faltiges, leicht hochmütiges Medizinergesicht.

Ich lächelte verlegen und krank.

»Nur ein kleiner Scherz«, sagte er und winkte ab wie ein Offizier, der einen Herrenwitz gemacht hat. Er kam auf mich zu, gab mir seine feste rechte Hand mit dem Siegelring am kleinen Finger und blickte mir tief in die Augen. »Alle großen Männer hatten ihre Macken, heute sind sie ausgestorben.«

Ich wurde rot, verstand nicht, was er da erzählte.

»Wo drückt denn der Schuh?«, fragte er plötzlich so laut, dass ich zusammenzuckte.

»Äh hals...mäßig«, sagte ich, hustete leicht und fasste mir an den Adamsapfel. Er nickte zustimmend, drückte mir mit einem Holzplättchen die Zunge runter und schaute in meinen Rachen.

»Ziemlich gereizt das Ganze. Ist ja auch kein Wunder bei dem Wetter. Ich verschreib dir was gegen Angina, und nächste Woche kommst du wieder.« Er ging zurück zu seinem Tisch und stellte mir nur ein Rezept aus. Ich begann zu schwitzen. Wenn ich jetzt ging, würde es keine Schwarz-Weiß-Party geben.

»Äh, Herr Doktor«, platzte es aus mir heraus. »Kennen Sie den schon ...?« Unerträgliche Sekunden vergingen, bis er sich zu mir umdrehte. Sein erwartungsvoller Blick ließ mich weiterreden. »Woran erkennt man einen Polizisten im Schuhladen?«

Der Doktor streckte den Rücken gerade und wirkte mäßig interessiert.

»Keine Ahnung«, sagte er.

»Er ist der Einzige, der den Karton anprobiert.« Im selben Moment, als ich es aussprach, ärgerte ich mich. Der Witz hatte seinen Zenit längst überschritten, produzierte nur noch müde Lacher. Das war wohl nichts, dachte ich.

Der Doktor schaute mich mit stoischer Miene an. Plötzlich zuckte es in seinem alten Gesicht, er prustete los, bäumte sich auf und entblößte einen goldenen Schneidezahn. Ich lachte mit, und als er fertig war, drehte er sich wieder zum Schreibtisch und griff in das Fach mit den Krankenscheinen.

Er kritzelte etwas drauf, stand auf, gab mir den Schein und sagte: »Montag kannst du wieder zur Arbeit gehen.«

Eine tiefe Dankbarkeit zu diesem seltsamen Mann erfüllte mich. Fast hätte ich ihm die siegelberingte Hand geküsst. Ich wollte mich schon zum Gehen wenden, als er mich zurückrief.

»Ich hab auch noch einen, Anton.« Er lächelte schelmisch.

»Ich bin ganz Ohr, Herr Doktor.« Mir fiel auf, dass ich in seiner Gegenwart so sprach, als würde ich Befehle entgegennehmen.

»Was ist der Unterschied zwischen Paris und Düsterbusch?«

Ich musste grinsen, der Anfang war nicht schlecht.

»Keine Ahnung, Herr Doktor.«

»In Paris gibt es keine Düsterbuscher, aber in Düsterbusch gibt's Pariser.«

Er schaute mich Beifall heischend an, lachte schallend. Ich stimmte mit ein, obwohl ich den Witz absolut nicht verstand. Aber sein Vortrag allein reizte mein Zwerchfell ungemein.

»Nächstes Mal bist du wieder dran.«

Das hieß, ich war jetzt in seine Patientenliste aufgerückt.

Im Warteraum saßen drei Larven, die ich aus der Zentrale kannte. Ich warf noch ein paar von meinen selbst gebastelten Flyern auf den Tisch und verließ die Praxis. Draußen blinzelte ich erleichtert in die Sonne. Ich konnte also am nächsten Tag zur Polizei gehen.

Zu Hause erzählte ich meiner Mutter den Witz. Sie verstand ihn.

»Pariser sind Kondome.«

»Ah, ja«, sagte ich und dachte noch mal über diesen fast schon intellektuellen Kalauer nach.

»Du benutzt doch welche, oder?«

»Na klar, Mutti.«

»Das will ich hoffen. Mach mich bloß niemals zur Oma.« Dann hinkte sie aus meinem Zimmer.

26 Der Polterabend meiner Schwester

Ich saß im VPKA Frankenwalde und wartete darauf, dass ich aufgerufen wurde. Der lange Flur der Polizeizentrale glänzte frisch gebohnert. Nur die Fensterbänke ließen auf mangelnde Pflege schließen. Große schwarze Fliegenkadaver lagen neben den verstaubten Kakteen, und ich konnte meinen Blick nicht von ihnen losreißen.

Ich hatte Angst, dass jetzt doch noch alles scheitern könnte. Mir war klar, dass ich für eine Party, bei der die Band Brechreiz hieß und nicht mal eine Spielerlaubnis hatte, keine Genehmigung bekommen würde.

Ein dicker Mann verließ das Büro, auf dessen Tür »Erlaubniswesen Gen. Stamm« stand. Er hatte einen Zettel in der Hand und sah zufrieden aus. Offenbar bekam er problemlos eine Brigadefeier oder ein Bockbierfest angemeldet.

»Der Nächste«, hörte ich hinter der Tür und betrat voller unangenehmer Vorahnungen den Raum.

Willi Stoph hing als Schwarz-Weiß-Porträt an der Wand und grinste. Wenn das nicht ein gutes Zeichen war. Herr Stamm, ein kleiner Mann mit randloser Brille, den ich fast um zwei Köpfe überragte, stand hinter einem akkurat aufgeräumten Schreibtisch. An zwei kleinen Ständern hingen ganze Trauben von Stempeln in allen Formen und Farben. Bei Stempeln hatten sie die Vielfalt drauf, im Gegensatz zu den traurigen Klamotten in der Jugendmode.

Auf dem anderen Teil des Tisches waren Formulare korrekt übereinandergestapelt. Stamm wies auf einen Stuhl vor seinem Schreibtisch. Seine Straßenschuhe standen auf einem Bogen der *Frankenwalder Post*. Er trug Filzpantoffeln zu Bügelfaltenhosen. Kommt irgendwie New-Wave-mäßig, war mein erster Gedanke.

»Was wollen Sie anmelden?«, schnarrte er.

Ich sagte erst mal nichts und überlegte fieberhaft.

»Was wollen sie anmelden?« Seine Stimme wurde energischer.

»Äh ... den Polterabend meiner Schwester.« Es war saublöd, aber etwas anderes fiel mir grad nicht ein.

Sofort griff er zu einem Stapel Formulare und legte vier Ausfertigungen vor sich hin, zwischen die er pedantisch drei Blätter Blaupapier schob. Der Anflug einer Erheiterung durchzuckte sein schmallippiges Beamtengesicht.

»Schon mal was angemeldet?«

»Nö.«

»Na, dann mach ich das mal«, sagte er launig, und ich atmete auf. Das Schnarren war aus seiner Stimme verschwunden. Er hielt mich offenbar für einen anständigen Jungen. Sicher lag das an meinem frisch frisierten Bowie-Schnitt.

»Wie heißt Ihre Schwester?«

»Äh ... Petra Kummer.«

Fein säuberlich pinselte er den Namen auf das Formular. Ich dachte daran, dass es gar nicht so schlecht gewesen wäre, eine ältere Schwester zu haben. Sie hätte mich sicher vor mancher Katastrophe bewahrt.

»Wird der Bestuhlungsplan eingehalten?«, holte er mich aus meinen Gedanken.

»Was?«

»Der Bestuhlungsplan der Konsum-Gaststätte Düsterbusch sagt aus, der Saal ist für hundertfünfzig Personen zugelassen. Wird der überschritten?«

»Wissen Sie das auswendig?«, rief ich erstaunt.

»Ja, das ist mein Beruf«, erwiderte er geschmeichelt.

»Der Bestuhlungsplan wird unterschritten. Es kommen ungefähr sechzig.«

Dann wollte er wissen, ob ich eine Sondergenehmigung über vierundzwanzig Uhr hinaus bräuchte. Das konnte nicht schaden, dachte ich mir und bejahte. Ich kam mir jetzt vor wie in einem Selbstbedienungsladen. Alle meine Wünsche wurden erfüllt.

Als Letztes fragte er: »Wer ist der Verantwortliche des Abends?«

Ich zögerte. Es wäre einfach gewesen, jetzt Gerber oder Elke anzugeben. Ein bisschen Schicksal spielen. Aber ich entschied mich dagegen.

»Ich.«

Widerwillig gab ich meinen Namen und meine Adresse an. Am Schluss unterschrieb ich, und Stamm legte die Anmeldungen auf vier verschiedene Stapel. Den letzten gab er mir. Wir standen auf und schüttelten uns die Hand.

»Baby schon vorhanden?«, fragte er als Letztes. Ich machte wohl ein ziemlich dummes Gesicht.

»Bei ihrer Schwester, meine ich.«

Die Frage schlug wie eine Bombe ein.

Jetzt, in diesem Augenblick befand sich Conny im Kreiskrankenhaus und war vielleicht schon nicht mehr schwanger. Es war die letzte Chance, denn die zwölfte Woche hatte bereits begonnen. Eigentlich wollte ich sie nach dem Eingriff abholen, doch ihre Eltern ließen das nicht zu. Ich wusste nicht, ob ich Trauer oder Erleichterung empfinden sollte. Ich, und

mit Nachdruck auch ihr Vater, hatten Conny überreden können, das Kind nicht zu bekommen. In diesem Punkt war ich
mir wohl das erste Mal mit dem Offizier einig.

»Nee ... nee, erst mal Hochzeit. D-dann sehen wir weiter«,
stammelte ich.

»Is ja auch praktischer.« Mit diesen Worten hielt er mir die
Tür auf.

Draußen atmete ich durch. Eine große Hürde war genommen. Ich verschwendete keinen Gedanken daran, dass jemand
vielleicht diese Angaben überprüfen würde. Jetzt musste ich
nur noch zur *Frankenwalder Post.*

Eine hochnäsige Dame mit blondierter Dauerwelle stand
in der Annoncenannahme der Zeitung hinter dem Tresen. Ich
reichte ihr meinen Anzeigentext rüber: »Schwarz-Weiß-Party
mit Band Brechreiz.« Anglizismen hatte ich vorsichtshalber
weggelassen. Sie las den Text pikiert.

»Genehmigung?«

Ich hielt ihr den Zettel vor die Nase. Zum Glück war es der
vierte Durchschlag, und man konnte nichts mehr lesen. Sie
schaute sowieso nur auf einen Stempel, und der schrie GE-
NEHMIGT.

Sie nahm den Text auf.

»Wann ist er drin?«

»Donnerstag.«

»Auch auf der Bezirksseite?«

»Kostet vierzig Mark extra«, maulte sie unfreundlich.

»Und das kann dann im ganzen Bezirk Cottbus jeder
lesen?«

»Ja, auf der Anzeigenseite.« Sie verdrehte die Augen

Ich nickte und bezahlte es von meinem letzten Geld.

Freudig erregt fuhr ich durch Frankenwalde und hoffte,
dass mich kein Kohlefahrer sah. Kurz vor dem Bahnhof war

wieder mal der Sprit alle. Das letzte Geld war für die Annonce draufgegangen. Ich ließ meine Karre am Bahnhof stehen und nahm den nächsten Piefke nach Kirchhausen. Der Zug rumpelte am Kohleplatz vorbei. Lässig zurückgelehnt sah ich zu, wie Koks-Emil gerade eine Waggontür öffnete. Bald schon müsste ich nie wieder Kohleplätze betreten. Nach der Schwarz-Weiß-Party würde ich zu einem schillernden Veranstalter aufsteigen. Die Reichsbahn, so träumte ich, legte ein Anschlussgleis direkt vor die Linde, und Massen von New Romantics und Punks aus allen Metropolen der Welt enterten den Saal.

Bei all der Träumerei merkte ich nicht, dass der Öler, wie die meisten von uns verächtlich den Schaffner bezeichneten, neben mir stand. Die Bremsen des Zuges kreischten schon, und er fuhr in den Bahnhof von Kirchhausen ein.

»Fahrkarte«, winselte der schwitzende Mann in der dunkelblauen Uniform. In der schwieligen Hand hielt er eine Lochzange. Unter seinen Achseln bildeten sich große Schweißringe. Die Ränder waren weiß verfärbt, und die Salzkruste begann schon abzubröckeln. Ich hatte gerade eine Ausrede auf den Lippen, da rannten plötzlich drei Blueskunden an uns vorbei durch den Gang. Er wollte sich ihnen in den Weg stellen, wurde aber von einem Typen mit Frank-Zappa-Bart aus dem Weg geschubst.

»Stehen bleiben!«, rief der schweißelnde Öler hinterher.

Ich nutzte die Gelegenheit und entwischte zur anderen Seite. Aus den Augenwinkeln sah ich, dass er mir folgte. Während der Zug noch fuhr, öffnete ich die Tür und sprang auf den Bahnsteig. Ich rannte durch den Bahnhof und blieb keuchend auf dem Vorplatz stehen. Die arme Sau tat mir irgendwie leid. Niemand zahlte, und er war am Arsch. Eine Idee durchzuckte mich. Vage sah ich einen Text vor mir. Er sollte von einem desillusionierten Schaffner handeln, einfach und aus dem Leben, so wie es sich für Punk gehörte.

Aber erst mal musste ich zu Henryk. Ich hoffte, dass er nicht abgesprungen war, denn ohne Henryk machte das alles keinen Spaß. Steinwürfe an sein Fenster fruchteten nicht. Aber er musste da sein, die Schwalbe stand vor der Tür. Aus der Molkerei wehte ein süßsaurer Geruch bis auf die Straße.

Die Haustür stand offen. Ich stürmte die Treppen hinauf und klingelte an der Wohnungstür. Er öffnete und sah zerzaust aus. Er trug Shorts und ein schwarzes Unterhemd.

»Komm rein.«

Ich folgte ihm in sein Zimmer, und wir standen uns gegenüber.

»Peace?«, fragte ich, und er schaute mich durchdringend an.

»Peace, du Eimer.« Wir gaben uns die Hand.

»Aber Baade ist jetzt Teil des Masterplans.«

Henryk zuckte die Schultern.

»Ich muss ja mit dem nicht über Kreuz pinkeln.«

Ich nickte.

Hinter mir ging die Tür auf. Ich drehte mich um, und vor mir stand Marion, die sich ihre Klamotten zurechtzupfte.

»Tach, Anton.«

»Marion?«

Sie warf Henryk verliebte Blicke zu.

»Das is 'n Pole, das weißte, oder?«, ranzte ich sie an, als ich die Überraschung verdaut hatte.

»Das ist allerdings ein großes Problem, ich wollte gerade abhauen«, sagte Marion.

»Na bloß gut, dass ich dich zurückhalten konnte.«

Wir lachten alle drei.

»So«, sagte Henryk, nachdem ich mit Marion noch ein paar Witze über seine Herkunft gemacht hatte. »Jetzt zeig ich dir mal was.« Geheimnisvoll tuend, trat er an sein Bett. Unter der Decke wölbte sich etwas Großes nach oben. Fragend schaute ich Marion an. Die nickte wissend.

Mit einer schnellen Handbewegung zog er die Bettdecke zurück. Ein weißer Styroporkasten kam zum Vorschein. Daran waren zwei Antennenstücke befestigt. Mit großen roten Buchstaben stand in kyrillischer Schrift »SATELLIT« vorn drauf.

»Den hängen wir an den Kronleuchter. Damit uns alle sehen«, sagte Henryk feierlich.

»Geniale Idee«, hauchte ich ergriffen.

»Das mit der Schrift war meine«, sagte Marion.

Zu dritt fuhren wir auf Henryks Schwalbe im Zickzackkurs nach Düsterbusch. Ich hielt den Satelliten über meinen Kopf. Wir gaben jauchzende Freudenschreie von uns. Der Saal war fertig geschmückt. Wir hatten die Wände mit schwarz-weißem Krepppapier verkleidet. Von der Bühne leuchtete Baades goldene Schaufensterpuppe, die jetzt einen Stahlhelm trug. Mit einer Schnur, die wir über den Kronleuchter geworfen hatten, zogen wir den Satelliten nach oben und platzierten ihn direkt unter dem Lüster.

»Jetzt senden wir in die ganze Welt«, sagte Marion feierlich. »Danzig – Darmstadt – Dallas – Düsterbusch«, vollendete Henryk.

Harry lief mit zwei Eimern Kohlen in den Händen an uns vorbei in Richtung des qualmenden Kachelofens. Skeptisch beäugte er unsere faszinierten Blicke nach oben. »Ihr habt 'ne Macke«, grunzte er.

Noch völlig überdreht, schrieb ich abends auf Mutters Schreibmaschine einen Text.

```
DER ÖLER VON DER REICHSBAHN
Ich bin Öler bei der Reichsbahn.
Hippies ohne Ticket fühl ich auf den Zahn.
```

Und wenn sie dann das Laufen kriegen
und über ihre Säcke fliegen,
dann kommt bei mir die Wut zum Kochen.
Möcht ihnen am liebsten die Nasen lochen.
Ich bin Öler bei der Reichsbahn …

27 Schwarz + Weiß = Völkerfreundschaft

Es waren noch drei Stunden Zeit, bis die Party begann. In Düsterbusch endete ein kalter Novembertag. Trotzdem standen wir bei offener Tür im Saal und bliesen Luftballons auf. Kleine Scherze und gegenseitiges Durch-den-Saal-Jagen verrieten Vorfreude. Ich betrachtete unsere Crew. Sie sahen alle so unschuldig aus. Ich musste an meine Lüge bei der Polizei denken. Was, wenn das rauskam?

»Platz da«, schnauzte Harry und rollte mit Christel zwei Bierfässer durch den Saal.

»Was zapfste denn heute – Dinkelacker?«, fragte ich launig.

»Du träumst wohl«, blaffte er mit rotem Kopf. »Überlagertes Dessauer Hell. Kann ich heute an euch und morgen an die Schweine verfüttern.« Er wieherte los, und Christel stimmte mit ein. Fässer kullernd verschwanden sie in der Kneipe.

»Das Schlimme ist, das meint der ernst«, sagte Sprenzel kopfschüttelnd. Er war in den letzten Tagen richtig aufgeblüht. Für ihn war unsere Clique eine Art Ersatzfamilie. Er hatte morgens schon geheizt und mit Harry die eingefrorene Wasserleitung aufgetaut. Er machte sich unentbehrlich und genoss es, dass wir wie früher etwas zusammen aushecken konnten. Wenn ich Sprenzel ansah, dachte ich, dass alles schon irgendwie gut werden würde. Er gab mir so ein vertrautes Düsterbuschgefühl. Wir waren beide Fünfenschreiber und Fruchtmilchtrinker. Das verband uns für immer. Für eine

Flasche Schnaps hatte ich von Walther einen schwarzen Anzug seines Opas bekommen. Dazu trug ich ein weißes Hemd, an dessen Kragen ich mir eine silberne Brosche meiner Mutter gesteckt hatte. Den Style hatte ich mir bei Gary Kemp, dem Gitarristen von Spandau Ballet, abgeguckt. Er zierte als Poster Marions Zimmer. Ihre Single »Gold« hatte mich eines Nachmittags auf dem RIAS eiskalt erwischt. Es war der Soundtrack zu dem großen Leben, das ich mir hierher nach Düsterbusch holen wollte.

»Mann, is das schmantig hier, ey«, schimpfte Elke, als sie mit dem Besen letzte Spinnweben von den Saalwänden kehrte.

Ich griff sie mir von hinten und hauchte ihr ins Ohr. »Na Elke, was machen die Verehrer?«

»Alles Scheißkerle.« Sie sah mich an. »Außer dir natürlich. Kommt Conny auch?«

»Kann sein.« Ich hatte wieder mal den ganzen Kreis auf der Suche nach ihr abgeklappert. Nach der Abtreibung wollte ich bei ihr sein, konnte sie aber nirgendwo finden. Meine anfängliche Wut über geplatzte Verabredungen und wochenlange Funkstille wich langsam der Resignation.

»Ach, ihr beide ... Is ooch Hassliebe, wa?« Bevor ich antworten konnte, pfiff Sprenzel.

»Baade kommt.«

Alle außer Henryk eilten zum Eingang, als wäre gerade der Messias persönlich eingetroffen. Baade entstieg mit Rita dem riesigen Tschaika. Dazu noch eine schwarz bestrumpfte Rothaarige. Ich schätzte sie auf fünfundzwanzig. Bestimmt auch aus Berlin, dachte ich. Ich fing einen knappen Blick von ihr auf, bevor sie mit dem abschätzigen Blick einer Großstadtmieze die Linde inspizierte.

Walther folgte am Steuer eines offenen Wartburg-Cabrio. Auf dem Rand des Verdecks, die Beine auf der Sitzbank, saßen trotz der Kälte Zenker und Fenske in Lederjacken und tranken Schnaps aus der Flasche. Ich hatte sofort ein Blitz-Club-Gefühl. Steve Strange wäre stolz auf mich gewesen, Bowie sowieso. Drinnen setzte die Rothaarige sich neben Rita auf eine Tischkante. Sie sah umwerfend aus. Weiße Haut, Sommersprossen, hübsches Gesicht. Ganz in Schwarz gekleidet und strotzend arrogant.

»Wer is'n das?«, fragte ich Zenker.

»Simone. Die steht nur auf Kohle«, meinte er lakonisch.

Plötzlich bekam ich einen Schubs von hinten. Es war Harry.

»Wo ist der Wisch von de Bullen?«

Ich zeigte ihm die Genehmigung, und seine Miene hellte sich auf. Auch er merkte nichts von meinem Betrug.

»Wusste ich's doch, mein Goldjunge.« Er nahm mich breit grinsend in den Schwitzkasten. Der Grund für seine gute Laune war, dass sich die Kneipe tatsächlich füllte. Und nicht nur mit Trinkern, sondern mit jungen, neugierigen Menschen. Einige Stinos, mehrere Poppermädchen. Etliche Larven aus der Zentrale, ein paar Bluesbeutel und intellektuelle Kirchentypen waren auch gekommen. Alle trugen irgendwie Schwarz-Weiß, und ich platzte fast vor Stolz.

Marion und Henryk kassierten fieberhaft. Im Blitz Club wurden Stempel aufgedrückt und keine blöden Eintrittskarten verteilt. Also machten wir das auch so. Ich hatte meiner Mutter einen Stempel geklaut. »Polytechnische Oberschule Düsterbusch« stand jetzt auf den Innenarmen der Gäste.

»Sind schon vierzig.« Henryk knuffte mir in die Seite.

»Conny?«, fragte ich. Er schüttelte den Kopf.

Ich lief in den Saal, sprang auf die Bühne und legte Kassetten zurecht. Immer mehr Leute kamen in den Saal. Langsam wurde ich nervös. Sind mehr Mädels, lieber seichter anfangen, dachte ich mir und spulte »Temptation« von Heaven 17 ein.

Bei den ersten langsamen Takten zierten sich die Bräute noch. Aber als die elegische Stimme von Glenn Gregory durch Harrys verqualmten Saal hallte, war mit einem Schlag die Tanzfläche voll. Es war irre. Ich spulte die nächsten zehn Kassetten zurecht und rief Sprenzel zu mir.

»Machst du weiter? Ich muss mich mal kümmern.« Ich hielt es einfach nicht mehr auf der Bühne aus. Ich rannte von einer Ecke zur anderen und hatte ein Glücksgefühl, das ich kaum kontrollieren konnte. Inzwischen waren es mindestens zweihundert Leute. Der Bestuhlungsplan war deutlich überschritten.

Eine halbe Stunde später wurde die Bühne dunkel und dann in weißes Licht getaucht. Die Leute kletterten auf die Tische, um besser sehen zu können. Dann kamen Brechreiz. Baade hatte sich den Kopf weiß geschminkt und war vollbehangen mit Ketten. Er sah jetzt aus wie Mephisto. Zenker schnappte sich die Gitarre, und Fenske pflanzte sich hinter seine Drums. Ein Raunen ging durch die Menge.

Baade trat mit seinem Tamburin an das Mikro. Rita kam von hinten und stellte sich neben ihn. Sie trug nur einen Slip, Stilettos, und auf ihren Brustwarzen klebten kleine schwarze Pflaster. Im Publikum bekamen sie Maulsperre vom Staunen. Baade sagte kein Wort. Sie eröffneten mit »Wenn ich ein Junge wär« in der Version von Nina Hagen. Das Publikum begann mitzuwippen, erste Tänzer versammelten sich vor der Bühne und verrenkten sich mit aggressiv zuckenden Bewegungen. Es klang schauerlich. Ritas feine Stimme wurde von Baades Gegröle absorbiert. Aber das war egal.

Nach »Bleikristalltraum – Kleinbürger hinterm Gartenzaun«, was ähnlich schepprig klang, trat Baade ans Mikro.

»Und jetzt spielen wir 'nen Song, den hat Anton Kummer geschrieben. Bewegt mal 'n bisschen mehr euren Arsch!«

Ich spürte die Blicke im Nacken und wurde rot. Einige grölten, andere pfiffen. Derber Schepperpunk dröhnte aus den kaputten Boxen, und Baade und Rita röhrten gemeinsam meinen Text.

»Ich bin Öler bei der Reichsbahn ...«

Anton Kummer, Lehrabbrecher und Waggonkosmetiker, bekam das erste Mal in seinem Leben öffentlich Anerkennung. Das Gefühl war umwerfend. Ein paar Meter neben mir sah ich Simone und fing einen zweiten Blick von ihr auf. Walther tanzte sie mit Fickergrinsen im Gesicht an, er ging in die Knie und schubberte seinen Unterkörper an ihrem Arsch. Sie stieg mit ein. Er imitierte Baades Tanzstil. Sollte ich abklatschen gehen?

Ich wollte schon los, da tippte mir jemand auf die Schulter. Es war Conny. Ich war gleichzeitig entsetzt und erleichtert. Sie trug einen schwarz-weißen Einteiler zu schwarzen Pumps. Ihre blonde Haarpracht hatte sie zu einem Zopf gebändigt. Sie wirkte wieder mal wie eine Westbraut und sah irgendwie gesund aus. Simone war sofort vergessen.

»Kommste mal mit raus?« Sie nahm meine Hand, und ich folgte ihr. Conny setzte sich draußen auf das Geländer und zog mich zu sich ran. Ich umarmte sie.

»Und, wie findste es?«, fragte ich aufgeregt. »Is der Hammer, oder?«

Ich forschte in ihrem Gesicht nach einer Reaktion. Doch sie war ganz woanders. »Ich hab's nicht gemacht.«

»Was?«

Sie sagte nichts und studierte mein Gesicht.

»Was nicht gemacht?«

»Ich ... ich krieg das Kind.«

»Was?«, fragte ich, immer noch nicht ganz bei der Sache.

»Ich krieg das Kind, bist du taub oder was?«, schrie sie, weil der Krach von drinnen sich ins Infernalische steigerte.

Erst mal konnte ich gar nichts sagen, weil ich gar nichts begriff. Durch die vergilbten Gardinen sah ich, dass Simone sich von Walther trennte, der jetzt Elke antanzte. Dumpf hörte ich, wie Baade den letzten Song, »Kantinen-Mädchen«, ansagte. Mir wurde schwindlig. Die fünf Doppelten, die ich mir hinter die Binde gekippt hatte, zeigten ihre Wirkung.

»Welches Kind?«, fragte ich verdattert.

Mit voller Wucht knallte Conny mir ihre rechte Hand ins Gesicht und gleich von links noch die andere, sodass ich meinen Kopf schützen musste. Einige Umstehende wurden aufmerksam. Als ich ihr gerade unter den Arm greifen und sie wegziehen wollte, kam Henryk angerannt.

»Ey Anton, in der Kneipe vorne sind Bullen. Die wollen zu dir.«

Conny riss sich los und rannte über die Terrasse davon. Konfus folgte ich Henryk in die Kneipe. Dort stand Stamm in Zivil, flankiert von zwei hünenhaften Polizisten in Uniform. Also doch. Kalt blickte er mich durch seine randlose Brille an.

»Wo ist denn die Braut?«, fragte er drohend.

»Äh, die ist mal kurz … nach Hause.«

Stamm nickte nur gefährlich und schaute sich um. Er war jetzt nicht mehr der tapsige Onkel von der Volkspolizei. Henryk, Elke und Gerber tauchten neben mir auf.

»Welche Braut, Anton?«, fragte Elke besorgt. Ich biss mir auf die Lippe. Von hinten kam Sprenzel und beugte sich zu mir vor.

»Anton, was wollen denn die Scheiß-Bullen hier?«, flüsterte er. Ich sah an seinem Gesicht, dass er bereit war, die Fäuste fliegen zu lassen. Henryk schubste ihn sicherheitshalber ein Stück zurück. Jetzt kam Harry hinzugeeilt.

»Warum sind die hier alle schwarz-weiß?«, fragte Stamm mit merkwürdigem Unterton. Ich zuckte die Schultern.

»Na, schwarze Menschen – weiße Menschen – Völkerverständigung!«, rutschte es mir heraus. Stamm verzog keine Miene. Niemand lachte.

»Können wir irgendwo ungestört reden?«

»Da hinten in der Küche«, sagte Harry in vorauseilendem Gehorsam. »Aber ich hab damit nüscht zu tun.« In seinen Augen flackerte Angst.

Wir betraten Harrys keimige Küche. Neben dem Kühlschrank lagen rohe und gebratene Koteletts übereinandergestapelt auf einem Tisch. Ich lehnte mich an eine freie Stelle. Stamm und seine Büttel bauten sich vor mir auf. Hier gab es kein Entkommen. Er zählte sämtliche Vergehen auf. Keine Spielerlaubnis der Kapelle ebenso wie der Disco. Illegal festgesetzter Eintrittspreis, Nichteinhaltung des Bestuhlungsplans, keine gekennzeichnete Ordnungsgruppe und so weiter. Mich unbesiegbar fühlend, ließ ich Stamms Redeschwall über mich ergehen.

»Willste dich jetzt noch irgendwie rausreden, Freundchen?«, fragte einer der Uniformierten neben ihm.

»Zeigen Sie lieber erst mal Ihren Ausweis, bevor Sie hier große Töne spuck…« Weiter kam ich nicht.

Die Faust war schnell, und landete krachend auf meiner Nase. Vor meinen Augen explodierten dunkle Kreise. Blut spritzte auf die Koteletts. Ich hielt meine Hand vor das Gesicht, schnaufte und ging in die Knie. Ein dumpfer Schmerz breitete sich von der Nase über den ganzen Körper aus. Tränen schossen mir in die Augen.

»Schluss jetzt!«, sagte Stamm und hielt mir eine Serviette hin, die ich aber nicht annahm. »Du fährst jetzt das Remmidemmi hier runter und schickst alle nach Hause. Sonst kommen wir wieder, aber mit Verstärkung.«

»Und nächste Woche leiten wir ein Ordnungsstrafverfahren gegen dich ein«, ergänzte der Schläger.

Ich nickte. Wut und Hass auf die scheiß DDR machten sich in mir breit. Unterwegs zur Bühne bedrängten mich die Leute mit Fragen. »Was ist denn jetzt?« »Gehts mal weiter hier?« »Scheißladen.« Ich trat ans Mikrofon und sagte: »Hier gibt's 'n paar Leute, denen gefällt nicht, was hier los ist. Ihr müsst jetzt gehen. Aber die nächste Fete kommt bestimmt.«

Ein gellendes Pfeifkonzert schallte mir entgegen. Harry schaltete das Saallicht an. Die Luftballons wirkten auf einmal ganz traurig. Henryk komplimentierte die Leute nach draußen und vermied Blickkontakt mit mir. Ich wusste nicht, was schlimmer war, dass ich Vater wurde oder dass ich das Scheitern meiner Vision von der Metropole Düsterbusch mit ansehen musste. Jetzt wurde ich geschlachtet.

»Arschloch«, sagte Elke, schnappte ihre Jacke und lief aus dem Saal.

»Du bist doch der absolute Verlierer, Kummer.« Gerbers Schadenfreude war nicht zu überhören.

»Sag mal, spinnen die Bullen?«, fragte mich Marion, die als Einzige noch nichts mitbekommen hatte. Sprenzel schimpfte ein paar Meter weiter mit freiem Oberkörper auf einen Reservisten ein. Es klatschte, und der Soldat ging zu Boden. Harry ging dazwischen und drängte Sprenzel unter lautem Geschrei nach draußen. Der Soldat sammelte keuchend seine Schirmmütze ein, rappelte sich auf und folgte den beiden. Henryk kam auf mich zu und sagte nur: »Dich kenn ich nicht mehr.« Dann verließ er den Saal.

Ich wusste nicht, was ich machen sollte, also schnappte ich mir einen Besen und begann zu fegen. Christel kam in ihrer Rüschenschürze auf mich zugestampft und riss ihn mir aus der Hand. »Verschwinde«, blaffte sie mich an.

28 Bröckelnde Metropolenträume

Ich schlurfte über die Terrasse. Niemand war mehr da. Als letzte Zeugen der größten Party aller Zeiten standen ein paar leere Henkelkrüge auf dem Geländer. Als ich vorn zur Kneipe rausging, saß Simone ganz allein auf der Fahrradstange. Wir schauten uns an.

»Haste keinen Kerl?«, fragte ich.

»Was geht denn dich das an?«

»Nüscht.«

»Gibt's hier 'ne Taxe?«

Ich begann zu lachen. Sie lachte mit. Sie wühlte in ihrer Tasche, schien aber nicht zu finden, was sie suchte. Mein Blick blieb auf ihren schwarz bestrumpften Beinen hängen. Sie fing ihn auf, und wir schauten uns länger in die Augen. Ich fand sie derartig heiß und vergaß erst mal alles.

»Aber du hast doch 'ne Freundin.«

»Nee.«

»Aha.«

»Ich hab ooch keen Auto.«

»Wieso?«

»Du stehst doch nur auf Kohle?«

»Wer erzählt denn das?«

Ich zuckte mit den Schultern.

Sie schaute etwas verwundert, fragte aber nicht weiter. Ich ging jetzt ran. Mir war alles egal. Sie zog erst ihren Kopf zurück. Dann küsste sie mich zaghaft, schließlich entschlossener.

»Ficken lass ich mich von dir nicht, aber ich kann dir einen lutschen.« Das war mir recht. Wir liefen ein Stück ins Dorf und verschwanden in der Einfahrt zum Konsum. Hier küssten wir uns weiter, und ich fingerte sie.

Simone stöhnte in mein Ohr, und ich drückte sie gegen die Milchkästen, in denen die leeren Flaschen klapperten. Sie öffnete meine Hose, kniete sich vor mich hin und nahm meinen Schwanz in den Mund. Bei ihrer Technik wuchs er schnell an, und ich guckte voller Wonne in die verblassenden Sterne. Sie blies erfahren und rhythmisch. Kurz bevor ich kam, ließ sie von mir ab. Und dann war es so weit. Ich entlud mich frei ins Universum.

Ein Teil davon landete leider in ihren Haaren. Das Zeug glänzte fahl angeleuchtet von der letzten funktionierenden Straßenlampe auf der Düsterbuscher Dorfaue.

»Kannste nich 'n bisschen aufpassen, Mann?«

»Entschuldige«, sagte ich und versuchte, ihr mit meiner Hand die Wichse aus der Kupfermähne zu streichen. Sie stieß mich weg und ging ein Stück ins Dunkle.

Wir latschten über die Landstraße Richtung Frankenwalde. Nach Hause konnte ich jetzt sowieso nicht. Aber bei Baade war immer Platz.

»Biste ooch Sängerin?«

Sie lachte auf. »Nee, ich hab mit Rita bei Rewatex jelernt.«

»Ich hab ja auch 'nen Text geschrieben.« Ich wollte mit irgendwas glänzen.

»Ick weeß, deine großen fünf Minuten.« Sie lächelte, und ein wenig Stolz flammte noch mal in mir auf.

»Mann, war das geil.«

»Ja war echt 'ne schaue Party.«

Ich wollte ihre Hand nehmen, doch sie verweigerte sie mir. Schweigend liefen wir weiter.

»Haste das mit den Bullen mitgekriegt?«, versuchte ich es noch einmal.

»Klar. Du bist ja auch verrückt. In Berlin würdeste längst in der Keibelstraße sitzen.«

»Was ist da?«

»Na, Bullenknast? Sei froh, dass die dir das nich politisch ausgelegt haben.«

Schweigend liefen wir weiter durch die stockdunkle Nacht. Ein schmaler Schneestreifen am Straßenrand war unser Wegweiser Richtung Frankenwalde.

»Wieso machste das ausgerechnet auf dem Kaff?«, fragte Simone in die Stille.

»Weil ich es hier gut finde. Ist doch meine Heimat.«

Simone brach in lautes Gelächter aus. »Wenn ich das Wort höre, kommt mir das Kotzen.«

»Was machst du denn?«

Simone antwortete nicht.

»Ich finde, wenn man was tut, egal wo, dann wird sich was verändern.«

»Die das gesagt haben, sind alle drüben oder schon tot«, erwiderte Simone trotzig.

»Kann schon sein. Aber ich hab wenigstens was probiert und nicht meine Zeit verplempert.«

Wir schwiegen wieder. Nur das Klappern meiner schweren Arbeitsschuhe und von Simones Stilettos war zu hören.

»Willste ooch rüber?«

»Ick weiß nich, wat dich dit angeht«, fauchte Simone. Sie zog das Tempo an, und ich lief ihr hinterher. Mir kam auf einmal alles ganz banal vor, die Party, Simone, Steve Strange und der

Blitz Club. Ich hatte verdammte Sehnsucht nach Conny und danach, völlig normal zu sein.

Als wir bei Baade ankamen, standen die Türen offen. Simone verzog sich sofort in eines der Zimmer. Vor der Schnapsdestille schnarchte Sprenzel in einem Sessel. Er trug jetzt einen Irokesenschnitt. Offenbar hatte Baade ihn im Suff rasiert. Überall waren noch kleine Haarinseln auf den rasierten Stellen. Der Iro stand im krassen Gegensatz zu seinem Schnauzer und dem Ostparka. Am Montag auf der LPG hätte ich nicht mit ihm tauschen wollen. Ich bekam einen kurzen Lachkrampf, setzte mich neben ihn und schlief ein.

Ein rumpelndes Geräusch weckte mich. Ich schlug die Augen auf und sah, wie jemand aus Baades Schlafkammer kam und sich leise davonmachen wollte.

»Elke?«

Sie drehte sich um.

»Dass du dich überhaupt noch hierhertraust«, zischte sie.

»Hör mir mal zu ...«, sagte ich.

»Nein, du hörst mir jetzt mal zu, Anton. Du hast nämlich gar nichts. Das ist auch der Grund, warum du solche Scheiße baust. Kohleplatz, hä? Das findeste bestimmt auch noch irgendwie witzig, was? Im Gegensatz zu dir haben wir andern aber alle richtige Berufe, und die wollen wir nicht aufs Spiel setzten. Von uns hätte sich keiner jemals auf so was eingelassen, wenn wir das vorher gewusst hätten.«

Ich schluckte. Mit diesem Angriff hätte ich nicht gerechnet. »Von uns ... Wir ... Wie du redest! Als ob ich nicht dazugehöre.«

»Tust du auch nicht, Anton, du bist doch 'n Scheiß-Egoist. Du warst doch schon immer was Besseres mit deinen West-klamotten und deinem ganzen Musikgequatsche. Wenn deine Mutter nicht wäre, würdeste längst im Knast sitzen ...«

»Verpiss dich, du Fotze«, rief Baade mit belegter Stimme hinter dem Vorhang hervor. Dann stürzte er nackt aus seinem Schlafzimmer.

Elke floh panisch Richtung Tür. »Baade?«, rief sie erstaunt. Er griff sich einen Tonkrug vom Tisch und schleuderte ihn nach ihr. Der Krug zerschellte am Türrahmen, nur knapp neben Elkes Hinterkopf.

»Und lass dich hier nie wieder blicken«, brüllte Baade ihr hinterher. Er knallte die Tür zu, lachte heiser und irgendwie gruselig. »Die hat sowieso scheiße gefickt. Schnaps?«, fragte er.

Ich nickte.

Er füllte zwei Wassergläser voll. Wir setzten uns an den großen Tisch und schwiegen. Ich war ziemlich getroffen von Elkes Frontalangriff. Nach Henryk hatte nun auch sie mir die Freundschaft gekündigt.

»Das sind die, die ich am meisten hasse«, sagte Baade. »Die machen 'ne Weile was mit, aber ohne Überzeugung, bevor se spießig werden. Damit se sich später an was erinnern können, weil sonst nüscht mehr passiert in ihrem Scheiß-Leben. Die sind nicht wie du und ich.«

Ein Schauer lief mir über den Rücken. Baade fand, dass ich so war wie er. Wollte ich das?

»Deswegen sind wir ooch am Arsch«, fügte er noch hinzu. Er guckte in seinen Becher und trank ihn dann aus.

»Meinste wirklich?«, fragte ich.

»Hast heute hoch gespielt und verloren. Respekt!«

»Aber jetzt kann doch nicht Schluss sein, es war doch so geil, es hat doch grad erst angefangen«, erwiderte ich und erwartete mir Zuspruch von ihm.

»Sei froh, haste wenigstens 'n bisschen was angeschoben. Kiek dir den da an«, er deutete auf Sprenzel, der mit offenem Mund pennte, »der ist geboren und mit zwanzig schon tot.«

Ich war unzufrieden, weil er so wenig kämpferisch war. Er nickte ein.

»Bevor mich der tiefe Schlaf befällt, will ich das Licht sehen«, sagte ich und rüttelte ihn an der Schulter. Baade wurde wieder wach und schaute mich fragend an.

»Steht da hinten an deiner Wand.«

»Is nur 'n Spruch, Kummer, is nur 'n Spruch ...«

29 Tristesse in der Langen Straße

Die Belegschaft des Kohleplatzes saß im Frühstücksraum des Sozialgebäudes. Eine angekündigte Baumaßnahme, bei der eine neue Betonstraße entstehen sollte, hatte die Betriebsleitung gerade abgeblasen. Das Baukombinat könne die angeforderte Menge Frischbeton derzeit nicht liefern, erklärte uns der große Chef beim Essen. Er war extra mit seiner Sekretärin angereist. Der ganze Beton ging nach Berlin, denn das Wohnungsbauprogramm in der Hauptstadt sollte bis 1990 abgeschlossen sein.

»Die scheiß Berliner Arschlöcher stecken se alles hinten und vorne rein, Junge, Junge du«, schnauzte Koks-Emil und blies mir den Rauch seiner Semper ins Gesicht. Der Rest murmelte Zustimmung. »Wir gucken immer in die Röhre.«

»Also wieder rein in die Kohle, ihr nachgemachten Menschen«, meckerte Hartmann und tätschelte Koks-Emils Rücken.

Ich kroch in einen halb ausgekranten Waggon und begann zu fegen. Dabei beschimpfte ich die Braunkohle. Der Waggonkosmetikeralltag war jetzt noch weniger erträglich als vorher, denn ich hatte ja nun bewiesen, dass ich was konnte. Ich hatte Massen mobilisiert, einen Text geschrieben und eine Party organisiert. Aber an diesem schauerlichen Montag wurde mir zum ersten Mal bewusst, dass das in diesem Land nichts, aber auch gar nichts galt.

Du hast hoch gepokert und verloren. Ich hatte Baades Worte noch im Ohr. Jetzt war ich auch noch polizeibekannt. Jeden Tag erwartete ich ein Ordnungsstrafverfahren, ohne zu wissen, was das eigentlich bedeutete. Meine Eltern hatten sicher schon Post bekommen. Seit dem verhängnisvollen Abend war ich erst einmal zu Hause gewesen. Ich hatte heimlich mein Moped und noch ein paar Sachen geholt. Den offiziellen Rausschmiss wollte ich mir ersparen. Ich schrieb einen kurzen Zettel, damit meine Eltern wussten, wo ich war.

Baade nahm mich ohne mit der Wimper zu zucken auf. Das rechnete ich ihm hoch an, obwohl ich immer noch etwas geschockt von seinem Zornesausbruch gegenüber Elke war. Im Gegensatz zu mir entwickelte sich die Schwarz-Weiß-Party für Brechreiz zum Erfolg. Irgendein Typ vom Kreiskabinett für Kulturarbeit hatte unsere Party besucht und war wohl zu ihnen in den »Backstage-Bereich« hinabgestiegen.

Er bot ihnen an, eine Einstufungsprüfung zu machen. Wenn sie die bestehen würden, dürften sie offiziell auftreten. Ich konnte das gar nicht glauben. Hatte die Zone jetzt, 1984, den Punkrock entdeckt, oder was? Einesteils freute ich mich natürlich, andererseits war ich tieftraurig, denn ich stand mit leeren Händen da. Baade dagegen steckte voller Pläne. Er träumte nicht nur von einem Bandauftritt, sondern von einer Show, die er den »Kulturbolschewisten« vorsetzen wollte. Er schrieb und textete, verwarf wieder und schrieb aufs Neue. Jeden Abend versammelten sich die Bandmitglieder in seiner Bude, und wir diskutierten.

»Rita führt 'nen Tanz auf wie Anita Berber in *Kokain*«, streute Baade ein. Alle zeigten sich beeindruckt, bis Rita sagte, dass sie gar nicht tanzen könne.

»Wir machen Puppentheater mit Lou Reed als Fingerpuppe, der das Ende aller Utopien verkündet«, schlug Walther vor. Ich wandte ein, dass das den Kulturbolschewisten vielleicht zu amerikanisch sein würde.

»Hast du keenen Arsch mehr in der Hose, Kummer, oder was?«, grölte Baade. Inzwischen hatte er fast den ganzen Bestand seines Pflaumenschnapses allein vernichtet.

Sein Verhalten mir gegenüber änderte sich. Ich war jetzt nicht mehr der wichtige Veranstalter, der vom Blitz Club träumte, sondern nur noch ein trauriges Anhängsel. Neue Ideen kamen und gingen wieder. Manchmal fühlte ich mich fremd, denn sie waren alle fünf bis zehn Jahre älter als ich. Die gegenseitigen Beschimpfungen wurden hart geführt und waren fast immer unter der Gürtellinie. Alles schien existenziell. Ich sehnte mich nach dem pubertären Austausch mit Henryk zurück.

Ich schlief wenig, denn nach uns feierten die Ratten auf Baades Dachboden lautstarke Partys.

»Das sind keine Ratten, Kummer, das sind die Fledermäuse des zwanzigsten Jahrhunderts«, sagte Baade eines Nachts zu mir. Er war bis in die Haarspitzen kreativ, und ich konnte das nicht so richtig mit ihm teilen, denn mein Traum von der Großstadt Düsterbusch war erst mal ausgeträumt.

»Bist du taub, oder was?«, holte mich eine Stimme aus dem Grübeln. Ich drehte mich um, und Hartmann stand vor dem Waggon.

»Ich arbeite.«

»Is ja was ganz was Neues. Deine Pflaume ist am Telefon!«

Ich wusste erst gar nicht, wen er meinte. »Conny?«

»Keene Ahnung!«

»Ich sag doch zu deiner Frau auch nicht Pflaume, oder?«
Wütend ging ich über den Platz in Richtung Büro.

»Privatjespräche sind verboten!«, sülzte er mir hinterher.

Unterwegs bekam ich den nackten Frust. Ich musste weg von diesen unterbelichteten Proleten. Es sollte allerdings schneller passieren, als mir lieb war.

In Hartmanns Büro lag der Hörer neben der Gabel. Das Herz klopfte mir bis zum Hals, als ich ranging.

»Hallo?«

»Anton, hier ist Conny.«

Erst mal sagte ich gar nichts. Es war schön, ihre Stimme zu hören. Sie redete weiter.

»War nicht so gemeint mit den Schlägen, aber das war ganz schön fies von dir«, sagte sie.

»Ich will nicht fies sein.«

»Biste aber oft.«

»Hmm.« Ich war erleichtert. Von Simone hatte sie anscheinend nichts erfahren.

»Willste vorbeikommen?«

Ich stutzte. Hatte ich richtig gehört?

»Kaffee trinken mit deinem Vater?«

»Nee, hab 'ne Wohnung in der Langen Straße. Steht noch nicht viel drin außer 'nem Bett«, sagte sie vieldeutig.

»Klar«, sagte ich. Am liebsten wäre ich sofort hingefahren, doch sie vertröstete mich auf den Abend. Conny hatte eine Wohnung! Für einen Moment war mir leicht ums Herz.

Nach der Arbeit duschte ich mich mit braunem Wasser. Zum Glück kam überhaupt wieder welches aus den Duschköpfen. Bei Baade waren die Waschmöglichkeiten noch dürftiger. Er hatte nur eine Pumpe. Wir füllten Eimer auf und kippten uns das Wasser gegenseitig über den Pelz.

Ich fuhr zu einem Konsum und kaufte eine Flasche Goldbrand. Baades Selbstgebrannter war alle, und ich wusste, dass der Stoff seine Laune belebte. Dazu Quark, Wurst und Konsumbrötchen.

Auf der Ranch angekommen, wollte ich gerade in das Atelier gehen, als ich laute Stimmen hörte. Baade stritt sich mit Walther.

»Du musst noch zwanzig Filme Jugendweihe entwickeln«, sagte der.

»Scheiß-Jugendweihe. Du kannst mich mal!«, antwortete Baade.

»Du bist bei mir angestellt, dann musst du auch zur Arbeit kommen.«

»Jeden Tag deine Kleinbürgerfotos, da kommt mir die Galle hoch.«

»Ich kann nichts dafür, wenn du deine Sachen nicht verkaufst.«

»Dann schmeiß mich doch raus!«

»Und dann, Baade ...?« Walthers Stimme nahm einen drohenden Unterton an. »Dann kommen die Bullen und wollen dich einknasten, weil du nicht knuffen gehst. Oder du fängst wieder in der Niete als Ingenieur an. Da sind die Kleinbürger nicht nur auf den Fotos, da sitzen se dir wieder gegenüber.«

Baade antwortete nicht. Er hatte mal in der Niete gearbeitet? Als ich dachte, die Gemüter hätten sich beruhigt, trat ich ein.

»Entschuldigung.«

»Entschuldige dich nicht immer so blöde, wenn du hier reinkommst«, pöbelte mich Baade an. Ich wollte mich nochmals entschuldigen, verkniff es mir aber.

»Überleg's dir!«, sagte Walther und ging.

Auf dem Plattenteller lag Jah Wobbles *Betrayal*, die Baade in letzter Zeit rauf und runter hörte. Ich packte meinen Einkauf auf den Tisch.

Baades Miene hellte sich auf. »Der Kummer hat 'ne Granate dabei. Is ja interessant.« Er nahm die Flasche in die Hand, während ich mir eines der Konsumbrötchen mit Quark bestrich.

»Ich wusste gar nicht, dass du auch in der Niete warst.«

»Hast wohl jelauscht?«

»Ging nicht anders«, sagte ich.

»Nach dem Maschinenbaustudium 'n halbes Jahr.«

»Was machen denn Ingenieure?«

»Ach, das sind unbedeutende Kittelträger, war Zeitverschwendung. Irgendwann hab ich jekündigt und bin gleichzeitig aus der Partei ausgetreten.«

Ich verschluckte mich und hustete. Baade war in der Partei gewesen? Er knallte mir seine Pranke auf den Rücken.

»Da war das Theater groß. Mein Alter war ja Politoffizier.«

Ich hustete noch mal. Richard Baade war also ein Kind der DDR mit allen Voraussetzungen, eine sozialistische Persönlichkeit zu werden.

»In den Siebzigern war das anders, da hatten wir noch Idealismus.«

»Jetzt sag nicht, du hast auch Puhdys jehört?«

»Nee Puhdys nich, aber Stern Meißen, Klosterbrüder, Renft. Denen sind wa schon hinterhergefahren. Hatten ja auch geile Texte. Da war noch Veränderungsstimmung angesagt. Nicht wie jetzt, wo alles im Arsch ist.« Baade guckte aus dem Fenster, und sein Blick wirkte das erste Mal melancholisch. Er strich sich über die Glatze. »So, und jetzt ist Schluss mit dem Verhör, Herr Unteroffizier.« Er nahm einen kräftigen Schluck Goldbrand. Dann betrachtete er die Pulle. »Ich hab da 'ne Idee. Willste nicht mitmachen bei unserer Einstufung?«

Sofort war ich hellwach. »Na, klar. Was soll ich tun?«

»Es gibt da so 'ne tote Stelle nach dem Anfangsakkord vom Öler. Da könntest du 'ne Bierpulle auf dem Fußboden zerschmettern. Wir proben das heute Abend mal.«

»Heute Abend bin ich mit Conny verabredet.«

»Die Offizierstochter?«

Ich nickte.

»Ich dachte, du fickst mit Simone?«

Ich wurde rot. »Ach, das war nur mal so.«

Baade lachte meckernd. »Ja, da musste dich entscheiden – Pantoffeln oder Rockstar, Kummer, du Penner. Halb neune gehts los.«

»Das schaff ich.«

Gegen sieben fuhr ich zu Conny nach Kirchhausen. Ich düste an der geschlossenen Zentrale vorbei, grüßte sie ehrfürchtig und dachte wehmütig an meine frühe Jugend zurück. Dann hielt ich vor einer Reihe dreistöckiger Sechzigerjahre-Platten mit Parkplätzen davor. Auch hier wohnten Armeeangehörige und Zivilangestellte der NVA. Mein Moped stellte ich auf dem Bürgersteig ab. Vom nahen Bahnhof hörte man Stimmenfetzen der Zugansagerin, die mit den dunklen Schichtwolken am Himmel herüberflogen. Kein Mensch war zu sehen, als ich die einzige Klingel drückte, auf der noch kein Name stand.

Kurz darauf kam jemand die Treppe runter, ein Schlüssel drehte sich im Schloss, und Conny strahlte mich an. Sie trug Rollkragenpulli, milchweiße Strumpfhosen und Hauslatschen. Wir küssten uns, sie nahm mich an der Hand und führte mich durch das Treppenhaus. Das typische Bratkartoffel-Korridor-Aroma verflüchtigte sich, als sie ihre Wohnungstür hinter mir schloss, und es roch angenehm nach Farbe.

»Sonnabend bin ich schon dran mit Hausreinigung.« Sie lachte unbekümmert. In mir zog sich was zusammen. Ich dachte daran, dass wir nie Zeit gehabt hatten, uns über banale Dinge auszutauschen. Sie konnte gar nicht wissen, dass dieser dahingesagte Satz mich verstörte. Ich sah mich schon den Flur wischen, während mir Offiziersstiefel auf die Hand traten.

Es war eine große Wohnung, sie hatte sogar zwei Räume: ein Wohnzimmer und ein winziges Schlafzimmer mit einem riesigen alten Bett darin.

»Das ist von Oma aus Sachsen«, sagte Conny.

Ich war geschockt, als ich den Wohnraum betrat. An den Fenstern hingen schon schwere Stores mit Übergardinen wie bei uns zu Hause. Ein verschnörkelter Couchtisch war auch vorhanden. Meine Kleinfamilienhorrorvision wurde Wirklichkeit.

»Und, wie findste es?« Conny schaute mich erwartungsvoll an.

»Ja ... ja, kann man machen.«

»Komm, wir setzen uns in die Küche.« Dort gab es bis jetzt nur eine Spüle, einen Herd und zwei Stühle. Ich folgte ihr und setzte mich. Sie zog den Korken aus einer halb vollen Flasche Sliven. Anscheinend sollte das der Auftakt zu ausschweifendem Sex sein, aber mir war nicht nach Ficken zumute.

»Darfste denn jetzt noch trinken?«, fragte ich vorsichtig.

»Gläschen schadet doch nicht, oder?«

»Da kenn ich mich nicht so aus.«

»Noch nicht.« Conny streichelte meinen Handrücken.

Wir schwiegen und tranken. Draußen holperte ein Zweitakter am Wäscheplatz vorbei.

Sofort spürte ich die Beschwingtheit, die das süße Gesöff in mir auslöste. Der Hauslatsch war von ihrem Fuß gerutscht. Durch ihre milchweißen Strumpfhosen schimmerten lackierte Fußnägel, und mein Schwanz wurde bretthart.

Wir beugten uns weit vornüber und küssten uns den süßen Weingeschmack weg. Ich fummelte an ihrem Pulli herum. Sie nahm meine Hand, und wir rannten in das Schlafzimmer. Dort warfen wir uns auf das Bett und knutschten wild. Sie zog meinen Slip hinunter, und mein steifer Schwanz sprang ihr entgegen.

Sie fing an, mir einen zu blasen, zuckte plötzlich zurück und holte mit angewidertem Gesicht etwas Schwarzes unter ihrer Zunge hervor.

»Uuuuh.« Conny verzog das Gesicht.

Mit fachmännischem Blick sah ich, dass es ein Stück Rohbraunkohle war, das die Dusche überlebt hatte. Ich schämte mich, und mein Schwanz schrumpfte auf Erdnussgröße. Auch Conny hatte die Lust verloren. Wir legten uns nebeneinander und hielten die Klappe. Die Stimmung war im Eimer.

»Weiß es deine Mutter schon?«, fragte Conny in die Stille.

Ich atmete durch. »Das kann ich ihr nicht sagen, Conny.«

Ich stand auf und guckte durch die Gardinen auf die Wäscheleinen hinter dem Haus. An Klammern befestigte braune NVA-Trainingsanzüge versuchten erfolglos, dem nahenden Regensturm zu entfliehen.

»Sie hat ein Recht darauf. Es ist ihr Enkelkind, Anton.«

Ich drehte mich zu ihr um. »Sie will aber nicht Oma werden.«

»Dafür ist es ja nun zu spät.«

»Ja, aber ich hab's nicht gewollt, Conny«, sagte ich mit Nachdruck und zog mich an.

»Du, du, du! Dreht sich alles immer nur um dich, was?« Sie stand auf und fing an, wie wild in einer Pappkiste herumzukramen, die auf dem Fußboden stand. Sie holte zwei Strampler heraus und hielt sie mir unter Tränen entgegen.

»Hier, das ist jetzt die Realität. Da drin wird unser Kind schreien und lachen.«

Dann warf sie mir die Babysachen an den Kopf und stürzte halb nackt aus dem Zimmer. Ich zog mich an und folgte ihr genervt. Sie stand in der Küche an der Spüle und starrte auf die weiße Wand gegenüber. Ich setzte mich neben sie und umfasste mit meiner rechten Hand ihre Schulter.

»Ich hab mir das anders vorgestellt«, sagte sie tonlos. »Ich dachte, du kommst zur Vernunft, jetzt, wo alles schön sein könnte.« Dann drehte sie sich zu mir. »Die Wohnung ist doch nur vorübergehend. Lass uns hier weggehen.«

»Hat eben alles scheiße angefangen«, erwiderte ich, ohne wirklich was zu empfinden.

»Kannst dir also nicht vorstellen, erst mal hier einzuziehen?« Ihre Stimme bebte, als sie mich ansah.

»Ich krieg das mit deinem Vater nicht aus dem Kopf«, sagte ich, obwohl ich wusste, dass das nur eine Ausrede war.

»Hör doch mal auf mit meinem Vater, das ist doch alles vorbei.«

Ich seufzte. »Aber ich wollte das nie ... hier, Lange Straße. Das war schon immer der Horror.«

»Ja, du wohnst lieber in Düsterbusch bei deiner Mutter, da kann dir nichts passieren.«

»Ich wohne bei Baade.« Ich blickte auf die Uhr. »Wir haben jetzt auch gleich Probe«.

Sie schaute mich mit großen Augen an. Dann brach sie in hysterisches Gelächter aus und machte einen Schritt zur Wohnzimmertür. »Weißte was, dann geh doch zu Baade oder zu irgendwelchen Huren. Aber ich sag dir eins, die geben alle 'nen Scheißdreck auf dich, wenn es drauf ankommt.«

»Du hast se doch nicht mehr alle«, sagte ich und trat in den dunklen Korridor. Sie wollte mich zurückzerren, doch ich riss mich los.

Conny zitterte vor Wut. »Und eins sag ich dir auch noch, irgendwann ist diese Tür hier verschlossen für dich, du Arschloch.« Sie knallte das Brett ran, und ich stand allein im dunklen Treppenhaus. Aufgewühlt verließ ich die Platte. Der Regen hatte aufgehört, aber der Wind zerrte immer noch lautstark an Mülltonnen und Trabi-Türen.

Als ich kurz nach halb neun bei Baade ankam, war ich erleichtert, mich wieder dem Wahnsinn hingeben zu können.

»Na, Kummer, zeig mal, was für ein Musiker in dir steckt«, grölte Baade, der bereits das Tamburin schwang. Fenske und Zenker feixten.

Ich brauchte beim Werfen drei Bierflaschen, um den Takt zu finden, aber dann hatte ich es endlich geschafft, und die Pulle zersprang an der richtigen Stelle. Die Probe endete in einem großen Besäufnis, und wir fieberten alle dem kommenden Sonnabend, dem Tag der Einstufung, entgegen.

Am nächsten Morgen auf dem Kohleplatz mussten wir uns schon vor der Arbeit im Frühstücksraum versammeln. Hartmann stellte sich breitbeinig vor die Küchenzeile. Der war bestimmt auch mal Unteroffizier, dachte ich. Er hatte einen Zettel in seinen Nikotinfingern. »Also ihr Bakkaluden, Kommando zurück. Der Frischbeton kommt jetzt doch«, las er von seinem Blatt ab.

Alles machte »Ooohhh« und »Aaaahhh«. Ein wildes Durcheinandergerede war die Folge, und es wurde Knuffer-Latein abgespult. Mir war es egal, ob nun Frischbeton oder Kohle. Schon jetzt sehnte ich mich nach dem Feierabend.

»Aber wir wissen noch nicht, wann er kommt«, legte Hartmann mächtig Gewicht in seine Stimme. »Es heißt am Sonnabend. Und deshalb muss da jemand Bereitschaft machen. Freiwillige vor.«

Ich saß vorne und schaute mich um. Niemand meldete sich.

»Hier die Turnschuhgeneration hat doch nüscht zu tun«, unkte Koks-Emil und zeigte auf mich.

Ich schüttelte den Kopf. »Ich kann nicht, hab mit meiner Band 'nen Auftritt.«

Heiseres Gelächter der anderen war die Antwort.

»Du kriegst gleich 'nen Arschtritt«, lärmte einer der Kohlefahrer.

»Du bist der Einzige ohne Kinder«, sagte Hartmann, »außerdem kommst du ständig zu spät und feierst krank.« Zustimmendes Gemurmel. Jede Diskussion nutzte nichts. Ich wurde dazu verdonnert, am Sonnabend im Sozialgebäude zu warten. Wenn die Lkw des VEB Bau anrückten, sollte ich Hartmann anrufen, und der würde die anderen zusammentrommeln, damit wir den ganzen Tag über den Beton breit schaufeln konnten. Ich war bedient. Wie sollte ich jetzt mit Brechreiz auftreten?

Nach der Arbeit fuhr ich zu Gallus' Praxis und nahm mir vor, mich wieder krankschreiben zu lassen. Mit Erschrecken stellte ich fest, dass der Doktor Urlaub hatte. Ich fluchte und stattete Sprenzel einen Besuch auf der LPG ab. Vielleicht konnte er mich auf dem Kohleplatz vertreten. Er trug eine Pudelmütze, denn sein Iro hatte ihn fast den Job als Traktorist gekostet.

»Immer, Anton, für dich. Aber ich muss selba arbeiten«, sagte er. Es war einfach nichts zu machen.

Einen Tag vor dem großen Ereignis herrschte bei Baade gelöste Stimmung. Er war überzeugt davon, die Einstufung zu bekommen. Zusammen mit Rita, Zenker, Fenske und Walther fuhren wir zu einem alten Wehrmachtsbunker in einem Wald auf der Strecke nach Berlin. Hinter einem offen stehenden Gittertor erwartete uns ein fast fünfzig Quadratmeter großer Raum mit makellos weißen Wänden.

»Das war noch Qualitätsarbeit, Kummer.« Walther nickte gewichtig, als er mein erstauntes Gesicht sah.

Baade und Walther leuchteten den Bunker mit einem großen Scheinwerfer aus. Von draußen lärmte ein mit Diesel betriebener Stromerzeuger. Das fahrbare Ungetüm hatte ich mit Fenske eines Nachts auf einer Großbaustelle geklaut.

Als alles eingerichtet war, posierten wir an der weißen Wand. Rita, splitternackt, trug eine Federboa und einen Zylinder. Sie fror fürchterlich. Ich war in einen Smoking gehüllt und hatte eine Schreibmaschine in der Hand. Zenker, ganz in Leder, zielte mit einer alten Pistole in Baades Linse.

»Das könnte unser erstes Plattencover sein«, freute sich Baade auf der Rückfahrt in seinem Tschaika.

»Denkste etwa, die lassen uns 'ne Platte machen?«, fragte Zenker.

»Man wird doch wohl mal träumen dürfen.«

»Nur bei Rough Trade«, sagte ich und grinste verhalten. Ich traute mich die ganze Zeit über nicht zu erzählen, dass ich Sonnabend arbeiten musste, und tat so, als ob ich mich freute.

Am verhängnisvollen Tag war ich schon um sechs auf dem Kohleplatz und wartete auf den Beton. Da es nichts zu tun gab, dackelte ich, mit einem Stück Rohbraunkohle Fußball spielend, über das Areal. Die Oberleitungen der angrenzenden Bahnstrecke begannen zu sirren. Wie immer lauschte ich gebannt dem elektrisierenden Geräusch.

Kurz darauf donnerte ein D-Zug der Bundesbahn vorbei. »Nimm mich mit!«, schrie ich in das orkanartige Getöse den Wagen mit dem DB-Zeichen hinterher. Die am Bahndamm stehenden Büsche gerieten in den Sog des rasenden Zuges und streckten sich, als wollten sie auch gen Westen ziehen. Als der Zug vorbei war, taumelten sie hin und her, enttäuscht, weil es doch nicht geklappt hatte. Wo der wohl hinfährt, dachte ich. Sicher dahin, wo es keine Kohleplätze gibt.

Nachdem ich bis halb vier gewartet und lustlos *Die Aula* von Herrmann Kant zu Ende gelesen hatte, wurde ich immer aufgeregter. Ich war mir sicher, dass kein Beton mehr kommen würde. Ich rief bei Hartmann an, doch der ging nicht ans Telefon. Also zog ich mich um und fuhr, so schnell ich konnte, zum Haus der Arbeit, einem riesigen Kulturpalast, in dem die Einstufung stattfinden sollte. Ich kam etwas zu spät. Die anderen standen schon im Foyer auf dem knarrenden Parkett und warteten darauf, dass es losging.

»Ah, der wichtigste Mann«, spottete Fenske, und ich lächelte säuerlich. Baade beachtete mich gar nicht. Er war total angespannt. Alle trugen die Kluft vom Auftritt in der Linde, waren allerdings nicht geschminkt. Nur Rita hatte ihre Titten mit einem schwarzen Netzteil verhüllt, durch das man trotzdem alles sah.

Die Tür wurde geöffnet, und eine blonde Frau Anfang dreißig steckte ihren Kopf heraus. Sie hatte eine spießig-erotische Ausstrahlung.

»Guten Tag, ich bin Angela Bachmann, die Leiterin des Kreiskabinetts. Sie sind jetzt dran.«

Wir traten ein. An einem langen Tisch saßen zwei Frauen und vier Männer mit Kladden vor sich. An der holzgetäfelten Wand dahinter ein schwarz-weißes Plakat mit der Aufschrift »VII. Werkstattwoche der Jugendtanzmusik«. Zwei Männer trugen FDJ-Hemden, waren aber schon Mitte, Ende dreißig und vollbärtig. Ein dritter versteckte sich in einem grauen Jackett. Die Haare links und rechts seines Mittelscheitels hingen schlaff herunter. Ein Rock-für-den-Frieden-Sticker steckte an seinem Revers. Die zweite Frau neben Angela Bachmann schätzte ich auf Mitte sechzig. Sie trug eine weiße Spitzenbluse. Ein vierter Vollbärtiger in selbst gestricktem Pullover und Latschen saß etwas abseits und wurde uns als Vertreter des Bezirkskabinetts für Kulturarbeit vorgestellt. »Das ist Palitsch, der wichtigste Mann«, hatte uns Baade vorher eingeschärft.

Alle sechs sahen uns gewichtig an. Ich bekam die gleiche Beklemmung wie bei den Auftritten mit Mutters Kabarettgruppe. Baade begrüßte die Prüfer mit Handschlag und versuchte, ein paar launige Scherze anzubringen. Er wirkte wie verwandelt. Wir stellten uns hinter die Anlage, die etwa zehn Meter von der Einstufungskommission entfernt auf dem Parkett stand.

Palitsch meldete sich wie in der Schule.

»Eine Frage habe ich da noch mal nach dem Namen. Was wird mit Brechreiz ausgesagt?«

Ich sah Baade das erste Mal rot werden. »Das ist einfach ein Gefühlsausbruch, in dem sich junge Leute heutzutage befinden«, erklärte er diplomatisch.

Palitsch nickte. »Na, dann legt mal los.«

Jetzt siegte bei mir die Nervosität. »Der Öler« war gleich der erste Song. Baade begann, das Tamburin zu schwingen. Dann setzte Zenkers Gitarre ein, und ich bekam von Fenske mit den Augen ein Zeichen. Ich schleuderte die leere Flasche auf den Fußboden, dabei rutschte sie mir vor Aufregung aus der Hand. Sie zerschellte nicht, sondern schlitterte über das Parkett auf die Kommission zu. Palitsch konnte gerade noch die belatschten Füße heben. Die Pulle sauste unter dem Tisch durch und zerschellte geräuschvoll an der Wand dahinter. Baades vernichtender Blick traf mich, bevor er mit Rita zu singen begann und Fenskes Schlagzeug einsetzte.

»Zu blöd, 'ne Pulle zu zerschmeißen, Mann, Kummer ey«, fauchte mich Baade nach dem Auftritt an, bei dem ich ansonsten die ganze Zeit blöd an der Anlage herumgestanden hatte. Niemand von der Kommission hatte eine Miene verzogen, nur dieser komische Palitsch hatte ab und zu mit einem Bein unter dem Tisch mitgewippt.

»Hättest es doch selber gemacht«, brach es aus mir heraus.

»Weißte überhaupt, wem du das zu verdanken hast, dass du da standst?«

»Ja, ja, dir habe ich natürlich alles zu verdanken«, antwortete ich sauer. Die übrigen Bandmitglieder schlugen sich inzwischen gegenseitig auf die Schultern und lobten sich für ihren genialen Auftritt. Ich war Luft für sie. Ich machte mich vom Acker, setzte mich in die Mitropa, zischte ein paar Bier und schaute den Zügen hinterher.

30 Milde vom großen Chef

Im Zickzackkurs eierte ich über die Betonstraße Richtung Kohleplatz. Ich sang vor mich hin, schüttelte mich und fuhr im Stehen, erleichtert, für ein paar Stunden Baades ständigem Auseinandersetzungswillen zu entfliehen. Nicht nur wegen meiner misslungenen Performance kühlte unser Verhältnis immer mehr ab.

»Du bist übrigens nicht mehr Teil der Band, die Flaschennummer ist gestrichen«, hatte er mir gleich nach dem Vorspiel mitgeteilt.

Seine Launen wurden immer unberechenbarer. Nach der letzten Probe hatte er Zenker ein Stück Wurst aus der Hand geschlagen und ihn als »Schmarotzer« bezeichnet.

»Immer nur bei mir könnt ihr euch alles rausnehmen, sonst spielt ihr die Biedermänner«, fauchte er uns alle an. Dann geißelte er wie so oft Zenkers Gitarrenspiel, das manchmal noch etwas Solihaftes hatte. Schließlich hatte er früher in einer Blues-Band gespielt.

»Du produzierst alte Energie, Eric Clapton lässt grüßen, ey.«

Fenske bekam auch sein Fett weg. Er sei noch nicht aus seiner Hippiehöhle herausgekrochen, denn er wagte es, in Sandalen zur Probe zu kommen. Ich wollte schlichten und wurde als »Friedensengel« beschimpft.

»Ich denke, du bist 'n neuer Typ, Kummer. Dann benimm dich auch so«, fauchte er.

Baade wollte überall Chaos. Aber wieso hatte er sich dann bei diesen Scheiß-Kulturfunktionären so angebiedert? Das traute ich mich allerdings nicht zu fragen, dafür war meine Bewunderung für ihn noch viel zu groß. Ich hoffte nur, dass die Einstufung als Amateurkapelle klappen würde, denn wenn Brechreiz auf Tour gehen sollten, könnte ich vielleicht für sie die Auftritte klarmachen und an ihrem Image feilen. Irgendwas würde sich schon ergeben. Ich sah mich schon als neuen Malcolm McLaren des Kreises Frankenwalde und bog zum Kohleplatz ein.

Dort war schon richtig was los, Knuffer standen in Grüppchen um etwas Großes herum und diskutierten. Langsam fuhr ich näher, und jetzt konnte ich die Objekte des Interesses erkennen. Es waren drei mannshohe Berge Beton, die bei näherer Betrachtung schon hart geworden waren und damit unbrauchbar. Scheiße, dachte ich nur. Riesengroße Scheiße.

»Da kommt der Chaot«, raunte Koks-Emil. Er stand neben zwei Ingenieuren in langen blauen Kitteln.

»Das ist Sabotage«, fügte einer der Kittelträger hinzu. Plötzlich pfiff jemand aus Richtung des Sozialgebäudes. Ich schaute hinüber. Es war Hartmann.

»Kummer, in mein Büro«, brüllte er über den ganzen Platz hinweg. Ich stellte mein Moped auf den Ständer und latschte in Hartmanns Richtung.

»Sag mal, ham se dir ins Gehirn jeschissen, Kummer?«, empfing er mich in seinem schuhkartongroßen Büro. Auf seinem Schreibtisch stand ein verdreckter Wimpel: »750 Jahre Frankenwalde«.

»Wieso denn?«

»Wieso denn?«, schrie er. »Du solltest warten, bis der Beton kommt!«

Ich erzählte Hartmann, dass ich gewartet und ihn sogar angerufen hatte. Er stritt ab, auch nur einen Augenblick das Telefon aus den Augen gelassen zu haben.

»Was denkste denn, wem der große Chef mehr glaubt, mir oder 'nem Hilfsarbeiter?« Er baute sich vor mir auf. Die Butterbrotkrümel in seinem Zauselbart hopsten bedrohlich hoch und runter.

Natürlich verschwieg ich ihm, dass ich früher gegangen war.

»Und wieso kippt der das Zeug einfach ab, wenn niemand da ist?«

»Das war sein Auftrag, Mensch«, brüllte Hartmann wieder, »sonst wäre der Mist auf seinem Hänger hart geworden.«

»Aber es war ja keiner da«, erwiderte ich.

»Und daran bist du schuld, Riesenrindvieh.«

Ich schaute nach unten, ahnte, was jetzt kam. Hartmann erzählte mir, dass er sich schon mit dem großen Chef abgestimmt hätte. Da ich mit das faulste Schwein von allen war, hatten sie beschlossen, mich nicht weiter zu beschäftigen.

»Na, wenn du meinst«, sagte ich und zuckte die Schultern.

Ich hatte sowieso keinen Bock mehr, in diese furchtbaren Waggons zu kriechen, und war eigentlich erleichtert.

»Da kannste noch froh sein, mein Lieber. Das sind fünf Kubik Frischbeton, Industriepreis von vierzigtausend Mark, die hätten wir auch von deiner Mutter einfordern können«, bellte er.

Meine Mutter ...

Was hatte ich doch in diesem Augenblick für eine Sehnsucht nach ihr.

Hartmann hatte schon alles vorbereitet. Er legte mir einen sogenannten Aufhebungsvertrag vor die Nase, dabei inhalierte er tief von seiner Zigarette. Ich bildete mir ein, noch nie so eine rote, alles verzehrende Glut gesehen zu haben. Aschepartikel tanzten über dem Schriftstück.

»Damit musste zum Amt für Arbeit.«

Ich bekam noch eine Lohntüte mit hundertfünfzig Mark für den angefangenen Monat. Als Letztes eine Erklärung. Darin stand, dass »der Koll. Kummer aufgrund eines Rückenleidens keine schwere körperliche Arbeit mehr ausführen kann«. Der wahre Grund für meine Entlassung wurde also vertuscht.

»Das haste alles dem großen Chef zu verdanken. Von mir hätteste 'nen Arschtritt gekriegt und 'ne Anzeige«, meckerte Hartmann.

Ich überlegte nicht lange und unterschrieb beides. Das Schreiben über meine körperliche Versehrtheit könnte mir noch mal von Nutzen sein. Er gab mir die Durchschläge und stand auf.

»Und jetzt raus.«

Ich räumte meinen Spind aus. Jetzt hatte ich nicht mal mehr Geld. Die hundertfünfzig Mark würden nicht lange reichen. Als ich aus dem Sozialgebäude trat, schob eine riesige Raupe den Berg hart gewordenen Betons zu einer nicht weit entfernten Müllkippe. Ich verabschiedete mich von niemandem. Unterwegs warf ich den verdreckten Arbeitsanzug und die Wattejacke in den Straßengraben.

»Nie wieder Knuffer«, schrie ich über die leere Betonstraße, und meine Stimme hallte durch den dichten Kiefernwald.

In Frankenwalde kaufte ich Käse, Konsumbrötchen und eine Pulle, denn der Proviant in Baades Haus schmolz rapide. Zusammen würde uns sicher einfallen, was jetzt zu tun wäre.

Als ich gegen zehn zur Ranch kam, sah ich Zenkers alten Wartburg und Fenskes Motorrad auf dem Hof. Probten die schon wieder? Ich betrat das Atelier, und da saßen sie zu dritt um den großen Tisch herum. Nur Rita fehlte, sie war schon vor Tagen zurück nach Berlin gefahren.

Walther stand zwischen den Bücherregalen und warf Dartpfeile auf eine Scheibe, die mit dem Gesicht von Egon Krenz bespannt war. Nur das Ploppen der spitzen Dinger, die sich in Egons Kartoffelnase bohrten, war zu hören.

Die Bandmitglieder schoben alle einen Gonzo, und der Grund dafür lag in Form eines Schriftstücks auf dem Tisch. Ich stellte meinen Einkauf daneben ab.

»Darf ich?«

»Frag doch nicht immer so blöde!«, ätzte Zenker.

»Ich bin eben gut erzogen.« Niemand reagierte. Ich schnappte mir den Brief und las.

```
Einstufung als Amateurtanzmusikkapelle:
Gruppe „Brechreiz"


Sehr geehrter Herr Baade,


leider müssen wir Ihnen mitteilen, daß
nach Ihrem Auftritt eine Zulassung als
Amateurtanzmusikkapelle nach unserem
Wertungsprinzip nicht möglich ist.
   Die Bewertungsmaßstäbe des volks-
künstlerischen Amateurschaffens setzen
eine musikalische Unverwechselbarkeit und
schöpferische Inhalte nach dem Wesen
sozialistischen Zusammenlebens voraus. Beide
Kriterien treffen auf das Programm Ihrer
Gruppe nicht zu. Neben der Inhaltsferne
Ihrer Texte in Bezug auf das Aufwachsen
junger Menschen in unserem Land war auch
```

Ihre musikalische Darbietung äußerst
dürftig. Ihr Auftritt blieb im bloßen
Plagiat anglo-amerikanischer Modestile
stecken. Insgesamt fehlt Ihnen auch noch die
persönliche Reife, um in öffentlichen
Veranstaltungen aufzutreten. Bei einer
Änderung des Programms und Ihres Namens ist
es möglich, daß Sie sich in zwei Jahren
erneut für eine Einstufung bewerben können.

Gezeichnet: Bachmann
Leiterin Kreiskabinett für
Kulturarbeit

Ich legte das Pamphlet mit spitzen Fingern wieder auf den Tisch
zurück. »So schnell?«, fragte ich in die Runde.

Walther drehte sich um und grinste schief. »Bei Absagen
sind se immer flink, Kummer.«

Dann rutschte mir der verhängnisvolle Satz heraus. »Na, bloß
gut, ich bin nicht schuld.«

Baade, der bislang noch kein einziges Wort von sich gegeben hatte, zuckte zusammen. »Verschwinde Kummer. Nimm
deinen Kram und verschwinde!«, sagte er tonlos und schaute
dabei aus dem Fenster. Nur Walther warf mir einen mitleidi-
gen Blick zu.

Ich schnappte mir meine *Station to Station* und sah, dass auf
ihr Kerzenwachs zerlaufen war. Bowies Gesicht war kaum
noch zu erkennen. Richtige Wut stieg in mir auf. Am liebsten hätte ich Baade das Cover an den Kopf geworfen, aber
ich traute mich nicht, aus Angst, dass er mich dann verklop-
pen und mein Idol damit endgültig zerbrechen würde. Ich
ging, ohne was zu sagen, packte meine Sachen und verließ das

Haus. Mir fiel noch ein, dass ich den Schnaps vergessen hatte. Ich drehte um und nahm die Pulle vom Tisch, genau in dem Moment, als Baade danach greifen wollte. Eine schwache Welle der Genugtuung schwappte in mir hoch. Auf dem Hof packte ich meinen ganzen Kram in zwei Bilka-Tüten, hängte sie links und rechts an den Lenker und fuhr ab.

31 Unterwegs nach Nirwana

Je weiter ich von Baade wegfuhr, umso größer wurde der Katzenjammer. Jegliche Zuversicht war dahin. Keine Freunde mehr und keine Freundin, keine Hochhäuser, die sich hinter dem Kuhstall von Düsterbusch auftürmen würden, kein Mitglied einer Band, die bald die Welt eroberte, kein Beruf, der mich erfüllte, keine Eltern, die stolz waren.

Der Weltschmerz nahm von mir Besitz. Ich dachte an die Pistole von Connys Vater. Mit einem kleinen Loch in der Schläfe vor der Linde sitzen. Dann würden all die Arschlöcher das Heulen kriegen und sich fragen, was sie mir angetan hatten. Abgesehen von Hartmann und dem Offizier. Die Gesichter auf der Beerdigung hätte ich mir gerne angeguckt. Würde Conny kommen, mit dem Baby im Bauch? Und Sprenzel? Er würde es nicht verstehen. Um ihn tat es mir leid, und um meine Mutter. Sie könnte auch gar nicht so lange stehen auf dem Friedhof mit ihren Beinen.

Trotzdem gefiel mir die Vorstellung des Freitods. Alles wäre plötzlich einfach. Mangels Pistole gab es ja noch eine andere Möglichkeit, bei der nicht so viel von mir übrig blieb. Ich fuhr die Kirchhausener Bahnstrecke entlang. Den Weg, den ich früher nach Bad Berta radelte, als noch alles schön war. Auf einmal hatte ich Maybes Duft in der Nase. Was machte sie wohl gerade? Dachte sie an mich? Ich hatte mal irgendwo gelesen, dass in dem Augenblick, in dem ein Selbstmörder zur Tat schreitet, alle an ihn denken. Ob das auch für Himmler galt?

Ich fuhr zu dem Übergang, an dem ein einarmiger Schrankenwärter immer die Balken hoch- und runterkurbelte. Er war nicht da, die Schranke offen. Auf einer kleinen Freifläche stellte ich mein Moped ab und lief die Schienen entlang. Es war die Strecke Dresden-Berlin, ein guter Ort zum Sterben. Ich suchte mir eine Stelle aus, die mitten in einer Kurve lag. Ich blieb stehen und lauschte. Nichts. Ein paar Vögel diskutierten, Bäume rauschten. Ich legte mich quer auf die Schienen. Unter den Kopf die eine Tüte, die andere unter die Beine.

Kriegte man eigentlich eine Urnenbeisetzung, wenn man zerfahren wurde? Vielleicht sagten sie dann auch beim Kreiskabinett für Kulturarbeit: »Nach unserem Wertungsprinzip hat er keine Beerdigung verdient.«

Noch einmal holte ich meine Platte unter dem Kopf hervor. Die treue Bowie, jetzt mit Kerzenwachs. Plötzlich rutschte ein Foto von Steve Strange heraus. »Mensch Steve, ich wollte doch so werden wie du«, sagte ich in die Stille. Ich schaute auf die Schienen. Mir fiel ein, wie ich früher immer mit Sprenzel Markstücke draufgelegt hatte, kurz bevor der D-Zug kam. Danach waren sie nur noch ein platt gewalztes Stück Alu.

Ich presste mein Ohr auf die Schiene. Sie war ganz warm. Ein leises Rauschen kündigte den Zug an. Das Bimmeln der Schranke gab mir endgültige Gewissheit. Ich legte mich zurück und schloss die Augen. Da war das feine Sirren der Oberleitungen, das schnell lauter wurde. Mit Sicherheit ein D-Zug, in dieser Beziehung war ich Profi. Aber ich hatte komischerweise keine Angst, achtete nur auf das Geräusch.

Da begann eine Stimme auf mich einzureden. Erst undeutlich, dann immer lauter und schließlich klar zu vernehmen. Sie sagte weder »Dein Kind hat keinen Vater« noch »Du hast zu wenig bewegt«. Sie sagte auch nicht »Das kannst du deiner Mutter nicht antun«, sondern einfach nur: »Du hast noch 'ne Pulle Goldbrand in der Tüte ... Du hast noch 'ne Pulle Goldbrand in der Tüte.«

Mein Verstand setzte wieder ein. Natürlich, die Flasche Goldbrand. Die musste noch getrunken werden. Da war doch so viel Leben drin, und so viele Ideen. Ich erschrak plötzlich über mein Vorhaben, war wieder klar und ohne Weltschmerz. Ich rollte mich von den Schienen.

Kurz darauf raste der Interzonenzug an mir vorbei. Er kam aus Budapest zur Weiterfahrt nach Berlin-Ostbahnhof. Ich hörte die Bremsen kreischen. Ein Zug, aus Budapest kommend, hielt in Kirchhausen. Vielleicht war doch noch nicht alles verloren? Ich lag jetzt im Gestrüpp des Bahndamms. Neben mir die Platte und der Schnaps und Steve Strange. Nur meine zweite Bilka-Tüte hatte es nicht geschafft. Walthers Anzug, ein paar T-Shirts und Unterhosen wurden darin vom D-Zug mitgeschleift.

Meine Mutter öffnete die Tür und umarmte mich sofort. »Wo warst du denn bloß so lange?«

Ich erzählte ihr alles. Es fiel mir nicht mehr schwer, die Wahrheit zu sagen. Ich berichtete ihr von meinem Rausschmiss beim Kohlehandel und dass Conny schwanger war. Dabei versuchte ich, nicht allzu verzweifelt zu klingen.

Nur meinen kleinen Ausflug in Richtung Nirwana behielt ich für mich. Sie hörte sich alles an und reagierte erst mal gar nicht. Dann setzte sie sich in die Veranda an den Tisch und starrte auf ihre rosafarbene Welt.

»Oh Gott, da bin ich ja dann mit diesem Menschen verwandt.« Sie meinte den Offizier.

»Na ja, nicht direkt«, sagte ich. Wir schwiegen ziemlich lange. Der Mähdrescherfriedhof vor unserer Tür bekam eine neue

Leiche. Mehrere Männer warfen einen kaputten Pflug von einem Lkw. Metall knallte auf Metall.

»Conny hat 'ne Wohnung.« Ich sah die Enttäuschung in meiner Mutters Blick. Sie fürchtete sich vor dem, was jetzt kam.

»Aber ich will da nicht wohnen in der Langen Straße«, schob ich eilig hinterher.

Sie umarmte mich.

»Das wird schon wieder alles, Kleener. Hauptsache, du bist jetzt wieder hier.«

Ich nickte.

»Willste dich nicht ein bisschen hinlegen?«

»Ja.«

»Und such dir 'ne neue Arbeit.«

32 Eine gute Tat vor der Rente

»In der Lederfabrik hab ich noch was.«

Ich verzog das Gesicht und schaute auf eine Angorakatze, die mich aus himmelblauen Augen mitleidig ansah. Sie hing als Poster hinter der dicken Frau Rockstroh vom Amt für Arbeit. Wie hineingepfercht saß diese zwischen traurigen Topfblumen an einem Schreibtisch und blätterte mit ihren Wurstfingern in einem Aktenordner.

»Die Tätigkeit nennt sich Entfleischer.« Sie las vor: »... hauptsächlich Fleischreste ... von Tierhäuten mithilfe von ... Schemikalien entfernen.«

»Nee, so was mach ich nicht.« Ich wollte meinen Schwur nicht brechen. Nie wieder Knuffer. Und vor allem kein Entfleischer. Dagegen war Waggonkosmetiker ja noch ein Traumjob.

»Das müssen Sie aber machen, Herr Kummer. Sonst wird's brenzlig. An das Förderband bei Obst und Gemüse wollten Sie ja auch schon nicht.«

Ich atmete durch. »Gibt es denn nicht noch irgendwas ... anderes?«

Sie schaute einen Karteikasten durch. »Heute ist noch was reingekommen. Verkäufer für Modelleisenbahnen bei VEB Kulturwaren.«

»Modelleisenbahnen?« Ich sprang auf. »Ich bin totaler Eisenbahnfan. Ich kenne alle Züge und die Abfahrtszeiten aus Kirchhausen. Fragen Sie mich was!« Ich schaute auf die Uhr.

»Jetzt in zehn Minuten, neun Uhr vierzig De-de-de-Zug aus Wünsdorf zur Weiterfahrt nach Karl-Marx-Stadt mit Halt in Waldheim, Mittweida ...«

»Das wird nüscht«, flapste die Dicke dazwischen und schüttelte ihren mächtigen Kopf. »Da müssen Sie entweder einen kaufmännischen Abschluss haben oder 'ne körperliche Beschädigung.«

»Hab ich doch«, rief ich vielleicht ein bisschen zu freudig. »Ich hab 'n Rückenleiden. Das müsste da auch drinstehen.«

Sie schaute misstrauisch, blätterte in Unterlagen und fand das Schreiben vom Kohlehandel.

»Da brauchen Sie aber ein ärztliches Attest, Herr Kummer. Und wenn Sie Pech haben, ist die Stelle schon weg.«

»Und wenn ich Glück hab, ist sie noch da.«

»Warum hat ein Polizist eine Gehirnwindung mehr als ein Huhn?«

»Damit er nicht auf die Straße scheißt. Kenn ich schon.« Doktor Gallus lächelte mir entgegen. Enttäuscht schlurfte ich durch sein Sprechzimmer und nahm ihm gegenüber auf dem Behandlungsstuhl Platz.

»Wo drückt denn der Schuh, mein großer Held?«

»Ich hab da was am Rücken.« Ich zog mein Hemd aus, und er untersuchte mich. Das dauerte mir alles zu lange. »Herr Doktor, ganz ehrlich, ich bin kerngesund. Ich brauch 'n Attest, dass ich ein Rückenleiden hab.«

»Sag das doch gleich«, säuselte Doktor Gallus. »Ich mach dir ein Gutachten über eine chronische Wirbelverhärtung. Das musste durchgehen.«

»Wirklich ...?«

»Soll ich versuchen, noch 'ne zwanzigprozentige Schwerbeschädigung durchzukriegen?«

Ich überlegte. Schwerbeschädigung, das klang so nach halb tot.

»Äh ... ist nicht nötig, Herr Doktor. Falls doch, komm ich noch mal wieder.«

»Das wird schwierig, ich gehe in Rente.« Dabei schenkte er mir einen altväterlichen Blick und setzte sich mit angewinkeltem Knie auf seinen Schreibtisch. Ich war geschockt. Doktor Gallus war ein Vertrauter im Geiste geworden. Er hatte mir entscheidende Tage elenden Knufferdaseins erspart. Dankbar drückte ich ihm zum Abschied fest die siegelberingte Hand und trat aus der Praxis.

33 Der kleene Arsch und das Genie

»Tach schön«, rief ich Bauer Brahmke entgegen, der sich wieder mit zwei blechernen Kannen am Lenker die Dorfaue hinaufquälte, seine Holzlatschen auf die Pedalen gepresst. Doch er stierte nach vorne, als wäre ich Luft. Ebenso erging es mir mit der Verkaufsstellenleiterin des Konsums und der Sekretärin des Bürgermeisters. Meine freundlichen Grüße blieben seit Schwarz-Weiß unerwidert. Irgendwie musste ich wohl doch einen Nerv getroffen haben.

Leider sah Düsterbusch immer noch aus wie ein ganz normales DDR-Dorf. Denn weder Piraten noch Rokoko-Wesen oder andere New Romantics sorgten fortan für Street-Credibility. Es gab auch keine einzige Leuchtreklame. Sollte das Spielcasino an der Stelle des Transformatorenhäuschens für alle Zeiten ein kühner Traum bleiben?

Kurz vor dem Sportplatz hörte ich schon das laute Geschrei der Fans. Während ich meine Visionen für Düsterbusch nicht verwirklichen konnte, schwebte mein Vater auf einer Erfolgswelle. Er hatte als Sektionsleiter der AG Fußball Einheit Düsterbusch von der Kreisliga in die Bezirksklasse geführt.

Mindestens dreihundert Leute verfolgten das Spiel gegen Dynamo Luckau. Ich hielt nach Sprenzel Ausschau, konnte ihn jedoch nirgendwo entdecken. Matthias Felder stand im Tor. Er trug weiße Torwarthandschuhe aus dem Westen und kam sich vor wie Norbert Nigbur höchstpersönlich. Lässig lehnte er am rechten Pfosten, denn Traktor Düsterbusch baute gerade einen mit lauten Anfeuerungsrufen unterstützten Angriff auf. Ich stellte mich an die Bande. Mit schwarzer Lederjacke in Kombination zu alten Anzughosen stach ich zwischen Trainingsklamotten und beigen Freizeitjacken heraus. Der Bürgermeister und Schulze, der Stasi-Pförtner, verrenkten sich den Hals nach mir.

Ich entdeckte den Vater von Steffen Naumann und stellte mich neben ihn.

»Weißte eigentlich, dass Steffen bald kommt?«, fragte er.

Ich sah ihn überrascht an. Herr Naumann war ein attraktiver Mittvierziger. Aus jedem Knopfloch sprach der Stolz auf seinen Sohn. Etwas verschämt dachte ich, dass solch ein Gefühl meinem Vater nie vergönnt war.

»Der hat vermittelt, dass die Jugendmannschaft vom BFC hier gegen die Truppe deines Vaters uffläuft. So 'ne Art Freundschaftsspiel.«

Verschwommen hatte ich wieder das überlegene Streberlächeln seines Sohnes vor mir. »Und fühlt er sich noch wohl in Berlin?«

»Tja ... eigentlich will er weg, aber das ist schwierig«, seufzte Steffens Vater.

»BFC, ist das nicht 'n Polizeiverein?«, fragte ich.

»Nee, Stasi ...«, sagte er und drehte sich dabei um, als hätte er etwas Verbotenes in den Mund genommen.

»Oh«, sagte ich. »Aber Steffen ist nicht ...?«

»Um Gottes willen, Anton ...«, unterbrach er mich aufgeregt. »Der wollte nach Magdeburg wechseln, doch die lassen ihn nicht. Aber kein Ton zu irgendjemandem.«

Ich hörte Zorn und Angst aus seinen Worten. Plötzlich brach frenetischer Jubel aus. Einheit Düsterbusch ging mit 1 : 0 in Führung. Ich sah meinen Vater an der Seitenlinie wie wild hin und her laufen. Ich freute mich für ihn. Er fing meinen Blick auf, als ich ihm zujubelte, und es herrschte das erste Mal seit Langem so etwas wie Einverständnis zwischen uns.

Ich radelte davon, wollte mich nicht allzu sehr mit der normalen Düsterbuscher Welt verbinden. Vielleicht machte ja mein Vater auf anderem Wege eine Großstadt aus meinem Heimatdorf, und Bayern München würde bald hier spielen.

Als ich auf unseren Hof einbog, bremste Harrys alter Trabant 500 direkt neben dem Zaun. Es war mittlerweile ein Vierteljahr her, dass die Party aufgelöst worden war, und wir hatten uns seither nicht mehr gesehen. Er kurbelte die Scheibe herunter und grinste mich an.

»Verpiss dich«, sagte ich nur und wollte ins Haus gehen. Er ließ den Motor seiner Pappe absaufen, stieg aus und lehnte sich über unser Gartentor.

»Ey, Jewürzgurke, bleib doch mal stehen.«

Widerwillig drehte ich mich um. »Was willst du denn von mir, du Verräter?«

»Denkste etwa, ich setz mich in die Nesseln vor die roten Lumpen? Hast dich ja auch ganz schön blöd angestellt, mein Lieber.«

»Biste gekommen, um mir das zu sagen?«

Er guckte mich feierlich an. »Es waren dreihundertvierzig Leute da«, sagte er.

»Ja und?«, fragte ich und dachte daran, dass Henryk 'ne Menge in der Kasse haben musste.

»Die bestbesuchte Veranstaltung aller Konsumkneipen im Bezirk, und das sind ein paar Hundert.« Er erinnerte mich an Heinz Schenk, der Werbung für den Blauen Bock machte.

»Kannste mal sehen, wie traurig dein Konsum ist«, antwortete ich.

»So, und jetzt kommt's ... Ich soll dir von der obersten Chefin ... von der obersten Chefin bestellen, ihr sollt weitermachen.«

»Wieso machste nicht alleene weiter?«, fragte ich.

»Ach Anton ... Ohne dich bin ich doch aufgeschmissen, du kennst doch die Szene, du hast die Kontakte. Ich bin doch nur 'n kleener Arsch, du bist das Genie.« Er wieherte los. Ich schüttelte den Kopf.

»Dann lande ich wirklich im Knast, und du bist wieder fein raus. Meine Nase juckt immer noch.« Ich wollte ins Haus gehen, doch Harry beschwor mich, ihm zuzuhören.

»Die Chefin sagte, ihr sollt 'nen FDJ-Jugendclub gründen, dann ist das alles offiziell.«

Ich verdrehte die Augen. »Hör mir auf mit FDJ, ich bin doch nich bekloppt. Wir wollten den Gegenentwurf zur FDJ.«

»Aber das kriegste nich hin, Kummer. Nich in der Dä-Dä-Är.« Er sächselte ironisch. »Es geht doch nur darum, dass das Kind 'nen Namen hat, Mensch.«

»Ach, lass mich in Ruhe mit der Scheiße.« Ich ließ ihn stehen und ging ins Haus. In meinem Zimmer warf ich mich aufs Bett.

Mit der FDJ wollte ich keinesfalls was zu tun haben. Wenn man sich mit denen einließ, musste man Verpflichtungen erfüllen. Wir wären Teil dieses Systems. Cool sein und gleichzeitig FDJ, das passte nicht zusammen.

Es klopfte an meiner Zimmertür, und meine Mutter trat ein. Sie hatte so einen komischen Blick drauf und setzte sich mir gegenüber auf die Couch. Direkt unter dem Westberliner U-Bahn-Plan, den ich an die Wand gepinnt hatte. Ich kannte schon alle Stationen auswendig.

»Ich hab die tausend Mark Ordnungsstrafe bezahlt«, sagte sie in die Stille.

Ich fuhr hoch. »Tausend Mark? Wofür denn?«

Sie winkte ab. »Ich sag's dir lieber nicht, dann biste noch stolz drauf ...« Sie schaute wieder so merkwürdig.

»Was ist denn los ...?«

»Ich habe gerade zugehört«, sagte sie. Fragend zog ich die Augenbrauen nach oben.

»Harry hat recht.«

»Was?«

»Ja, mach das doch mit der FDJ.« Ich fasste es nicht, was war denn in meine Mutter gefahren?

»Aber ... wieso?«

Meine Mutter schaute nach unten und mich dann wieder an.

»Na ja, ich hab gesehen, wie du dich gefreut hast bei deiner Schwarz-Weiß-Party. Offenbar ist dir das ja was wert.«

»Mensch Mutti, meinste wirklich?«

»Komm mal her.«

Ich sprang aus dem Bett und lief zu ihr. Sie gab mir ihre Hand. Ich half ihr hoch. Sie hatte Probleme beim Aufstehen.

»Mensch Kleener, ich will doch auch, dass du glücklich bist.«

Ich tätschelte ihren Rücken über der geblümten Kittelschürze. Eine warme Dankbarkeit durchströmte mich.

»Hab ich jetzt deine Absolution?«

»Na ja«, wiegelte sie ab. »Nicht für alles.«

»Die tausend Mark kriegste zurück. Ich versprech's dir.«

34 Helden des Fortschritts

Der süßliche Geruch nahm mir fast völlig den Atem. Neben dem Kuhstall der LPG Fortschritt befand sich ein Silo, das von einer Betonmauer umgeben war.

Die großen Tore des Stalls standen weit offen. Sprenzel kam gerade mit seinem ZD 300 und einer Fuhre Pellets auf dem Anhänger aus dem Stall. Er sang vor sich hin. Der Iro war inzwischen komplett rausgewachsen. Trotzdem trug er noch seine Pudelmütze auf halb acht und kam sich cool damit vor. Ich stellte mich direkt in den Fahrtweg des Treckers, und er bremste kurz vor mir scharf.

Sprenzel öffnete die Tür und grinste mich an. Aus seinem alten Sternrekorder krächzte Ian Gillan von Deep Purple »Child in Time«.

»Hast du noch dein FDJ-Hemd?«, fragte ich.

Sprenzel überlegte.

»Ich gloob, das hat Vadder mal über die Vogelscheuche im Kirschbaum jezogen. Was hast 'n vor, willste Kandidat der SED werden, Anton?« Er lachte schallend.

»So ähnlich.« Ich erzählte ihm von meinem Plan.

»Na, wennste meinst, das bringt was, bin ich dabei.«

Nachdem er Feierabend hatte, liefen wir zur Telefonzelle vor dem Gemeindebüro. Ich rief bei der FDJ-Kreisleitung an und machte einen Termin, während Sprenzel sich vor Freude die Hände rieb.

Als wir am darauffolgenden Dienstag zu den Jugendfreunden fuhren, trugen wir beide ziemlich derangierte Blauhemden. Sprenzels hatte tatsächlich auf der Vogelscheuche gehangen und war total ausgebleicht, und ich hatte meins mal irgendwann zum Muscle-Shirt umfunktioniert und den langen Siebzigerjahre-Kragen zum Stehkragen umgenäht.

Wir parkten an einer Seitenstraße am Rand von Frankenwalde. Das Gebäude der Kreisleitung war eine längliche Baracke, die nach Turnhalle roch. Wir liefen über das quietschende Linoleum. Rechts und links gingen Türen ab. Dazwischen hing ein Poster des chilenischen Freiheitskämpfers Luis Corvalán, verziert mit einer Friedenstaube. Und eins von Uncle Sam, der mit bluttriefender Fratze seine Kralle nach den RGW-Staaten ausstreckte. Ich klopfte an der Tür des Sekretariats.

»Herein.«

Ich öffnete, und gleich drei hauptberufliche FDJlerinnen in frischen blauen Blusen lächelten mir über den Sprelacart-Tisch entgegen. Sie tranken gerade Kaffee und aßen Kuchen.

»Tach schön, ich wollte mal den Chef sprechen.«

»Hier gibt es keinen Chef, aber falls du Holger, den ersten Sekretär, meinst, der ist heute bei der ZAG-Kunstgewerbe.« Das sagte die Jüngste der drei, ich schätzte sie auf Anfang vierzig.

»Was habt ihr denn vor?«

»Wir wollen 'nen Jugendclub gründen.«

»Ah ja, das macht die Sanne mit euch.«

Eine rothaarige Frau mit Zöpfen und vielen Sommersprossen erhob sich langsam. Sie wechselte mit uns das Büro, während sie sich noch einen halben Liebesknochen hineinstopfte. »Wieso hast du denn mitten im Sommer 'ne Pudelmütze auf?«, fragte sie Sprenzel unterwegs.

»Der hat Schuppenflechte«, sagte ich, bevor der was Falsches antwortete.

Wir betraten das Nachbarzimmer. Auf dem großen Schreibtisch standen viele FDJ-Wimpel. Im Hintergrund hing an der Wand ein Poster der Schlagersängerin Eva-Maria Pieckert. Sie lag in rosafarbener Latzhose auf einem Sofa.

»Das ist Holgers Büro, aber ich glaube, ich darf mal.« Sanne holte irgendwelche Formulare aus einem Schubfach und setzte sich. Mit einer Handbewegung bot sie auch uns Plätze an.

»Also. Warum wollt ihr in Düsterbusch einen Jugendclub gründen?«

»Na weil nüscht los is«, ätzte Sprenzel.

»Genau, der Jugendtanz liegt brach, vor allem seit die Zentrale geschlossen ist«, ergänzte ich und stieß Sprenzel in die Seite.

»Na, das war aber auch 'ne Räuberhöhle, da hab ich mich nie reingetraut«, sagte Sanne.

Das glaubte ich ohne Zweifel, als ich mir sie so ansah mit ihrem gutgläubigen Pioniernachmittagsgesicht.

Sanne machte sich Notizen. »Ihr wisst, dass ein Jugendclub den gesamten freizeitgestalterischen Bereich der Landbevölkerung abdecken sollte?«

»Ja, natürlich«, sagte ich und wusste, was jetzt kam.

»Also vom Kuchenbasar über Hilfe für die Erntekapitäne in den Sommermonaten, Rentnerbetreuung bis hin zu Pioniernachmittagen mit den Abc-Schützen.«

»Klar«, sagte ich.

»... wic Kloßbrühe, wa Anton?«, ergänzte Sprenzel und ließ ein meckerndes Lachen ertönen.

Sannes Blick wanderte irritiert zwischen uns hin und her. »Wie soll er denn heißen, euer Jugendclub?«

»›Smoke on the Water‹, wa Anton?« Sprenzel boxte mir auf den Oberarm.

»Helden ... Helden des Fortschritts«, sagte ich, einer Eingebung folgend. Ich sah das lächelnde Gesicht von Doktor Gallus vor mir, »Mein großer Held ...«, und das Namensschild am Stalltor von Sprenzels LPG.

»Na, da hat ja mal jemand Ideen.« Sanne notierte eifrig, während mir Sprenzel einen Vogel zeigte. »Habt ihr eure FDJ-Ausweise dabei?«

»Klar.«

Sie streckte die Hand aus, ohne nach oben zu gucken. Ich zog meinen aus der Tasche. Er wirkte wie neu. Mit Schrecken stellte ich fest, dass auf Sprenzels Ausweis ein riesiger Texaco-Aufkleber prangte. Mit Mühe konnte ich ihn noch abziehen und unter den Stuhl werfen. Dann reichte ich ihr die Dinger rüber. Sie schaute zuerst in meinen Ausweis, und ihre Miene verfinsterte sich in Sekundenschnelle.

»Du hast ja seit 1979 keine Marken mehr geklebt.« Ihre Stimme war plötzlich ganz tief vor Enttäuschung.

»Oh ... das muss ich vergessen haben. Gekauft hab ich sie auf jeden Fall«, beteuerte ich und kratzte mich verlegen tuend hinterm Ohr.

»Na ja«, sagte sie nur und wurde förmlich. »Ich bräuchte noch eure Arbeitsstellen.«

»Ich bin bei der LPG Fortschritt«, sagte Sprenzel.

»Ah, deshalb auch der Name.« Sanne wurde wieder etwas freundlicher. Dann sah sie mich erwartungsvoll an.

»Ähh ... ich bin grad auf der Suche. Aber ständig in Kontakt mit Frau Rockstroh vom Amt für Arbeit. Brauchst du 'ne Bescheinigung?«, sagte ich.

Sie winkte ab. »Ich bräuchte eigentlich noch ein polizeiliches Führungszeugnis, aber das wird ja bei euch in Ordnung sein, oder?« Sie schaute uns beiden in die Augen.

»Klar, mit Bullen ham wir nüscht zu tun«, kotzte Sprenzel. Ich trat ihn unter dem Tisch. Sanne beugte sich zu uns rüber.

»Mal ehrlich, Jugendfreunde, wir sagen das auch manchmal, bleibt doch alles in der Familie.«

Sie zwinkerte, und wir lachten gekünstelt. Ich musste an Walther denken, wie er das Gesicht von Egon Krenz mit Dartpfeilen traktierte. Dann wollte sie alle Funktionen im zukünftigen Club wissen. Ich machte mich zum Clubleiter, und Sprenzel wurde mein Stellvertreter. Wir bestimmten einfach Henryk zum Kassierer und Elke zur Schriftführerin.

»Wer wird Propagandistin?«, fragte Sanne.

»Wie bitte?«

»Na, der Jugendfreund oder die -freundin ist für Losungen und so verantwortlich.«

Dazu bestimmten wir Marion. Sanne notierte alles fein säuberlich und legte uns den Vertrag zur Unterschrift vor. Jetzt heulten wir also doch mit den Wölfen.

Als wir aufstanden, lächelte Sanne hintergründig. »Ach so, da steht noch drin, dass ihr zwanzig Prozent aller Einnahmen an uns abführen müsst.« Ich hörte gar nicht zu. Denn das Wichtigste fiel mir jetzt erst ein.

»Und jetzt kann ich ganz normal bei den ... bei der Polizei unsere Konzerte anmelden?«

»Ja, aber ...«, sagte sie, und es folgte eine Litanei, dass wir zu insgesamt drei Institutionen müssten: der Abteilung Preise beim Rat des Kreises, der Abteilung Kultur beim Rat des Kreises und zum Schluss erst zur Polizei, »... und das alles mit einem gültigen Vertrag der entsprechenden Kapelle, auf dem die Spielerlaubnis der Musiker mit Nummer eingetragen sein muss ...«

Mir brummte der Schädel.

Sanne erhob ihren Finger zur Mahnung.

»Bei Problemen und Fragen könnt ihr euch jederzeit bei uns melden.«

Sie händigte uns die Gründungsurkunde unseres Jugendclubs aus. »Herzlichen Glückwunsch, ihr Helden des Fortschritts.« Sie schüttelte uns eilig mit einem klaren offenen Blick die Hände. »Ich muss dann mal. Ich bin auch noch Verbindungsfrau zwischen FDJ und SED-Kreisleitung. Da hat man viel zu tun.«

»Das kann ich mir vorstellen«, sagte ich und war froh, als ihr fester Händedruck nachließ.

»Mit Arbeit verdienen die ihr Geld nich, wa Anton? Ganzen Tach Kuchen fressen und dummes Zeug quatschen«, sagte Sprenzel draußen, und mir war leicht ums Herz.

»Ey, weißte, was das heißt? Wir können weitermachen!« Ich deutete einen freudigen Faustschlag in Sprenzels Magengrube an.

35 Wieder in der Spur

»Wollen Se da vielleicht gleich mal anrufen?«, fragte ich. Ich saß beim Amt für Arbeit, und Frau Rockstroh prüfte den Befund von Doktor Gallus.

»Wo?«

»Na, bei der Modelleisenbahn.«

Offenbar hatte ich sie völlig aus dem Konzept gebracht. Ihre fleischigen Unterarme schoben sich unentschlossen über Papierberge mit Eselsohren, bis sie darunter das Telefon fand. Dann kramte sie das Stellenangebot hervor und wählte eine Nummer. Es dauerte gefühlte zwanzig Minuten. Die Stelle war noch frei, und ich sollte Anfang der nächsten Woche vorstellig werden. Ich hätte die Dicke am liebsten abgeknutscht und hopste fröhlich aus dem Amt für Arbeit. Erst draußen fiel mir auf, dass ich ja ein Rückenleiden hatte.

Selbstbewusst holperte ich auf dem Moped über den Markt von Frankenwalde. Da sah ich neben einem eingerüsteten Haus, auf dem mehrere Bauarbeiter standen, Henryk auf der Straße. Mit finsterer Miene und einer nassen Bürste reinigte er einen Betonmischer, der sich lautstark drehte.

Es war ein merkwürdiger Anblick. Das erste Mal sah ich ihn im Arbeitsanzug. Mit tuckerndem Motor hielt ich neben ihm.

»Keine Frage, hier übt jemand seinen Traumberuf aus«, rief ich laut, um das mahlende Geräusch des Mischers zu übertönen. Henryk schaute nur kurz auf und arbeitete weiter.

»Redeste nicht mehr mit mir?«

»Hab gehört, dein Freund hat dich rausgeschmissen?«, schrie er und grinste diabolisch.

Dann schaltete er das Gerät aus.

»Das ist doch alles kalter Kaffee. Wir haben 'nen Jugendclub gegründet, ›Helden des Fortschritts‹. Du bist Kassierer.«

»Du hast 'ne Macke.«

»Nee wirklich, ist jetzt alles offiziell.«

»Du und offiziell.« Er drehte die Öffnung des Mischers nach unten und ließ Wasser auf die Straße laufen. »Du hast mich hintergangen. Das vergesse ich dir nicht so schnell.«

Ich verdrehte die Augen. »Nun werd mal nicht moralisch. Dazu fehlt dir die Übung.«

»Wichser.«

»Selber. Ich fahre mit Sprenzel nach Berlin, 'ne Band besorgen. Kommste mit?«

Er zeigte mir mit der Bürste in der Hand einen Vogel und drehte mir den Rücken zu.

»Was ist mit dem Satelliten? Ich dachte, uns sieht die ganze Welt?«

Er wandte sich noch einmal um und schaute mich erstaunt an. Von der Rüstung beugte sich ein Oberlippenbartträger mit weißem Maurerschlapphut herunter.

»Polanski!«, schnauzte er. »Es ist noch nicht Feierabend, und der Mischer sieht immer noch aus wie Sau.«

Henryk wandte sich ohne Murren wieder seiner Arbeit zu und beachtete mich nicht mehr.

36 Manager of Madness

Ich pfiff einmal und wartete vor Sprenzels Hoftor. Irgendwie hatte ich keine Lust, seinem Vater zu begegnen, der immer eigenbrötlerischer wurde.

Sprenzel kam und knallte das Wellblechtor hinter sich zu. Er trug eine Windjacke zu Boxer-Jeans und sah ziemlich scheiße aus. Schweigend latschten wir Richtung Kirchhausen. Er holte eine Flasche Goldbrand aus der Bilka-Tüte, die ich ihm schweren Herzens überlassen hatte. Es handelte sich um eine der Letzten, denn seit Tante Klara tot war, gab es keinen Nachschub mehr.

Als wir am Bahnhof ankamen, war die Flasche schon fast leer. Mit zunehmendem Pegel wurde ich mir immer sicherer, dass halb Berlin von unserer Schwarz-Weiß-Party gehört hatte und wir eine geile New-Wave-Band aufreißen würden. Sprenzel grinste zu mir rüber.

»Mensch Anton, wir beede nach Berlin, ey, das is so ... irgendwie wie früher, ey.«

Der D-Zug aus Dresden hatte eine halbe Stunde Verspatung. Der Alkohol machte mich mutig, und ich fasste einen Entschluss.

»Los, wir gehen noch mal zu Conny!« Ich hatte im Intershop eine Tüte süßen Speck für meine Tochter gekauft.

»Gloobste, das ist so 'ne gute Idee, Anton? Wir sind ganz schön zu.«

»Ich will endlich mal Marie-Luise sehen.« So hieß meine Tochter. Den Namen hatte ich Conny irgendwann in einem Anfall von New-Romantic-Träumereien präsentiert. Offiziell fand sie ihn scheiße. Als ich durch Elke erfuhr, dass meine Tochter so hieß, stand ich einen Tag später vor Connys Tür. Doch die blieb wie so oft verschlossen. Das war fünf Monate her. Elke war die Einzige von uns, die weiter Kontakt zu ihr hielt. Sie erzählte mir, als ich sie auf der Straße traf, wie hübsch Marie-Luise sei und dass sie ganz viel von mir hätte. Ich hatte den Eindruck, dass sie ihren Angriff auf mich bei Baade bereute. Aber richtig entschuldigen konnte sie sich nicht.

Wir stiefelten durch die Bahnhofsunterführung über die Straße, direkt auf Connys Eingang zu. Als wir uns durch die Mülltonnen schlängelten, glaubte ich hinter den Gardinen eine Bewegung zu sehen. Ich klingelte, doch niemand öffnete.

»Conny, mach mal auf!«, rief ich zu ihrem Fenster hoch und hielt den süßen Speck wie einen Köder über meinem Kopf. Wieder tat sich nichts. Ich schaute Sprenzel an und zuckte die Schultern.

»Was ist denn mit der Kleenen, Anton?«, fragte Sprenzel, als wir uns auf den braunen Kunstledersitzen gegenübersaßen und der Zug den Bahnhof von Kirchhausen verließ. Ich schwieg und schaute aus dem Fenster. Meine gute Laune war wie weggeblasen.

»Fahrt doch mal zusammen uff'n Rummel. Dann klärt sich das vielleicht alles.«

»Ma gucken«, sagte ich und starrte auf das vorüberziehende Flachland. Wir vernichteten den Rest der Pulle und aßen zwischendurch das klebrige Süßzeug. Der Suff machte mich melancholisch. Ich hielt mich an dem Gedanken fest, jetzt eine Band aufzureißen. Dann würde sich alles andere von selbst ergeben.

In Berlin-Schönefeld angekommen hielt ich schon mal nach neuen Typen Ausschau. Doch ich konnte nur Normalbürger und Trapo-Bullen entdecken. Wir fuhren mit der S-Bahn zum Plänterwald, wo angeblich Punks rumlaufen sollten, wie Kurte erzählt hatte. Auf dem Bahnsteig schaute ich wieder hinüber zu den leuchtend weißen Hochhäusern hinter der Mauer und dachte daran, wie wir Tante Klara abgeholt hatten.

»Wenn hinter dem Kuhstall solche Häuser stehen, haben wir es geschafft, Sprenzel«, schwärmte ich.

Er boxte mir auf die Schulter. »Ich weeß nich, ob ich mich dann in Düsterbusch noch wohlfühlen würde«, sagte er nachdenklich.

Unterwegs pissten wir in den Wald und staunten über die Weitläufigkeit des Geländes.

»Hier riechste den Westen schon«, lallte Sprenzel und bepisste sich dabei seine Boxer-Jeans. Doch auch im Kulturpark gab es keine Punks oder andere neue Typen. Nur Familien und ein paar junge Leute, aber die sahen nicht nach New Wave aus, eher nach Stino. Wir liefen über den Rummel am Riesenrad vorbei. An einer Bude schossen wir mit dem Luftgewehr, und ich holte komischerweise zwei Plasteblumen herunter, die wir uns an die Revers steckten.

Planlos und müde warfen wir uns irgendwann auf eine Wiese im Treptower Park und pennten eine Runde. Mit einem derben Kater wachte ich ein paar Stunden später auf. Erste Zweifel meldeten sich, ob es die richtige Strategie war, einfach loszufahren.

»Wir probieren es noch am Alex«, sagte ich entschlossen, und wir marschierten zum S-Bahnhof Plänterwald zurück. Von Autos angehupt, rannten wir quer über die Schnellstraße.

»Weeßte eigentlich, dass mein Vater den Fernsehturm mitgebaut hat?«, lallte Sprenzel, als wir keuchend die Stufen des S-Bahnhofes erklommen.

»Echt?«

»Ja, der war damals in Berlin auf Montage. Da hat er dort gearbeitet, immer Mischung machen. Zum Abschluss ham die Arbeiter so 'n kleenen Fallschirmspringer gekriegt.« Er zeigte eine Größe zwischen Daumen und Zeigefinger. »Den hat er mir geschenkt. Dietmar hat mir den wegjenommen und gegen 'n Schweizer Messer verkaupelt, aber ich kann mich noch erinnern, an den Fallschirmspringer und wie ich ihn von der Scheune ...«

»Ey, guck mal da«, unterbrach ich ihn, als wir wieder auf dem S-Bahnsteig standen.

Auf einer Bank hatte ich drei Leute entdeckt, die genau dem Publikum entsprachen, das wir nach Düsterbusch holen wollten. Ein pickliges Mädchen mit Seitenscheitel saß auf dem Schoß eines Typen mit Stachelhaaren und Lederjacke. Vor ihnen stand ein rotzig aussehender Dritter mit raspelkurzen Haaren, gestreiftem T-Shirt und Trenchcoat. Im Hintergrund die Hochhäuser. So musste es sein. Mein Selbstbewusstsein war durch den Alkohol noch ziemlich groß.

»Los, die quatschen wa jetzt an, Sprenzel.«

»Ich weeß nicht, Anton. Sehen krass aus.«

»Ach komm!«

Ich lief los, Sprenzel folgte mir zaghaft. Drei Meter vor der Bank blieb ich stehen. Ich schluckte.

»Ey, kennt ihr irgendwelche coolen Bands?«

Niemand antwortete. Die drei unterhielten sich weiter darüber, wo sie jetzt Zigaretten herbekamen. Nach einer Weile drehte das Mädchen sich kurz zu mir um.

»Was is'n dit für eener?«, fragte sie den mit dem Trenchcoat. Ich ging näher und streckte meine Hand aus. Doch niemand ergriff sie.

»Ich bin Anton aus Düsterbusch, wir machen einen ziemlich geilen Club auf und suchen 'ne Band.«

Die drei fingen an zu lachen.

»Düsterbusch, da is finster, wa?«, sagte der Typ mit den Stachelhaaren zu dem Mädchen.

»Bestimmt kurz vor Polen«, ergänzte der Trenchcoat-Typ. Doch keiner der drei wandte sich direkt an mich.

»Wir haben die Schwarz-Weiß-Party jemacht. Habt ihr davon nix gehört?«

Das picklige Mädchen bekam einen Lachkrampf.

»Was ist denn mit euch los, ich hab doch nur was gefragt.« Das fanden sie extrem lustig.

»Jetzt macht er auf Harmonieschwein«, sagte Stachelkopf, und langsam stieg Wut in mir auf. Sprenzel war inzwischen herangetreten. Er hatte alles mit angehört, und seine Unterkiefer mahlten schon.

»Wer ist er denn?«, fragte jetzt der Trenchcoat-Typ. »Sieht aus wie 'n Rummelboxer.« Das Mädchen kicherte weiter.

»Ey Rummelboxer, haste mal Zijarette?«

Sprenzel konnte sich geadelt fühlen, denn Stachelkopf wandte sich direkt an ihn.

»Ich kann dir gleich mal Zijarette aufs Maul geben, du Scheiß-Berliner Wichser.« Er nestelte jetzt an seiner Windjacke herum, um sie auszuziehen. Doch ich schob ihn zurück.

»Lass mal, Sprenzel.« Mit Mühe konnte ich ihn beruhigen. Dann gingen wir, und die drei feixten hinter uns her.

An einem Eck-Kiosk kauften wir noch mal Bier und tranken es in der S-Bahn Richtung Alex. Ich hatte einen riesigen Kloß im Hals. Die Leute, die auf unserer Seite stehen sollten, ließen mich derart auflaufen.

»Deswegen fahr ich hier nich gerne her, Anton, weil die alle denken, sie sind was Besseres«, erklärte Sprenzel.

Auf so eine Diskussion wollte ich mich nicht einlassen. Schließlich war Berlin eine Großstadt, und da musste ich mich einfach wohlfühlen. Sicher waren wir nur an die Falschen geraten. Am schlimmsten fand ich, dass ich offenbar immer noch so rüberkam wie ein Dorftrottel. Genervt riss ich mir die Plasteblume von meiner Anzugjacke. Doch Sprenzel wollte seine auch nach heftiger Diskussion dran behalten.

»Wir holen am besten gleich 'ne englische Band«, lallte ich, als wir am Alex an einer Bude noch zwei Bier und zwei Kurze exten.

»Ja, Pörpel.«

»Hör doch mal auf mit Pörpel, Sprenzel, die Erde dreht sich.«

»Eins sag ich dich noch, Anton ... Ich weeß, du willst das nich hören. Aber du hast mich immer in Schutz jenommen damals vor die janzen Arschlöcher wie Naumann und so. Einmal wir beede zu Pörpel. Danach kann ich von mir aus sterben. Ehrlich Anton. Volle Kanne.«

»Gut, bevor du stirbst, gehen wa zu Pörpel.«

»Schlag ein.«

Ich schlug ein und grübelte weiter.

Sprenzel rieb sich wohlig die Hände.

»Madness ... wir holen Madness«, sagte ich in die Stille.

Dann grölten wir zusammen laut »Our House«. Ein paar Leute drehten sich um.

»In Ostberlin rennen doch 'n Haufen englische Soldaten rum. Vielleicht können die den Kontakt herstellen.«

Sprenzel unterstützte meine Idee mit einem zustimmenden Grunzen.

»Aber ich war nicht in Englisch, Anton, ich kann nur Chinesisch rückwärts.«

»Is egal, ich mach das.«

Wir torkelten über den Alex, jetzt schon völlig hinüber. Sprenzel musste sich andauernd irgendwo festhalten.

In der Nähe der Weltzeituhr standen tatsächlich zwei Soldaten, die nach Briten aussahen. Sie schauten sich interessiert das runde Ding an.

»Hello, you of the Commonwealth?«, rief ich.

Die beiden schauten sich erstaunt an. »Yes, we are British«, sagte einer freundlich.

»Super. Top.« Ich hob den Daumen anerkennend und suchte nach Worten. »You ... can ... the manager of Madness?«

Die beiden Briten warfen sich verständnislose Blicke zu. Dann kam einem die Erleuchtung. »Ah, he needs a brain doctor.«

»No doctor ... the manager from the band Madness.«

Die beiden Soldaten grinsten, und einer sagte: »Ah, the band, yes, they are bloody cool. But the manager ... we don't know him. What a pity!«

Sie brachen in schallendes Gelächter aus und gingen weiter. Sprenzel hatte hinter mir eine Zigarette geschlaucht und kam jetzt zu mir gewankt. »Und? Spielen Madness?«

»Nee, ich glaube, wir müssen uns was anderes einfallen lassen.

Wir torkelten in Düsterbusch aus dem Bahnhof. Auf dem Vorplatz standen Henryk und Marion umarmt an Henryks Schwalbe. Sie schienen auf uns zu warten. Ihre popperhafte Sauberkeit stand im krassen Gegensatz zu dem verfallenen Fahrradschuppen im Hintergrund.

»Und habt ihr 'ne Band?«, fragte Henryk, in unseren fertigen Gesichtern forschend, als wir vor ihnen standen. Kalt erwischt drehte ich mich zu Sprenzel um und schüttelte mit dem Kopf.

»Wir aber«, sagte Marion stolz und hielt mir ein zeichenblockgroßes Plakat entgegen, auf das krakelige Hochhäuser gemalt waren. Darunter stand »WBS 81 Permanent Wave aus Cottbus«.

»Hing bei uns in der Berufsschule.«

»Aha.« Ich nickte ein wenig neidisch.

»Die haben im Konsument-Warenhaus in der Kantine gespielt. Anton, da waren Typen ...«, schwärmte Henryk.

»Wie im Blitz Club«, ergänzte Marion.

»Und?«, fragte ich ungeduldig.

»Henryk hat sie aufgerissen.« Marion schaute ihn stolz an.

Er griff in die Tasche seines Jacketts, holte einen Vertrag und eine Kassette heraus.

»Die wollten tausend, ich konnte sie auf achthundert runterhandeln.« Dann musterte er mich aus seinem rechten Auge. Das linke war inzwischen von einer monströsen Popperlocke verdeckt.

»Henryk hat 'n bisschen angegeben, so wie du sonst, Anton. Von wegen ›angesagtester Club außerhalb Berlins mit krassesten Szenegestalten‹. Ich hab sofort an Sprenzel gedacht, wa?«

Marion kicherte, und Sprenzel drohte ihr mit der Faust.

»Und was spielen die so?«

»Na, Depeche-Mode-mäßig.«

»Ach Marion ...« Henryk verdrehte die Augen.

»Angewaved, 'n paar eigene Songs, covern ansonsten Specials, The Cure, Killing Joke. Keine klare Linie, aber schnörkellos auf die Zwölf.«

Er überreichte mir mit gewichtiger Miene den Vertrag und die Kassette.

»Jetzt bist du dran, Anton.«

37 Bestellt und nicht abgeholt

Zu Hause füllte ich die Vordrucke zur Anmeldung einer Veranstaltung aus. Ich hatte mir bei meinem ersten Besuch bei der Polizei einen Stapel eingesteckt. Zusammen mit dem Vertrag stopfte ich den Plunder in einen Stoffbeutel und machte mich auf den Weg in die Kreisstadt.

Unterwegs hörte ich mit meinem Walkman, den ich mir von Tante Klaras letztem Geld gekauft hatte, die Kassette von WBS 81. Ich war extrem begeistert. »Stimmen aus der Gruft« war mein Favorit.

Sanne segnete alles ab, ohne groß draufzugucken. Sie drängte mich, dass die Helden des Fortschritts irgendwann den Kulturtag der Landjugend ausrichten sollten. Da könnte der Club beweisen, dass er sich in das Dorfleben integriert hatte. Ich sagte sofort zu, um möglichst schnell aus der Baracke rauszukommen.

Bei der Abteilung Preise gab es auch keine Schwierigkeiten. Anhand der Gage, die WBS 81 verlangte, errechnete ein Buchhaltertyp die Höhe des Eintrittsgeldes aus. Das System verstand ich nicht, er offenbar auch nicht, denn es dauerte eine Ewigkeit. Gebannt starrte ich auf einen Kalender der Staatlichen Versicherung an der Wand. Das Logo zeigte eine gezeichnete Kleinfamilie, die mich irgendwie beunruhigte.

Das Kreiskabinett für Kulturarbeit saß im Haus der Arbeit, in dem wir mit Brechreiz die Einstufung vergeigt hatten. Frau Bachmann prüfte eine gefühlte Stunde den Vertrag und machte Sperenzchen. Es war die gecremte Blondine aus der Einstufungskommission. Sie erkannte mich wieder und mäkelte sofort an dem Vertrag herum. Irgendwelche Nummern der Musiker fehlten, ich sollte sie nachreichen. Ich versprach es.

»Was heißt denn WBS 81?«

»Das ist ein Hochhaustyp, glaube ich.«

»Soll das etwa eine Anspielung auf das Wohnungsbauprogramm sein?«

»Ich denke, die verneigen sich vor dem Wohnungsbauprogramm.«

Widerborstig drückte sie ihren Stempel auf den Vertrag, und ich verließ diesen Tempel der Kleingeistigkeit.

Als Letztes die schwerste Prüfung: das Volkspolizeikreisamt. Mir drehte sich der Magen um, wenn ich nur in die Nähe dieses von großporigem Kratzputz versehenen Gebäudes kam.

Das Klingeln an der anonymen Stahltür des Seiteneingangs, die zusätzlich noch vergittert war. Das ewige von unheilvollen Gedanken dominierte Warten, bis der Lautsprecher eine unfreundliche Bullenstimme auskotzte.

»Wohin?«

»Erlaubniswesen.«

Ein Summton, und die Stahltür sprang auf.

»Ihr, die ihr hier eintretet, lasset alle Hoffnung fahren«, raunte ich feierlich und betrat den von lamellenverzierten Neonleuchten fahl erhellten Flur.

Endlos wartete ich auf der dunkelbraunen Holzbank und malte mit meinen Arbeitsschuhen imaginäre Kreise auf den gebohnerten Flur. Manchmal kam Stamm aus seinem Büro und verschwand mit Verschwörermiene in Begleitung eines

Uniformierten in anderen Räumen. Ich fragte mich immer, was diese Typen den ganzen Tag im Schilde führten.

Als ich endlich dran war, begrüßte mich Stamm in Zivil und mit verkniffenem Mund. Ich legte ihm den ausgefüllten Vierfachvordruck und den Vertrag auf den Tisch. Nur die knallenden Geräusche seiner zahlreichen Stempel unterbrachen das unangenehme Schweigen.

Erst als er den Stempeloverkill beendet hatte, schnarrte er: »Wir haben dich ganz genau im Auge, mein Lieber. Das nächste Mal nehmen wir dich mit.«

»Seit wann duzen wir uns denn?«, erwiderte ich. Der Faustschlag seines Kollegen ließ nochmals dumpfe Wut in mir aufsteigen.

»Wir können das auch gleich wieder rückgängig machen.«

»War nicht so gemeint«, sagte ich versöhnlich.

Am Schluss überreichte er mir noch einen aus fünfzehn Punkten bestehenden Katalog mit »Forderungen«. Wir sollten unter anderem zwanzig Ordnungskräfte aufbieten und sie mit Armbinden kenntlich machen, Alkoholmissbrauch verhindern und den Nachhauseweg der Gäste zum Bahnhof Kirchhausen kontrollieren. Bei Nichteinhaltung würde die Veranstaltung nach § 8 Abs. 3 einer Verordnung vom 30. 6. 1980 aufgelöst und ich persönlich als Clubleiter zur Verantwortung gezogen. Ich nahm es gelassen.

Mit Wartezeit und dem gleichzeitigen Blick auf die obligatorischen toten Fliegen hatte ich ganze sechs Stunden bei diesen Ämtern verbracht. Aber jetzt war der Wisch in meiner Tasche. Und dieses Mal ganz offiziell. Die Zeitungsannonce erwies sich nur noch als Formsache. Zumindest fast. Auf dem vierten Durchschlag konnte die unfreundliche Anzeigen-Thusnelda wieder nichts lesen. Diesmal rief sie bei Stamm an, um meine

Angaben zu überprüfen. Ich grinste schadenfroh, als sie meine Annonce entgegennehmen musste.

Zwei Tage später kamen die Plakate. Henryk, Marion und ich waren die Einzigen, die zum verabredeten Zeitpunkt vor der Linde eintrafen. Nur Sprenzel hatte sich entschuldigt, er musste arbeiten. Das fing ja gut an. Ich nahm mir vor, diesem müden Haufen erst mal einzuschärfen, was es bedeutete, ein Held des Fortschritts zu sein: nämlich bedingungsloser Einsatz zu jeder Zeit. Henryk und Marion fuhren mit der Hälfte der Plakate nach Frankenwalde.

Traurig schaute ich der laut gackernden jungen Liebe hinterher. Gern hätte ich auch mal wieder eine feste Freundin gehabt. Als der Melancholieschub nachließ, graste ich, den Leimtopf am Lenker meines Mopeds, Kirchhausen ab.

Ich klebte mindestens zwanzig der mit krakeligen Hochhäusern verzierten Poster an die vernagelte Zentrale. Im Rest der Stadt ließ ich keine Litfaßsäule aus und überklebte frech die Ankündigungen für die Messe der Meister von Morgen. Ein paar der Dinger heftete ich sogar unbemerkt an die Seitenwände eines russischen Lkw. Die jungen kahl geschorenen Iwans machten auf dem Markt eine Zigarettenpause, streng bewacht von Offizieren. Ich hoffte, auch einige von ihnen bei WBS 81 zu sehen. Denn Skinheads hatten wir noch keine.

Als ich die unverputzten und vom Regen ausgewaschenen Backsteinmauern des Bahnhofsgebäudes zupflasterte, hielt ich erschrocken inne. Ein paar Meter weiter lief gerade Conny auf den Eingang zu. Mit der rechten Hand schob sie einen Kinderwagen. An der Linken führte sie ein kleines blondes Mädchen, das kaum laufen konnte und immer wieder über die eigenen Füße stolperte.

Das war also Marie-Luise, meine Tochter. Etwas, das sich fortbewegte und schon laut Unmutsäußerungen von sich gab.

Unfassbar, dass ich sie produziert haben sollte. Conny war etwas dicker geworden, eine stattliche Poppermieze. Die blonden Haare hatte sie sich stutzen lassen und trug dazu schwarze Plastik-Kreolen in den Ohren. Sie sah zufrieden aus und noch hübscher als früher. Sofort machte sich Enttäuschung breit. Eigentlich war ich überzeugt davon, dass sie ohne mich todunglücklich sein musste.

Ich hatte keine Lust auf Probleme, peinliches Schweigen oder Fragen zum Unterhalt, den ich nur sporadisch bezahlte. Aber gerade als ich mich verpissen wollte, entdeckte sie mich und blieb stehen.

»Anton?«

Ertappt nickte ich und lief zu ihr rüber, den Leimeimer in der rot gefrorenen Hand. Die Bürste versank samt Griff in der klebrigen Masse.

»Biste jetzt Maler oder was?«

Die spöttische Distanz in ihrer Stimme war unüberhörbar.

»Nee, wir haben jetzt 'nen Club. Nächste Woche spielt unsere erste Band.« Stolz wies ich auf die Plakatwand. »Willste kommen?«

»Mal gucken«, sagte Conny wenig interessiert.

Meine Tochter blinzelte mich an und schaute dann fragend zu ihrer Mutter.

»Das ist Anton, Mary.«

»Mary?«

Conny zuckte die Schultern.

»Hat sich so eingebürgert. Außerdem, was gehts dich an.«

Ich kniete mich vor Marie-Luise. Sie zuckte ein wenig zurück, ließ sich aber den Kopf streicheln. Ich glaubte, in ihrem Blick etwas von Tante Klara zu entdecken. Vatergefühle regten sich kaum, aber ich hätte sie schon ganz gern durchgekitzelt.

»Ich war mal bei dir, wollte 'n Geschenk abgeben ...«

»Denkst du etwa, ich mach auf, wenn du mit Frank Sprenzel über die Straße torkelst?« Ich guckte nach unten und wusste nicht, wie ich die peinliche Konversationspause überbrücken sollte.

»Aber vielleicht können wir ja mal zu dritt ...«

»Ich mach mit dir nicht auf Familie.«

Eigentlich war ich ganz froh, dass sie abgelehnt hatte. Ich erhob mich wieder, und wir standen wie bestellt und nicht abgeholt auf dem Vorplatz herum.

»Irgendwann im Sommer fahren meine Eltern weg, und ich bin mit 'ner Freundin ein paar Tage in Berlin«, sagte sie, als die Bahnschranken sich mit dem obligatorischen Bimmelton nach unten senkten.

»Haste jemanden?«, rutschte es mir heraus, obwohl ich es gar nicht wissen wollte.

»Nichts Festes.«

Sie vögelte also rum.

»Da ... kannste Mary vielleicht nehmen. Damit sie deine Mutter mal sieht.«

»Sag doch nicht Mary.«

»Ist meine Tochter.«

»Meine auch.«

Ihre Antwort war ein kurzer sarkastischer Lacher.

Die Stimme der Ansagerin nuschelte durch den Bahnhof.

»Ich muss, Windpockenimpfung.« Sie deutete auf Marie-Luise, die jetzt von einem Bein auf das andere trampelte und aufmerksam der Stimme aus dem Bahnhof lauschte.

»Soll ich euch zum Zug bringen?«

Gleichzeitig schüttelten beide den Kopf. Conny nahm Marie-Luise bei der Hand, und ich winkte meiner Tochter noch mal zu, als sie sich umdrehte. Dann verschwanden sie im Bahnhof.

38 Das letzte Mal Briketts

Es war bitterkalt, und ich durchtrennte mit einer Rohrzange die Kette des Eingangstores vom Kohleumschlagplatz. Dann öffnete ich, mich vorsichtig umschauend, die beiden Flügel. Eisgeriesel wehten von der Bahnstrecke herüber, und die Oberleitungen sirrten vor Kälte. Das Stellwerk auf der anderen Seite des Platzes war von frischem Pulverschnee eingepudert und wirkte so idyllisch wie einer Modelleisenbahnplatte entsprungen.

Hinter mir gab es keine Idylle. Harry stand missmutig vor seinem Trabant 500 samt Anhänger und qualmte eine Juwel 72. Am nächsten Tag sollte unsere Party stattfinden, und als hätte ich irgendwas geahnt, hatte ich ihn noch mal nach der Heizsituation gefragt.

Er hatte die Schultern gezuckt. »Sind noch keene Kohlen jekommen.«

»Wie bitte?«

»Musste dich bei die rote Lumpen beschweren.« Damit meinte er die staatliche Konsumgesellschaft, die ihn mit Bier, Lebensmitteln und Brennmaterial belieferte. Oder eben auch nicht.

»Aber Bier haste?«

»Bier und Schnaps gibt's immer.«

Ich atmete erleichtert durch und dachte nach. Was hatte dieser Typ bis jetzt überhaupt geleistet, außer schlechte Laune zu verbreiten und seine rüschenbeschürzte graue Frau zu präsentieren? Aber mangels Kohlen sollte das bedeutendste Kulturereignis in der ganzen Zone nicht zu Eis erstarren. Und ich konnte mich noch mal bei Hartmann und Co. für meinen Rausschmiss rächen.

Mit ausgeschaltetem Motor rollten wir bis vor das Sozialgebäude, und ich guckte, ob die Luft rein war. Zum Glück regte sich nichts. Wir tuckerten durch die Bunkerstraße und hielten unter einem der trichterförmigen Ungetüme. Ich stieg aus und versuchte, den Bunker zu öffnen, indem ich mich mit aller Kraft an den vereisten Hebel hängte.

Nachdem Harry noch zusätzlich sein Körpergewicht ins Spiel brachte und mir fast die Hand zerquetschte, prasselten endlich die Briketts auf seinen Hänger.

Mit unserer Beute fuhren wir zur Linde. Auf der Fahrt erzählte ich ihm meine Großstadtvisionen von Düsterbusch. Er quittierte sie mit einem ungläubigen Lachen, und sein rotes Gesicht glühte.

»Wie deine Mutter, wie die alte Kummer bist du.«

»Wie war denn meine Mutter als Lehrerin?«

»Na, die wollte immer, dass alles in Bewegung ist.«

»Und was willst du so?« Ich schaute zu ihm rüber. Das Trabi-Lenkrad wirkte wie von einem Spielzeugauto zwischen seinen großen roten Händen.

Er zuckte die Schultern.

»Was man so will Kummer, 'n schönes Leben, wa?«

»Na, da sind wir uns ja schon mal einig.«

Wir fuhren in dieser Nacht dreimal zum Kohleplatz und zurück, bis sein Schuppen voll war.

Am nächsten Morgen stand ich früh auf und tigerte wieder zur Linde. Sprenzel saß schon davor auf der Fahrradstange.

»Konnte nich mehr pennen, Anton, wa?« Ich grinste. Sprenzel, der alten Larve, ging es genau wie mir.

Ich hatte mir von Harry den Schlüssel geben lassen. Gemeinsam schleppten wir mehrere Eimer mit Kohlen in den eiskalten Saal und heizten schon mal vor. Die alten Kacheln des Ofens begannen zu knacken, als freuten sie sich, dass sie endlich mal wieder gebraucht wurden. Ich nahm mir einen Stuhl und setzte mich mitten in den Saal. Zufrieden zog ich mir die Aura der alten Bude rein. Ich war angetan von den Wandleuchten, dem staubigen Kronleuchter samt Satelliten und der erhöhten Bühne.

Wir saßen alle am Einlass in der Kneipe. Bisher hatten drei Gäste bezahlt, und es war schon halb acht. Außer Henryk waren Elke, Kurte, Wuschel und Sprenzel gekommen. Marion musste noch der Frau vom Bürgermeister die Haare machen und würde sich verspäten.

Um einen großen Tisch vor dem Tresen saßen zehn junge Brandschutzhelfer von der Freiwilligen Feuerwehr, die ich für zehn Mark pro Mann als Ordner rekrutiert hatte. Henryk musste die Kohle zähneknirschend rausrücken.

Weil ich diese FDJ-Armbinden bescheuert fand, trug jeder als Kennzeichnung eine weiße Plastiknelke an Hemd oder Boxer-Jacke. Sprenzel hatte sie auf dem Rummel geschossen. Es war zwar nur die Hälfte der angeforderten Menge, aber besser als gar nichts. Wenn Stamm mit einem Bullenkommando anrückte, konnte ich wenigstens die vorweisen. Alle tranken Cola, weil ich ihnen Nüchternheit eingeschärft hatte.

WBS 81 machten gerade Soundcheck. »Doesn't Make It Alright« von den Specials erklang und wurde wieder abgebrochen.

»Weiße Nelke ist ja voll Hippie, Anton«, sagte Kurte, zu den Brandschutzhelfern deutend.

»Nee, das hab ich bei Midge Ure gesehen. Das ist dekadent.«

»Was heißt denn das?«, fragte Sprenzel.

»Na ... kulturlos oder so.«

»'ne weiße Nelke is kulturlos?«, mischte sich Wuschel ein.

»Ach, ich weeß doch ooch nicht.« Ich sprang auf und rannte zur Tür hinaus, wie schon dreimal in der letzten halben Stunde.

»Haste Hummeln im Arsch?«, brüllte Henryk hinterher.

Schoben sich die Massen schon durch Düsterbusch? Ich wollte sie vor den anderen sehen.

Doch draußen herrschte Totenstille. Eine Straßenlampe beleuchtete fahl die gegenüberliegende Friedhofsmauer und einen Teil des Vorplatzes der Linde. Nichts regte sich. Ich ging über die Straße und lehnte mich an die Friedhofsmauer. Ein kleiner Lichtpunkt wurde immer größer. Ein Fahrrad näherte sich. War das vielleicht Conny? Wie gern hätte ich ihre kalte Nase geküsst. Mein Herz schlug bis zum Hals, als es zur Kneipe einbog. Aber jetzt erkannte ich Gerber.

»Kannste nich ma Schnee schieben?«, motzte er und blieb keuchend vor mir stehen. Er hatte Glitzer im Gesicht, und sein rauchiger Atem wehte frischen Schnapsgeruch herüber.

»Wie viele sind denn schon unterwegs?«, fragte ich aufgeregt.

»Ich hab keenen gesehen«, sagte Gerber und schloss sein Fahrrad an.

»Wo warste beim Plakatekleben?«

»Keene Zeit für so 'n Quatsch.« Er drängte sich an mir vorbei in die Kneipe. Es war jetzt halb acht. Langsam regten sich Zweifel, ob es voll werden würde.

Ich ging wieder rein. Harry brachte ein Tablett Bier und stellte es auf den Tisch.

»Geht heute mal auf mich, ihr Komiker.« Auf seinem aufgedunsenen Gesicht erschien ein schiefes Lächeln. Alle staunten, denn sein Geiz war normalerweise epochal. Doch nach der Kohlenaktion trug er Spendierhosen.

»Ich hab da so 'ne Ahnung, dass ein Geldregen auf uns nie-
derprasselt«, sagte Harry.

»Auf dich vielleicht«, rief ihm Henryk hinterher.

»Halt's Maul, Pole.«

Fahrig setzte ich mich wieder zu den anderen an den Tisch.

»›Helden des Fortschritts‹ klingt wie von Margot Honecker
erfunden«, sagte Elke, die, den Ellenbogen quer über den Tisch
gelegt, ihren Kopf in die Handfläche stützte und gelangweilt
Kaugummiblasen produzierte.

»Absolute Scheiße«, bestätigte Gerber, der sich keuchend an
den Tisch setzte.

»Ich finde, das ist Tarnung und gleichzeitig Verarsche«, verteidigte ich meine Namensfindung.

»So Neue-Deutsche-Welle-mäßig«, sagte Henryk. »Könnte
auch ein Song von 'ner DAF-Platte sein.«

»Genau. Henryk hat es im Gegensatz zu euch wieder mal ka-
piert.«

»Is DAF was mit Nazis?«, fragte Marion, die inzwischen auch
eingetrudelt war.

»Nee, das is was mit Blasen«, sagte Gerber und imitierte
mit seiner Hand vor dem Mund wieder mal einen Fellatio.

Henryk stürzte sich halb im Spaß auf ihn, und beide fielen
mit dem Stuhl um. Ich konnte gerade noch die Kasse fangen.
Da ging die Tür auf, und sie fiel mir doch herunter. Denn was
ich sah, übertraf alle meine Erwartungen. Eine Menge Exoten
drängten in die Kneipe. Schnell nahmen alle ihre Plätze ein,
und das Kassieren begann. Die Ordnungsgruppe sprang auf und
stellte sich an die Tür.

Es ging jetzt Schlag auf Schlag. Petticoat-Röcke wechselten
mit Anzügen, Popperlocken mit verschnittenen Iros, Glatzen
mit Schmalztollen, schwarze Nylons mit quietschgrünen Lederhosen und Doc-Martens-Stiefel mit Grufti-Schnabeltretern. Als

hätte sich halb London nach Düsterbusch aufgemacht. Dabei kamen die alle aus Cottbus. Es war irre. Da waren echte Punks dabei, Modetanten, Existenzialisten und Lebenskünstler. Typen mit ganz anderen Biografien, dort geboren, wo Gegensprechanlagen sich miteinander unterhielten. Ich dachte an fahles Neonlicht, tote Hühnchen im Tiefkühlregal und ganz viel Plaste. Die Lumpenbrigade verschwamm vor meinen Augen, und ich kam mir auf einmal ganz banal vor, ein Dörfler mit herausgewachsener Bowie-Frisur. Aber ich wusste: Das war der Auftakt zu etwas Größerem.

39 Eisenbahnromantik

»Gittermastlampe zweiarmig Ho?«, las ich von einer Kartei-
karte ab. Das spindeldürre Männchen mit Lederhut, das vor
mir am Tisch saß, nestelte nervös an den Trocken-Kornblumen,
die Monika, meine neue Chefin, auf dem Kundentisch arran-
giert hatte.

»Na, geben Se noch mal zwanzig Stück.« Das Männchen
hieß Wolfgang Siebert und war Spielwarenhändler in Lübbe-
nau. Er trug klobige orthopädische Schuhe mit Keilabsätzen
zu grauen Anzughosen, was irgendwie fetzig rüberkam. Mit
einem etwas jüngeren Gesicht hätte er auch bei den Specials
reingepasst. Aber das Kompliment verkniff ich mir, er hätte es
nicht verstanden. Ich fischte zwei Lochkarten aus meiner riesigen rechteckigen Artikelkiste, vor der ich gerade saß, und
ließ sie in eine blaue Puppenbadewanne fallen.

Es war jetzt schon vier Monate her, dass ich meine Stelle als
Verkäufer für Modelleisenbahnen beim Großhandel angetreten hatte. Als ich das erste Mal in die alte Lagerhalle mit zwei
separaten Büros und einen Frühstücksraum kam, konnte ich
mein Glück kaum fassen. Nach Niete und Kohleplatz fühlte
ich mich hier endlich wie ein Mensch. Ich hatte nur Kollegin-
nen, neben Monika noch fünf andere Damen, die im Lager ar-
beiteten. Niemand brüllte herum, furzte beim Essen oder
sagte Fotze zu mir. Ich war der Hahn im Korb und wurde von
den Frauen bewundert, denn schon nach kurzer Zeit kannte

ich alle Artikel mit dazugehörigem Preis auswendig. Mein Reich war ein eigenes Büro, das sich Musterraum nannte. Die Wände waren mit staubigen Glasschränken verkleidet, in denen die Ausstellungsstücke präsentiert wurden: Da drängten sich Bausätze zwischen Lampen und Stellwerken, Loks neben bemoosten Tunnelstücken und Signale zwischen Trafos und Streumehlmatten. Leider gab es keinen Hochhauskomplex. An einer Wand stand mein eigener Schreibtisch mit meinem eigenen Telefon drauf. Das war irre, denn weder wir noch sonst jemand, den ich kannte, hatte eins zu Hause.

Das angebliche Rückenleiden hatte sich bezahlt gemacht. Als arbeitsfähiger Mann in meinem Alter hätte ich niemals so einen Job bekommen. Vom Musterraum aus koordinierte ich die Einzelhändler des ganzen Bezirks. Sie kamen alle zu mir, um sich mit neuer Ware einzudecken. Wie überall gab es einige Sachen nur auf Zuteilung. Ich musste mir die ganze Zeit das Gemecker der Kunden über den Zustand des DDR-Einzelhandels anhören. Von den Spielwaren kamen sie plötzlich zu den Fleischpreisen und von da zu den Südfrüchten und blabla.

Im Jahr 1987 wurde der Tonfall immer aggressiver. Ich schaltete meist auf Durchzug und nickte zu allem. Man konnte ja nie wissen, mit wem man es da gerade zu tun hatte. Herrn Siebert schätzte ich allerdings als einen der netteren Kunden. Er war ein ernster Mensch mit klugen Augen, und das war mir sympathisch.

»Ham Se nicht noch 'n paar Leckerbissen, Herr Kummer?«, fragte er jetzt und senkte seine Stimme. Besonders begehrt waren Dampfloks und Waggons. Ich schaute in das Extrafach, das ich mir angelegt hatte.

»Tankwagen Spur Ho Shell-ÖL. Fünf Stück und noch eine BR 52 obendrauf?«, raunte ich dem kleinen Mann zu.

Er machte große Augen und nickte freudig. Die BR 52 war die beliebteste und schönste Lok, die ich kannte. Im Alter von sechs Jahren hatte ich sie noch vom Fahrradkindersitz meines Vaters aus im Original auf dem Bahnhof Kirchhausen bewundert.

Siebert fragte schüchtern: »Zwei BR 52?« Ich schüttelte bedauernd den Kopf. Die Miniaturausgabe war eine absolute Seltenheit und rangierte in der Beliebtheitsskala auf einem ähnlichen Rang wie die erste Platte der Sex Pistols. Für diese Lok wurden Schwarzmarktpreise von bis zu zweihundert Westmark bezahlt. Zwar hatte ich noch eine in der Schublade, aber die wollte ich klauen und selbst verkaufen. Ich bot ihm als Kompromiss noch fünf Weichen der Firma Pilz an, und er steckte mir unter dem Tisch einen Zwanziger zu.

Als er weg war, nahm ich die Lochkarten aus den Badewannen und packte sie zusammen. Sie wurden nach Cottbus geschickt und dort durch einen monströsen Computer gejagt. Datenverarbeitung hieß das neue große DDR-Ding.

Ich griff zum Telefon und wählte eine Nummer in Berlin. Mein Herz pochte, als das Freizeichen erklang. Ich ließ es zehnmal klingeln, wie schon dreimal an diesem Tag zuvor. Doch niemand nahm ab. Also legte ich wieder auf. Die Nummer gehörte dem Manager von Die Nörgler, der Speerspitze des DDR-Untergrunds. Ihr psychedelischer Sound erinnerte an die frühen Bauhaus mit einer Prise The Cult. Sie traten in dunklen Anzügen auf und verehrten die Dadaisten des Berlins der Zwanziger. Sie hätten wunderbar in mein Blitz-Club-Konzept gepasst.

Nach dem Konzert mit WBS 81, zu dem über fünfhundert Leute kamen und zum Glück keine Polizei anrückte, war das Eis gebrochen. Es pilgerten jetzt von Woche zu Woche mehr Exoten über die Dorfaue. Aus Berlin, Dresden, Leipzig, von überallher strömten Untergründler, aber auch ganz normale

Jugendliche nach Düsterbusch. Dem Kirchhausener Knoten-
bahnhof und unserem Aktionismus sei Dank.

Wenn wir keine Veranstaltung hatten, fuhren Henryk und ich
durchs Land, um Bands zu besorgen. Die anderen, auch Sprenzel, wollten nicht in die Fremde.

»Ihr macht das schon, Anton«, sagten sie.

Via Reichsbahn grasten wir den Osten ab und hörten uns in
Clubs und Probekellern neue Combos an. Frech laberten wir
die verblüfften Musiker und ihre Manager zu. Unser Halbwis-
sen hatten wir in Radiosendungen aufgeschnappt, und manches hatte ich von Baades Wänden abgelesen. Zusätzlich lern-
ten wir Plattenkritiken auswendig. Die hatten wir aus einem
Buch namens *Rock Session*, das Henryk aus Westberlin raus-
geschmuggelt hatte.

»Ich finde, eure Musik handelt von endlosen Nächten städtischer Verdammung«, referierte er, inhalierte von der Karo und
legte seine Filmstar-Stirn in Falten.

Ich nickte unterstützend.

»Es klingt nach raucherfülltem Asphaltdschungel und Kata-
kombenmotorik.«

»Die Leere einer surrealen Welt«, sagten wir unisono.

Irgendwie trafen diese Einschätzungen auf fast alle Bands zu,
die sehr düster und punkig klangen. Je schlauer wir laberten,
umso schneller verebbte die Skepsis gegenüber Düsterbusch.
Als Letztes verteilten wir noch unsere selbst gebastelten Visitenkarten. Auf denen stand großkotzig: »Helden des Fortschritts – Promoter for Düsterbusch and Surrounding Areas.«
Darauf gab ich auch meine Arbeitsnummer an. Die Typo bestand natürlich aus stilisierten Wolkenkratzern.

Meist hatte ich die selbst ernannten Manager, die sonst als
Schlosser oder Elektriker knufften, am Montag drauf schon an
der Strippe.

»Wir würden spielen, aber wir haben keine Erlaubnis.«

»Ist egal.«

Die Helden des Fortschritts hatten aus ihren Fehlern ge-
lernt und verfolgten eine neue Strategie: Wir ließen die ille-
galen Bands als Support vor legalen auftreten, für die wir eine
Genehmigung hatten. Wir beteten jedes Mal, dass Stamm und
seine Bullenfreunde keinen Wind davon bekamen. Bisher hatte
es immer funktioniert.

Der Bestuhlungsplan wurde regelmäßig immens überschritten. Die FDJ interessierte sich überhaupt nicht für das, was
wir da machten, solange wir die vorgeschriebenen zwanzig
Prozent der Erlöse ablieferten. Nur manchmal rief Sanne an
und erinnerte mich schmerzlich daran, dass ich ihr versprochen hatte, den Kulturtag der Landjugend auszurichten. Ich
wiederholte ständig, dass er bald stattfinden würde, und nannte
ihr Fantasietermine.

Harrys Saal verströmte eine spezielle Atmosphäre. Ein wenig
Ekel, ein bisschen Traum von Freiheit und etwas nicht Greif-
bares, das die Leute faszinierte. Mit steigendem Umsatz bes-
serte sich des Kneipers Laune von Konzert zu Konzert. Er ließ
uns sogar mit schwarzer Farbe Parolen an die Wände malen.

Dort stand »I like the Helden«, »Do It Yourself« oder »It was
really for nothing«.

Ich atmete durch und wählte abermals die Berliner Nummer. Ich wollte gleich loslabern, was von städtischer Paranoia
und periodisch wiederkehrenden Musikstrukturen erzählen.
Da knackte es in der Leitung.

»Cosmo«, meldete sich eine müde Stimme.

»Ja hallo, hier ist A-anton von den Helden des Fortschritts.
Ich wollte fragen …«

»Wir sind bis nächstes Jahr ausgebucht.«

»Ja … aber Düsterbusch …«

»Keinen Bock, auf euer Pisskaff zu fahren.«

Er schien zumindest schon davon gehört zu haben.

»Aber der Laden wird voll.«

Er lachte heiser. »Wird er auch woanders.«

»Ja aber …«

»Da müsst ihr euch schon was Besonderes einfallen lassen«, krächzte er und legte auf.

In der Mittagspause lief ich nachdenklich über den Markt in Frankenwalde. An einer Imbissbude verzehrte ich eine Quarkstange, danach war mir schlecht. Erst die bewundernden Blicke einiger jugendlicher Schwarzkittel bauten mich wieder auf. Ich war zwar nach wie vor ein brüchiges Glied in der sozialistischen Gemeinschaft, aber immerhin zum Szeneguru aufgestiegen.

»Ey, sag mal, du bist doch der Anton von den Helden«, sprachen mich zwei Lederjacken in Arbeitsschuhen und mit ausrasierten Nacken an. Im Volksmund hießen wir jetzt nur noch »die Helden«. Es war schon so eine Art Markenzeichen geworden. »Wer spielt denn als Nächstes?«

»Die Nörgler«, sagte ich, um den Druck zu erhöhen, diese Truppe endlich nach Düsterbusch zu locken. Die kleinen Notlügen erwiesen sich als fruchtbar. Ich hatte auch einfach verbreitet, dass schon Westberliner zu unserem Publikum gehörten. Das Gerücht hielt sich hartnäckig und verstärkte unseren Kultstatus.

Sie schauten mich an, als hätte ich ihnen gesagt: Die Grenze ist offen.

»G-gibt's schon Karten?«

»Wie viele braucht ihr denn?«

Mit grübelnden Mienen schauten sie sich an. »Zehn?«

»Dann lass mal 'nen Hunni rüberwachsen.«

»Hast du die Karten mit?«

»Nee, aber ich schreib euch auf 'nen Zettel. Den hinterleg ich am Einlass ... Ehrlich«, beteuerte ich.

Sie gaben mir zögerlich ihre Namen, und ich schrieb sie auf. Dann kassierte ich den Hunderter.

Als ich in Düsterbusch am Gemeindebüro vorbeikam, standen fünf Männer vor der Tür und unterhielten sich aufgeregt. Unter ihnen Stasi-Schulze, Ortsparteisekretär Mischke und der Bürgermeister. Sein Parteiabzeichen blitzte kurz auf, als es die untergehende Sonne reflektierte. Ich nickte stumm, ihre Antwort waren finstere Blicke.

Neben den Bullen war ein neuer Feind aus dem Boden gewachsen. Der gemeine Düsterbuscher Bürger. Der langsame Wandel ihres Kaffs zu einer blühenden Metropole war Thema auf jeder Gemeinderatssitzung. Erzürnte Einwohner machten lautstark ihrem Unmut über den Einfall der Scheißberliner und anderer Großstädter Luft. Sie redeten offen von »Erschießen« und »Arbeitslager«. Bemängelt wurden auch bekotzte Gartenzwerge und das freitägliche Leerkaufen der Spirituosenregale des Konsums. Sie konnten es sogar durchsetzen, dass bei zwei Veranstaltungen der Kneipenraum für unsere Gäste gesperrt blieb. Damit die Trinker ungestört ihr Bier genießen konnten, wurde an die Kneipentür ein Schild genagelt: »Nur für Düsterbuscher«. Die Tür wurde zusätzlich von zwei Hilfsbullen bewacht. Die wiesen das Szenevolk an der Kneipe vorbei in den Saal. Auch Harrys Proteste fruchteten nicht.

Erst als meine Mutter drohte, eine Eingabe an den Rat des Kreises zu schreiben, kam Bewegung in die Sache. Der Spruch an der Kneipe erinnere ja wohl an finstere Zeiten von wegen »Nur für Deutsche«, echauffierte sie sich auf einer Bürgerversammlung. Gleich zogen alle Verantwortlichen die Köpfe ein, und wenige Tage später wurde das Schild wieder entfernt.

Jetzt stand meine Mutter am Zaun und wartete auf mich. »Hier waren schon wieder Leute, die Karten haben wollten. Ich hab sie in die Kneipe geschickt.«

»Hab ich es dir nicht immer gesagt!«, rief ich erfreut.

Sie sah mich ermahnend an.

»Fühl dich bloß nicht so sicher. Die warten nur drauf, euch zu verbieten.«

»Wieso sollten die uns verbieten? Es läuft doch alles glatt.« Ich hetzte in mein Zimmer.

Aus dem *Station-to-Station*-Cover holte ich neunhundert Mark, um die ich stückweise die Clubkasse erleichtert hatte. Ich rannte zurück auf den Hof, wo meine Mutter gerade Stiefmütterchen in unsere große Blumenschale pflanzte. Ich reichte ihr das Geld samt dem Hunderter von eben.

»Ach Mensch, musste mir doch nicht wiedergeben.« Sie keuchte und richtete sich auf.

»Will ich aber.«

Sie zog den Gummihandschuh aus und ließ das Geld in ihrer Kittelschürze verschwinden.

40 Vaterwerden ist nicht schwer …

Der Flickenasphalt, mit dem die Schlaglöcher der Hauptstraße notdürftig repariert waren, zerlief in schon heißer Morgensonne. Von der nur kniehohen Friedhofsmauer aus konnte ich die Straße entlang über das Kriegerdenkmal hinweg bis zur Feuerwehr gucken. Für das leider noch perfekte Dorfpanorama wechselten ein paar Gänse laut zischend die Straßenseite.

»Los Anton, mach hin, das Scheiß-Zeug wird harte«, ermahnte mich Sprenzel und wies auf einen kleinen Bottich mit frischem Beton, den er gerade angerührt hatte.

Es war Sonntagmorgen, und am Abend zuvor hatte uns die Band Künstlicher Darmausgang mit sechshundert zahlenden Gästen gesegnet. Nach dem Konzert feierte Harry umgeben von den Helden des Fortschritts in der Kneipe seinen vierzigsten Geburtstag. Ausgelassen warfen wir ihn wie einen Europapokaltrainer Richtung Decke. Dazu hatte er sich »Easy Lover« von Phil Collins und Philip Bailey gewünscht.

Sein Umsatz steigerte sich ins Gigantische. Aber auch unsere Clubkasse war inzwischen gut gefüllt. Von den Helden des Fortschritts redete inzwischen der ganze Osten. Am Tag zuvor wurden wir von der *Frankenwalder Post* mit einem Artikel bedacht. Der Chefredakteur geißelte die Linde als Hort des hemmungslosen Auslebens westlicher Jugendkultur. Durch die Blume forderte er die Staatlichen Organe auf, gegen Zersetzung, Dekadenz und Alkoholmissbrauch vorzugehen. Ich schnitt den Artikel aus und hängte ihn mir an die Wand. Ich empfand es als Auszeichnung. Alles wurde immer besser und größer.

Jetzt standen Sprenzel und ich neben Oma Elses Grab und kümmerten uns um die Nachwehen des ausgelassenen Abends. Ihr Stein war umgeworfen, und quer drüber lag Oi-Punk Pille aus Cottbus und schnarchte. Wir packten den schlafenden Punk an der Lederjacke, auf deren Rücken »Zone = Scheiße« stand, und rollten ihn über den Kiesweg auf ein Rasenstück oberhalb des Grabs. Dann wuchteten wir den schweren Stein nach oben, und ich hielt ihn, vor Anstrengung keuchend, in Schräglage, während Sprenzel den Frischbeton auf dem Sockel verteilte. Als Letztes stellten wir den Grabstein senkrecht auf und drückten ihn mit aller Kraft auf dem Sockel fest. Sprenzel entfernte mit einer Maurerkelle geschickt die Reste des Mörtels, und Oma Else hatte ihre Würde wieder. Ich streichelte den Grabstein noch mal zum Abschied.

»Die hat die besten Plinse von ganz Düsterbusch jemacht, erzählt Vadder heute noch«, sagte Sprenzel.

Ich nickte in blasser Erinnerung an diese köstliche Süßspeise und Oma Elses warme Federbetten.

Wir latschten vom Friedhof, und ich bedankte mich bei Sprenzel, dass er mir so schnell geholfen hatte.

»Für dich doch immer Anton, weeßte doch.«

Pille ließen wir schlafen. Er würde schon allein zum Bahnhof finden.

Als ich auf den Nordweg einbog, sah ich etwa hundert Meter von unserem Grundstück entfernt einen hellbraunen Lada, den ich von irgendwoher kannte. Als ich daran vorbeilief, erschrak ich. Connys Vater saß am Steuer, guckte aber starr geradeaus über sein Lenkrad.

»Was machst du denn hier?«, fragte ich erstaunt, als ich Conny mit einem Dreirad in der Hand auf unserem Hof stehen sah.

»Ich hab es dir doch angekündigt«, erwiderte sie. Sie war komplett aufgetusst mit massig Rouge auf den Wangen. Außerdem trug sie eine dreiviertellange weiße Hose zu weißen Pumps und ein Oberteil mit Blumenprint und Dreiviertelärmeln. Am liebsten hätte ich sie sofort vernascht.

Bevor ich etwas erwidern konnte, kam meine Mutter in völliger Verzückung mit Marie-Luise auf dem Arm aus der Veranda. Sie kitzelte die Kleine überall, und meine inzwischen blond gelockte Tochter gickste und gackerte, was das Zeug hielt.

»Na, du kleene Motte«, wiederholte meine Mutter immer wieder, als hätte sie 'nen Sprung in der Platte. »Mach mich bloß niemals zur Oma« war wohl doch nicht ganz so ernst gemeint.

Dann ließ sie die Kleine runter, die auf ihren dicken Beinchen zu ihrem Dreirad flitzte, das Conny ihr hingestellt hatte.

Ich lächelte breit. »Wird mal 'ne klassische Blondine, oder, bei uns beiden?«

Conny rollte mit den Augen. »Mit ziemlicher Sicherheit.« Ich hoffte, etwas Wehmut in ihrer Stimme zu hören, aber es war nicht so.

»Du kannst doch Mary nehmen heute, oder?«

»Die heißt nicht Mary.«

»Sag mir nicht, wie ich meine Tochter nennen soll.«

Ich zuckte mit den Schultern, wollte eigentlich zu Henryk, um endlich mal eine Idee zu entwickeln, wie wir nun Die Nörgler in die Linde holen könnten.

»Natürlich«, hängte sich meine Mutter rein. »Das ist ja wohl selbstverständlich.«

Ich nickte stumm, hatte nicht so richtig eine Ahnung davon, was ich den ganzen Tag mit einem Kleinkind anfangen sollte.

»Ich hol sie morgen früh ab, vielleicht schon heute Abend.«

»Fährste nach Berlin?«, fragte ich.

Sie nickte. »Wir gehen ins Operncafé.«

»Aha.«

Ich forschte in ihrem Gesicht und fragte mich, welcher Kerl ihr wohl an die Wäsche durfte. Hoffentlich kein Offiziersanwärter. Aber so blöd würde Conny nicht sein. Ich griff in meine Tasche.

»Hier, kannste in Berlin verteilen.« Ich gab ihr fünf meiner Visitenkarten, die sie amüsiert las.

»Anton ... du bist verrückt.«

»Und, trinkt dein Vater noch Kaffee mit uns ...?« Der Spruch saß, und ihre gute Laune verschwand sofort.

»Hör bitte auf«, sagte sie leise.

Ich wandte mich meiner Tochter zu und rollte sie mit dem Dreirad um die große Blumenschale herum, während Conny meiner Mutter eine Tasche mit allerhand Kinderkram reichte.

Zwei Stunden später schob ich die Kleine über von Treckerreifen zerfurchte Wege in Richtung Bad Berta. Sie spielte mit den zwei letzten Indianern, die nicht meiner frühpubertären Mordaktion zum Opfer gefallen waren. Es war brüllend heiß, und ich cremte ihr zwischendurch das Gesicht ein. Dabei brachte ich ihr bei, mit dem Mund Furzlaute zu produzieren. Irgendwann furzten wir um die Wette, und sie schrie vor Freude.

Marie-Luise war merkwürdig pflegeleicht. Das hatte sie sicher von mir.

»Du singst später mal in 'ner Band, oder, Marie-Luise?«, fragte ich, während ich in hohem Tempo über den Weg rannte und mit dem Mund Autogeräusche fabrizierte. Sie nickte, aber ihre wachen Augen blickten fragend.

Ich stellte sie mir als die neue Debbie Harry vor, dominant und respektlos. Sie als Frontfrau zwischen lauter Kerlen. Doch auf einmal verschwand meine Zuversicht. Irgendwann würde

Conny vielleicht doch mit irgend'nem Langweiler ankommen. Dann müsste Marie-Luise später etwas Vernünftiges lernen und würde als Sachbearbeiterin in einem Großbetrieb einschlafen. Oder als Verkäuferin im Konsum der Niete. Und ein anderer junger Lehrling würde an sie denken, wenn er sich einen runterholte. Das Schlimmste daran war zu wissen, dass ich nichts dagegen tun konnte ... und wollte.

Es war vielleicht doch keine gute Idee, die Kleine so lange bei mir zu haben. Ich war schon drauf und dran umzudrehen, da hörte ich aus Richtung Bad Berta Musikfetzen. »Wollen wir mal gucken, was da los ist?« Ich hängte mein Gesicht über Marie-Luises Sportwagen. Sie nickte, und ich gab ihr aus einer Schnullerflasche zu trinken. Gierig saugte sie daran und strampelte dabei mit den Beinchen.

»25 Jahre Strandfest Bad Berta«, empfing uns ein großes Transparent, und ich schob den Kinderwagen Richtung Kneipe.

Ich setzte mich auf der Terrasse an einen langen Holztisch mit Bänken davor. Meine Tochter parkte ich neben mir. Es war ein schöner Platz. Ich konnte das ganze Areal überblicken. Unterhalb der Kneipe hinter den Umkleidekabinen sah ich ein riesiges Bierzelt. Der alte Sprungturm, der aus dem grün schimmernden Wasser ragte, war sogar mit ein paar Luftballons geschmückt. Aus der Fressluke säuselte Stéphanie von Monaco *Irresistible*, und ich bekam so eine beschwingtes Gefühl, dass alles irgendwie gut werden würde.

»Willste Eis?«, fragte ich Marie-Luise, sie war jetzt schon ein bisschen weggedämmert.

Sofort wurde sie wieder lebendig. Die Kleine nickte und entblößte ihre süßen Milchzähnchen.

Ich ging zu der Luke. Auf dem Tresen dahinter standen drei frisch Gezapfte. Ich bekam Bierdurst und bestellte ein Großes, obwohl ich versprochen hatte, nichts zu trinken. Aber *ein* Bier ist ja bekanntlich kein Bier. Dazu bestellte ich Eis am Stiel, wie es an der Tafel stand. Es waren kleine fingerdicke, mit dunkler Schokolade überzogene Vanillestangen. Die hatten sogar ein Loch drin, aber der Stil fehlte. Der Wirt knallte mir den Fettfinger auf einem Stück Zeitungspapier vor die Nase. Es war derselbe Typ, der mir damals die Kekse an den Kopf geworfen hatte.

»Wo ist denn der Stil?«

»Die müssen Holz sparen«, antwortete er trocken.

Marie-Luise beschmierte sich total, und ich versuchte, ihr notdürftig den Mund mit meinem Taschentuch zu reinigen. Leider hatte sie auch ein bisschen Druckerschwärze verschluckt, die an dem Eis kleben geblieben war.

»Da ist ja der vermanschte David Bowie«, hörte ich eine Stimme von hinten und drehte mich um.

An der nächsten Bank saßen Hacki, Ekel-Kai, Hexe, Joni Mitchell und Schwabbel. Die Achtzigerjahre waren nicht ganz spurlos an ihnen vorübergegangen. Zumindest Joni trug die Haare etwas kürzer und Hexe sogar eine hellblaue Bluse mit Netzeinsätzen. Nur die Typen sahen immer noch so räudig aus wie vor fünf Jahren.

Die hatten mir gerade noch gefehlt. Ich trank einen Schluck von meinem Bier und setzte mich ihnen gegenüber.

»Wo haste denn die Kleene jeklaut?«, fragte Hacki.

»Ist meine«, sagte ich stolz.

»So was kriegst du doch jar nicht hin.« Die anderen lachten.

»Frag mal Hexe«, erwiderte ich, und die Lacher verstummten.

»Ich dachte, ihr kommt mal in die Linde. Sonst waren schon alle da.«

Die fünf schauten dumpf in ihre Biergläser.

»Ihr müsst doch alle bei der Stasi sein«, sagte Hacki plötzlich in die Stille, denn Stephanie hatte ausgesäuselt.

»Was?«, fragte ich entsetzt.

»Na klar, sonst würde das doch gar nicht erlaubt«, sagte Hexe.

»Vielleicht seid ihr bei der Stasi und sollt mich austesten?« Hacki sprang auf. Hexe hielt ihn mit einem Blick auf Marie-Luise zurück.

»Na irgendwas ist faul, sonst hätten die das schon längst verboten«, echauffierte sich Schwabbel.

»Man muss die eben ein bisschen an der Nase rumführen.«

»Du oder was?«, fragte Hexe bewundernd. Bedeutungsschwanger zog ich die Augenbrauen nach oben. Durch den Alkohol wurde ich wieder heiß auf sie. Wir schwiegen.

»Na, jedenfalls wirst du nie erleben, was es heißt, heute hier und morgen dort in 'nem Schlafsack aufzuwachen und dich frei zu fühlen«, sagte Joni und drehte sich dabei eine Zigarette.

»Ich wache lieber in 'nem Anzug in einem sterilen Bahnhof auf, und von oben flackert das Neonlicht. Neben mir steht meine Plastetüte. Das ist Freiheit.«

»Der hat 'ne Macke, der Kummer, das war schon immer klar.« Ekel-Kai wieherte los und präsentierte seinen Steinbruch im Mund.

»New Wave ist doch nur 'ne Welle. Der Name zeugt doch schon von völliger Substanzlosigkeit«, sagte Joni.

»Es gibt inzwischen schon tausende Wellen, nur ihr kommt nie wieder zurück«, konterte ich.

»Euer Scheiß-Punk ist doch nur Rock 'n' Roll«, unkte Schwabbel.

»Damit haben die Stones schon angefangen«, meinte Ekel-Kai.

»Ich bin kein Punk. Außerdem haben die Stones mit Blues angefangen. Müsstet ihr eigentlich wissen.«

Schallendes Gelächter war die Antwort.

»Natürlich. Die Stones haben zuerst Muddy Waters nachge-spielt.«

Ich wusste, dass ich recht hatte. Jetzt hätte ich gern Baade an meiner Seite gehabt. Es begann eine endlose Diskussion über jahrzehntealte Musikrichtungen und deren verästelte Unter-formen.

»Los, wir wetten«, schrie Hacki plötzlich.

»Und worum?«, fragte Hexe.

»Wer zuerst drei Halbe ausext, hat recht.« Hacki warf sofort einen Zehnmarkschein auf den Holztisch und befahl Schwab-bel mit einer Kopfbewegung, Bier zu holen.

»Blues«, sagte ich.

»Rock 'n' Roll, Rock 'n' Roll«, riefen Hacki und Ekel-Kai im Takt. Dabei schlugen sie rhythmisch mit den Fäusten auf die Holzbank.

Schwabbel kam mit einer Handvoll Krügen wieder. Auf das Startzeichen von Ekel-Kai begannen Hacki und ich zu trinken.

Endlose Zeit später sah ich nur noch schemenhafte Ge-stalten und hörte Stimmengewirr. Ich stieg im Bierzelt über Bänke. Dabei erwischte ich eine Frau in weißer Rüschenbluse mit meinem Arbeitsschuh. Sie schrie auf und deutete auf den schwarzen Strich an ihrem Oberteil. Jemand schubste mich, ich stolperte. »Die sind doch alle bei der Stasi«, klang es in mei-nen Ohren.

Ein dumpfer Schlag im Nacken weckte mich irgendwann, gleich darauf traf mich ein zweiter. Ich sprang auf, sah ver-schwommen Conny vor mir stehen.

»Wo ist Mary?«, schrie sie mich an. Auf einmal war ich kom-plett nüchtern. Mir gegenüber pennten Ekel-Kai und Schwab-bel mit dem Kopf auf dem Tisch. Rio Reisers »König von Deutsch-land« wehte von irgendwo herüber. Ich guckte gehetzt nach links und rechts, nirgends war der Sportwagen zu sehen. Eine nie gekannte Panik erfasste mich. Ich stürzte aus dem Zelt.

»Wo ist sie?«, schrie Conny, und ich hörte ihre Schritte hinter mir. Keuchend rannte ich zur Terrasse hinauf, die in völliger Dunkelheit dalag. Kein Mensch war zu sehen, die Fressluke längst geschlossen. Ich gelangte zu der Bank ...

Der Sportwagen stand noch genauso da, wie ich ihn hingestellt hatte. Und Marie-Luise schlief, das Köpfchen mit der eisverschmierten Schnute selig zur Seite geneigt. Der Halbmond, der durch die Birken schien, erleuchtete ihr goldenes Haar. Alles drehte sich um mich vor Erleichterung. Ich trat zu ihr, da wurde ich zur Seite gestoßen.

»Verschwinde.«

Ich wollte einen halb garen Erklärungsversuch anbringen, ließ es dann aber.

Conny schob hastig den Sportwagen aus der Ecke und lief in Richtung Ausgang, ohne mich eines Blickes zu würdigen. Dann drehte sie sich noch mal um.

»Du Arschloch hast mein Kind das letzte Mal gesehen.«

Ihre Pumps verschwanden als weiße Punkte in der Dunkelheit. Das Transparent versprach immer noch »25 Jahre Strandfest Bad Berta«. Mir fiel ein, dass ich gar nicht mehr wusste, wer jetzt eigentlich die Wette gewonnen hatte.

41 Rendezvous mit Dr. Mabuse

Ich saß in meinem Büro, den Telefonhörer an mein rechtes Ohr gepresst, und wartete mit klopfendem Herzen, das am anderen Ende jemand ranging. Vor mir türmten sich Reklamationen von Bausätzen mit zerstörten Verpackungen neben Güterwagen ohne Räder und Stellwerken, denen die Dächer fehlten.

Am Abend zuvor hatten wir in der Linde Versammlung mit den Helden. Alle machten mir die Hölle heiß, wann denn jetzt endlich Die Nörgler spielen würden. Das Gerücht hatte sich rasend schnell verbreitet, und ich stritt natürlich ab, dass ich es in die Welt gesetzt hatte.

»Die spielen schon, ihr werdet sehen«, versuchte ich auch Harry zu beschwichtigen, denn sein Telefon klingelte mehrmals am Tag, und er musste die nervenden Anrufer abwimmeln.

Im Laufe des Abends kam Baade dazu. Ich hatte ihn gebeten, auch mal wieder Ideen beizusteuern. Ich glaubte, wenn ich innerlich ein bisschen Abstand zu ihm hielt, würde sich das alles einrenken. Ich vermisste seine geniale zerstörerische Art. Jemand wie Baade musste eigentlich Held des Fortschritts sein.

Einige, wie Gerber und Elke, zogen einen Flunsch, als er sich schon reichlich zugetankt an den Tisch setzte. Baade hatte ein Buch aus dem Westen über Anita Berber dabei, *Tanz zwischen Rausch und Tod.* Er wollte eine Multi-Mixed-Media-Show auf der Bühne veranstalten. Die Kulisse sollte ein Zwanzigerjahre-Café in Berlin sein. Er hatte schon Zeichnungen und Sketche vorbereitet, die er vor uns ausbreitete.

»Als Auftakt tanzen Marion, Rita und Elke als Nutten verkleidet und zeigen ihre Mösen.«

Er reichte das Buch herum, in dem die nackte Anita Berber auf Kohlezeichnungen breitbeinig posierte.

Marion zeigte ihm einen Vogel. »Du hast wohl den Schuss nicht gehört.« Auch Elke weigerte sich, nur ansatzweise daran zu denken.

Baade wurde ausfällig und geißelte die Provinzialität der Mädels. Ich musste ihn beruhigen. Dann war ich an der Reihe.

»Kummer, ich hab dich groß gemacht, und jetzt machste hier den Schlichter, oder was?«

Er stand auf, stürmte hinaus und knallte die Tür hinter sich zu. Das Buch ließ er liegen.

Alle schwiegen geschockt, während man von draußen das wütende Aufheulen des Tschaika-Motors hörte.

»Ich verstehe gar nicht, dass du dem Arschloch Bescheid gesagt hast«, nörgelte Gerber.

»Du verstehst so manches nicht«, sagte Henryk.

Als die anderen weg waren, blätterte ich mit ihm durch das Buch. Auf den meisten Fotos präsentierte sich Anita Berber nackt oder in aufreizender Pose. »Geile Braut, hat bestimmt hammer geblasen«, bemerkte Henryk fachmännisch.

»Die hat alles gemacht«, ergänzte Harry, als er uns über die Schulter guckte.

Wir studierten fasziniert die zahlreichen Schwarz-Weiß-Fotos vom Berliner Nachtleben der Zwanzigerjahre. Auf einem Bild saßen dekadente Geschöpfe um einen Tisch herum. »Maskierte Gäste in der Weißen Maus 1921«, hieß die Bildunterschrift. Ich blätterte weiter.

»Die hat ja auch 'ne Menge Stummfilme gemacht.« Henryk schaute in den Anhang. »*Dr. Mabuse, der Spieler* ... gedreht in Babelsberg«, sprach er vor sich hin.

»Echt?« Ich studierte die Infos zum Film. »Jugendverbot«, las ich laut vor.

»Geil. So was müsste man mal zeigen.« Henryk setzte eine nachdenkliche Miene auf.

»Ist bestimmt immer noch verboten.«

»Wieso? Die zeigen doch ständig Stummfilme im Ostfernsehen.«

»Das Einzige, was man noch gucken kann«, bemerkte Harry trocken, als er die Gläser abräumte. Wir lachten alle drei.

»Vielleicht gibt's den Film ja noch.« Ich war auf einmal voller Tatendrang.

Eine Idee jagte die andere. Nach dem, was man auf den wenigen Fotos sah, musste *Dr. Mabuse* ein ziemlich düsterer Streifen sein. Er würde sehr gut zu dem psychedelischen Sound der Nörgler passen.

»Inflationsparty – Die Nörgler – Rendezvous mit Dr. Mabuse«, sagte ich.

»Einlass nur im Zwanzigerjahre-Outfit«, ergänzte Henryk.

»Ich hänge mich morgen gleich an die Strippe.«

Harry stand hinter uns und schlug sich auf die Schenkel vor Vergnügen.

»Da werden sich die roten Verbrecher aber freuen.«

Es knackte, und am anderen Ende meldete sich der Manager.

»Hier ist noch mal der Anton von den Helden.«

»Was willst du denn schon wieder?«

Ich erzählte ihm von unserem Vorhaben und log, dass wir den Film schon hätten.

»Die Nörgler und Dr. Mabuse, das ist ja sozusagen Expressionismus trifft auf Spielerei ... äh Tod auf Begehren ... und ...«

Ich hielt mir das Buch vor die Nase und wollte weiterlesen.

»Hätte ich euch Bauern gar nicht zugetraut«, unterbrach er mich.

»Was?«

»Ich schick dir 'nen Vertrag.« Ich glaubte, nicht richtig zu hören, doch der Manager hielt das Konzept mit dem Film für absolut passend. Die Summe, die er für seine Band haben wollte, war allerdings unverschämt. Trotzdem sagte ich zu. Wir vereinbarten einen Termin, und er legte auf.

Sofort erfasste mich wieder die Mutlosigkeit. Ich hielt die Chancen für sehr gering, dass ich hier, mitten in der DDR, irgendwo einen fünfundsechzig Jahre alten Stummfilm ausleihen konnte.

Ich rief beim DEFA-Studio Babelsberg an und begann rumzustottern. »Ich wollte ... mal fragen ... zwecks ... äh den Dr. ... na ... äh Mabuse ... ist ja vielleicht Quatsch aber ... äh.«

»Was wollen Sie denn eigentlich?«

»'nen Film ausleihen.«

»Wir verleihen keine Filme. Das macht das Staatliche Filmarchiv.« Bevor ich nach der Nummer fragen konnte, hatte die unfreundliche Kuh aufgelegt.

Ich glaubte es kaum selber. Aber nach endlosem Rumtelefonieren hatte ich endlich das Staatliche Filmarchiv an der Strippe. Es gab eine Kopie von *Dr. Mabuse*, und man konnte sie tatsächlich ausleihen. Gesamtlänge vier Stunden. Der mysteriöse Doktor sollte in Form von drei Filmrollen per Reichsbahn in Kirchhausen ankommen. Mir wurde die Ehre zuteil, ihn vom Bahnhof abzuholen. Es kostete nur schlappe fünfzig Mark inklusive Transport. Der Filmvorführer würde aus Berlin mit seinem Projektor separat nach Düsterbusch anreisen.

Wir entwarfen einen Flyer, auf den klebten wir das Foto der maskierten Gäste aus der Weißen Maus. Henryk hatte es vorher abfotografiert. Elke schrieb mit der Vorlage des Buches den Text perfekt zwanzigerjahremäßig und fügte an den Rändern noch Wasserzeichen hinzu wie bei einem Geldschein. Ihr Talent als technische Zeichnerin zahlte sich dabei aus. Dann nahm sie den Entwurf mit in den VEB Ingenieurhochbau, wo sie arbeitete. Dort gab es neuerdings einen Kopierer. Der wurde in einem separaten Raum zwar schwerstens kontrolliert, aber Elke hatte den Abteilungsleiter unter Zuhilfenahme ihres Dekolletés dazu überreden können, sie nach Feierabend ein bisschen allein zu lassen. Sie vervielfältigte unseren Entwurf über zweihundertmal. Durch den Kopierer gejagt, hatten die Flyer Ähnlichkeit mit echten Geldscheinen. Wir verteilten die Dinger überall und verschickten sie an Gäste aus dem ganzen Osten, von denen wir die Adressen hatten. Es sollte ein großer Abend werden, und der nächste Schritt in Richtung Metropole.

Als ich zur Polizei kam, reichte ich Stamm die Anmeldungszettel. Es gab inzwischen eine sprachlose Routine zwischen uns. Doch dieses Mal las er länger. Dann schüttelte er den Kopf.

»Die spielen hier nicht.«

»Aber die haben 'ne Spielerlaubnis.«

»Trotzdem, hier nörgelt niemand. Die spielen nicht.«

Ich hatte schon auf manches dumme Argument entsprechend reagiert. Doch jetzt war ich auch mit meiner Weisheit am Ende.

»Aber es geht doch gar nicht darum, dass hier jemand nörgelt«, redete ich auf ihn ein.

Er schüttelte energisch den Kopf und reichte mir die Anmeldungen unabgestempelt zurück. Ich blieb stehen.

»Und wag dir ja nicht, das schwarz durchzuziehen, dann weißte, was passiert«, drohte er und beachtete mich nicht mehr.

Panik und Wut auf diesen Widerling stiegen in mir auf. Doch ich riss mich zusammen und zog die Demut-Nummer durch.

»Herr Stamm, gibt es denn nicht eine Möglichkeit ...?«, säuselte ich in versöhnlichem Ton.

Er schaute mich durch seine runde Brille kalt an und reichte mir einen Stift und ein Blatt Papier rüber.

»Schreib mal auf, wer da alles kommt.«

Ich zog fragend meine Stirn in Falten. »Da kommen fünf... äh hundertfünfzig Leute, die kenne ich doch nicht alle.« Zum Glück fiel mir noch rechtzeitig der Bestuhlungsplan ein.

»Na, *deine* Idioten kennste doch.«

»Aber die kennen Sie doch auch.«

»Schreib, sonst fällt der Quatsch ins Wasser. Kannste dir aussuchen.«

Ich hätte einfach gehen können, aber dann wäre alles umsonst gewesen. Und wie würde ich vor den anderen dastehen? Ich setzte mich ihm gegenüber und stellte mir vor, dass sich irgendwann seine ganzen Stempel selbstständig machten und ihn attackierten wie bei *Die Vögel*.

Mir war auf einmal zum Kotzen zumute, und ich bekam einen Schweißausbruch. Für einen hassenswerten Vertreter dieses Staates sollte ich die Namen meiner Freunde auf einen Zettel schreiben. Mit zitternder Hand begann ich, Elkes und Gerbers Namen zu schreiben. Dann Sprenzels, dann Henryks. Ich hatte etwa zwanzig Namen zusammen und setzte in einer Eingebung meinen auch noch dazu. Man konnte ja nie wissen, wo dieser Zettel noch landete. Erleichtert von diesem Gedankenblitz, reichte ich ihm das Blatt rüber.

Er nickte, nahm es und schob es unter seine Schreibtischablage. Dann hielt er mir wieder fordernd die Hand entgegen. Ich reichte ihm die Anmeldungen rüber, und er stempelte sie ab. Als ich ging, kam ich mir vor, als hätte ich einen großen Verrat begangen.

42 Die Rückkehr der Rückkopplung

Der Zufall wollte es, dass genau am Tag der Inflationsparty Einheit Düsterbusch gegen eine Jugendauswahl des BFC spielte. Langsam schlenderte ich im schwarzen Anzug und mit weißer Fliege über die ausgetrockneten Schlaglöcher des Nordwegs auf die Hauptstraße. Vor mir im Handwagen lag *Dr. Mabuse* in Form dreier großer Filmrollen, die in Blechkisten verpackt waren. Daneben zwei Bettlaken von meiner Mutter.

Auf der Hauptstraße blieb ich stehen und rieb mir die Augen. Das Spiel war offenbar zu Ende. Und das erste Mal in seiner Geschichte gab es in Düsterbusch einen Stau. Unzählige Zweitakter, Mopeds und Fahrradfahrer schoben sich Stoßstange an Stoßstange vom Sportplatz kommend Richtung Ortsausgang. Nur Bauer Brahmke fuhr mit zwei Milchkannen am Lenker in entgegengesetzter Richtung, als wolle er Protest einlegen. An der Kreuzung Nordweg – Hauptstraße gab es Autochaos. Da muss auf jeden Fall die erste Ampel hin, dachte ich.

Als ich in die Nähe der Kneipe kam, kündigte sich bereits das Gegenprogramm an. Neben den Büschen vor dem Kriegerdenkmal saßen die ersten Fans, ein sicheres Zeichen, dass es mehr als voll werden würde. Ich sah gegelte Haare, Mäntel mit Pelzkragen, Mädchen mit Bubikopf, ein Typ hatte sogar einen Kneifer im Auge, passend zu dem mit Grünspan versehenen Reichsadler.

Ich schob den Handwagen durch das Hoftor. Vor der Terrasse stand ein Wartburg mit Berliner Kennzeichen. Daran lehnte ein Mittfünfziger mit Vollbart, der mich mürrisch musterte. Es war der Vorführer des Staatlichen Filmarchivs.

»Gibt's hier vernünftiges Bier?«, fragte er, nachdem ich mich vorgestellt hatte.

»Na ja ...« Ich zuckte die Schultern.

»Gut, dass ich mein eigenes mithabe.«

Dann schleppten wir seinen Vorführapparat in den Saal.

»Ich hab in Kirchhausen 'n Hotel für sie besorgt.«

»Brauch ick nich. Ick fahr zurück nach Berlin.«

Ich war ein wenig enttäuscht, hatte mir den Vorführer als Filmenthusiasten vorgestellt, der mit *Dr. Mabuse* verschmolz. In Gedanken hatte ich mit ihm schon Gespräche über das Berlin der Zwanzigerjahre geführt. Aber er war nur ein Grautyp und Befehlsempfänger, der schnell wieder wegwollte.

Sprenzel und ich hängten in mühevoller Kleinarbeit die Bettlaken in einer Ecke des Saales auf, während der Vorführer seinen Apparat aufbaute.

»Da kommt ja mein bestes Pferd im Stall«, rief Harry durch die ganze Kneipe, als ich aus dem Saal in den Schankraum trat. Fünf Düsterbuscher am Tresen warfen mir schale Blicke zu.

Die Nörgler lümmelten schon um den Stammtisch herum und aßen Christels grüne Currywurst. Es waren wortkarge Typen in schwarzen Anzügen, und das vorfreudige Kribbeln nahm wieder von mir Besitz.

Harry deckte einen langen Tisch am Fenster, der für die BFC-Fußballer reserviert war. Henryk saß schon mit Marion an der Kasse. Sie waren beide nicht besonders gut gelaunt und hatten tiefe Ränder unter den Augen.

Nach und nach trudelten auch die anderen ein. Gerber, schon besoffen wie immer. Wuschel und Elke gackernd. Elke begrüßte mich sogar mit Küsschen. Die Letzten waren Kurte und Sprenzel. Mein alter Schulkamerad machte mir langsam Sorgen. Am Ende jeder Veranstaltung war er sternhagelvoll und kaute irgendwelchen Mädels ein Ohr ab, die dann die Flucht ergriffen. Ich hatte ihm schon oft eine Stilberatung angeboten, doch er wehrte meine Vorschläge – Schnauzer rasieren, vernünftiger Haarschnitt, andere Klamotten – vehement ab. »Popper werd ich nicht mehr, Anton.« Auch jetzt keine Spur von Zwanzigerjahre. Er sah aus wie immer.

Alle saßen vor mir. Ich atmete durch. Es war der richtige Moment, um ihnen zu erklären, was auf der Polizei passiert war. Da schlug mir jemand seine Hand auf die Schulter.

»Ey Muttipfeife.«

Ich drehte mich um. Vor mir stand Steffen Naumann. Er trug ein buntes, mit Netzteilen versehenes Sweatshirt, dazu einen gepflegten Vokuhila mit aufgeworfenem Mittelscheitel. Steffen sah gesund und selbstbewusst aus. Hinter ihm glotzten mich etwa zehn ähnlich gekleidete Fußballer an, als käme ich vom Mond.

Er drehte sich lachend zu seinen Kumpels um und zeigte auf mich.

»Ey, mit dem war ich in einer Klasse.« Ich lächelte süßsauer den Fußballern hinter ihm zu. »Was wird denn hier für 'n Film gezeigt?«

»*Dr. Mabuse, der Spieler.*«

Steffen warf mir diesen verständnislos missgünstigen Blick zu, den ich schon aus der Schule kannte.

»Hast ooch nur Knete im Kopp, wa Kummer?«, dröhnte er.

»Erzähl mal lieber, wie ihr gespielt habt.«

»Sieben null gewonnen. Ich hab auch zwee Dinger jemacht. Felder hält schlecht«, konstatierte er mit Siegermiene.

»Dann haben wir ja beide ganz schön was erreicht.«

»Was hast du denn erreicht, das hier oder was?« Seine Mitspieler grienten.

Er schaute sich skeptisch in der Gaststube um. Bevor ich antworten konnte, würgte er mich ab. »Kann man sich denn da nachher reintrauen?« Er deutete mit dem Kopf zur offenen Saaltür. Die Nörgler begannen gerade mit dem Soundcheck.

»Garantien gibt's keine.« Ich deutete ein fieses Lächeln an und ließ ihn stehen.

Er setzte sich mit seiner Mannschaft an den reservierten Tisch. »Wahnsinn! Und der war mal in unserer Klasse«, sagte Elke neben mir verzückt.

»Absoluter Wahnsinn«, murmelte ich. Doch Elke überhörte die Ironie in meiner Stimme. Sie starrte zu dem Tisch rüber, genau wie einige andere Mädchen, die sich untereinander tuschelnd über die Kneipe verteilten. Ich hatte sie vorher noch nie in der Linde gesehen.

An der Tür ging es jetzt los.

»Komm mal, Anton«, rief Henryk.

Er wollte Baade nicht durchlassen, der auf Einlass drängte.

»Muss ich jetzt schon betteln, Kummer, oder was?«

»Baade kann natürlich frei rein«, rief ich. Er hatte seinen Tross dabei. »Rita, Zenker, Fenske und Walther brauchen auch nicht bezahlen.«

Henryk musterte mich kopfschüttelnd.

»Die mosern an allem rum, und du lässt die immer noch umsonst rein«, grummelte er, während von hinten immer mehr Leute Einlass begehrten.

»Ey, Anton«, rief der Nächste. Es war einer der beiden jungen Typen, denen ich vor Monaten auf dem Markt in Frankenwalde den Hunderter abgeknöpft hatte. Seinen Zettel mit den Namen hatte ich längst verloren.

»Die auch noch«, ordnete ich an.

»Was?«, schrie Henryk.

»Das Geld leg ich später rein.«

Er war stinksauer und kassierte mit grimmigem Gesicht. Die Massen drängten nach. Sprenzel und Kurte schubsten sie zurück.

»Wir müssen nachher mal reden«, brüllte Henryk, denn von der Bühne jaulte eine ohrenbetäubende Rückkopplung auf. Ich nickte und schob mich durch das Volk. Schulterklopfer und Neider säumten meinen Weg. Ich sah die Missgunst in ihren Blicken. Am Rand des Saales entdeckte ich Conny. Ich war wie gelähmt. Seit der Aktion mit dem Kinderwagen hatte ich nichts mehr von ihr gehört. Meinen langen Entschuldigungsbrief hatte sie unbeantwortet gelassen. Sie trug wieder ihren schwarz-weißen Einteiler und sah umwerfend aus. Umringt wurde sie von Michaela Maurer aus meiner ehemaligen Klasse und einer anderen Jungspießerin.

Ich trat hinzu und spürte an ihren Blicken, dass sie mich für den letzten Dreck hielten.

»Was machst du denn hier?«, begrüßte ich Conny verlegen.

Sie zog die Augenbrauen zusammen und ging sofort zum Angriff über.

»Muss ich dich um Erlaubnis fragen, oder was?«

Ich machte eine beschwichtigende Geste, aber innerlich bebte ich.

»Ich hab mich doch entschuldigt.«

Sie lachte kurz bitter auf.

Ich grüßte ein Mädchen namens Ramona, das gerade vorbeiging. Ich hatte schon öfter mit ihr Blickkontakt gehabt, aber es war noch zu keinem Gespräch gekommen.

»Ist das auch eine von deinen Huren?«, fragte Conny laut.

»Conny ...«

»Frag die doch mal, ob sie deine Sackratten absammelt«, spottete sie, und die anderen beiden funkelten mich böse an. Wie eine feindliche Mauer standen sie mir gegenüber.

Das Licht erlosch, und Die Nörgler gingen auf die Bühne. Conny schaute an mir vorbei nach hinten. Kein Blick mehr, der mir gehörte. Ich drängte mich zu dem Filmvorführer durch und gab ihm ein Zeichen.

»Falls Apart«, sagte der Sänger nur, und Die Nörgler begannen mit ihrem tanzbaren Dark Wave. Dazu erschien auf der Leinwand Dr. Mabuse und mischte die Karten. Der Sound passte perfekt zu den düsteren unheilvollen Bildern des Stummfilms von Fritz Lang auf den Bettlaken meiner Mutter. Scharfe Schatten und Farblosigkeit. Ich merkte, dass ich mich in dieser grobkörnigen Mabuse-Welt hätte verlieren können. Mühsam riss ich mich von den Bildern los und schaute mich um. Dem Publikum schien es ebenso zu gehen.

Ich sah Mädchen mit perlenbesetzten Zwanzigerjahre-Kappen, andere trugen Hüte mit schwarzem Tüll vor dem Gesicht. Dazwischen Typen in Nadelstreifen und Krawatte. Allerlei Punkvolk in Leder und Stachelfrisuren rundeten das Bild ab. Ich hätte wetten können, dass es im Blitz Club ein paar Jahre früher nicht anders ausgesehen hatte. Und dann erblickte ich ihn: Ich hatte mich nicht verguckt. Etwas abseits stand doch tatsächlich Wolfgang Zach, der Ex-Kneiper der Zentrale. Er schob seine Brille auf die Nasenwurzel, als sich unsere Blicke trafen. Er nickte mir zu, und ich nickte zurück. Freudig mischte ich mich unter das Volk und begann zu tanzen.

Nachdem ich mit Henryk Die Nörgler und den Vorführer ausgezahlt hatte, standen wir gemeinsam an der Theke. Aus der offenen Saaltür strömten die Leute Richtung Ausgang. Sie huldigten uns in höchsten Tönen. Nur Baade diskutierte in der Nähe des Ofens aggressiv mit ein paar Punks über Revolutionstheorien.

»Ich hab mein Fett schon weg.« Henryk schaute mit unheilvollem Blick zu ihm rüber.

»Wieso?«

»Na wegen dem Buch. Wir wären nur Kopisten ohne Rückgrat, hat er mich vollgemistet.«

»Au Scheiße, das hab ich total vergessen.«

Natürlich hätte ich Baades Einverständnis einholen müssen, dass wir Fotos aus seinem Buch verwendeten.

»Ich muss mit dir reden, Anton.« Hendriks R rollte.

»Rrrred mit mir«, imitierte ich ihn, aber er blieb ernst.

»Nicht heute, 'n anderes Mal.«

»Wenn's wegen dem Geld ist, ich leg's wieder rein, Henryk.«

»Nee, nicht wegen Geld.«

Marion kam dazu und reichte ihm seine Jacke. Mit stummem Gruß verabschiedeten sie sich von mir. Ich machte mich auf die Suche nach Ramona und fand sie im Saal, allein an einen Tisch gelehnt. Sie war vielleicht achtzehn, ziemlich klein und hatte die schwarzen Haare Robert-Smith-mäßig auftoupiert. Wir tauschten ein paar Floskeln aus und bedauerten, dass schon Schluss war. Dann schwiegen wir. Sie lächelte, ich lächelte zurück.

»Kommste mit zu mir?«, fragte ich und verbarg meine Aufregung hinter einem selbstbewussten Grinsen. Sie nickte, und ich war erleichtert. Meine Hand fand ihre, und wir liefen, ohne viele Worte zu verlieren, auf die Terrasse. Vor der Linde war noch die Hölle los. Laut diskutierende Leute, Flaschenklirren, so musste es sein.

Am Geländer sah ich Conny und verspürte einen Stich in der Brust. Sie stand ausgerechnet neben Steffen, beide tranken Sekt, und sie kicherte über seine dämlichen Witze. Die beiden wirkten wie Fremdkörper zwischen dem Szenevolk. Es regte sich kurz so etwas wie Eifersucht, aber glücklicherweise wurde ich abgelenkt.

»Ey Anton, können wir bei dir pennen?«, riefen zwei Punks aus Cottbus.

»Klar.«

Zu viert liefen wir über die Hauptstraße nach Hause, und ich erklärte ihnen wie schon so oft vorher anderen, wo später das Spielcasino und der neue Konzertsaal stehen würden. Sie lachten heiser und meckernd.

»Bald lacht ihr nicht mehr«, rief ich, und es hallte durch die nächtliche Stille.

Auf meinem Teppich diskutierten wir noch lange über The Jesus and Mary Chain und dass die Rückkehr der Rückkopplung schon lange wieder vorbei war. Ich spielte ihnen zig Mal meine derzeitige Lieblingssingle der Rodeo Starters vor, einer Westberliner Band, die eine witzige Mischung aus Punk und Country spielte.

Dabei köpften wir noch eine Flasche Gotano. Als die beiden pennten, wendete ich mich Ramona zu. Sie roch nach Impulse und ganz viel Haarspray. Wir kamen gleich zur Sache. Ramona war unglaublich gelenkig. Sie hakte ihre Hacken unter den Bettrahmen am Kopfende. Schwitzend betrachtete ich beim Vögeln ihre interessant gewölbten Fußsohlen. Danach schlief ich schnell ein.

43 Die Eskorte des Grauens

Draußen in der Veranda bereitete meine Mutter das Frühstück vor und meckerte dabei die ganze Zeit darüber, dass sich immer alles bei uns abspielte. Ich wusste, dass es ihr trotzdem guttat, wenn Leben in der Bude war und sie mit Leuten aus Berlin oder Dresden reden konnte. Ich half ihr dabei, die Eier zu verteilen.

»Bald bauen wir Hotels, dann hat sich das auch erledigt.«

Es klingelte, und ich ging zur Tür. Die Lässigkeit verflog sofort. Auf dem Hof standen etwa fünfzehn erzürnte Düsterbuscher. Unter ihnen der Bürgermeister, Stasi-Schulze, ein Offizier, der mich durch Statur und grimmigen Gesichtsausdruck an Connys Vater erinnerte. Außerdem noch Pfarrer Felder und Mischke, der Ortsparteisekretär.

»Mitkommen!«

Meine Mutter erschien hinter mir und wandte sich erschrocken an den Bürgermeister.

»Sag mal, Manfred, was wollt ihr denn von Anton?«

Der Bürgermeister schüttelte nur den Kopf. »Dass du das alles duldest ...«

Ich beruhigte meine Mutter und schob sie zurück ins Haus. Dann nahmen mich die Bürger in die Mitte und eskortierten mich durch den Ort. Überall auf der Straße lagen kaputte Flaschen und Gläser, Müll an den Seiten. Wie in Berlin, dachte ich.

»Jetzt ist Schluss mit dem Quatsch«, schrie Schulze.

»Warum denn, wegen den paar Flaschen oder was?«

»Wirste gleich sehen«, brabbelte der Bürgermeister.

Mein derber Kater schickte Botenstoffe Richtung Zwerchfell, die einen Lachkrampf produzierten.

»Was wollt ihr Vögel eigentlich?« Ich mimte den Macker.

»Halt bloß die Fresse, du«, schrien mich jetzt gleich drei, vier Männer an.

Ich war erstaunt über die Wut, die aus ihnen hervorbrach.

»Dein Vater schafft was für Düsterbusch, auf das wir stolz sein können, aber du ziehst das ganze Viehzeuch hier an«, bellte Mischke.

Wir liefen weiter, und ich glaubte eine Art Gleichschritt zu hören. Ich kam mir vor wie eine deutsche Frau, die zur Nazizeit wegen Rassenschande durch die Straßen geführt wurde. Ich hielt Ausschau nach Leuten, die mir vielleicht helfen konnten. Aber Sprenzel war nirgendwo zu sehen, er schien noch zu pennen.

Sie führten mich direkt vor die Linde, und da sah ich es. Über dem Eingang stand mit schwarzer Farbe in Großbuchstaben: »Erstickt an eurem Arbeiter- und Bauernsalat«. Es war Baade, ich wusste es sofort. Die Rache für unseren Erfolg ohne Brechreiz und seine Ideen.

»Wer war das?«, krächzte der Bürgermeister.

»Wir hatten gestern fünfhundert Gäste. Woher soll ich das denn wissen?«

Der Bürgermeister nickte wissend. »Und hundertfuffzich sind nur erlaubt.«

Stasi-Schulze zückte einen Block und schrieb sofort mit. Ich biss mir auf die Lippe.

»Du weißt genau, wer das war«, schnauzte ausgerechnet Pfarrer Felder mich an.

»Ich hab keene Ahnung.«

»Irgendwann ist das Maß voll, und dann landeste mal in der Dienststelle«, ergänzte Schulze.

Ich lachte auf. »Was wollen Sie denn, Sie sind doch nur Pförtner!«

»Ich hau dir gleich in die Fresse«, schrie er, bekam einen hochroten Kopf und wollte auf mich losgehen. Der Bürgermeister hielt ihn zurück.

»Wag es ja nicht, mich anzufassen«, drohte ich und duzte zurück.

»Holen werden wir dich eines Tages.«

»Ist gut jetzt, Gerhard«, beruhigte ihn der Bürgermeister.

Sie ließen noch eine Litanei los, dass jetzt die staatlichen Organe eingeschaltet würden, da es sich hier um staatsfeindliche Hetze und öffentliche Herabwürdigung handele. Dann ließen sie mich gehen.

44 Wer fetzen will, muss schwitzen

Wutentbrannt bremste ich vor Baades Ranch. Walther saß draußen in einem Campingstuhl und rauchte eine Selbstgedrehte. Er zog erstaunt tuend die Stirn in Falten, als er mich sah. »Na, wieder nüchtern?«

Ich antwortete nicht und stürmte in das Atelier. Baade kam mir mit Abzügen aus der Dunkelkammer entgegen.

»Entwickelste wieder für den *Spiegel*?« Ich wollte locker wirken, ihn provozieren, aber meine Stimme zitterte vor Wut.

»Was willste, Kummer?«

»Wieso hast du den Spruch an die Kneipe geschmiert?«

Er wendete sich Walther zu, der gerade das Atelier betrat. »Hör dir den an!«

»Die haben mich heute deswegen durch das ganze Dorf getrieben.« Ich schaute von einem zum anderen, ich hoffte, so etwas wie ein Schuldeingeständnis hervorzurufen, vielleicht sogar eine Entschuldigung. Doch das Gegenteil war der Fall.

»Wer fetzen will, muss schwitzen, Kummer«, grinste Baade, und seine Grübchen warfen tiefe Falten.

Meine Wut platzte jetzt heraus. »Halt bloß die Fresse, du beschissener Wichser.«

»Ich kann dir gleich mal eins auf die zwölf geben, du Penner.« Baade baute sich vor mir auf. Er stand gut im Futter, und seine Muskeln machten Eindruck. Deshalb lief er auch meist im Unterhemd durch das Atelier.

»Ist das deine Art von Rebellion?«, fragte ich ihn bitter.

Er ging zu dem Fass mit dem Selbstgebrannten, ließ zwei Gläser volllaufen und reichte mir eines. Ich schüttelte den Kopf, und er stellte es zurück.

»Rebellion, Rebellion, nimm dich mal nicht so wichtig. Wir haben nur ein bisschen Spaß gehabt, oder Walther?« Er lachte wieder. Es war ein ziemlich mieses Katerlachen. Er kam mir plötzlich gewöhnlich vor, und ich verdrängte den Gedanken schnell, aus Angst davor, dass es stimmen könnte.

»Wir sind dabei, alles zu verändern. Warum gönnst du uns das nicht?«, fragte ich feierlich.

»Was willst du kleiner Zonenpisser denn verändern?«

»Alles. Guck dir doch an, wo die Leute überall herkommen: Düsterbusch wird bald international bekannt sein.«

Baade prustete los, und Walther stimmte mit ein.

»Du bist nur neidisch, weil ich noch nicht so im Arsch bin wie du.«

Sofort verschwand Baades gute Laune. Er sprang auf, packte mich mit einer Hand am Kragen, drehte mir mit der anderen den Arm um und stieß mich gegen die Wand. »Jetzt reicht's. Ich will deine grobschlächtige Fresse hier nicht mehr sehen.«

Er ließ von mir ab und tigerte wutentbrannt durch das Atelier. Ich ging zur Tür.

»Höchstwahrscheinlich wärst du noch 'n Hippie, wenn du nicht schon mit zwanzig 'ne Glatze gekriegt hättest«, rief ich im Gehen. Baade warf mir sein Schnapsglas hinterher. Es rauschte haarscharf an meinem Ohr vorbei. Ich öffnete die Tür und drehte mich noch mal um.

»Übrigens, die Bullen suchen den Schuldigen. Ich sag's ihnen nicht, aber vielleicht macht es jemand anders.« Dann ließ ich die alte Holztür ins Schloss krachen.

Unterwegs schrie ich vor Wut gegen den Wind. Trotz des Stresses, den wir immer miteinander hatten, hatte ich in Baade die Inspirationsquelle für alle meine Träume gesehen, jemanden, dem ich vertrauen konnte. Das war nun vorbei. Ich schwor mir, nie wieder seine Ranch zu betreten. Was würde ich tun, wenn die Bullen wirklich alles verbieten würden? Im Ernstfall wohl das VPKA in die Luft jagen oder mich wieder auf die Schienen legen. Aber dieses Mal richtig.

In Kirchhausen fuhr ich durch die Bahnhofstraße. Ich bremste überrascht, denn Conny kam aus ihrem Hauseingang. Sie stieg in einen Dacia mit Berliner Nummer. War das etwa ...? Ich fuhr ein Stück weiter und drehte noch mal um. Doch das Auto verschwand schnell in entgegengesetzter Richtung.

Als ich in Düsterbusch auf die holprige Hauptstraße einbog, lag ein träger DDR-Sonntagnachmittag über dem Dorf. Ich hasste dieses Sonntagsgefühl, diese erdrückende Leere, nichts war bedeutend, alles wertlos. Niemand fragte etwas, keiner gab Antworten. Alles war egal. Ich hätte sonst was dafür gegeben, die Uhr noch mal vierundzwanzig Stunden zurückzudrehen. Unendliche Energie hatte mich durchströmt in Erwartung dieser wahnsinnigen Party. Aber Doktor Mabuse war längst wieder der Provinz entwichen, dorthin, wo er wirklich herkam, in die Großstadt.

45 It was really for nothing

Vor der Kneipe saß Sprenzel auf der Fahrradstange. Über ihm war Baades Spruch schon übermalt. Man konnte ihn trotzdem noch durch die Farbe lesen.

»Ey Anton, Scheiße. Ich hab jepennt wie 'n Toter. Der scheiß Bürgermeister ...«

»Schon gut«, unterbrach ich ihn, »war vielleicht sogar besser, dass du nicht mit dabei warst. Haste 'ne Braut abgegriffen gestern?«

Er wurde verlegen und nickte.

»Wie heißt se denn?«

»Tina.«

Ich boxte ihm gegen die Schulter, freute mich, dass er endlich ein Mädchen hatte.

Ich schaute zum Kriegerdenkmal. Über den verschimmelten Reichsadler auf dem Feldstein hatte jemand einen türkisfarbenen Damenslip gezogen. Er wirkte wie eine Augenklappe und gab dem Wappentier des deutschen Militarismus einen dekadenten Touch. Bei einem Lenin-Kopf wäre es der entfesselten Spießermeute sicher nicht entgangen. Ich zeigte es Sprenzel.

»Der ist aber nicht von Tina, oder?«

»Nee, nur obenrum, Anton, wie du immer sagst.«

Wir lachten beide noch mal in bitter-freudiger Erinnerung an den letzten Abend.

Die Kneipe war leer. Nur in einer Ecke saßen die beiden Cottbuser, die sonntäglichen Reste meines Großstadttraums. Sie begrüßten mich gut gelaunt.

»War lässig, das Frühstück bei deiner Mutter, Anton. Bestell noch mal 'nen schönen Gruß.«

»Wo ist Ramona?«

»Die ist morgens gleich nach dir abgehauen.«

Ich nickte. Es würde also niemand auf mich warten, wenn ich nach Hause kam. Harry stand mit undurchsichtiger Miene hinter dem Tresen und polierte Gläser. Er nickte mir zu.

»Die roten Lumpen wollen den Saal streichen.«

»Wie, den Saal streichen?«

»Die Sprüche, die ihr da rangemalt habt, sollen weg.«

»Was? Aber dann ist doch das ganze Konzept im Arsch.«

Harry rollte entschuldigend mit den Augen. »Da kann ich nichts machen. Der Saal gehört der Gemeinde. In nächster Zeit soll es erst mal keine Veranstaltungen geben. Vier Wochen Pause ... mindestens.«

»Vier Wochen?«, rief ich. »Dann können wir dichtmachen.«

»Na ja, die wollen ... dass das dann hier aussieht wie ein richtiger Dorfsaal«, rückte Harry heraus. »Mit Blümchentapete an der Wand und Kranzgebinde an den Seiten zwischen die Lampen.«

Ich schloss die Augen und sank in mich zusammen. »Kranzgebinde«, murmelte ich vor mich hin.

Die beiden Punks kamen zum Tresen, zahlten und verabschiedeten sich.

»Halt durch, Anton!«, sagte der eine. Mühsam lächelte ich zurück.

Sie verließen die Kneipe, und ich bedauerte, dass ich nicht einfach mitfahren konnte.

»Morgen geh ich mal zur FDJ. Vielleicht können die helfen. Wenn nicht, machen wir 'nen Sitzstreik im Saal.«

Sprenzel lachte und Harry zeigte mir einen Vogel.

»Du spinnst wohl, was?«

Ich ging auf das keimige Klo und schaute in den kaputten Spiegel. Hatte ich wirklich ein grobschlächtiges Gesicht? Ich betrachtete mich von allen Seiten. Ich war tatsächlich ein wenig aufgedunsen, und ein grauer Schleier lag über meinem Gesicht. Um die Hüften bildeten sich Speckröllchen. Ich sah mich plötzlich innerhalb von Sekunden so dick werden wie mein Vater. Das Jackett platzte aus allen Nähten, der Adam-Ant-Sticker löste sich vom Revers und flog durch die Gegend. Massen von Fett quollen überall heraus. Ich rüttelte an der Spiegelscherbe. Die Horrorvision war vorbei, und ich nahm mir vor, weniger zu trinken.

Nachts fuhr ich aus dem Bett hoch. Was, wenn Conny wirklich was mit Steffen hatte?

Panische Angst überfiel mich. Hastig zog ich mich an und lief hinaus. Meine Mutter war mir gleich auf den Fersen.

»Wo willst du denn jetzt noch hin?«

»Bin gleich wieder da.«

Ich schwang mich auf mein Moped und düste nach Kirchhausen. Vom Bahndamm fegten Windböen über die Felder und drückten mich von der Straße Richtung Apfelbäume.

Vor Connys Platte blieb ich stehen. Kein Licht brannte in ihrer Wohnung. Ich stellte mein Moped ab und klingelte, doch es regte sich nichts. Ich lief um den Block herum. An den Wäscheleinen auf dem Gemeinschaftshof flatterten wieder braune Trainingsanzüge. Ich stellte mich dazwischen und starrte auf das dunkle Wohnzimmerfenster. Unruhig lief ich hin und her. Wie der Wind durch die Trainingsanzüge schossen verquere Gedanken durch meinen Kopf. Ich hätte mich früher um sie kümmern müssen, sie nach der Geburt besuchen sollen. Warum hatte ich bloß den Kinderwagen stehen lassen?

Nicht Steffen Naumann, das konnte nicht sein. Der war doch längst wieder in Berlin. So schlecht sah die Wohnung doch auch gar nicht aus. Sicher hätte ich mitbestimmen können bei der Einrichtung. Aber das konnte ich ja immer noch. Ein Bowie-Poster über der Biedermeier-Kommode, warum nicht?

Ich redete mir Mut und Zuversicht ein. Warum sollte nicht auch beides funktionieren, ich als junger Familienvater und Macher der Helden des Fortschritts? Noch eine ganze Weile stand ich vor dem Eingang und beobachtete, wie die Blätter der Trauerweiden vor den Laternen wedelten und komische Schatten auf das Pflaster warfen. Konfus trat ich irgendwann mein Moped an und fuhr zurück nach Düsterbusch.

Bei der FDJ schaffte ich es nicht, Sanne einzuspannen, damit die Umbaupläne der Gemeinde gestoppt wurden. Sie wollten nur helfen, wenn wir im Gegenzug endlich den Kulturtag der Landjugend ausrichteten. Dafür suchten sie sich extra den 13. August aus, den Tag des Mauerbaus. Wir sollten schon morgens auf dem Hof der Kneipe einen Kuchenbasar für die Erdbebenopfer in Mexiko organisieren. Zusätzlich verlangte Sanne allen Ernstes von mir, Holzreste zu sammeln, um damit Heuharken herzustellen. Die würden wir dann im Rahmen des Nachmittagsprogramms an verdiente LPG-Bauern überreichen und uns öffentlich verpflichten, als »FDJ-Aufgebot XI. Parteitag« die Heuernte zu unterstützen. Am Abend war dann der Auftritt einer FDJ-Singegruppe zusammen mit einer Band unserer Wahl geplant. Der einzige Kompromiss, zu dem sie sich bereit erklärte. Den Kulturtag beschließen sollte ein gemeinsames Luftballonaufblasen. Die Ballons würden wir im Zeichen des Weltfriedens in den Abendhimmel von Düsterbusch steigen lassen.

Ich räusperte mich. »Na ja, ich überleg mir das mal.«

Als ich es im Saal bei den anderen zur Diskussion stellte, waren nur Sprenzel, Henryk und ich strikt dagegen.

Elke fand das alles gar nicht so schlimm.

»Da wäre doch trotzdem im Dorf was los, Anton.«

»Sag Düsterbusch und nicht Dorf!«, fuhr ich sie an.

»Das ist ein Dorf und wird immer eins bleiben.«

»Nein!« schrie ich.

»An deiner Stelle würde ich mich mal untersuchen lassen«, konterte Elke, stand auf und ging.

Der Rest schaute unschlüssig in der Gegend herum, keine Meinung, kein empörter Aufschrei. Ihnen war es egal. Auf was für Leute hatte ich mich nur eingelassen? Selbst Henryk war merkwürdig still. Die Lichter der Großstadt rückten wieder ein Stück weiter in die Ferne. Wir stimmten ab, aber zum Glück gewann die Dagegenpartei mit einer Stimme Mehrheit. Und so nahmen die Dinge ihren Lauf.

Am letzten Abend vor der Renovierung legte ich mich noch mal eine Stunde mitten auf das alte Parkett und nahm Abschied. Ich schaute auf die Wand mit der Parole »It was really for nothing«. Über mir hing der Satellit. Sprenzel setzte sich neben mich und rieb sich nervös die Oberschenkel. »Die Wichser zeigen wir's noch mal, Anton, ey.«

46 Wer braucht schon Realität?

Gerade hatte ich eine Kundin abgefertigt und blätterte durch die neueste Ausgabe des *Modelleisenbahners*. Ich schaute mir die Schwarz-Weiß-Fotos von seltenen Dieselloks im Gelände an. »Ausfahrt der BR 130 aus dem Bahnhof Ilmenau im Dezember 1982«, stand da.

Ich warf das Heft in die Ecke und schaute durch die Gardinen auf den Innenhof. Der Bausatz »Bahnhof Ilmenau« war nicht besonders begehrt, genau wie ich gerade. Vor nicht allzu langer Zeit waren mir die Mädchen noch hinterhergelaufen, jetzt blitzte ich ständig ab. Ich wurde immer dicker. Selbst Ramona, in Sachen Sex sonst immer eine sichere Bank, zierte sich.

»Hab ich Lepra oder was?«

»Nee, aber du siehst so traurig aus.« Dann zog sie ausgerechnet mit Gerber ab, was mich zusätzlich demütigte. Ich schaute mir meinen Bauch an, der schon bedenklich über der Gürtelschnalle hing.

Das Telefonklingeln riss mich aus meiner Selbstanalyse. Ich ging ran. »VEB Modelleisenbahn Frankenwalde«, säuselte ich freundlich in die Muschel.

»Anton, hier ist Henryk.« Seine Stimme klang bedrückt.

»Ey, Henryk, was is Phase?«

»Ich bin noch auf der Arbeit, aber können wir uns danach treffen?«

»Ja klar, was ist los?«

»Nicht am Telefon.«

»Um fünf bei Harry.«

Es knackte, und er hatte aufgelegt.

Harry putzte gerade den Innenraum seines neuen Mazda, als ich mein klapperndes Moped daneben auf den Vorplatz stellte. Er war wie so oft in letzter Zeit schlecht gelaunt, obwohl er sich automäßig von seinem erbärmlichen Trabant 500 über den Lada bis zu diesem japanischen Schlitten hinaufgearbeitet hatte. Je mehr Geld er und seine Frau scheffelten, umso unangenehmer wurden sie uns gegenüber.

»Ist Henryk schon da?«

»Sitzt in der Kneipe«, keuchte Harry, der gerade mit einem Handtuch bewaffnet den rechten Kotflügel abfrottierte.

»Haste schon gehört ...?« Seine Stimme klang unheilvoll.

»Was denn?«, fragte ich.

»Die Zentrale macht wieder auf.«

Das war wirklich eine Überraschung. Ich musste an den Besuch von Wolfgang Zach denken.

»Ach, die haben doch 'n ganz anderes Publikum.«

»Na, dein Wort in Gottes Ohr«, orakelte Harry.

Da hörte ich dumpfe Hammerschläge aus dem Saal.

»Was ist denn da los?«

»Die Hirnis renovieren schon.«

»Was?«

Ich rannte, so schnell ich konnte, über den Hof, sprang auf die Terrasse und blieb in der offenen Saaltür stehen.

Fünf Knuffer machten sich daran zu schaffen, meine Großstadtträume zu zerstören. In der Mitte des Saales standen der Bürgermeister und der Ortsparteisekretär. Sie wandten sich sofort ab, als sie mich sahen.

Widerliche Ornamenttapete verdeckte schon teilweise unsere Slogans. An die Bühnenwand wurde von zwei Knuffern gerade ein Wagenrad geschraubt. Zwei weitere machten sich mit Zangen und Hämmern an den Fünfzigerjahre-Tulpenlampen zu schaffen. Der Fünfte im Bunde stand auf einer Leiter und werkelte am Kronleuchter. Hier entstand zweifellos eine Rennsteig-Idylle, vom Blitz Club so weit entfernt wie die Kuh von der Venus.

Ich hoffte, das Schlimmste verhindern zu können. »Muss das denn jetzt sein mit den Lampen?«

»Ja, muss sein«, muffelte ein Bauarbeiter und kloppte brachial die schönen Funzeln von den Wänden.

Da krachte auch schon der Satellit auf das Parkett.

»Was stört euch der denn da oben?«, schrie ich den Bürgermeister an.

»Das wird wieder ein Dorfsaal, wie sich das gehört«, schrie er zurück.

»Bevor wir angefangen haben, war euch doch der Saal auch scheißegal. Ihr verfluchten ...«

Ich war kurz davor, auf den Bürgermeister loszugehen. Harry erschien hinter mir und hielt mich zurück.

»Hör uff, Anton, sonst kommt ihr hier gar nicht mehr rein.«

Ich reagierte mich mit meinen Arbeitsschuhen an einem Stuhl ab und dachte daran, wie ich diese Typen schon verachtet hatte, als ich mit der Kabarettgruppe meiner Mutter auftrat. Diese selbstzufriedenen, dümmlichen Gesichter über den Schmerbäuchen, die sich dank ihres Parteiabzeichens für die Allergrößten hielten. Später, wenn wir in Düsterbusch Kinos bauten, würden die maximal als Kartenabreißer fungieren.

Ich schnappte mir den Satelliten und verließ den Saal. Henryk saß an einem der hinteren Tische im Gastraum und hatte die Kasse vor sich stehen, was mich wunderte.

»Guck mal hier.« Ich hielt sein Werk in die Höhe und stellte es auf einem Nachbartisch ab. Er hob wenig interessiert die Augenbrauen.

»Arschlöcher, elende.« Ich hatte Schwierigkeiten, mich zu beruhigen. Nervös setzte ich mich zu ihm. Er traute sich kaum, mich anzugucken.

»Was ist denn los?«, fragte ich und boxte ihm gegen den Oberarm.

»Vor ein paar Wochen waren zwei Typen bei mir.«

»Was für Typen?«

»Keine Ahnung, haben sich nicht vorgestellt. Stasi, schätze ich.«

»Und?«

»Die wollten, dass ich über dich Berichte schreibe, auch über Elke.«

»Krass«, rief ich und fühlte mich sofort als Staatsfeind Nummer eins. »Erzähl mal.«

Henryk schaute sich ängstlich um, obwohl außer uns niemand in der Kneipe war.

»Die haben mir angeboten, bei einer Zusammenarbeit könnte ich Clubleiter werden und das beruflich machen.«

Meine Laune trübte sich schlagartig. Alles, wovon ich träumte, bekam Henryk angeboten für den Preis, ein Spitzel zu werden.

»Haste angenommen?«, fragte ich nervös.

»Natürlich nicht, du Hirni. Deswegen sitz ich ja hier.«

»Ja, klar.« Ich schaute zum Fenster raus auf das Kriegerdenkmal. Der Damenslip hing immer noch unbemerkt über dem Adler und wehte im Wind.

»Ich muss dir auch was erzählen. Ich hab unsere Namen aufgeschrieben, sonst hätte Stamm Die Nörgler nicht spielen lassen.«

»Was?«, rief er entsetzt.

»Ich weiß auch nicht, was das sollte.«

»Der wollte dich einschüchtern, der Wichser. Au Mann, mir wird ganz anders.«

»Ich muss das ja auch immer alles alleine machen mit den Bullen und den Deppen da.« Ich deutete mit dem Kopf Richtung Saal.

»Willst du ausgerechnet mir das jetzt vorwerfen?« Henryk wurde laut.

»Nee, bleib mal ruhig. Wir kriegen das schon hin«, versuchte ich ihn zu beschwichtigen.

»Wir kriegen gar nichts hin. Mir wird das alles zu heiß.«

Er schob mir die Kasse rüber. Ich ließ nervös den Deckel hoch- und runterklappen und genoss das vertraute Quietschen. Außer dem Quittungsblock war kaum was drin. Diverse Ordnungsstrafverfahren, die nicht mehr meine Mutter bezahlte, verschlangen jede Menge Geld. Verstoß gegen die sozialistische Moral, Nichteinhaltung des Bestuhlungsplans, Verstellung von Fluchtwegen und andere spitzfindige Gesetzesverstöße hatten unseren Besitz schrumpfen lassen.

Er schaute mich merkwürdig an.

»Irgendwie bist du realitätsfremd, oder, Anton?«

»Klar, ist doch geil«, sagte ich. »Wer braucht schon Realität?«

Er lachte und sah dabei nicht besonders glücklich aus. Dann senkte er die Stimme.

»Nächste Woche fahr ich wieder rüber, wenn die mich lassen. Ich glaub nicht, dass ich … zurückkomme.«

»Und was ist mit Marion?«

»Wir haben Schluss gemacht.« Ich forschte in seinen grünen Augen, konnte aber keine emotionale Regung ausmachen.

Was sollte ich ohne Henryk tun? Er hielt den Laden zusammen, reagierte mit Vernunft, während ich alle Regeln missachtete. Und er hatte mir geholfen, meine Matheprüfung zu bestehen.

Ich schaute desillusioniert auf das Skatblatt. Es hing immer noch im staubigen Rahmen an der Wand.

»Du kannst doch jetzt nicht abhauen.«

»Doch, Anton. Und du solltest hier auch weg. Stell 'nen Ausreiseantrag. Das machen so viele. Du passt doch gar nicht hierher.«

»Und dann warte ich drei Jahre«, gab ich unwillig zurück.

»Das kann auch schnell gehen. Bei einem Arbeitskollegen hat es nur vier Wochen gedauert.«

Ich atmete durch.

»Meine Mutter wird sofort entlassen«, rutschte es mir heraus.

Henryk zuckte die Schultern. »Ausreden gibt's immer.«

»Wir wollten doch die Rodeo Starters holen. 'ne Westband. Das ist doch der Punkt aufs i.«

Henryk verdrehte die Augen. »Hör auf zu träumen. Die haben immer den längeren Arm.«

Er deutete Richtung Saal. Von dort drang das Geräusch splitternden Holzes durch die Tür, und ich zuckte zusammen.

»Und Harry ... der setzt doch auf uns?«

Henryk lachte böse. »Das ist ein totales Arschloch. Der hat uns bis heute nicht am Umsatz beteiligt und fährt 'nen Mazda.«

Ich schaute zum Fenster hinaus, wo der Kneiper wieder an seinem Auto werkelte.

»Du willst also alles hinschmeißen. Wo wir so viel erreicht haben?«

»Ja, aber mehr ist nicht drin. Bowie spielt hier nicht.«

»Doch, irgendwann schon!«, beharrte ich. »Aber erst mal holen wir wirklich die Rodeo Starters.«

Henryk stützte seine Filmstar-Stirn in die Hände und wirkte, als ob er mit einem kleinen Kind redete.

»Das ist zu gefährlich.«

»Das krieg ich schon hin. Hauptsache ist, du machst drüben in Westberlin den Kontakt.«

Er schüttelte den Kopf, und ich wurde richtig sauer.

»Wenn du mich schon im Stich lässt, tu mir bitte den Gefallen.«

»Ja, aber die kriegen das raus, und dann gehst du in den Knast. Willste das riskieren für den Laden hier?«

»Na und? Dann hat sich's wenigstens gelohnt.«

Er schmunzelte überheblich.

»Ach, du hast doch bloß Angst, dass die Welt zusammenbricht, wenn du den Kirchturm von Düsterbusch nicht mehr siehst. Du musst hier rrrraus.«

»So 'n Blödsinn hat Conny auch schon mal erzählt. Ihr seid euch ganz schön ähnlich.« Wir schwiegen und schauten aus dem Fenster.

»Weißte, Anton, ich hab schon manchmal gedacht, ich fahr den Nordweg hinter über die Schlaglöcher. Deine Mutter steht am Zaun. Alles ist wie immer. ›Guten Tag Frau Kummer. Ich wollte zu Anton.‹ Sie guckt mich an und sagt: ›Der ist weg, Henryk.‹ Das hab ich mir manchmal gewünscht für dich. Weil ... das hier und Leute wie Sprenzel oder Gerber, die bremsen dich doch nur.«

»Du immer mit deiner Schlaumeierei. Das hier bedeutet mir alles, und Sprenzel ist mein bester Freund, der hat mich nie hängen lassen so wie du Idiot.«

»Du bist der Idiot.« Henryk sprang auf. »Du bist ein weltfremder Idiot, der Schiss hat und so tut, als ob er mutig wäre.« Er lief in Richtung Tür.

»Ach verpiss dich, scheiß Pole.«

Er blieb abrupt stehen, drehte sich um, kam zurück und mir bedrohlich nahe.

»Du warst der Einzige, der das nie gesagt hat, und das hab ich dir hoch angerechnet. Aber in Wirklichkeit bist du ohne dein blödes Gelaber von der Großstadt Düsterbusch auch nur ein ganz gewöhnlicher Pisser.«

Dann ging er und knallte die Tür zu.

47 Alle hauen ab, nur ich nicht

Im Saal lärmte Schadhaft, eine Pogo-Punk-Band aus Crimmitschau. Sie hatte ihre eigenen fünf Fans mitgebracht. Alles Typen und die einzigen Gäste. Dabei sollte es unser erster großer Abend nach der Renovierung werden. Mit einer Punk-Band ohne Spielerlaubnis als Auftakt wollten wir der FDJ, der Gemeinde und all den anderen Bremsern zeigen, dass sie uns mal konnten. Es war genau die falsche Entscheidung. Ich saß mit Marion an der Kasse. Sie war discomäßig aufgeflittert und das einzige weibliche Wesen. Das ganze Lametta stand im Gegensatz zu ihrem traurigen Gesicht. Henryk war jetzt schon seit zwei Monaten in Westberlin.

An der Tür qualmte Sprenzel und wartete auf Gäste, denen er unseren Stempel von der Oberschule Düsterbusch auf den Unterarm drücken konnte. Wir waren nur noch zu dritt. Wuschel und Kurte hatten ihren Ungarnurlaub genutzt, um nicht zurückzukommen. Die anderen ließen über Marion bestellen, dass sie krank wären. Ich kannte allerdings den wahren Grund für die Absagen: Die Neueröffnung der Zentrale erwies sich doch als nicht ungefährlich. Wolfgang Zach setzte ganz neu auf Discos mit Lasershow und Video. Er hatte unsere Idee mit *Dr. Mabuse* einfach abgekupfert. Seine Show wollte sich offenbar keiner entgehen lassen, und meine einstige Zufluchtsstätte wurde jetzt zur großen Konkurrenz. Überall auf dem Bahnhof und in verschiedenen Kneipen lagen Flyer für die Neueröffnung aus. Die meisten hatte ich eingesammelt und entsorgt. Aber es brachte offenbar nicht viel.

Auf der Bühne verausgabten sich Schadhaft vor den mit Rosengebinden verzierten Wagenrädern.

Harry knallte wütend die Saaltür zu, weil man in der Kneipe sein eigenes Wort nicht mehr verstand. Die drei Trinker in Gummistiefeln pflichteten ihm lautstark zu.

»Was ist denn das für 'n Stil, Anton?«, fragte mich Marion und deutete mit ihrem frisch geschnittenen Pagenkopf Richtung Saaltür.

»Frühachtziger Hardcore-Punk, Exploited und so.«

Sie nickte.

»Is nich so meins.« Dabei löste sich ein Stück Flitter von ihrer Wange und gesellte sich zu den Staubpartikeln, die unter der Tischlampe um die Wette tanzten.

Die Kneipentür flog auf, und Matthias Felder torkelte in die Kneipe. Er war vollkommen blau, seine Torwarthandschuhe hingen ihm um den Hals.

»Kummer …«, hauchte er mir seine Schnapsfahne entgegen, »wir sind abgestiegen.«

»Wart ihr zu schlecht?«

»Frag deinen Vater«, sagte er nur und schwankte zum Tresen. Der Niedergang vollzog sich also auch auf dem grünen Rasen.

Ich ging in den Saal. Ein Typ mit Glatze stand auf der Bühne vor den Wagenrädern und röhrte abgehackt in sein Mikro: »Scheiße in der Lampenschale helahelahelu gibt gedämpftes Licht im Saale. Helahelahehelahelahelu«, die Punkvariante eines alten Kneipenreimes. Zwei weitere Glatzköpfe quälten Schlagzeug und Bassgitarre. Vor der Bühne sprangen sich die fünf Fans in schwarzen Unterhemden und Hosenträgern in Brachial-Pogo-Manier an. Über ihnen hing statt unseres Satelliten ein aus

Zweigen geformter Frühlingskranz, der sich durch die Schall-
wellen, die aus der Anlage scherbelten, hin und her bewegte.
Dieser Kranz war der ganze Stolz des Bürgermeisters. Der Ofen
qualmte, und Rauchschwaden zogen zur offenen Terrassentür
hinaus. Harry hatte wieder zu spät geheizt. Ein paar Jahre vorher hätte mich diese kaputte Atmosphäre sicher noch elektri-
siert. Jetzt war sie der Offenbarungseid.

Ich lief über die Terrasse, sprang in den Hof und ging durch
die beiden Torflügel hinaus auf den Vorplatz. Ich schaute die
Dorfstraße hinunter. Nichts. Kein Lichtkegel eines Fahrrads,
geschweige denn eines Autos bewegte sich in meine Richtung.
Auch Charly, Sprenzels Hofhund, bellte nicht mehr. Er war vor
ein paar Monaten gestorben.

Ich dachte an Henryks Worte: »Bowie spielt hier nicht.«
Niedergeschlagen betrat ich wieder die Kneipe.

»Kommt hier noch jemand, Anton?«

»Ich glaube nicht.«

Marion wirkte verlegen.

»Dann fahr ich jetzt auch in die Zentrale.« Sie traute sich
kaum, mich anzugucken.

»Tu, was du nicht lassen kannst«, sagte ich und versuchte,
meine Enttäuschung zu verbergen.

Marion schnappte sich ihre Jacke und stand auf. Sprenzel
schaute fasziniert auf ihre Beine, die zwischen Minirock und
den schwarzen Wildleder-Overknees, von uns auch Fick-mich-
Töppen genannt, hervorguckten.

»Brechen wir ab?«, fragte ich Sprenzel, als Marion zur Tür
raus war. Er nickte, und ich ging zu Harry. Der betätigte frust-
riert den großen Schalter für den Kronleuchter. Schadhaft machten keine Schwierigkeiten. Es waren freundliche Sachsen-Punks.
Ihre Gage wollten sie natürlich trotzdem haben, aber ich konnte
sie ein wenig runterhandeln. Eine halbe Stunde später rollten

sie vom Hof. Jetzt waren noch hundert Mark in der Kasse. Das war das Ende.

Gegen halb zehn standen wir zu zweit an der Fahrradstange und guckten ziellos in die empfindlich kalte Oktobernacht.

Sprenzel rutschte nervös auf der Stange hin und her.

»Was is'n los?«

»Ach nüscht, Anton ... Alles klar«. Er lachte unsicher. Da fiel mir auf, dass Tina, seine kleine Freundin, gar nicht da war.

»Willste ooch in die Zentrale oder was?«

»Ach, Anton«, rief er aus und schlurfte zwei, drei Mal auf dem Vorplatz hin und her. »Ich weeß doch ooch nich.«

»Na los, dann hau ab, Mann, bevor sie irgend so 'n Sachse klarmacht.« Ich versuchte zu grinsen.

»Wir brauchen einfach 'ne neue Strategie, Anton. Dir is doch immer was einjefallen.«

Er schnappte sich sein Fahrrad und verschwand in der Nacht. Kurz sah ich noch einmal seinen Rücken unter der einzig funktionierenden Straßenlampe aufleuchten. Sprenzel hatte nicht gefragt, ob ich mitkommen würde. Er wusste, dass ich mich von manchen Spöttern nicht auslachen lassen wollte. Müde und schwer enttäuscht von der Welt und den falschen Freunden, schob ich den Handwagen, in dem mein Kassettenrekorder schlummerte, die Dorfstraße hinunter.

Ich fasste einen Entschluss. Am nächsten Wochenende würde ich eine Versammlung einberufen und die Helden des Fortschritts auflösen. Ich würde Henryk folgen. Die Grenze von Österreich nach Ungarn war offen. So schwierig konnte das nicht sein. Die Angst vor dem vorwurfsvollen Gesicht meiner Mutter ließ mich allerdings gleich wieder an meinem Plan zweifeln.

Als ich zu Hause ankam, stand sie komischerweise nicht am Zaun wie sonst immer, wenn wir ein Konzert hatten. In der abgeschnittenen Dachrinne steckte ein Brief. Auf dem Umschlag stand nur »Anton«. Schon an der schönen Handschrift sah ich, dass er von Conny war. Hastig riss ich ihn auf.

»Komm bitte morgen unbedingt vorbei. Conny« stand da nur. Jetzt kam die Zuversicht zurück. Sie hatte es sich noch mal überlegt. Erleichtert setzte ich mich auf die Treppenstufen, las den Brief noch mal und guckte rüber auf den Mähdrescherfriedhof. Jetzt, wo alle sich abgewendet hatten, war sie wieder für mich da. Dann kam mir ein kühner Gedanke. Vielleicht konnten wir ja auch zusammen rübergehen. Egal wie, ich musste es meiner Mutter sagen. So viel stand fest.

48 Blut ist dicker als Wasser

Als ich morgens in die Küche kam, hörte ich Wasserrauschen aus dem Bad und stutzte. Ich öffnete die Tür und prallte zurück. Es lief Wasser in die Wanne, und davor lag in einer riesigen Blutlache meine Mutter. Ich beugte mich zu ihr hinunter und war erleichtert, als ich sah, dass sie sich Mühe gab zu lächeln. Alle Weggehpläne kamen mir auf einmal wie ein großer Verrat an ihr vor.

»Mensch, Mutti, was machst du denn?«

»Ist nur ein Blutsturz. Ruf mal 'nen Krankenwagen«, hauchte sie.

Ich nahm ihren Kopf und legte ihr ein Handtuch in den Nacken. Die Verbände an ihren Beinen waren blutdurchtränkt. Dort musste sich mächtig was angestaut haben, denn sie schonte sich nicht, stand weiterhin jeden Tag als Mathelehrerin vor der Tafel. Erst jetzt fiel mir auf, wie wenig ich darüber nachdachte, wie es meiner Mutter ging.

»Ich hab dir schon tausendmal gesagt, du sollst zum Arzt gehen.«

Ich drehte mich um, und mein Vater stand in der Tür. Er sah ziemlich verkatert aus.

»Fass mal lieber mit an.«

Wir griffen ihr unter die Arme, und sie stöhnte vor Schmerz. Ich kam meinem Vater dabei ziemlich nahe und konnte mich kaum daran erinnern, wann es das letzte Mal so war. Kurz musste ich an meine Kindheit denken, als ich seinen monströsen Bauch als Schanze für einen kleinen Skispringer benutzen durfte.

»Komm, wir legen sie auf die Couch«, keuchte ich.

»Da müssen erst mal Handtücher drunter.«

»Das ist doch jetzt scheißegal!«

»Nee, lass, er hat recht. Nicht auf die Couch. Setzt mich mal auf die Badewanne«, keuchte meine Mutter. Gemeinsam hievten wir sie mit dem Hintern auf den Rand der Wanne. Etwas Blut hatte sich auch in ihren Haaren festgesetzt. Sie versuchte wieder, ihren Schmerz wegzulächeln, und streichelte meine Wange.

»Wie ist denn das passiert?«, fragte ich aufgelöst.

Mein Vater verdrehte die Augen.

»Na, weil se den ganzen Abend auf der Straße steht, nur wegen dir.«

»Quatsch nicht, fahr zur Zelle und ruf 'nen Krankenwagen!«, reagierte meine Mutter barsch.

Ich wischte das Blut zu ihren Füßen auf und wrang den Lappen über der Toilette aus.

»Hast du Schmerzen?«

»Geht so.«

»Sind Adern geplatzt?«

Sie winkte ab, wollte mit mir nicht über ihre kaputten Beine reden.

»Und, war es voll?«, fragte sie.

»Ja, ziemlich«, log ich. Ich wollte nicht, dass sie sich noch mehr Sorgen machte.

»Stimmt nicht«, sagte sie, und ich blickte sie erstaunt an.

»Na ja, manchmal geh ich gucken. Ich will doch wissen, ob du Erfolg hast.«

»Da haste dir ja den richtigen Tag ausgesucht.«

»Vielleicht solltet ihr doch mal die Puhdys holen?«

Ich musste lachen.

»Ach Mutti, die Puhdys, das ist doch nicht so meins.«

»Na, jedenfalls wenn ich dir irgendwie helfen kann, Kleener ...«

»Brauchste nicht.«

Wir schwiegen, und ich betrachtete ihr eingefallenes Gesicht. Es war noch immer hübsch und stand im krassen Gegensatz zum desolaten Zustand ihrer Beine. Traurig sah sie aus, hatte sich abgearbeitet am Sozialismus. Dazu noch ein missratener Sohn und ein ständig nörgelnder Ehemann. Ich hatte auch keine Ahnung, womit ich sie noch hätte stolz machen können.

Sie fing an zu weinen und hielt sich die Hände vor das Gesicht. Ich umarmte sie. Sie fühlte sich immer noch fest, aber auch ein bisschen zerbrechlich an. Zum ersten Mal hatte ich das Gefühl, ihr ein wenig Schutz geben zu können.

»Was ist denn los?«

»Ach nichts«, sagte sie und befreite sich wieder von mir. Lange Umarmungen waren nicht so ihr Ding.

»Ich hatte doch damals 'ne Freundin. Die hab ich kurz vor Mauerbau noch zur Grenze gebracht. Das war nicht ungefährlich, weil ich ja schon Genossin war.«

Ich gab ihr ein Stück Klopapier, und sie wischte sich die Nase.

»Die ist dann nach München.« Ein paar Tränen stiegen ihr wieder ins Gesicht. »Die hat immer gesagt: ›Lieschen, komm doch mit.‹« Sie schüttelte den Kopf und schaute nach unten. Ich erinnerte mich daran, dass Tante Klara mir die Geschichte erzählt hatte, als ich fünfzehn war.

»Und, warum biste nicht?«

»Ach, dein Vater wäre doch hier nie weggegangen. Außerdem hab ich geglaubt, dass hier auch mal alles besser und schöner wird.« Sie rang nach Worten, da betrat mein Vater wieder das Badezimmer.

»Krankenwagen ist gleich da.«

Sie machte ein gefasstes Gesicht.

Eine Stunde später saß ich mit meinem Vater am Frühstückstisch. Wir schwiegen. Ich konnte mich nicht daran erinnern, wann ich das letzte Mal mit ihm allein in einem Raum gewesen war. Er hielt mir die Kaffeetasse hin, und ich schenkte ihm nach, genau wie meine Mutter es all die Jahre getan hatte.

»Wieso seid ihr abgestiegen?«, fragte ich, um das unangenehme Schweigen zu beenden.

»Drei Spieler sind in den Westen abgehauen, und der Wichtigste wurde delegiert«, antwortete er kauend.

»Delegiert?«

»Na, der musste zum BFC. Da können wir nichts gegen machen.«

»Das haste nun davon.«

»Ja«, sagte er knapp.

»Scheiße.« Ich schüttelte den Kopf.

»Bei euch läuft's ja auch nicht besser.« Er biss in sein Brötchen.

49 Abschied ist ein scharfes Schwert

Die Haustür stand offen, und ich nahm gleich drei Stufen auf einmal bis zu Connys Wohnungstür. Sie sah mich erstaunt an, als sie öffnete. Ihre saubere Unnahbarkeit ließ mich gleich heiß laufen. Wir hatten ja schon ewig nicht mehr gevögelt, und das alte Verlangen kam zurück.

»Bist du 'n bisschen runder geworden?«

Ich kannte sie gut genug, um schon am Tonfall ihrer Frage zu hören, was Phase war. Mit Sicherheit wollte sie weder mit mir in die Kiste, noch hegte sie gemeinsame Zukunftspläne.

»Findeste?«, fragte ich enttäuscht.

Sie nickte und hielt den Zeigefinger auf die Lippen, damit ich leise blieb, und bedeutete mir, ihr zu folgen. Überall standen zusammengepackte Kisten auf dem Fußboden herum. Einen Moment kam ich mir vor wie in der Wohnung einer fremden erwachsenen Frau. Es roch sauber, so wie bei Menschen, in deren Welt Typen wie ich nichts zu suchen hatten.

Im Schlafzimmer war das Bett gemacht. Keine Zeichen, dass Steffen hier irgendwo rumgeisterte. Auf einer bezogenen Matratze lag meine Tochter und schlief, das blonde Haar wie eine Gardine vor dem Gesicht. Conny strich es zurück, und ich kniete mich neben Marie-Luise. Ich betrachtete ihr Gesicht, ihre Hände, ihre kleinen Füße, und ich hätte wetten können, dass sie mir den Aufenthalt auf der Terrasse nicht übel nahm. Das sah ich schon daran, dass ihre schlafende Körperhaltung eine gewisse Lässigkeit ausstrahlte.

Der einzige Minuspunkt war der Alf-Schlafanzug.

»Wo ist der denn her?«, fragte ich und verzog das Gesicht.

»Von Michaela. Spar dir die Kommentare.« Ich nickte und schaute mir wieder Marie-Luise an.

»Wie alt ist sie jetzt? Sechs?«

»Nee, sechseinhalb. Ihren Geburtstag könnteste dir wenigstens merken.«

»Mach ich ja.«

»Hmm. Lass sie schlafen.«

Ich folgte Conny in die Küche. Sie stellte sich mir gegenüber an den Kühlschrank und verschränkte die Arme vor der Brust. Hinter ihr stand eine angebrochene Flasche Blue Curaçao. An dem Pinnbrett aus Kork darüber hingen Kochrezepte.

»Ich zieh zu Steffen nach Berlin«, sagte sie mit festem Blick direkt in meine Augen. Das Linoleum unter mir schien wegzurutschen.

»Ach deshalb ...«

»Ja, ich wollte es dir selber sagen.«

»Mann, Conny. Wieso denn ausgerechnet Steffen?«

»Der ist gut zu mir. Außerdem wusste ich gar nicht, dass ihr euch kennt.«

»Und Marie-Luise?«

»Na, die nehm ich natürlich mit.«

Ich versuchte zu retten, was zu retten war.

»Ich ... ich hab mir das noch mal überlegt ... ich meine ... vielleicht könnten wir ja doch noch mal von vorne, ich meine ... was willst du denn mit diesem Typen?« Verzweifelt lief ich vor ihr hin und her.

Sie schüttelte den Kopf.

»Ich hab so oft gehofft, dass wir durch Mary zusammenkommen, und zwar richtig.«

Ich blieb stehen. »Können wir doch immer noch.«

»Wie soll ich dir denn noch mal vertrauen? Du hast mich so oft beschissen.«

»Du warst ja nie da.«

»Ich konnte nicht, und du weißt warum«, zischte sie wütend.

Ich nickte resigniert.

»Und später hast du mich schön auf Distanz gehalten. Wahrscheinlich war ich zu uncool oder wie ihr sagt!«

»Und du? Du wolltest mich kontrollieren.«

»Pah, wer soll dich denn kontrollieren? Und hör auf jetzt, das hat ja keinen Sinn.«

Sie trat näher und berührte meine Schulter.

»Du hast doch deinen Club.« Ihr Kinn bebte, aber sie weinte nicht. Wenigstens gab es noch 'ne Gefühlsregung.

»Da hat dein Vater ja doch noch den gewünschten Schwiegersohn«, stellte ich resigniert fest.

Sie verdrehte die Augen.

»Wir wollen nicht heiraten«, sagte sie knapp.

Ich nickte, und an ihrem Schweigen merkte ich, dass sie mich loswerden wollte. Ich tat ihr den Gefallen. Auch mich hielt nichts mehr in dieser Neubauwohnung. Langsam schlurfte ich zur Tür. Sie folgte mir.

»Kriegste noch Besuch?«, fragte ich zum Schluss.

»Nein.«

Sie schaute mich ganz merkwürdig an, legte ihre Hand auf die Klinke und schob sie nervös darauf hin und her. »Wenn du ... nicht zahlen kannst oder ... willst: Steffen würde die Vaterschaft übernehmen.«

Völlig verdattert stammelte ich: »Ich muss drüber nachdenken.«

Sie öffnete die Tür, und ich ging in das Treppenhaus. Plötzlich stieg eine unglaubliche Wut in mir auf.

»Die Vaterschaft für diesen Penner?«, brüllte ich. »Vorher mach ich das Arschloch kalt.«

Sie knallte mir die Tür vor der Nase zu.

Das Licht ging an, und der Zeitschalter begann zu ticken.

»Was ist denn los da unten?«, rief sofort jemand.

»Schnauze«, brüllte ich nach oben und verließ das Treppenhaus.

50 Freundschaft kennt keine Grenzen

Der Spielwarenhändler aus Herzberg knallte die Tür zum Musterraum hinter sich zu. Er hatte die Minderwertigkeit von zehn klobigen Trafos bemängelt, die sich jetzt auf meinem Tisch stapelten. Gerade wollte ich beim Hersteller anrufen, um die Kritik weiterzugeben, da klingelte mein Telefon.

Ich nahm ab und säuselte »VEB Modelleisenbahn Frankenwalde« in den grauen Hörer.

Zuerst war nur ein entferntes Rauschen zu hören, und dann eine undeutliche Stimme mit Akzent. »Spreche ich mit Anton Kummer?«

»Wer ist denn da?«

»Hier ist Chris Harding. Ich hab deine Nummer von Henryk Dabrowski.«

»Chris – wer?«, rief ich in die Muschel.

»Chris Harding. Ich bin die Manager von die Rodeo Starters.«

Ich konnte erst mal gar nichts sagen. Die Loks und Bahnhöfe im Musterschrank begannen sich vor meinem Auge selbstständig zu machen.

»Von den Rodeooo Starters?«, rief ich durch das Büro. Ich sprang zur Tür und schloss sie. »Rufst du etwa aus Westberlin an?« Ich hatte Angst, dass der Anruf mitgehört wurde.

»Don't worry«, sagte er, »ich bin in Ostberlin in einer Zelle.« Der Akzent war unverkennbar.

Ich hatte einen Engländer an der Strippe!

»Wir wollen in eure Club spielen, geht das?«, radebrechte er.
Die alte Energie kam zurück.

»Klar geht das. Wann?«, rief ich in die Muschel.

»In drei Wochen. Aber wir müssen uns vorher treffen!«

»Logo, wo denn? Ich komme überallhin.«

»In Treptow am Ehrenmal nächste Woche?«

Wir einigten uns auf einen Termin für den kommenden Sonnabend.

»Und – Anton«, sagte Chris.

»Ja?«

»Wenn du noch irgendwelche DDR-Badges hast und Urkunden, Ausweise. Bring mit. Ich kauf dir alles ab.«

»Was sind denn Badges?«

»Na die runden … little … Orden?«

»Ach, du meinst Sticker.« Ich versprach es und legte auf. Das Blut pochte in meinem Schädel. Auf dem Flur ging ich in die Knie und spielte Luftgitarre. Die Lagermädels stapelten gerade Streumehlmatten und schauten mich verdutzt an.

Henryk hatte meinen Wunsch erfüllt.

Plötzlich fiel mir ein, dass ich überhaupt keine Nummer von Chris Harding hatte. Vielleicht wollte mich nur jemand verarschen und hatte auf Engländer gemacht. Aber keiner außer Henryk kannte meine Rodeo-Starters-Pläne. Oder vielleicht doch? Ich schob die trüben Gedanken weg und sagte mir: Es stimmte. Die wollten tatsächlich in Düsterbusch spielen. Ich musste einen klaren Kopf bekommen.

Was war zu tun? Wem konnte ich es erzählen, ohne dass er es ausplauderte? Als Ersten würde ich Sprenzel einweihen.

»Wieder nach Berlin, Anton? Ich weeß nicht«, meinte er schlecht gelaunt und schippte hinter dem Bullenstall Mist in eine Schubkarre. Ein vielstimmiges Muh-Konzert war von drinnen zu hören.

»Ja, aber dieses Mal haben wir doch ein Ziel, Sprenzel.«

Er war immer noch nicht so ganz überzeugt. Ich lief neben ihm her.

»Wasn los?«

»Ach, wär ich bloß nicht in die Zentrale gefahren. Tina hat mit 'nem andern rumjemacht.«

»Weiber. So sind se«, rutschte es mir heraus, und ich boxte ihm gegen die Schulter, doch er war schwer aufzumuntern.

»Ey, Sprenzel, ich hab doch auch keine. Wenn die Rodeo Starters kommen, können wir uns vor Mädels nicht mehr retten. Ich versprech's dir.«

Jetzt versuchte er zu lächeln. »Weltstadt Düsterbusch, wa Anton?«

»Weltstadt Düsterbusch«, wiederholte ich.

Die ganze Woche über hatte ich das Gefühl, auf Luft zu laufen. Ich schaffte es sogar, meine Mutter vom Krankenhauseingang bis zum Auto zu tragen. Sie wunderte sich über meinen plötzlichen Enthusiasmus. Ich verriet ihr aber nicht, dass jetzt bald internationale Gäste aus dem nicht sozialistischen Wirtschaftsgebiet in der Linde gastieren würden.

Harry stand hinter dem Tresen und war gerade dabei, Reste aus zwanzig Schnapsflaschen in vor ihm stehende Gläser zu kippen. Das machte er öfter so. Zu später Stunde verkaufte er die Brühe an irgendwelche Besoffenen.

»Wir kündigen«, sagte er.

»Was?« Damit hatte ich nicht gerechnet.

»Ihr kriegt doch den Laden sowieso nicht mehr voll.«

Er bedachte mich mit einem vorwurfsvollen Blick aus seinen verquollenen Augen. Im Hintergrund säuselten Humpe & Humpe »Careless Love« aus dem verstaubten Radio. Es hatte keinen Sinn, ich musste ihm von den Rodeo Starters erzählen. Früher oder später würde er es sowieso rauskriegen.

Als ich fertig war, unterbrach er seine betrügerische Tätigkeit am Kunden und lief grübelnd hinter dem Tresen hin und her.

»Dafür steh ich nicht zur Verfügung, Kummer«, sagte er schließlich entschlossen. Ich ärgerte mich jetzt über mich selbst. Mein temporärer Hang zur Wahrheit wurde mir zum Verhängnis. Das Leben in diesem Land erschien mir plötzlich wieder völlig sinnlos, ohne Reiz und positive Herausforderung. Ich nickte, seine Aussage akzeptierend, und ging schnellen Schrittes Richtung Ausgang.

Kurz bevor ich die Klinke drückte, fragte Harry laut: »Wie viele würden denn da kommen?«

Ich drehte mich zu ihm um und wog bedeutungsschwanger den Kopf hin und her.

»Tausend vielleicht ... oder mehr.«

»Wenn das schiefgeht, Kummer, ich weiß von gor nüscht. Ist das klar? Und sieh zu, dass du 'ne polizeiliche Genehmigung bekommst. Wie, ist mir egal. Und jetzt verzieh dich, ich hab zu tun.«

Dann hievte er eine weitere Batterie fast leerer Flaschen auf den Tresen und begann, das nächste Schnapsglas zu füllen.

»Klar, Harry, du bist in Ordnung.« Ich strahlte.

Mit pochendem Herzen und wieder voller Tatendrang lief ich durch die großen Pfützen nach Hause. Das Spielcasino hinter dem Trafohäuschen nahm wieder Formen an.

51   Big Ben uff 'm Kopp

Ich stand mit Sprenzel auf dem Bahnsteig, und wir warteten auf den D-Zug aus Chemnitz kommend. Sprenzel hatte sich seinen Schnauzer abrasiert, und die Haare waren kürzer und sogar aus dem Gesicht gekämmt.

»Wirste jetzt doch noch Popper, oder was?«, fragte ich.

Sprenzel errötete. »Ich doch nich, Anton.«

»Ist auch ein bisschen spät. Die Haare trägt man wieder länger, und fettig müssen sie sein. Grebo heißt das neue Ding.«

»Jeden Tach was Neues, wa Anton?«

»Klar.«

Wir schauten uns um. Der Bahnsteig war bevölkert mit fiesen Trapo-Bullen. Angesichts unserer Mission ein beunruhigender Umstand. Aber als der Zug einrollte, wussten wir, wen die auf dem Kieker hatten. Eine Horde Berliner Fußballfans kam vom Punktspiel.

Sie hingen mit glasigen Augen aus den Fenstern und sangen: »Ihr seid Sachsen, ganz beschissene Sachsen.«

»Ey, kiek mal, zwee Mutanten«, unterbrach einer den Gesang und zeigte auf uns.

Ein anderer fing mit heiserer Schnapsstimme an zu singen. »Mutantenliebe, Mutantenliebe.«

Zwei Schnauzerträger mit Union-Berlin-Mützen klatschten im Takt auf den unteren Teil des Fensters, aus dem sie hingen. Alle waren vollkommen hinüber.

Wir stiegen weiter hinten ein, um Stress zu vermeiden. Sprenzel machte sich wieder Luft über die Arroganz der Berliner. Ich fand es eher inspirierend wie jede Art von aufflackerndem Wahnsinn.

Am Ehrenmal setzten wir uns auf eine Bank genau gegenüber des großen beeindruckenden Sowjetsoldaten, der das Kind auf dem Arm trug. Chris Harding wollte in fünf Minuten erscheinen, und ich machte mir fast in die Hose.

»Weeßte noch Anton, hier waren wir damals ooch mit der Klasse. In der Achten, mit Elke, Felder und die andern Pfeifen.

»Und du hattest Schnaps mit.«

»Kann sein. Jedenfalls haste mir das erste Mal 'ne Kassette jemacht. Da war Pörpel druff und noch Garry Glitter und De Zwiet und ...«

»›Telephone Line‹ von Electric Light Orchestra«, fiel ich ihm ins Wort, »da hatte sich das Band verfitzt, und das lief rückwärts.«

»Stimmt, Anton, stimmt«, rief Sprenzel. »Aber war 'ne Westkassette ... uff jeden Fall 'ne Westkassette jewesen. Hab ich noch.«

Wir schwiegen wieder, spuckten auf den Kies zu unseren Füßen und guckten bei jedem, der ein bisschen so aussah, als könnte er von drüben sein, genauer hin. Aber niemand reagierte auf uns. Mir fiel ein, dass wir kein Erkennungszeichen ausgemacht hatten.

»Woran erkenn ich denn 'nen Engländer?«

»Hat bestimmt Big Ben uff 'm Kopp«, sagte Sprenzel. Erstaunt schaute er in Richtung Denkmal. »Ich komm mir vor wie im Agentenfilm, Anton ey. Guck mal, jetzt kommt Gestapo.«

Ein dünner Mann mit Hut und im Ledermantel latschte durch die Blumenrabatten. Er trug eine neue weiße Plastetüte ohne Reklame, was ich unglaublich cool fand.

Ich schaute auf, er guckte auch irgendwie. Ich guckte noch mal Sprenzel an, stand mit zitternden Knien auf und ging auf ihn zu. Er musste es sein.

Über das Gesicht des Ledermantelträgers huschte ein zweifelndes Grinsen.

»Bist du Chris?«, fragte ich. Er nickte und streckte seine Hand aus. Ich ergriff sie.

»Und du?«, fragte er unsicher.

»Ich bin Kurt Hager, und das ...«, ich zeigte auf Sprenzel, »äh ... ist Mielke, Erich, Boss of the Secret Service.«

Wir lachten alle drei. Dann sagten wir unsere richtigen Namen, gaben uns über Kreuz die Hand und schlenderten ein Stück.

Ich war total aufgeregt, dass ich jetzt neben einem Engländer lief. Eine Frage musste ich ihm sofort stellen. »Sag mal, Chris, warst du jemals im Blitz Club?«

Chris schmunzelte. »Of course war ich im Blitz Club.«

»Erzähl.«

»Es war sehr schwierig reinzukommen. Da stand so eine ... Gladiator vor die Tür, der hatte eine Spiegel in die Hand. Und jeder musste reingucken. Dann hat er gefragt: ›Würdest du dich selbst reinlassen?‹«

Der Akzent von Chris war himmlisch. Er erinnerte mich an die Moderatorin von *English for you*, der Schulsendung aus dem Fernsehen.

»Und ... wären wir reingekommen?" Gespannt forschte ich im Gesicht von Chris.

Er musterte Sprenzel und mich von oben bis unten, wiegte seinen Kopf zweifelnd hin und her.

»Bestimmt mit die East-German-Bonus.«

»Wir haben den ostdeutschen Blitz Club. Stimmt's Sprenzel?«

»Klar, Anton.«

346

»Ich bin gespannt«, amüsierte sich Chris, und wir liefen weiter.

»Wie ist Henryk an dich rangekommen?«, bombardierte ich ihn mit der nächsten Frage.

»Die Starters haben im Ecstasy gespielt, und er hat mich nach die Konzert angesprochen.«

Ich nickte vor mich hin. Henryk, die coole Sau.

»Er hat total geschwärmt von »Duster...«

»Düsterbusch«, verbesserte ich ihn stolz. »Ist außerhalb Berlins der beste Laden.«

»Auf jeden«, pflichtete mir Sprenzel bei.

»Henryk meinte, Full House wäre garantiert, und da würde sich die Szene die äh ... die Klinke ...?«

»Ja, die Klinke in die Hand geben, sagt man. Das stimmt auf jeden Fall. Oder Sprenzel?«

»Na klar stimmt das.«

Chris grinste.

»Woher kennen die Leute die Rodeo Starters?«

»Na, durch das Radio. Und außerdem hab ich ›Breakfast Time in Starters Mountain‹ immer gespielt. Das war 'n richtiger Tanzbodenfeger.«

»Tanzboden ... what?«

»Tanzbodenfeger ist so was wie ... Smash Hit.«

»Oh, good!«, rief er aus.

Wir lachten wieder alle drei, liefen weiter und einigten uns auf einen Termin zwei Wochen später.

»But ... wir können Instrumente nicht mitbringen, die müsst ihr besorgen. Das ist sonst zu auffällig.«

Ich hatte keine Ahnung, wie wir das anstellen sollten, nickte aber euphorisch.

»Ist doch alles kein Problem.«

»Und ihr müsst uns von die Grenze abholen und zurückfahren. Wir kommen nur mit Tagesvisa und müssen um zwei Uhr nachts wieder drüben sein. Zwei Tage später sind wir in Düsseldorf.«

Ich grinste. Düsseldorf, Dallas, Detroit, Düsterbusch – Träume wurden wahr. Die Rodeo Starters würden einen Schneeballeffekt auslösen und die Helden des Fortschritts in die Erfolgsspur zurückhieven.

»Wie viele seid ihr?

»Zu fünft«, sagte Chris. »Drei Leute von die Band, meine Freundin und ich.« Ich nickte.

Schließlich standen wir wieder vor dem Ehrenmal. Der Engländer dirigierte uns davor und machte mit seiner Kamera ein Foto von mir und Sprenzel. Ein freundlicher russischer Offizier knipste uns anschließend alle drei.

»Bring ich mit nach Düsterbusch.« Chris lächelte.

Wir geleiteten ihn zur S-Bahn Treptower Park.

»Habt ihr noch was für mich?«, fragte er auf dem Bahnsteig ungeduldig.

Ich holte meinen FDJ-Ausweis, den Spielerpass des Deutschen Fußballverbandes, Russenabzeichen und zwei Schwimmmedaillen aus meiner Tasche. Sprenzel hatte noch sein Thälmann-Pioniertuch dabei, einen Wimpel der jungen Brandschutzhelfer und zwei Urkunden von der GST für gutes Schießen mit dem Kleinkalibergewehr.

Wir übergaben ihm alles. Chris machte Augen, als hätte er gerade die Kronjuwelen überreicht bekommen. Wir feixten uns eins.

»Ich sammle alles aus die DDR.« Dafür gab er uns die Plastetüte. Darin war ein T-Shirt mit den Rodeo Starters drauf und die Single »Breakfast Time in Starters Mountain«.

»Album ist noch nicht fertig, bring ich mit zu die Gig.« Chris steckte uns für das ganze DDR-Zeug noch zwanzig D-Mark zu. Dann kam seine S-Bahn, und wir verabschiedeten uns.

Bevor er einstieg, drehte er sich noch einmal um. »Warum machst du das, Anton? Das ist gefährlich.«

Ich zuckte die Schultern.

»Vielleicht weil ich auch mal auf was stolz sein will.«

Er schaute Sprenzel an.

»Ich mach das wegen Anton, das is mein bester Kumpel.«

Wir einigten uns auf eine Zeit, wann wir die Band von der Grenze abholen sollten.

»Wenn alles klappt, schick ich dir eine Telegramm. Was soll da drinstehen?«

Ich überlegte. »Tante Klara kommt.«

»Gut.« Chris nickte uns noch einmal zu und stieg in die S-Bahn.

Wir liefen zum Ausgang, und ich sprang Sprenzel übermütig auf den Rücken, er fasste mich unter die Oberschenkel.

»Zwanzig Bunte für den Plunder, Anton, dass ich das noch erleben darf, ey«, keuchte er.

Auf dem Rückweg gab ich ihm das T-Shirt und nahm mir die Single und die Plastetüte. Endlich keinen Stoffbeutel mehr.

»Sechs passen nicht in 'n Trabbi, oder?«, fragte ich Sprenzel, als wir an den Wünsdorfer Russenkasernen vorbeirumpelten. Er schüttelte den Kopf.

»Außerdem können wir die doch nicht mit 'ner Pappe abholen. Wie sieht denn das aus?«, überlegte ich, auf meiner Unterlippe kauend.

»Ich kenne nur einen mit 'nem fetzigen Auto.«

Ich schaute Sprenzel an.

»Baade«, riefen wir beide wie aus einem Munde.

52 Bevor mich der tiefe Schlaf befällt ...

Als ich am Montag drauf die Modelleisenbahn verließ, wartete vor dem Eingang ein hellbrauner Lada auf mich. Es war nicht Connys Vater, sondern ein Autoschieber, der außerdem noch mit Antiquitäten und allem Möglichen handelte. Harry hatte den Kontakt hergestellt.

Ich stieg zu ihm ins Auto und übergab die BR 52 Spur Ho. Dafür kassierte ich zweihundert D-Mark. Ich hatte ein bisschen an den Bestandslisten manipuliert. Anschließend fuhr ich in einen Konsum und kaufte eine Flasche Goldbrand.

Baade stand gerade auf dem Hof und hackte Holz. Er trug Arbeitsklamotten und hatte tiefe Ringe unter den Augen. Aus seinem Tonband nölten They Might Be Giants »Don't Let's Start«, auch eine Art Smash Hit.

»Na, Kummer? Noch nicht im Westen bei Bowie?«

Ich grinste nur und hielt die Flasche hoch.

»Ach ... du hast Gepäck mitgebracht!« In seine Mimik kam Bewegung.

Wir gingen in das Atelier, und Baade füllte zwei Gläser mit dem Schnaps, dann setzten wir uns.

»Und, warum bist du noch hier?«, fragte ich.

»Mein Vater ist Kommunist, da haut man nicht so leicht ab.«

»Oder grade.«

Wir prosteten uns zu.

»Haste mal Fernsehen geguckt?«

Ich schüttelte den Kopf. »Bei der Tagesschau, da kommt der Kleinbürger zu Wort und darf sich äußern, warum er abgehauen ist.« Baade berlinerte und sächselte jetzt abwechselnd. »Ick will ooch endlisch mal 'n neuet Auto fahren«, imitierte er einen Knuffer. »Ohne Südfrüschte bin i eingegongen da drüm in die Scheiß-DDR«, ahmte er eine Frauenstimme nach.

Ich lachte, und Baade guckte starr auf seine Tischplatte.

»Ich hab keine Lust, diesem widerlichen Proletariat zu folgen. Für 'n paar Apfelsinen würden die ihre eigene Mutter verraten. Da geh ich lieber hier ein.« Er wirkte ziemlich verbittert.

»Wenn die alle weg sind, lohnt sich's vielleicht wieder«, meinte ich. Im Gegensatz zu Baade waren mir der Kleinbürger und alles, was ihn umtrieb, schnurzpiepegal.

»Dann wird Harrys Pinte doch noch der Blitz Club.« Er lachte meckernd.

»Genau«, sagte ich. »Wo is'n Rita?« Ich schenkte mir noch mal nach. Dabei dachte ich daran, wie wir uns kennengelernt hatten. Das setzte Euphorie frei.

»In Berlin.«

»Is Schluss?«

Er nickte.

»Zenker kommt manchmal noch, wir proben 'n bisschen rum. Ansonsten stell ich grade die hier her.« Er hob ein ausgesägtes Holzbrettchen in Schweinchenform in die Höhe. Darauf stand eingebrannt: »Hier kocht der Chef.«

»Du machst Laubsägearbeiten?«, fragte ich.

»Keine Sprüche, Kummer. Ich verkauf die Scheiße. Muss ja auch sehen, wo ich bleibe.«

Ich nickte und verkniff mir einen Kalauer auf handwerkelndes Hippietum.

»Bei dir läuft's ooch nicht mehr so, was?«, fragte er, in meinem Gesicht forschend.

»Na, nach deiner Parole war erst mal Schluss.« Ich wollte es witzig rüberbringen, weil ich merkte, dass es Baade unangenehm war.

»Sind da eigentlich noch mal Bullen aufgetaucht bei dir?«, hakte ich nach.

»Nee, hier war niemand.«

»Für mich ist das ein Beweis, dass die dumm sind. Das wusste doch jeder, dass du das warst.«

Baade schwieg, und ich erzählte ihm die Geschichte von den Rodeo Starters und was ich von ihm wollte.

»Der Kummer ... immer noch nach den Sternen greifen, was?« Es kam wieder Leben in ihn.

»Du weißt doch: Bevor mich der tiefe Schlaf befällt ...«

»Dann war das also Düsterbusch, wovon die gestern gesprochen haben.«

»Wie?«

»Die waren gestern beim SF-Beat im Interview und haben erzählt, dass sie in einem Kaff im Osten spielen.«

Ich sprang auf und lief hin und her. Einerseits freute ich mich und andererseits ...

Baade lachte. »Jetzt haste Schiss, Kummer, was?«

»Bisschen schon.«

»Wie habt ihr das überhaupt geschafft?«, fragte er staunend.

»Henryk«, sagte ich abwesend.

»Der arrogante Pole macht also die Ost-West-Deals. Hahaha.« Es klang, als redete er über eine Welt, die längst nicht mehr seine war. »Was springt denn raus für mich?«

Ich holte die zweihundert D-Mark aus der Tasche.

»Hundert jetzt, und den Rest, wenn die Starters wieder drüben sind.«

Er nickte. Dann sagte ich ihm die genauen Zeiten, wann er am Grenzübergang sein sollte, um die Band abzuholen. Ich verwarf den Gedanken mitzufahren. Schließlich musste ich vor Ort sein, falls irgendwas passierte. Gelegentliche Schübe von Vorfreude wechselten jetzt mit purer Angst. Bis jetzt hatte ich noch keine offizielle Band, um sie als Tarnung anzumelden, und mir blieben nur noch zwei Tage Zeit.

Ich rief zuerst bei dem Sänger von WBS 81 an. Doch die hatten sich gerade aufgelöst. Er versprach mir aber Werbung zu machen.

»Wäre schön, wenn die Cottbuser alle kommen.«

»Bestimmt«, sagte er.

Als Nächstes versuchte ich es bei dem Manager der Nörgler. Die wollten gerade bei Amiga eine Platte rausbringen. Die einzige DDR-Plattenfirma entdeckte mit zehn Jahren Verspätung die Szene. Cosmo äußerte Bedenken, dass der Deal platzen könnte, wenn sie ihren Namen für eine illegale Veranstaltung mit Westkünstlern hergaben.

Ich versuchte es noch bei einigen anderen, aber alle hatten entweder Angst oder verlangten horrende Summen im Voraus. Ich hatte bereits den Überblick verloren, wer schon alles von dem West-Gig wusste. Je mehr Mitwisser, desto größer die Wahrscheinlichkeit, dass mich jemand verraten würde. Ich konnte nicht mal absagen, da ich keinerlei Adresse oder Telefonnummer von Chris Harding besaß.

53 Pik-Ass und Special Guests

»Das Telefon steht nicht mehr still. Die wollen alle wissen, ob die Romeo Parkers oder so 'n Quatsch hier spielen«, pflaumte Harry mich an, als ich in die Linde kam. Es klingelte wieder.

»Nicht mal in Ruhe sein Bier trinken kann man hier«, meckerte einer der Trinker von den Tischen.

»Halt die Gusche, du Eumel«, flapste Harry zurück. Christel kam mit den Händen voller Bockwurstteller aus der Küche und bedachte mich mit einem vernichtenden Blick. Dann schleppte sie die Fettfinger, versehen mit labberigem Weißbrot, zu den gut besetzten Tischen. Ich schloss die Augen und versuchte, die schlechte Aura dieses Gaststättenleiterehepaares nicht allzu sehr an mich ranzulassen. Henryk fehlte an allen Ecken und Enden.

»Was soll ich denn sagen?« Harry stand jetzt mit dem Telefon in der Hand vor mir.

»Sag, du weißt nicht, wer spielt, aber es könnte sein.«

Er verdrehte angenervt die Augen. »Das geht doch wieder schief alles, Mensch«, meckerte er und ging ran. Ich hörte nur, wie er unwirsch jemanden abfertigte.

Ein kleiner untersetzter Mann im grünen Anorak und mit Walross-Schnauzer kam in die Kneipe. Er trug Plakate unter dem Arm und klopfte zum Gruß mit der Faust auf alle Tische. Schließlich stellte er sich neben mich an den Tresen und rollte darauf seine Plakate aus. Dabei musste er die Hände fast in Kopfhöhe halten.

Auf den Plakaten waren drei aufgefächerte Spielkarten zu sehen. Das Pik-Ass in der Mitte stach heraus und war als lachendes Gesicht mit Oberlippenbart gestaltet. Oben drüber stand in verschnörkelter Schrift. »Pik-Ass – Preußische Gartenlieder«.

Ich sah nur, wie Harry beim Zapfen einen schalen Blick auf die Plakate warf und unwirsch den Kopf schüttelte.

»Du und deine Knautschkommode, das will doch keener hören«, schnauzte er den Mann an.

Der rollte seine Plakate wieder ein. Die Ecken seines Walross-Schnauzers hingen traurig nach unten. Er tat mir ein bisschen leid. Als er zur Tür rausging, kam mir eine Idee.

»Warten Sie mal!«, rief ich im Flur und erwischte ihn noch auf der Vortreppe. Wir stellten uns gegenseitig vor. Sein Name war Manfred Weber.

»Herr Weber, wollen Sie denn nicht mal vor tausend Leuten spielen?«

»Verarschen kann ich mich alleene.« Er wandte sich von mir ab und ging zu seinem Habicht, der neben Harrys Mazda reichlich schäbig wirkte. Manfred Weber war der Typ, der ständig blöde Kommentar über sich ergehen lassen musste, sei es über seine Musik und sicher auch über sein Aussehen. Ich folgte ihm. Er klemmte die Plakate auf den Gepäckträger und setzte eine Lederkappe auf.

»Ich meine es ernst. Sie haben doch bestimmt 'ne Einstufung und dürfen auftreten, oder?«

»Natürlich. Bei mir ist alles picobello.«

»Na also. Ich garantiere Ihnen tausend Leute und gutes Geld.«

Er hielt beim Schließen des Kinnriemens inne. Kurz darauf saßen wir wieder in der Kneipe.

»Und wieso willste ausgerechnet, dass ich spiele?«

»Kennen Sie die Pogues?«

»Nee.« Er schaute mich skeptisch an.

»Das ist 'ne englische Folklore-Punkband. Die haben auch 'n Akkordeon. Das ist sozusagen wieder total in, und es passt thematisch zu der anderen Band.«

»Aha.«

Er zog die Augenbrauen zusammen und wiegte den Kopf hin und her.

»Die lachen mich doch aus, wenn ich da vorne stehe, Mensch.«

»Tausend Leute sind tausend Leute«, hielt ich dagegen. Harry schaute misstrauisch herüber.

Ich versprach Herrn Weber fünfhundert Mark.

»Das ist viel.« Er machte große Augen.

»Drei Songs dürfen Sie spielen.«

»Songs«, imitierte er mich spöttisch und zeigte sein gelbes Pferdegebiss. »Am liebsten spiele ich ›Meine Schwiegermutter hat 'ne Glatze‹, ›Tante Erna‹ und ›Die Kirschen in Nachbars Garten‹.« Sein Ton wurde jetzt vertraulicher.

»Na also, da haben wir doch schon 'ne Spitzen-Set-List.«

Jetzt lachte er. »Und was ist das für 'ne Truppe, wo kommen die her?«

»Berlin.«

»Oooh. Das ist ja 'n dolles Ding, Mensch.« Er staunte, und ich nickte gewichtig.

»Haben Sie denn noch 'nen Partner, Schlagzeuger oder so?«

»Der ist gestorben. Leberzirrhose. Steht mir auch bevor«, sagte Herr Weber und leerte das Bier, das ich ihm bestellt hatte, mit einem einzigen Zug.

»Na, dann machen wir mal 'nen Vertrag, bevor es zu spät ist.«

Herr Weber hatte alles dabei und holte aus einer Lederkladde das Schriftstück, das unserem verbotenen Abend eine legale Tarnung verlieh: den Gastspielvertrag für Amateurmusiker.

»Wenn du Lust hast, ich spiele morgen auf 'nem Erntedank-
fest in Breitenau.«

»Bin ich da, wenn ich Zeit hab, Herr Weber.«

Dann überließ er mir noch seine dreißig Plakate. Als er gegangen war, stellte ich mich zu Harry an den Tresen.

»Sag bloß, die Flasche ist deine Tarnung.«

»Pik-Ass plus Specials Guests«, sagte ich zufrieden. Harry
hatte keine Zeit zu reagieren, denn das Telefon klingelte wieder.

Mit dem Vertrag in der Tasche und weichen Knien klapperte
ich am nächsten Tag die obligatorischen Genehmigungsins-
titutionen ab. Bei Sanne und der FDJ hatte ich es mir seit der
Weigerung, den Kulturtag der Landjugend zu veranstalten,
ziemlich verscherzt. Sie machte einfach ihren Kringel auf dem
Vertrag und wandte sich dann, ohne mich weiter zu beachten,
einem monströsen Liebesknochen zu.

Frau Bachmann bei der Kultur prüfte skeptisch. »Seit wann
sind Sie denn Volksmusikliebhaber, Herr Kummer?«

Das deutliche Misstrauen in ihrer Frage lächelte ich weg.
»Wir müssen ja auch mal was für die Leute im Dorf machen. Und preußische Gartenlieder finde ich schon ganz witzig.«

Widerwillig setzte sie ihren Stempel auf den Vertrag.

Bei der Polizei hatte ich richtig Glück. Stamm sei im Außen-
einsatz, sagte mir seine Vertretung, ein rothaariger Uniform-
träger mit talgigem Gesicht. Ich konnte mir gut vorstellen,
dass mein einstiger Peiniger alle Hände voll zu tun hatte. Im
ganzen Land rumorte es. Und er war sicher dabei, irgendwo
eine revolutionäre Kirchenzelle auszuheben. Sein Stellvertreter kannte mich nicht und zeichnete alles ab, ohne richtig zu
gucken oder zu fragen. Ich konnte mein Glück kaum fassen.

Bei der *Frankenwalder Post* hatten revolutionäre Umwälzun-
gen stattgefunden. Anglizismen waren inzwischen erlaubt. Die

arrogante Anzeigenfrau sah mich herablassend an, als ich ihr die Genehmigung vor die Nase hielt.

»Düsterbusch City Lights mit Pik-Ass und Special Guests«, las sie vor. »Was Blöderes hab ich auch noch nicht gehört.«

Am Abend fuhr ich mit Sprenzel durch den Kreis, und wir klebten überall die Plakate. Vor der neu renovierten Zentrale bepflasterten wir gerade eine Litfaßsäule, da zweifelte ich plötzlich an unserem Vorhaben.

»Pik-Ass und Special Guests. Das rafft doch niemand, oder Sprenzel?«

»Die Berliner und Cottbuser wissen das doch aus dem Radio«, erwiderte er zuversichtlich.

»Und was machen wir, wenn Bullen kommen?«

Sprenzel grinste. »Die sind doch viel zu blöde.«

Ich nickte und hoffte, dass er recht hatte.

Wie früher öffnete gerade Wolfgang Zach die große Flügeltür der Zentrale. Es war kurz vor fünf am Sonntag, und die Disco begann.

»Und wie ist es da drin jetzt?«

Sprenzel zuckte die Schultern und fuhr mit der Leimbürste über das nächste Pik-Ass-Plakat.

»Na, nicht so räudig wie bei Harry, wa? Alles neu. Und gestern gab's gleich Ärger.«

»Wieso?«

»Na, da arbeiten doch jetzt zehn Neger bei Obst & Gemüse. Die waren gestern zur Disco. Und gleich Klopperei. Aber die Deutschen haben anjefangen.«

»Wo sind Neger?«, fragte ich aufgewühlt.

Zwei Tage später und einen vor dem größten Ereignis, das Düsterbusch je erleben sollte, saßen die neuen Helden des Fortschritts in der Linde. Ich hatte es geschafft, zwei Trinker, darunter Bauer Brahmke, im Tausch gegen reichlich Spirituosen und zwanzig Mark Handgeld pro Kopf für unser Projekt zu begeistern. Außerdem zwei afrikanische Auftragsarbeiter.

Die Afrikaner waren im Pulk mit ängstlichem Blick durch Kirchhausen gelaufen, als ich sie einfach ansprach. Zwei von ihnen, sie hießen Epalé und Johnny, ließen sich breitschlagen, in unserer Ordnungsgruppe mitzumachen.

»Wir stellen uns doch nich mit Nejern an die Tür«, ätzten die Trinker, doch ich schaffte es mit weiteren Geldversprechen, die Emotionen aus der Diskussion zu nehmen.

Epalé und Johnny kamen aus Kamerun. Das entsprach meiner Vision von Großstadt und Internationalität. Und ich wollte natürlich die Rodeo Starters beeindrucken. Je mehr Farbe ins Spiel kam, desto besser.

Die beiden Afrikaner fanden das alles ziemlich schräg und freuten sich, dass mal jemand mit ihnen redete. Epalé sprach mehr oder weniger Deutsch. Mit Johnny verständigte ich mich in meinem Wald-und-Wiesen-Englisch. Sie waren baumlang und genau richtig, um Sprenzel an der Tür zu unterstützen.

Ramona hatte ich überredet, die Kasse zu machen. So hoffte ich, endlich mal wieder einen Fick zu starten.

Kaum war ich zu Hause, klingelte es.

»Telegramm.«

Ich setzte mich in mein Zimmer und öffnete es mit zitternden Fingern. »Tante Klara kommt – Chris« stand da nur.

Ich atmete durch und schaute über den Landmaschinenfriedhof. Jetzt gab es kein Zurück mehr.

In der Nacht machte ich kein Auge zu. Euphorieschübe wechselten sich ab mit Knastfantasien. Ich dachte an die Stasi-Typen, die bei Henryk gewesen waren. Hatte vielleicht ein anderer den Spitzeljob übernommen? Ich war froh, als der Morgen graute.

54 Düsterbusch City Lights

Nach dem Frühstück, bei dem ich meinen Eltern irgendein Märchen auftischte, was am Abend vor sich gehen sollte, hielt ich es nicht mehr aus. Ich fuhr zu Baades Ranch und legte mich im Wald auf die Lauer. Ich wollte sichergehen, dass nichts schiefging und er wirklich nach Berlin fuhr. Kurz vor der vereinbarten Zeit kam er aus der Tür und ging zu seinem Tschaika. Er sah wieder aus wie früher, Lederjacke, schwarze weite Hosen und ein schmales schwarzes Band um den Hals. Er wirkte nüchtern, und ich freute mich. Man konnte sich also doch auf Baade verlassen.

Still lag das Dorf da, als ich mich gegen fünfzehn Uhr fertig gemacht hatte. Ich trug Lederjacke, weiße Jeans und spitze Stiefel und hatte mir etwas Kajal unter die Augen gepinselt. Steve Strange traf auf Guns N' Roses. So stiefelte ich über die Hauptstraße, die Kasse in der Hand.

Das Kriegerdenkmal war schon jetzt am Nachmittag von etwa zwanzig Leuten bevölkert. Der Reichsadler trug immer noch seine Augenklappe in Form des türkisfarbenen Damenslips, der sich inzwischen ausgeblichen farblich dem Grünspan anpasste.

»Spielen hier die Rodeo Starters?«, rief ein abgerissener Punk im Ledermantel, der mit dem Rücken am Findling lehnte, über die Straße.

»Kann sein«, sagte ich und nickte kräftig.

Zustimmendes Gelächter war die Antwort.

Ich betrat die Kneipe. Manfred Weber saß in einer Art Spreewaldkostüm bereits am Tisch und probte auf seiner Knautschkommode. Er schwitzte vor Aufregung. Ich tätschelte ihm den Rücken.

»Vielleicht werden es auch mehr als tausend, Herr Weber.«

»Hör bloß uff, du. Mir steht die Scheiße schon am Adamsapfel.«

»Schöne Vorstellung.«

Ich hoffte, dass später kein Flaschenregen auf ihn niedergehen würde.

Harry bereitete zig Gläser mit Cola Wodka vor. Im Saal wurde die Anlage aufgebaut. Ich hatte mir von Baade Schlagzeug und Gitarren geborgt und hoffte, dass den Rodeo Starters das Zeug nicht zu räudig war.

Ich ging wieder hinaus und stellte mich an die Friedhofsmauer. Es war wie früher, zu unseren großen Zeiten. Nur dass jetzt, zwei Stunden vor Beginn, noch viel mehr Leute da waren als je zuvor. Überall vor den Gehöften saßen exotische Gestalten. Entweder trinkend in wilder Diskussion oder einzeln vor sich hin dösend. Ein erhabenes Kribbeln schlich sich von den Knien bis hinauf in meinen Nacken. Jetzt fehlte nur noch die Band.

Da sah ich Baades schwarzen Tschaika, in der Abendsonne schwer wie ein Schiff aus Frankenwalde kommend, die Hauptstraße hinunterfahren. Ich riss kurz die Augen auf und schloss sie wieder. War er etwa allein im Auto? Das durfte nicht sein. Bitte, bitte nicht. Er fuhr zu mir heran, und da sah ich, dass sich die Leute nur schlafend zusammengerollt hatten. Erleichtert winkte ich den Tschaika auf den Hof.

Baade bremste vor der Terrasse, und sie stiegen aus: die Rodeo Starters, drei Typen, denen man die Westler schon an der Nasenspitze ansah. Müde streckten sie die Glieder. Doc

Holiday, Vince Browning und Stetson. Alle in neuen Leder-jacken und karierten Hemden. Ihre Haare waren, wie es der Zeitgeist verlangte, schon wieder etwas länger. Nur Doc Holi-day trug eine Schmalztolle im Fifties-Stil. Nach ihnen stieg Chris aus. Er war in einen zu großen, ziemlich new-wavigen Anzug gewandet, dazu trug er, wie schon bei unserer ersten Begeg-nung, Krawatte. Ihm folgte eine Asiatin mit unglaublich ver-rückten Klamotten, die er als seine Freundin Maki vorstellte. Mein Blick wanderte zu Baade.

Er stand mit undurchsichtigem Blick etwas abseits. Ein wenig von der alten Missgunst war zu spüren. Ich winkte ihm zu, wollte ihn mit einbeziehen, doch er schüttelte den Kopf, blieb stehen und rauchte eine Zigarette.

»Sprenzel!«, brüllte ich. Er kam im Starters-T-Shirt angerannt und wurde total verlegen.

Ich stellte ihn als meinen Business-Partner vor, was Baade mürrisch registrierte. Chris holte das Foto aus der Tasche, das er von uns geknipst hatte. Wir zeigten es überall herum.

»An diesem Tag wurde Geschichte geschrieben«, sagte ich, und Sprenzel steckte es ein. Wir schüttelten Hände, witzelten, und die Westler schauten sich staunend auf dem Hof um.

»Und das wird wirklich voll, Anton?«, fragte Stetson, der Bas-sist, und ließ seinen skeptischen Blick über Harrys alte Fleisch-kisten schweifen, die kreuz und quer in einer Ecke lagen.

»Das wird richtig voll«, sagte ich und verteilte Personal-ausweise. Meinen, Sprenzels und den von Bauer Brahmke. Sie stutzten.

»Nur falls … 'ne Kontrolle kommt.«

Sie wurden etwas ängstlich, aber ich redete ihnen ein, das wäre nur eine Vorsichtsmaßnahme. Für den Fall, dass wirklich Bullen auftauchten, hatte ich absolut keinen Plan, was zu tun wäre. Das wollte ich aber für mich behalten.

»Ich muss mal aufs Klo«, sagte Doc Holiday, der Schlagzeuger, und ich zeigte ihm die Richtung.

»Aber für die Klos kann ich nichts«, rief ich hinterher, und alles lachte.

»Meine Stimme ist 'n bisschen im Eimer. Habt ihr Fenchelhonig?«, fragte mich Vince Browning.

»Äh … wie bitte?«, sagte ich, und er winkte ab.

»Schon gut.«

Chris und seine Freundin verabschiedeten sich zu einem Spaziergang. Ich stellte mich an das Hoftor und schaute ihnen nach. Maki aus Tokio und Chris aus Leeds liefen in Düsterbusch über die Dorfaue. An der Fahrradstange lehnten Epalé und Johnny aus Kamerun und winkten mir zu. Mir sollte keiner mehr erzählen, dass wir nicht auf dem Weg zur Metropole waren.

In der Kneipe traf die Band auf ihren Support-Act. Ich stellte alle vor. Die Rodeo Starters fachsimpelten mit Manfred Weber über Instrumente, als ob sie sich schon Jahre kannten. Mir fiel ein Stein vom Herzen, dass es keine naserümpfenden Westler waren, die an allem herummoserten.

Eine Stunde später leisteten Epalé, Johnny und Brahmke an der Tür Schwerstarbeit. Ramona kassierte wie besessen. Sprenzel verteilte Stempel, und ich stritt mich mit Christel über die Essenssituation. Sie hatte tatsächlich nur Schmalzbrötchen von vorgestern im Angebot.

»Is ja eklig, wer soll denn das essen?«

»Wenn der Konsum nicht liefert, können wir nüscht dafür«, kanzelte sie mich ab, und ich ging fast die Wände hoch vor Wut.

Ich verklickerte Chris peinlich berührt die Essenssituation.

»Don't worry, Anton. Wir sind happy. So viele Leute hatten wir noch nie.«

Ich sprintete noch mal schnell nach Hause. In Windeseile schmierte meine Mutter ein paar Brote und packte sie kunstvoll ein.

Als ich wieder zur Kneipe kam, war der Saal so voll, dass keine Maus mehr hineinpasste.

Die Rodeo Starters machten sich backstage fertig. Ich reichte ihnen die Stullen, und sie aßen mit großem Appetit. Ich zupfte noch mal hier und da und stopfte Vince Brownings Marlboroschachtel zurück in die Lederjacke.

»Keene Westbroboganda hier«, sächselte ich, und die Musiker lachten.

Pik-Ass alias Manfred Weber stand schlotternd hinter dem Vorhang, als ich mich hinter die Bühne durchgeschlagen hatte.

Riesige Schweißperlen liefen von der Stirn über die Tränensäcke in den Schnauzer hinein.

»Du musst mich ansagen«, befahl er.

»Können Sie das nicht selber?«

»Nee, das biste mir schuldig. Ich hab jemerkt, was hier läuft. Die sind doch ausm Westen.«

Ich sagte nichts und guckte ihn nur an.

»Egal jetzt«, winkte Herr Weber ab. »Los.«

Schweren Herzens ging ich auf die Bühne, fand mich aber auch ein bisschen geil dabei. Ich schaute über die Massen und entdeckte Marion und Elke an der Seite.

Einige pfiffen und grölten. »Starters ... Starters ...« Ich ging an das Mikro und schaltete es an.

»Herzlich willkommen zu Düsterbusch City Lights. Das ist der erste Abend aus einer geplanten Reihe.« Lautes Gegröle.

»Ich will keine großen Worte machen. Unsere Überraschungsband wird sich nachher selbst vorstellen.«

Das Starters-Starters-Gegröle wuchs jetzt zu einem Vulkan an.

»Und jetzt erst mal Pik-Ass. Viele liegen ihm schon zu Füßen. Doch Manfred Weber wird ab heute mit seinem Folk-Punk über die Grenzen des Kreises Frankenwalde hinaus bekannt werden. Viel Spaß!«

Ein gellendes Pfeif- und Grölkonzert war die Antwort. Dann betrat Manfred Weber etwas torkelnd die Bühne. Er begann mit der »Schwiegermutter«. Aber entgegen meinen Befürchtungen flogen keine Flaschen. Die Menge feierte den Alten mit wüstem Square-Dance-Getanze.

Ich war im siebten Himmel und ging raus auf die Terrasse. Zwischen einigen, die sich Manfred nicht geben wollten, saßen Baade und Fenske. Freudig lief ich auf sie zu.

»Guck mal, wie er strahlt«, sagte Baade. »Vorhin hat er richtig den Westler gemimt, wa Kummer?«

»Ach, Baade ...« Ich schaute in seine Augen. »Haste gesoffen?«

»Bisschen.«

»Du musst doch nachher noch die Band nach Berlin fahren.«

»Das weeß ich selber, du Penner ey.«

»Lass den Chef in Ruhe, Baade«, ergänzte Fenske mit fiesem Grinsen.

Ich ging weiter und spürte ihre Blicke in meinem Rücken. War es doch falsch gewesen, mich wieder auf Baade einzulassen? Draußen war der Vorplatz fast leer gefegt. Nur an der Fahrradstange stand ein knutschendes Pärchen. Von Bullen oder Stasi keine Spur.

Manfred Weber wurde mit großem Applaus und Gelächter verabschiedet.

Die Starters kamen auf die Bühne.

»Danke an Pik-Ass für die beeindruckende Performance.«

Alles johlte. Tische brachen unter der Last der Leute zusammen. Jemand riss den Kranz des Bürgermeisters vom Kronleuchter. Er wurde von Hand zu Hand weitergereicht und verschwand in der Menge.

Plötzlich stand Sprenzel hinter mir.

»Das nenn ich Rückbau, Anton«, schrie er mir ins Ohr und grinste breit.

Ich wollte lieber gar nicht an den nächsten Tag denken.

»Wir sind der Special Guest, aber eigentlich sind wir ...?« Vince Browning hielt die offene Hand hinter sein Ohr.

»Die Rodeo Starters«, brüllten mindestens siebenhundert Kehlen begeistert.

Es war wohl die beste Gänsehaut, die ich je verspürte.

Dann legten die Starters mit ihrem Hit los. »Breakfast Time in Starters Mountain – what a great experience ...«, begannen sie dreistimmig zu singen. Als die Instrumente einsetzten, gab es kein Halten mehr. Sie spielten ihre ganze Platte runter – das verrückteste Konzert, das Düsterbusch je erlebt hatte. Leider konnte ich es nicht so richtig genießen. Zu viele Gefahrenherde waren noch am Köcheln.

Baade tauchte neben mir auf. »Ey, Kummer, hätteste die Flasche damals besser geworfen, hätten wir heute genauso viele Zuschauer.«

»Na klar, doppelt so viele«, murrte ich. »Du kannst doch nachher nicht mehr fahren, oder?«

»Guck mal, Rita is ooch hier.« An seinem Sprachrhythmus merkte ich, dass er völlig hinüber war. Ich nickte Rita stumm zu und drängte mich durch die Massen.

»Auch ganz schön arrogant geworden«, hörte ich nur ihre Stimme im Nacken.

Fieberhaft überlegte ich, wie die Band zurück nach Berlin kommen sollte. Schnell verwarf ich den Gedanken, selbst zu fahren. Ich hatte keinen Führerschein, und das Risiko konnte ich nicht eingehen. Ich schaute mir ein paar nüchterne Normaljungens an, die ich aus der Schule kannte oder vom Bäcker. Aber die wollte ich nicht in meine Machenschaften hineinziehen.

Besoffene texteten mich zu, als ich mich immer unruhiger durch die Massen schob. Harry schrie nach mir, aber ich reagierte nicht. Auf einmal war alle Zuversicht dahin. Der Sound der Rodeo Starters wurde zu Brei in meinen Ohren. Was hatte ich eigentlich von alldem – außer Ärger. War ich dafür angetreten? Damals träumte ich vom Blitz Club, einem Laden, der von Mode, einem dekadenten Zeitgeist, neuer Musik und interessanten Gesprächen leben sollte. Inzwischen war ich ein schnöder Veranstalter, der Verträge aushandelte und Leute überredete, Dinge zu tun, die sie gar nicht wollten und vor allem nicht verstanden. Jeder konnte mich blöd volllabern, und dafür begab ich mich auch noch ständig in Gefahr. Aber wofür? War mein Plan trotz dieses Erfolgs gescheitert, das große Leben nach Düsterbusch zu holen? Musste ich hier wirklich endgültig weg?

Chris kam zu mir und zog mich am Arm. »Wir müssen los, Anton. Wo ist die Fahrer?«

Ich schlug mich mit ihm zu Baade durch und wusste nicht, was ich machen sollte.

»Wo hört denn Kunst auf, und wo fängt sie wieder an?«, nölte Baade gerade Fenske ins Ohr und machte eine fahrige Handbewegung.

»Das frag ich mich den ganzen Abend schon«, lallte Fenske zurück.

»Gib mir den Schlüssel!«, fauchte ich Baade an.

»Was gibste denn aus?« Er inhalierte tief von seiner Duett.

»Die hundert, die ich dir versprochen hab.« Er nestelte an seiner Lederjacke rum und gab mir den Schlüssel.

»Hier, du Arsch.«

Chris stand neben mir und bekam alles mit.

»Kannst du fahren?«

Ich schüttelte den Kopf.

»Ich muss hierbleiben, aber warte mal.« Ich hatte da eine vage Idee.

Von hinten kam Harry an.

»Hier hat grad eener erzählt, die Bullen kommen mit 'nem Überfallkommando.«

»Ach, halt mal jetzt die Schnauze«, sagte ich angenervt und lief durch die Massen, die Schulterklopfer und »Ey-Anton-geil«-Rufer ignorierend.

Sprenzel saß direkt vor der Bühne auf der Tischkante und hatte die Kasse unter dem Arm. Neben ihm stand Tina.

»Das war das geilste Konzert jemals! Besser als Pörpel, ey!«

»Sprenzel, haste was getrunken?«

»Ach, drei, vier Bier vielleicht.«

»Kannst du die nach Berlin fahren? Baade ist dicht.«

Sprenzel schaute mit fragendem Blick zu Tina rüber. Anscheinend bahnte sich wieder etwas an.

»Kann Tina mit?«

»Ist, glaube ich, zu eng.« Ich zog bedauernd die Augenbrauen nach oben.

Er lachte und wand sich.

»Klar ... Mann, Anton. Scheiß drauf. Aber ich weeß nicht, was ich mit denen quatschen soll.«

»Hörste eben zu.«

»Na ja ... ich wollte ooch schon immer ma Tschaika fahren.« Er rang sich ein Lächeln ab.

Auf dem Hof gab es eine große Ost-West-Verabschiedungszeremonie, und das angebliche Überfallkommando stellte sich als Ente heraus.

Die Rodeo Starters waren happy. Ich sammelte die DDR-Ausweise wieder ein. Maki und Chris verabschiedeten sich artig.

Er trug ein Honecker-Bild unter dem Arm. Harry hatte es ihm verkauft, dazu noch ein paar Kaffeetassen und andere Konsumutensilien. Für D-Mark, versteht sich.

Sprenzel setzte sich ans Steuer und schämte sich ein bisschen. Ich gab ihm hundert Mark für Sprit. Dann winkte ich dem Auto hinterher und war traurig, dass ich nicht auch drinsaß.

Der Saal war völlig verwüstet, und ich bereitete mich schon innerlich auf den Spießrutenlauf am Morgen vor.

Pik-Ass alias Manfred Weber pennte an einem Tisch. Zusammen mit Ramona machte ich ihn wach und geleitete ihn auf die Terrasse, wo er sich an das Geländer lehnte.

»Das glaubt mir keener, mit 'ner Westcombo«, lallte er vor sich hin.

Ich freute mich, dass Ramona noch da war, denn ich brauchte jetzt jemanden.

Alles leerte sich, und Düsterbusch wurde wieder zu Düsterbusch.

Als ich mit ihr im Arm aufbrach, kam Epalé angerannt. Er und Johnny trauten sich nicht in ihr Wohnheim. Irgendwelche Typen wollten ihnen auf die Fresse hauen. Wir nahmen sie mit, und ich stellte mir das Gesicht meiner Mutter vor, wenn sie morgens in mein Zimmer gucken würde.

Als ich im Bett lag und Ramona an meinem Schwanz rumdoktern wollte, sagte ich:

»Lass mal, ich will nur kuscheln.« Dann schliefen wir ein; zwei Kameruner an der Wand gegenüber.

55 Einstürzende Neubauten

Als ich aufwachte, war mein Zimmer leer. Ramona lag nicht mehr neben mir, und die Afrikaner waren ebenfalls verschwunden. Die Uhr an der Wand zeigte zehn Uhr vormittags, und ich stand auf.

Niemand hatte geklingelt. Kein Spießrutenlauf durch das Dorf. Merkwürdig. Ich schaute auf den Satelliten und ärgerte mich. Vor lauter Stress hatte ich vergessen, ihn im Saal aufzuhängen.

Da hörte ich Lachen aus der Veranda und zog mich schnell an. Nicht ohne vorher noch mal das Album der Rodeo Starters aufzulegen, das mir Chris mitgegeben hatte.

In der Veranda saß meine Mutter in der rosa Ecke zwischen Epalé und Johnny am Frühstückstisch. Sie unterhielten sich über Olympia. Dabei gestikulierten sie wild mit den Armen.

»Also ich finde, zumindest bei den Laufdisziplinen sollte es getrennte Wettbewerbe zwischen Schwarz und Weiß geben. Sie sind doch sowieso immer schneller«, argumentierte meine Mutter, und Epalé machte große Augen.

»Mutti!« Ich hob meine Stimme ermahnend, als ich mich dazusetzte. Doch zum Glück verstanden die beiden Kameruner ihre seltsamen Theorien nur zur Hälfte.

Hinter dem Landmaschinenfriedhof sah ich einen satten Sonnentag beginnen.

»Ramona ist schon gegangen«, sagte meine Mutter mit anklagendem Unterton. »Es wird Zeit, dass du mal wieder jemand

Richtigen kennenlernst. Der muss man ja jedes Wort aus der Nase ziehen.«

»Ja, Mutti.« Ich trank einen Kaffee. Die Afrikaner wollten los, sie hatten Angst, dass sie im Wohnheim Ärger bekommen würden.

Sie verabschiedeten sich von meiner Mutter, und wir traten zusammen auf den Hof. Ohne dass ich irgendjemanden sah, spürte ich die Blicke der Düsterbuscher. Ich konnte mir ausmalen, was sie dachten. Da pennen jetzt schon die Neger. Eine Schande ist das.

Daran müsst ihr euch gewöhnen. Die kommen bald von überallher, hörte ich mich sagen. Aber das überschwängliche Gefühl, das mich sonst bei dieser Art Gedanken erfüllte, fehlte.

Wir verabschiedeten uns am Gartentor. »Düsterbusch City Lights«, sagte Epalé und hob den Daumen.

Dann stiefelten beide über die Schlaglöcher des Nordwegs davon. Ich holte mein Moped aus der Garage, staunte über diese friedliche Atmosphäre. War etwa alles glattgegangen?

Ich tuckerte durch das Dorf. An der Kreuzung Nordweg-Hauptstraße hob ich ein paar leere Flaschen auf und warf sie in die Büsche. Nur keine Aufregung erzeugen.

Von Weitem sah ich, dass sich vor der Kneipe nichts regte. Auf dem Vorplatz stand Harrys Mazda. Ich hatte aber keine Lust, als Erstes sein muffliges Gesicht zu sehen und mir dumme Sprüche reindrücken zu lassen, also drehte ich ab und fuhr in Richtung Frankenwalde, zu Baade. Sprenzel war sicher bei ihm geblieben. Wahrscheinlich hatten sie sich noch ein paar Selbstgebrannte eingefädelt und dann aufs Ohr gelegt. Ich sah Sprenzel schon mit einem frischen Iro vor mir und musste grinsen bei dem Gedanken.

Zu meinem Erstaunen war Baades Ranch verrammelt. Der Tschaika stand nicht auf dem Hof. Ich sprang über den Zaun und guckte in sein Atelier, dann in die Scheune. Ich klopfte, nichts regte sich. Ein wenig ratlos trat ich wieder auf die Straße. Wo waren die alle? Als ich gerade wieder mein Moped starten wollte, stoppte ein grün-weißer Wartburg der Volkspolizei vor der Ranch. Zwei Bullen mit ihren grünen Schirmmützen und den gräulichen Uniformhemden stiegen aus. Ein ungutes Gefühl beschlich mich.

»Sind Sie Richard Baade?«, fragte mich der eine.

»Nee. Was ist denn los?«

»Ist der zu Hause?«

»Ich glaube nicht, geht es um ... den Tschaika?«, fragte ich ungeduldig.

Die beiden Polizisten schauten sich an.

»Wer sind Sie denn?«

»Kummer heiße ich. Ist irgendwas mit dem Auto?«

»Jetzt ist Schluss hier mit der Fragerei«, sagte der eine Bulle.

»Wenn Sie den Baade sehen, der soll sich auf dem VPKA melden.«

Dann stiegen sie wieder in ihren Wartburg und fuhren ab. Ich war jetzt ziemlich aufgelöst und wusste nicht wohin. Vielleicht war Sprenzel schon zu Hause? Ich beschloss, zu ihm zu fahren.

Zu meinem Erstaunen stand das Hoftor offen, als ich davor ausrollte. Ich stellte mein Moped an die Wand, denn der Ständer war vor Kurzem abgebrochen, und rannte auf den Hof. Kein Hundegebell war zu hören. Nach Charlys Tod hatte sich Sprenzels Vater keine Töle mehr zugelegt. Auch die Tür zur Waschküche stand offen. Ich ging hinein und rief nach Sprenzel. Keine Antwort.

Vorsichtig betrat ich Dietmars Zimmer, das Sprenzel jetzt dauerhaft bewohnte. Ich hatte es schon seit Jahren nicht mehr von innen gesehen, weil er mich meistens in der Waschküche abfing. Ich glaubte, er schämte sich für die Bude.

Das Bett war unberührt, und es sah immer noch aus wie früher. An der Wand das Poster von Alice Cooper und daneben eins von Deep Purple, das ich noch nicht kannte. Auf dem Nachtschrank der Wecker in Fernsehturmform und der alte Stern-Rekorder beklebt mit Sprengel-Fußballbildern.

In einer Holzbox fand ich alle meine Kassetten, die ich ihm gemixt hatte. »Only For Sprenzel« stand in meiner krakeligen Schrift auf den Hüllen. Keine Bücher, außer *Winnetou 3* und *Dshamilja* von Tschingis Aitmatow. Es war eine Liebesgeschichte, die wir in der Schule lesen mussten. Bei Sprenzel hätte ich die als Letztes erwartet. Vielleicht besaß er ja doch ein paar Seiten, von denen ich nichts wusste. Ich blätterte ein bisschen darin herum und stand auf. Ich konnte jetzt nicht hier in seinem Zimmer sitzen.

Völlig lautlos stand auf einmal sein Vater in der Tür, und ich prallte zurück. Er schaute mich aus seinen wasserblauen Augen an, als würde er durch mich hindurchgucken.

»Wo ist denn Frank, Herr Sprenzel?«

Schwerfällig ging er zum Bett und setzte sich. Weil er nichts sagte und nur auf den Fußboden starrte, fragte ich noch mal.

Er schüttelte den Kopf. Dann sagte er relativ gefasst: »Frank ist tot.«

Ich verstand nicht so richtig, was er damit meinte, und musste in diesem Augenblick komischerweise daran denken, dass ich Dietmar noch nie gesehen hatte.

Herr Sprenzel erzählte mit stockender Stimme, was sich in der letzten Nacht ereignet hatte. Sprenzel war auf dem Rückweg kurz nach der Autobahnabfahrt eingeschlafen und auf ein unbeleuchtetes Fuhrwerk aufgefahren. Er kam von der Straße ab und knallte gegen einen Baum. Dabei musste er sich schwer verletzt haben. Der Bauer, der auf dem Fuhrwerk saß, hatte den nächsten Arzt, den er zu Fuß erreichen konnte, geweckt. Doch als sie zur Unfallstelle kamen, war Sprenzel bereits tot.

»Lungenriss«, sagte der Vater vor sich hin.

»Ich fahr ihn suchen«, sagte ich und stand auf.

»Frank ist tot, Anton. Glaub's mir. Ich hab ihn gesehen«, wiederholte er.

»Das kann nicht sein.«

Verwirrt lief ich über den Hof zu meinem Moped. Ich wusste jetzt überhaupt nicht mehr wohin. Ziellos fuhr ich durch die Gegend, zum Kuhstall, zu unserer alten Schule. Aber nirgends war Sprenzel zu finden. Das letzte Ziel war der Bahnhof. Ich wartete auf ihn, und bei jedem jungen Mann, der den Bahnhof verließ, dachte ich, er wäre es.

Schließlich setzte ich mich in die Mitropa. Von meinem Platz aus konnte ich aus dem Fenster die Reisenden sehen, und die einfahrenden Züge. Irgendwann würde Sprenzel kommen. Da war ich sicher. Ich bestellte hundert Gramm Wodka und Cola extra dazu. Dann mixte ich das Zeug und stürzte es hinunter. Es knallte sofort in meinem Kopf. Ich bestellte noch mal die gleiche Ladung und machte mir Vorwürfe, dass ich nicht öfter in Sprenzels Zimmer war, dass ich ihn nicht bedrängt hatte, mich reinzulassen.

Wir hätten Karten spielen können, oder ich hätte ihm aus *Dshamilja* vorgelesen. Ein Soldat setzte sich ungefragt an meinen Tisch und erzählte, dass er drei Tage Urlaub habe und endlich seine Familie sehen könne. Ich hörte nicht zu. Sein Gelaber vermischte sich mit den Zugansagen, und irgendwann war er wieder weg. Ich wurde beschwingt. Sicher war Sprenzel in der Zentrale und saß mit Tina in einer Ecke. Ich trank noch eine Mischung und scherzte mit der Kellnerin. Als ich rauskam, war es schon dunkel.

Mein Zeitgefühl war dahin. Ich schwang mich auf mein Moped und brauste zur Zentrale. Jede Menge Leute standen draußen. Zwei davon waren Gerber und Ekel-Kai, die mich finster musterten. Ich fragte sie nach Sprenzel. Sie schüttelten nur die Köpfe.

Ich torkelte in den Saal. Reinhard Fendrich röhrte »Macho Macho« aus den Boxen. Das Video dazu lief an die Seitenwände projiziert. Einige Leute mit verschränkten Armen standen davor und schauten es sich an. Ich fragte noch zwei andere nach Sprenzel, doch die hatten ihn auch nicht gesehen. Eigentlich war alles wie immer in der Zentrale, nur jetzt mit Video.

Ich sah Wolfgang Zach in seinem weißen Kittel, der, über einen Tisch gebeugt, mit Fußballfans redete. Ein paar Meter weiter an der Bar amüsierte sich Elke mit einem Schnauzerträger. Da wusste ich, dass sie recht hatte. Das hier war Provinz und Düsterbusch City Lights eine absolute Schwachsinnsidee.

Ich ging zum Tresen.

»Na, Großer, lange nicht gesehen«, sagte Heidrun.

Ich konnte kaum noch sprechen und kippte zwei Schnäpse hinunter.

Bloß weg hier. Ich torkelte über den Hof an Ekel-Kai vorbei, der jetzt auf dem Geländer mit einem Typen, den ich nicht kannte, Armdrücken machte.

»Na Kummer, lenkt wieder Gott deine Karre?«, grunzte er mir hinterher.

»Wer sonst«, sagte ich und schlurfte zu meinem Moped. Es war alles wie damals, vor fünf Jahren. Als hätte es die Helden des Fortschritts nie gegeben. Ich blieb stehen, es war totenstill, nur die zwei riesigen Eichen auf dem Parkplatz rauschten. Ich lehnte meinen Kopf an den vergammelten Drahtzaun.

Gestank stieg mir in die Nase. Hinter dem Zaun befand sich die Kloake einer Ledergerberei. »Entfleischer«, sagte ich vor mich hin und musste kurz auflachen.

Ich musterte mein Moped. Sprenzel hatte es manchmal »Das Gesicht in der Menge« genannt. Es war inzwischen die schrottigste Karre weit und breit. Aus dem Motorblock schauten riesige Holzschrauben heraus, die ihn notdürftig zusammenhielten. Der Auspuff war locker und die Sitzbank aufgerissen. Ich schob es an. Nach ein paar Fehlzündungen röhrte es blechern. Noch einmal guckte ich mich zur Zentrale um. »Scheißladen.« Dann rülpste ich und fuhr los. Der Fahrtwind strich durch meine Haare. Ich fuhr am Bahnhof vorbei, durch den gerade ein hell erleuchteter Zug in die Nacht donnerte. Der D-Zug um 22:40 Uhr von Berlin über Prag nach Budapest. Jetzt wusste ich, wo ich Sprenzel finden würde.

Epilog

Da war etwas an meinem Mund. Ich wollte es mit der Hand prüfen, aber meine Hand gehorchte mir nicht. Also versuchte ich, die verklebten Augen weiter zu öffnen. Nacheinander entdeckte ich einen Tropf, ein Bett und Kabel, die aus mir heraushingen. Wenige Meter entfernt verschwommen mehrere weiße Kittel.

»... vollständige Durchtrennung des Periosts, das rechte Siebbein war komplett frakturiert, wir haben es ausgeräumt. Die Dura lag frei.«

»Wo bin ich?«, fragte ich.

»Sie sind in einem Berliner Krankenhaus, Herr Kummer.«

»In Berlin?«

»Wie ich schon sagte.«

»Haben Sie gerade über mich geredet?«

»Ja. Besser gesagt über Ihren Kopf.«

Ich versuchte zu lachen, doch die Stelle, wo ich meinen Kopf vermutete, tat höllisch weh. Ich konnte keinen wirklichen Unterschied zwischen Kopf, Hals und Schultern ausmachen. Nur der mörderische Hunger war zu orten.

»Könnte ich vielleicht ein Brötchen mit Wurst haben?«

Der Arzt zog bedauernd seine Augenbrauen nach oben. »Die nächsten drei Wochen werden Sie Ihre Brötchen erst mal lutschen müssen. Morgens Grießbrei, mittags Sternchensuppe, abends wieder Grießbrei. Ihr Kopf hat ganz schön was abgekriegt.«

Nach ein paar Tagen wurde ein Schlauch aus meinem Mund entfernt, und ich ertastete einen dicken Verband um meinen Kopf. Als ich das erste Mal aus dem Fenster guckte, sah ich Hochhäuser. Dieses Mal waren sie echt. Trotz Verbotes wollte ich aufstehen. Aber das war unmöglich. Die Ärzte hatten mir ein Stück meines Beckens abgesägt und mit einer Keramik-masse in den Kopf gedrückt.

»Da war nicht mehr viel da«, sagte der Arzt, der jeden Morgen die Visite machte und sich als Dr. Reinhardt vorstellte.

Umsorgt wurde ich von Schwester Jutta, einer Frau um die fünfzig. Als sie mir nach sechs Wochen das erste Wurstbrot brachte, fühlte ich mich wie neugeboren. Irgendwann konnte ich sitzen. Lesen war mir wegen der Anstrengung verboten, deshalb hörte ich viel Radio. Anfang November 1989 war das ziemlich spannend. Alle redeten von Demos und Demokratie. Aber keiner von Düsterbusch. Dann kam der Tag, an dem ich aufstehen durfte

»Sie werden ein bisschen anders aussehen«, sagte Dr. Reinhardt.

Ich quälte mich aus dem Bett, und mir sackten sofort die Beine weg. Der Doktor stützte mich bis in das Bad. Vor dem Spiegel öffnete ich meine Augen und erschrak. Quer über meinen kahl geschorenen Schädel zog sich eine blutrote Narbe, und meine Stirn sah aus wie eine verbeulte Kinoleinwand. Aber ich war am Leben.

Meine Eltern kamen. Meine Mutter hielt meine Hand, während sich mein Vater im Hintergrund des Zimmers an die Wand stellte. Ich hatte Angst davor, die nächste Frage zu stellen.

»Wie war Sprenzels Beerdigung?«

Sie seufzte. »Pfarrer Felder hat schön geredet.«

»Der Arsch. Wirklich?«

Sie sagte nichts.

»Wie viele Leute waren da?«

»Zwanzig.«

»Zwanzig?« Ich bäumte mich auf, und alles tat mir weh. »Sprenzel hätte hundert verdient.«

»Nicht aufregen«, beruhigte mich meine Mutter. »Ich soll dich grüßen von Marion und von Elke. Die hat mir erzählt, wie sie dich gefunden hat.«

»Danke.«

Die Linde war inzwischen geschlossen. Harry hatte direkt nach unserem Konzert aufgehört.

»Da hängt jetzt wieder 'ne Bockwurstpappe im Fenster – ›Gaststättenleiter gesucht‹.« Meine Mutter tastete behutsam auf meiner Stirn herum.

»Überall Demos, selbst in den Kleinstädten«, sagte mein Vater von hinten. Ich hatte den Eindruck, dass er sich ein wenig schämte und es mit einem Einwurf wieder wettmachen wollte. »In Zossen sind wir gar nicht durchgekommen.«

Ich nickte ihm zu, er nickte zurück. Dann Schweigen.

»Wie machen wir denn das jetzt? Wann soll Papa dich abholen?«, unterbrach meine Mutter die Stille. Wir schauten uns an.

»Ich ... bleibe hier in Berlin«, sagte ich, »ich muss mal wissen, wie 'ne richtige Großstadt funktioniert.«

Sie schaute zum Fenster raus, nickte und stand auf. »Und wo willst du wohnen?«

»Ich finde schon was. Musste nicht mehr vor der Kneipe stehen und auf mich warten.«

Wir verabschiedeten uns, und ich versprach, mich zu melden.

Zum Abschied legte sie mir noch was auf das Bett. »Von Herrn Sprenzel«, sagte sie. Es war das Foto vom Ehrenmal, das der russische Offizier von uns dreien geschossen hatte.

Als meine Eltern weg waren, heulte ich alles raus, was sich angestaut hatte. Am nächsten Tag fiel die Mauer, und ich hörte den britischen Soldatensender BFBS. »East Germans in their funny little cars are crossing the border.«

Das Gewusel auf den Krankenhausfluren wich einer merkwürdigen Stille. Schwester Jutta kam in mein Zimmer.

»Herr Kummer, Sie können doch schon laufen, oder?«

»Ja, wieso?«

»Gehen Se mir doch mal zur Hand. Die Schwestern sind alle weg. Denen is wohl die Maueröffnung zu Kopf jestiegen.«

Ich erhob mich. Der Schnitt in meiner Hüfte war schon ganz gut verheilt. Ich humpelte in die Küche und half ihr beim Brötchenschmieren.

»Wo kommen Se denn her, Herr Kummer?«

»Ich ... aus Düsterbusch.« Ich erwartete schon die typische Reaktion. Doch sie sagte: »Dit kenn ick.«

»Was?«

»Ja, meine Tochter war da mal. Da war ein Konzert, und parallel dazu wurde ein Film gezeigt. Die hat mächtig jeschwärmt. Dit wäre allet so kultich jewesen«, berlinerte sie.

»Da war Ihre Tochter?«, fragte ich, um Fassung ringend, und schaute aus dem Fenster über die Stadt. Ich hatte das Gefühl, vielleicht keine Großstadt erschaffen, aber doch ein bisschen was bewegt zu haben.

Zwei Tage später wurde ich entlassen. Schwester Jutta gab mir die Hand.

»Sie sind noch mal jeboren, Herr Kummer. Nutzen Se die Chance.«

Ich versprach es und trat aus dem Krankenhaus mit meiner blutroten Narbe quer über der Stirn. Ich reihte mich in die Schlange von Menschen ein, die sich Richtung Grenze schob. Den U-Bahn-Plan von Westberlin hatte ich noch im Kopf. Ich hoffte, dort irgendwo Henryk zu treffen.

Danksagung

Mein besonderer Dank gilt Kathrin Schwiering, ohne sie wäre dieses Buch nicht entstanden.

Ich möchte mich bedanken bei Ulla Mothes, Oskar Rauch, Daniel Mursa, Markus Naegele, Andreas Lehmann, Simon Möller, Jens Staeder und Oliver Gehrs.

Weiterhin bedanke ich mich bei allen Freunden, die mich in den letzten Jahren moralisch und finanziell unterstützt haben.

Inhalt